노는 남자

크리스티나 로런 지음
정지현 옮김

남자를 알아야 어른이 되는 거야

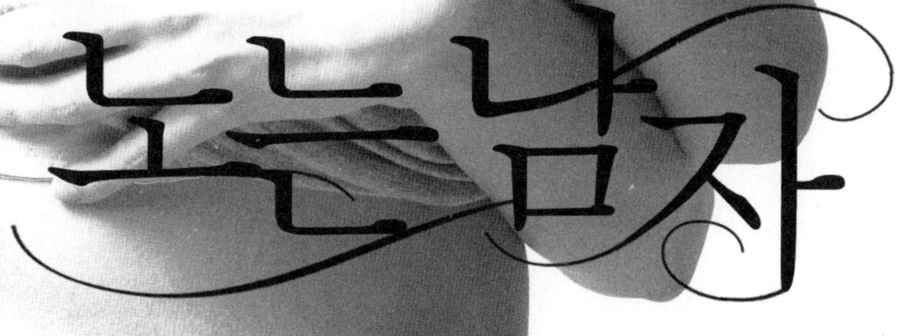

Beautiful Player

프롤로그

우리는 맨해튼에서 가장 흉물스런 아파트 안에 있었다. 애초에 나의 뇌가 예술 작품 감상과 거리가 멀게 생겨먹은 탓만은 아니다. 저 그림들은 객관적으로 봐도 모조리 흉측하다. 꽃줄기에서 자라는 털 수북한 다리. 입 안에서 쏟아지는 스파게티 가락. 옆에서 있던 아버지와 오빠는 작가의 의도를 알아채기라도 했다는 듯 진지한 표정으로 "흠"하면서 연신 고개를 끄덕였다. 나는 그러지 말고 빨리 다음 작품으로 넘어가자고 재촉했다. 이 파티에서는 손님들이 집 안 전체를 돌면서 감탄을 하며 그림 감상을 마쳐야 웨이터들이 쟁반에 담아 나르는 에피타이저를 즐길 수 있다는 무언의 법칙이라도 있는 듯했다.

마지막으로 감상한 그림은 거대한 벽난로 위로 나뭇가지 모양의 화려한 촛대를 사이에 두고 걸려 있는 이중나선, DNA 분자 구조였다. 캔버스 전체가 팀 버튼 감독의 명언으로 된 작품도 보였다. 거기에는 "서로 다른 종의 연애가 이상하다는 것을 우리 모두가 안다"라고 쓰여 있었다.

나는 웃음을 터뜨리면서 아버지와 오빠를 쳐다보며 말했다. "이건 좀 멋진데?"

오빠는 한숨을 쉬었다. "네가 좋아할 줄 알았다."

나는 그림을 다시 보고 오빠를 쳐다보았다. "왜? 지금까지 본 그림 중에서 유일하게 말이 되는 작품이니까?"

오빠는 아버지를 쳐다보며 뭔지 모를 눈빛을 교환했다. 마치 아버지에게 허락을 받아내는 듯했다. "너 나랑 잠깐 얘기 좀 하자."

오빠의 말과 어투, 확고한 의지가 엿보이는 표정을 보니 뭔가 심각한 이야기가 오고 갈 게 분명했다. "오빠, 그걸 꼭 지금 해야겠어?"

"그래, 지금." 오빠는 초록색 눈을 가늘게 떴다. "네가 연구실에 처박혀 있지 않았던 건 지난 이틀이 처음이지. 그나마 집에서는 잠만 자고 허겁지겁 먹기나 하고."

부모님은 우리 5남매가 당신들이 가진 좋은 점인 조심성, 매력, 신중함, 충동, 저돌성을 하나씩 물려받았다는 말을 하곤 했다.

지금은 '조심성' 젠슨과 '저돌성' 한나가 맨해튼의 격식 있는 파티장에서 한판 붙으려 하고 있다.

"오빠, 여긴 파티장이잖아, 예술 작품에 대해서 이야기를 해야지." 나는 화려한 가구로 장식된 거실 벽을 가리키며 말했다. "요즘 한창 말 많은 그… 그 사건… 얘기도 좀 하고." 나는 요즘 사람들 사이에서 가장 뜨거운 화제가 뭔지도 모르고 있었다. 오빠의 우려가 사실이라는 것만 증명한 꼴이었다.

아버지가 달팽이를 올린 작은 크래커를 나에게 건네주었고 나는 웨이터가 지나가는 틈을 타 음식을 쟁반에 도로 올려두었다. 새로 산 드레스가 너무 따끔거렸다. 당장 드레스를 산 곳에 전화해서 따지고 싶을 정도였다. 이 드레스는 스키니진도 헐렁할 만큼 마른 남자가 디자인한 게 분명했다.

"넌 똑똑하고 재미있고 사교성도 뛰어나. 얼굴까지 예쁜 아이고." 오빠가 말했다.

"아이가 아니라 여자라고." 내가 정정했다.

오빠는 지나가는 사람들이 우리 대화를 엿듣지 못하도록 가까이 다가와서 말했다. 그래, 뉴욕 상류층 인사가 지나가다가 동생한테 좀 더 헤픈 여자가 되라고 말하는 오빠를 보게 된다면 큰일이겠지, 아무렴. "아버지랑 뉴욕에 온 지 사흘째인데 내 친구들만 만났어. 왜 네 친구들은 없느냔 말이지."

여동생을 지나치게 끔찍하게 생각하는 조심성 많은 오빠에게 나는 먼저 고마운 표정을 지어보이고는 곧 짜증이 솟구치는 얼굴로 바꾸었다. 뜨거운 다리미에 데인 것처럼 마음이 욱신거리는 것 같았다. "오빠, 나 곧 졸업이야. 졸업 후에 즐겨도 늦지 않아."

"지금 즐겨야지." 오빠가 눈을 동그랗게 뜨며 말했다. "지금 이 순간을 즐기라고. 내가 네 나이 땐 학점도 간신히 받았어. 월요일에는 늘 숙취에 절어 있었고."

옆에 선 아버지가 오빠의 마지막 말을 못 들은 척했다. 하지만 내가 친구도 없는 루저라는 오빠의 전반적인 평가에는 말없이 고개를 끄덕끄덕했다. 나는 '이게 다 누굴 닮은 건데요? 집보다 연구실에 있는 시간이 훨씬 많은 워커홀릭 과학자 아버지 때문인데?'라는 표정으로 아버지를 쳐다보았다. 하지만 아버지는 마치 유리병에 담긴 화합물이 용해될 줄 알았는데 점액질로 변했을 때 만큼이나 당황스런 표정만 지어보였다. 혼란스러우면서도 약간 화나는 얼굴이었다.

아버지는 내 저돌성은 자기한테 물려받았고 엄마에게는 매력을 물려받았다고 했다. 세대가 갈수록 진화하는 법이니 아버지는 내가 자신보다 일과 가정의 균형을 잘 잡는 사람이 되리라고 믿었다. 아버지는 쉰 번째 생일에 나를 연구실로 불러놓고 "사람도 과학만큼 중요하다. 내 실수를 보고 배우거라"라고 말하고는 책상에 놓인 서류를 매만지며 자신의 손을 뚫어져라 쳐다보았다. 나는 말없이 다시 연구실로 돌아갔다.

어쨌든 나는 실패한 게 분명하다.

"내가 좀 고압적이라는 건 알아." 오빠가 나직하게 말했다.

"뭐, 약간." 나도 동의했다.

"참견이 심하다는 것도 알고."

나는 다 알고 있다는 듯 미소를 지으며 중얼거렸다. "오빠는 나의 아테나 여신이야."

"난 그리스 출신이 아니고 거시기도 달렸지만 말이지."

"그런 얘기 안 해줘도 되는데."

오빠는 한숨을 쉬었고 아버지는 이 문제가 자신들이 해결하기에는 역부족임을 깨달은 듯했다. 아버지와 오빠는 2월이 되어 뉴욕에 있는 나를 보기 위해 왔다. 갑자기 나를 만나러 온 게 이상했다. 아버지는 나에게 팔을 둘러 꽉 껴안았다. 아버지의 팔은 길고 가느다란 편이지만 보기와는 달리 팔 힘이 강했다. "지그스, 넌 착한 애야."

아버지다운 격려 말씀에 나는 미소를 지었다.

"고마워요."

"우리가 사랑하는 거 알지?" 오빠도 한마디 거들었다.

"나도 사랑한다고 해두지."

"넌 일중독이야. 커리어에 도움 되는 일이라면 거의 중독되어 있어. 어쩌면 내가 네 인생에 간섭하는 걸 수도 있지만…."

"어쩌면이라고?" 내가 오빠의 말을 막았다. "내 자전거의 보조바퀴를 언제 떼야 할지 엄마, 아빠한테 지시한 것도 오빠였어. 통금 시간을 정한 것도, 통금 예외 기준을 정한 것도 오빠잖아. 그때 이미 오빠는 독립해서 집에 없었을 때고 난 열여덟 살이었다고."

오빠는 가만히 나를 응시했다. "맹세컨대 이래라저래라 하진 않을 게. 단지…." 오빠는 말을 끊으라는 표지판을 들고 있는 사람이라도 있나 확인하려는 것처럼 주변을 두리번거렸다. 오빠에게 내 일에 일일이 간섭하지 말라고 하는 건 10분 동안 숨을 참으라는 거나 마찬가지였다. "일단 누구에게라도 전화를 걸어봐."

"전화를 걸라고? 나보고 친구가 없냐고 했잖아, 그거 사실이야. 그런데 내가 즐기며 살 수 있게 도와달라고 전화를 걸만한 사람이 있겠냐고. 나처럼 연구에 파묻혀 지내는 대학원생? 생체공학도들은 사교성이 좋은 집단은 못 된다고."

오빠는 고개를 들고 잠시 눈을 감고 있다가 뭔가 떠오른 듯 눈을 동그랗게 떴다. 동생을 아끼는 오빠의 다정함과 희망이 섞인 눈빛이었다. "윌은 어때?"

나는 아버지의 손에 들려 있던 샴페인 잔을 낚아채 벌컥벌컥 마셨다.

* * *

오빠에게 그가 누구냐고 물어볼 필요는 없었다. 윌 섬너는 오빠의 대학 친구이자 아버지 사무실에서 인턴으로 일했던, 나의 10대

시절 판타지에 빠지지 않고 등장한 주인공이었으니까. 내가 웃음 많은 공부벌레 여학생이었다면, 윌은 모든 여자를 빠져버리게 할 만큼 매력적인 나쁜 남자였다. 피어싱을 즐겨 하고 약삭빠르고 장난기 가득한 미소를 짓곤 했다.

내가 열네 살 때, 윌은 스물 한 살이었는데 그가 크리스마스를 맞아 우리 집에 며칠 간 머물렀었다. 그는 차고에서 오빠와 베이스 기타를 연주하며 리브 언니와 끈적끈적한 눈길을 주고받았다. 내가 열여덟 살이 되었을 때는 대학을 갓 졸업한 그가 아버지 일을 돕느라 여름 내내 우리 집에 머물렀다. 그는 남자다운 매력을 풀풀 풍겼다. 나는 그를 볼 때마다 아랫부분에서 차오르는 묵직한 통증을 느꼈고 그걸 해소하고 싶어서 지금은 기억도 나지 않는 애송이 남학생에게 처녀성을 바쳤다.

확신하건대 리브 언니가 그와 키스까지는 했을 것이다. 윌은 나보다 나이가 훨씬 많아서 내가 어떻게 해볼 수도 없었다. 하지만 내 마음 깊은 곳에서만 인정할 수 있는 사실은 윌 섬너는 내가 처음으로 키스하고 싶다고 생각한 남자이다. 결국 나는 참지 못하고 어두운 방에서 그를 생각하며 이불 아래로 손을 집어넣고 말았었다. 그를 떠올리면서 나를 만졌다.

짓궂은 미소 그리고 자꾸만 이마 위로 흘러내려 오른쪽 눈을 덮는 머리카락.

근육질의 매끄러운 팔뚝과 구릿빛 피부.

기다란 손가락과 턱의 작은 흉터까지도.

내 또래 남자애들의 목소리는 다 거기서 거기였지만 윌의 목소리는 저음이면서도 고요했다. 그의 눈빛은 다 알면서도 뭔가를 참고 있는 사람처럼 묘했다. 두 손은 가만히 있지 못하고 항상 움직였고 대개는 주머니에 찔러 넣었다. 여자들을 볼 때면 입술을 적셨고 그녀들의 가슴과 다리, 혀에 대해 당당하게 언급하곤 했다.

나는 눈을 깜빡거리며 오빠를 쳐다보았다. 나는 더 이상 열여섯 살이 아니다. 나는 스물넷, 윌은 서른하나다. 4년 전에 젠슨 오빠의 결혼식(결국 불행하게 끝나버렸지만)에서 윌을 보았는데 조용하고 카리스마 넘치는 미소가 더욱 깊어져 있었다. 나는 윌이 새언니의 들러리 두 명과 하객들의 옷을 보관하는 코트룸으로 슬쩍 빠져나가는 모습을 신기한 듯 쳐다보았다.

"윌한테 전화해봐." 오빠가 잠깐 기억에 잠긴 나를 깨웠다. "일과 생활의 균형이 잘 잡힌 친구거든. 뉴욕에도 오래 살았고. 좋은 친구야. 내 말은… 사람들도 좀 만나고 그러라는 말이야. 윌이라면 널 잘 보살펴줄 거야."

오빠가 그 말을 하자마자 온몸에 소름이 돋았다. 윌이 나를 어떤 식으로 보살펴줄 수 있을지 생각해보았다. 일과 사생활의 균형을 잡아주는 단순한 오빠 친구? 아니면 청소년 시절의 야한 상상 속 주인공을 어른이 되어 만나면 되는 건가?

"한나. 오빠 말 들었지?" 아버지가 엄격하게 말했다. 샴페인 잔이 든 쟁반을 들고 가는 웨이터가 지나가자 빈 잔을 내려놓고 새 잔을 집어 들었다.

"네, 들었어요. 전화해볼게요."

1

뚜르르. 뚜르르.

한 번, 두 번 신호음이 갔다. 나는 초조하게 방 안을 서성이다 커튼을 젖히고 창밖을 빼꼼 내다보았다. 하늘을 올려다보니 밖은 아직 어두웠다. 하지만 하늘은 까만색보다 파란색에 가까웠고 지평선을 따라 분홍빛과 자줏빛으로 얼룩져 있었다. 그래, 엄연히 말하자면 아침인 거야.

오빠에게 충고를 들은 지 사흘째, 윌에게 전화를 걸어보려고 시도한 것도 세 번째였다. 전화해서 뭐라고 말할지 대책도 없는데(오빠는 내가 무슨 말을 할 거라고 기대한 걸까?) 생각하면 할수록 오빠의 말이 옳았다. 오빠 말대로 나는 하루 종일 실험실에 처박혀 있었고 쉬는 날은 집에 틀어박혀 먹거나 자기만 했다. 실험실에서 가까운 브루클린이나 퀸즈가 아니라 부모님의 맨해튼 아파트에 혼자 살고 있으니 사교 활동이 제한될 수밖에 없었다. 냉장고에는 생전 처음보는 채소와 상하기 일보 직전인 포장 음식과 인스턴트 제품들뿐이었다. 그동안의 내 삶을 돌아보면 학교를 졸업하고 대학원 연구실에 들어간 것밖에 없다. 그 외에는 아무것도 내세울 만한 게 없다고 생각하니 이제야 정신이 번쩍 들었다.

하지만 가족들에게는 내 문제가 훤히 보인 모양이다. 특히 오빠는 왜 그런지 본인의 친구 윌만이 내가 노처녀로 전락하는 사태를 막아줄 유일한 해결책이라고 생각하는 듯했다.

하지만 나는 확신이 서지 않았다. 확신이 부족해도 한참 부족했다.

윌과는 추억이랄 게 없는 사이였다. 그가 나를 제대로 기억하지 못할 가능성이 높았다. 윌은 젠슨과는 많은 추억을 함께한 친구이고 우리 언니하고는 짧게 사귄 사이지만 나는 그에게 꼬맹이 여동생 혹은 존재감 제로의 병풍 같은 존재였다. 그런데 난데없이 전화해서 뭐라고 한단 말인가? 만나자고? 보드 게임 하자고? 아니면 한 수 가르쳐….

아, 마지막은 너무 민망해서 끝까지 말을 맺을 수 조차 없다.

신호가 울렸고 전화를 걸지 말까 다시 고민이 됐다. 침대로 돌아가 오빠에게 나를 개조하고 싶은 생각 따위는 버리라고, 다른 데 가서 알아보라고 전화해야겠다고 생각하던 찰나 네 번째 신호음이 끊기더니 윌이 전화를 받았다. 그 순간 전화기를 어찌나 세게 쥐었던지 다음 날까지 손이 아플 것 같았다.

"여보세요?" 기억 속 그대로 허스키한 목소리는 깊이가 더해진 듯했다. "여보세요?" 그가 한 번 더 말했다.

"윌?"

그는 숨을 훅 하고 들이마신 후 "지기니?"라고 했다. 내 별명을 부르는 목소리에서 한쪽 입꼬리가 올라간 미소를 느낄 수 있었다.

나는 웃음을 터뜨렸다. 그가 나를 그렇게 부르는 것은 당연했다. 아직까지 나를 그렇게 부르는 건 우리 가족뿐이다. 지기가 무슨 뜻인지 아는 사람은 아무도 없었지만 그냥 내 별명이었다. 두 살짜리 에릭이 새로운 베이비시터에게 붙여준 별명치고는 영향력이 대단했다.

"네, 지기예요. 어떻게…."

"어제 젠슨한테 들었어. 널 만나서 단단히 한소리 해줬다고 네가 전화할지도 모른다더군."

"네. 그래서 이렇게 했죠." 굉장히 어색한 대꾸였다. 짧은 신음소리와 함께 이불이 바스락거리는 소리가 들렸다. 전화기 너머로 그가 어디까지 벗고 있는지 나도 모르게 상상이 되었다. 그의 목소리가 피곤하게 들리는 이유가 자고 있었기 때문이라는 사실을 깨닫자 울렁거림이 배 속에서부터 턱 끝까지 솟구쳐 올랐다. 엄연히 말해서 그에겐 아직 아침이 아닐 수도 있다….

다시 한 번 창밖을 힐끗 쳐다보았다. "혹시 내가 깨운 거예요?" 시계조차 보지 않고 전화를 걸었는데 겁이 나서 차마 확인할 수 없었다.

"괜찮아. 어차피 알람이 곧 울릴 거였어…." 그가 하품을 했다. "음… 한 시간 뒤에 말이지."

나는 엄청 당황했지만 탄식 소리가 새어 나가지 않도록 입을 막았다. "미안해요. 내가 좀… 긴장해서."

"아냐. 괜찮다니까. 네가 뉴욕에 산다는 걸 잊고 있었네. 3년 내내 연구실에 틀어박혀 실험만 하고 있다면서."

유쾌한 꾸중과 함께 허스키하게 잠긴 목소리에 속이 더욱 울렁거렸다. "오빠도 젠슨 오빠 편인 것 같네요."

그러자 그의 목소리가 한결 부드러워졌다. "녀석도 다 널 걱정해서 그러는 거지. 오빠가 하는 일이 뭐야. 동생 걱정하는 게 당연하잖아."

"말로는 그렇대요." 불안과 초조함을 억누를 방법을 찾으려고 또다시 방을 서성이기 시작했다. "좀 더 일찍 전화했어야 하는데…."

"내가 걸었어야지." 침대에서 몸을 일으킨 듯 그의 목소리가 갑자기 바뀌었다. 기지개를 펴면서 또다시 신음 소리를 냈다. 나는 눈을 꼭 감고 말았다. 그 소리가 섹스할 때 신음과 똑같았기 때문이다.

'코로 숨을 쉬자, 한나. 진정해.'

"오늘 만날래요?" 나도 모르게 튀어나온 소리였다. 진정하라더니 잘하는 짓이다.

그가 곧바로 대답하지 못 하고 머뭇거렸다. 선약이 있으리라고 생각하지 못한 내 자신을 쥐어박고 싶었다. 업무가 있을 수도 있고 일이 끝난 다음에는 여자 친구와 데이트가 있을 수도 있는데. 아니면 아내가 있거나. 생각이 거기까지 미치자 전화기를 귀에 바짝 대고 침묵 속에서 귀를 기울였다.

영원처럼 느껴지는 기나긴 시간이 지난 후 윌이 물었다. "뭐 생각해둔 거라도 있어?"

유도적인 질문이었다. "글쎄, 저녁 먹을까요?"

또다시 고통스러운 침묵이 이어졌다. "일이 있어. 늦게 회의가 있거든. 내일은 어때?"

"연구실에 가야 해요. 엄청 느리게 자라는 세포가 있는데 시간을 설정해두었거든요. 18시간이에요. 이번 실험을 망쳐버려서 처음부터 다시 해야 된다면 실험 도구로 내 자신을 찌르고 말 거예요."

"18시간? 정말 까마득하네."

"네."

그는 "흠…" 하더니 물었다. "오늘은 몇 시에 나가지?"

"좀 이따가요." 나는 시계를 흘깃 보며 움찔했다. 아직 6시밖에 안 되었다. "9시나 10시쯤에요."

"공원으로 달리기하러 가는데 혹시 나올 생각 있어?"

"조깅을 한다고요? 굳이 달릴 필요가 없는데도 달린다는 말이에요?"

"그래." 그는 아예 노골적으로 웃고 있었다. "운동 삼아 달리는 거야."

나는 눈을 꼭 감았다. 마치 숙제처럼 반드시 완수해야만 한다는 익숙한 근질거림이 느껴졌다. 바보 같은 젠슨. "언제요?"

"음, 30분 후?"

또다시 창문 밖을 내다보았다. 밖은 아직 어스름했고 눈이 쌓여 있었다. 옷을 갈아입어야겠다는 생각이 들었다. 또다시 눈을 감고 말했다. "정확한 위치는 문자로 알려주세요. 이따 봐요."

* * *

날씨가 차가웠다. 아니, 온몸이 꽁꽁 얼어버릴 정도로 추웠다는 표현이 더 정확할 것이다.

5번가와 9번가 쪽 센트럴파크 엔지니어스 게이트 근처에서 만나자는 윌의 문자를 다시 확인하면서 몸을 좀 따뜻하게 하려고 계속 왔다 갔다 했다. 차가운 아침 공기는 살을 에는 듯 얼굴을 찌르고 바지 속까지 파고들었다. 모자를 쓰지 않은 게 후회됐다. 뉴욕의 2월 날씨가 어떤지 잊어버리다니. 요즘 공원으로 운동하러 가는 사람은 제정신이 아닌 사람들뿐이다. 손가락에는 감각이 없어졌고 얼굴에서 김이 날 정도로 추워서 혹시 귀가 떨어져나간 건 아닌지 걱정 될 정도였다.

밖에 있는 사람들은 손으로 꼽을 정도였다. 운동 중독처럼 보이는 몸짱 스타일들의 사람들과 거대한 침엽수 아래에 놓인 벤치에 바싹 붙어 있는 젊은 남녀 한 쌍이 보였다. 둘 다 따뜻하고 맛있어 보이는 음식이 담긴 종이컵을 들고 있었다. 회색빛 새들은 땅을 향해 쪼아대고 저 멀리 고층 빌딩 위로 해가 막 떠오르기 시작했다.

부족한 사교성과 횡설수설하는 범생이를 오고 가며 살아온 나이기에 꿔다놓은 보릿자루가 된 기분을 느껴본 적은 많았다. MIT에서 수많은 부모와 학생들 앞에서 상을 받았을 때, 혼자 쇼핑할 때마다 느낀 감정이었다. 가장 기억에 남는 일은 11학년 때 이선 킹먼이 입으로 해달라고 했을 때다. 남자의 성기를 입에 넣고 어떻게 숨을 쉬어야 하는지 도무지 알 수가 없었다. 시시각각 밝아오는 하늘을 바라보면서 이런 생각이 들었다. 지금 추워죽을 것 같은 이 자리를 떠날 수만 있다면 기꺼이 이선 킹먼과 함께했던 때로 돌아가겠다고.

달리기 따위는 하러 나오고 싶지 않았다. 솔직히 싫은 마음이 컸다. 취미로 달린다는 사실 자체가 이해되지 않았다. 윌을 만난다는 게 두려운 것도 아니었다. 그냥 좀 긴장될 뿐이었다. 예전에 그의 시선은 항상 느릿느릿하고 최면에 걸린 듯한 느낌을 주곤 했다. 그에게는 섹스를 연상시키는 뭔가가 있었다. 예전에도 단 둘이 있었던 적이 한 번도 없었기에 잘 감당할 수 있을지 걱정될 뿐이었다.

젠슨 오빠는 나에게 즐기면서 살라는 임무를 주었다. 너는 불가능하다고, 능력 부족이라고 말하면 내가 자극을 받아 기를 쓰고 성공하려고 한다는 사실을 잘 아는 오빠였다. 윌을 만나서 남자 사귀는 방법, 툭 까놓고 남자랑 자는 법을 배우라고 한 건 아니지만 나는 윌에게 배우고 또 그를 닮을 필요가 있었다. 다만 비밀 작전에 투입된 요원처럼 임무를 완수한 후에는 적진에서 무사히 빠져나와야 했다.

리브 언니처럼 되지 않도록.

리브 언니가 열여덟 살 때 스물한 살이었던 윌과 크리스마스에 관계를 맺은 사건으로 나는 10대 소녀가 나쁜 남자에게 빠지면 어떻게 되는지 뼈저리게 깨달았다. 윌 섬너는 전형적인 나쁜 남자였다.

어딜 가나 남자들한테 인기가 많았던 언니였지만 윌에 대한 이야기를 할 때면 뭔가 달랐다.

"지그!"

소리가 들리는 쪽으로 고개를 치켜들었다. 문제의 그 남자가 나를 향해 걸어오는 것을 보고는 고개를 좀 더 쳐들어야 했다. 그는 내 기억보다 키가 컸고 길쭉하게 잘 빠진 몸매의 소유자였다. 길쭉한 팔다리는 어정쩡해 보일 것 같았지만 이상하게도 그렇지 않았다. 예전부터 그에게는 뭔가 특별한 게 있었다. 조각 같은 외모와는 별개로, 자석처럼 거부할 수 없는 매력이 있었다. 그러나 4년 전의 기억은 지금 내 눈 앞에 서 있는 남자와 비교하면 흐릿하기만 했다.

그의 미소는 여전했다. 한쪽 입꼬리가 들린 듯한 미소를 머금고 있어 장난스러운 느낌을 주었다. 사이렌 소리에 고개를 돌리는 바람에 드러난 턱선은 며칠 면도를 하지 않은 듯 까칠해 보였다. 매끄러운 구릿빛 목은 플리스 재킷 옷깃에 덮여 잘 보이지 않았다.

나를 보며 그는 활짝 미소를 지었다. "좋은 아침! 멀리서 보고도 너인 줄 알았어. 예전에 과제 같은 걸로 긴장할 때마다 왔다 갔다 하던 게 기억나거든. 너희 어머니도 같이 초조해하셨었지."

나도 모르게 앞으로 다가가 그의 목에 팔을 둘러 꼭 껴안았다. 그와 이렇게 가까이 있기는 처음인 듯했다. 그의 몸은 따뜻하고 탄탄했다. 그가 내 정수리에 뺨을 대고 누르는 걸 느끼면서 눈을 꼭 감았다.

깊이 있는 목소리가 내 몸 전체에 진동하듯 퍼져나갔다. "반갑다."

'넌 비밀 요원 한나야.'

신선한 공기에 뒤섞인 그의 비누냄새를 들이마시며 나는 아쉬운 듯 팔을 풀고 물러섰다. 검은 비니 아래로 짙은 갈색머리가 제멋대로 삐져나왔고 밝은 파란색 눈동자가 나를 내려다보았다. 그가 가까이 다가오더니 내 머리에 뭔가를 씌어주었다.

"이게 필요할 것 같았지."

두툼한 울 모자였다. 세상에, 무심한 듯 매력적인 행동이었다.

"고마워요, 다행히 귀가 따뜻해지겠네요."

그는 활짝 웃으며 한 걸음 뒤로 물러서서 위아래로 나를 쳐다보았다. "지그스, 너 좀… 달라 보이네."

나는 웃음을 터뜨렸다. "가족한테 말고 그 이름으로 불리긴 진짜 오랜만이에요."

그는 미소 짓는 얼굴로 잠깐 동안 내 얼굴을 살폈다. 마치 잘 찾으면 내 얼굴에 새겨진 진짜 이름을 발견할 수 있기라도 할 것처럼 말이다. 그는 내 언니 오빠처럼 나를 지기라는 이름으로만 불렀다. 젠슨 오빠는 물론이고 리브 언니, 닐스 오빠, 에릭 오빠도 전부 나를 그렇게 불렀다. 집을 떠나 독립하기 전까지 내 이름은 언제나 지기였다. "친구들은 널 뭐라고 부르지?"

"한나." 내가 조용하게 대답했다.

그가 계속 나를 뚫어져라 쳐다봤다. 목과 입술을 쳐다본 후 한동안 눈을 응시했다. 그와 나 사이에 뜨거운 전기가 통하는 듯했다. 물론 그럴 리는 없었다. 나만의 착각인 게 분명했다. 윌 섬너라는 남자가 위험한 이유는 이래서였다.

"그나저나 달리기라니." 내가 눈을 동그랗게 뜨면서 말을 돌렸다.

윌은 갑자기 우리가 어디에 있는지 알아차린 듯 눈을 깜빡였다. "그래."

그는 고개를 끄덕이고 비니를 귀 쪽으로 바짝 잡아당겼다. 지금의 그는 내 기억 속 모습과 달리 성공한 남자의 말끔한 이미지였지만 좀 더 자세히 보면 귀에 피어싱 자국이 희미하게 남아 있었다.

"우선…." 나는 재빨리 그의 얼굴로 시선을 돌렸다. "살얼음을 조심해. 길을 깨끗하게 해주지만 잘못하면 다칠 수 있으니까."

"알았어요."

그가 꽁꽁 언 물을 끼고 구불구불하게 나 있는 길을 가리켰다. "여긴 센트럴파크의 아래쪽 코스야. 저수지를 둘러싸고 있어 완벽하지. 경사면이 별로 없거든."

"여길 매일 달리는 거예요?"

고개를 젓는 그의 눈이 반짝거렸다. "이 코스 말고. 여긴 2.4킬로미터밖에 안 되거든. 넌 초보니까 처음과 마지막에만 달리고 중간 1.6킬로미터는 걸어보도록 하자."

"왜 평소 하는 코스에서 하지 않고요?" 나 때문에 강도를 낮추거나 코스를 바꿨다는 사실이 마음에 들지 않았다.

"거긴 9.6킬로미터거든."

"나 할 수 있어요." 9.6킬로미터가 별로 길게 느껴지지 않았다. 10킬로미터도 안 되니까. 음, 보폭을 크게 하면 16,000보 정도밖에 안 될 거야. 그러나 속으로 계산을 하는 동안 어깨가 축 쳐지는 걸 느꼈다.

그가 인내하는 표정을 지으면서 내 어깨를 두드렸다. "당연히 할 수 있지. 일단 오늘 해보고 다시 이야기하지."

다시 이야기를 하자고? 그가 나에게 윙크를 했다.

* * *

확실히 나는 달리기에 소질이 별로 없었다.

"이걸 매일 한다고요?" 내가 헉헉거리며 물었다. 관자놀이에서 목까지 땀이 흘렀지만 손을 올려 닦을 힘조차 없었다.

그는 빠른 걸음으로 아침 산책을 즐기러 나온 사람처럼 고개를 끄덕였다. 죽을 것만 같았다.

"얼마나 남았어요?"

그가 의기양양하고 달콤한 미소를 지으며 나를 훑어보면서 말했다. "800미터."

아아.

몸을 꼿꼿하게 펴고 턱을 치켜들었다. 할 수 있어. 난 아직 젊고 이 정도면… 체력도 좋은 편이잖아. 거의 하루 종일 서 있고 연구실에서 바쁘게 왔다 하고 집에 갈 때도 항상 계단을 이용한다. 난 할 수 있어.

"좋았어…." 폐에 시멘트가 들어찬 것처럼 얕고 가쁜 숨만 들이마실 수 있었다.

"기분 좋은데요."

"이젠 안 추워?"

"안 추워요." 온몸의 혈관을 통해 피가 퍼져나가는 소리가 들릴 지경이었다. 가슴 안쪽에서 심장이 박동하는 힘이 느껴졌다. 우리는 힘차게 앞으로 나아갔고 더 이상 덥지 않았다.

"항상 바쁜 건 둘째 치고 지금 하는 일이 좋아?" 그의 호흡에는 조금도 흐트러짐이 없었다.

"좋아요. 리매키 교수님하고 일하는 게 즐거워요." 내가 헐떡거리며 답했다.

한동안 내 프로젝트와 연구실 사람들에 대한 이야기를 나눴다. 그는 백신 분야에서 유명한 내 지도교수님을 알고 있었다. 벤처투자 부문에서 별로 인기가 없는 학문인데도 그가 최신 논문을 꿰고 있다는 사실이 감탄스러웠다. 그는 내 일에만 관심을 보인 게 아니었다. 내 생활에 대해서도 알고 싶어 했고 단도직입적으로 물었다.

"연구실이 내 생활이에요." 얼마나 강도 높은 비판이 들려올까 슬쩍 눈치를 살폈지만 그는 눈 하나 깜짝하지 않았다. 대학원생은 몇 명 되지 않는데 포스트 닥터들은 수두룩해서 논문이 쉴 새 없이 쏟아진다. "다들 좋은 사람들이에요." 숨을 삼켰다가 공기를 잔뜩 들이마셨다. "아이들을 키우고 있는 두 사람이랑 가장 친해요. 일 끝나고 당구칠 일은 없으니까요."

"퇴근할 때쯤이면 어차피 당구장도 문 닫았을 것 같은데?" 그가 약 올리듯 말했다. "내가 맡은 임무가 그거잖아? 네가 평소 일과에서 벗어나도록 잔소리해주는 오빠 역할."

"맞아요." 나는 웃음을 터뜨렸다. "젠슨 오빠가 단도직입적으로 나더러 한심하다고 하는데 틀린 말이 하나도 없어서 짜증났어요." 몇 걸음 달린 후 잠깐 멈추었다. "내가 오랫동안 일에만 매달린 건 사실이에요. 계속 다음 장애물을 헤쳐 나가느라고 한 번도 쉬면서 즐긴 적이 없어요."

"그래. 그건 안 좋아." 윌이 조용하게 동의했다.

그의 시선이 주는 부담스러움을 애써 무시하면서 눈앞의 길에만 시선을 집중했다. "나를 가장 생각해주는 사람들에게 정작 가장 소홀하게 된다는 생각을 해본 적 있어요?" 아무런 대답이 없어서 덧붙였다. "요즘 난 진짜 중요한 데는 신경 쓰지 않고 산다는 생각이 들어요."

곁눈질로 보니 그는 다른 곳을 보면서 고개를 끄덕였다. 그의 대답이 나오기까지는 한참이 걸렸다. "그래. 뭔지 알아."

잠시 후 그가 웃음을 터뜨리는 소리에 고개를 돌렸다. 마치 내 살과 뼈를 파고들 만큼 깊고 우렁찼다.

"지금 뭐하는 거야?" 그가 물었다.

그의 시선을 따라가 보니 두 팔을 교차시켜 가린 내 가슴으로 가 있었다. 나는 속으로 움찔했다. "가슴이 아프단 말이에요. 도대체 남자들은 어떻게 괜찮은 거죠?"

"그야 우린 그게… 안 달렸으니…." 윌이 모호하게 내 가슴 쪽을 향해 손을 흔들었다.

"다른 건 달렸잖아요. 달리기할 때 사각팬티 입어요?" '아, 젠장. 나는 생각나는 대로 내뱉는 게 문제야.'

그는 무슨 말인지 모르겠다는 듯한 표정으로 쳐다보다가 바닥에 깔린 나뭇가지에 걸려 넘어질 뻔했다. "뭐라고?"

"사각팬티요." 한 자 한 자 나는 똑바로 다시 말해주었다. "그 부분이 달랑거리지 않게 하는 다른 방법이…."

내 말을 자르고 갑자기 터진 그의 웃음소리가 찬 공기를 뚫고 나무 사이로 울려 퍼졌다. "그래. 달리기할 때는 사각팬티 안 입어. 달랑거릴 테니까." 그는 윙크를 한 후 매력적인 옅은 웃음을 띠고 앞쪽을 쳐다보았다.

"남들보다 더 많이 달려 있기라도 한가요?" 내가 놀렸다.

윌이 재미있다는 표정을 지었다. "꼭 알아야겠다면 난 러닝 쇼츠를 입어. 딱 달라붙는 거라 녀석들을 얌전하게 해주지."

"그런 면에서는 여자들이 편해요. 아래에서 잔뜩 달랑거리는 게 없으니까. 우리 아래쪽은 깔끔하거든요." 내가 양손을 마구 흔들며 말했다.

그 때 평평한 지대가 나와서 속도를 줄여 걷기 시작했다. 옆에서 윌이 작게 웃었다. "나도 알아."

"오빠는 그 방면에 전문가잖아요."

그가 자기 귀를 의심하는 듯한 표정을 지었다. "뭐?"

아주 잠깐 동안 말을 하지 말까 고민했지만 이미 늦었다. 나는 생각을 검열하는 데 뛰어나지 못했고 가족들은 기회가 있을 때마다 얼씨구나 하고 신나게 이런 나를 지적해댔다. 나의 뇌는 내가 윌하고 언제 또 이런 시간을 보낼 기회가 있겠냐며 첫 만남에서 할 얘기 못 할 얘기 다 하려고 하는 듯했다.

"여자 후리기… 전문가요."

그의 눈이 커지고 발걸음은 약간 흔들렸다.

숨을 고르기 위해 잠시 멈췄다. "오빠가 직접 한 말이에요."

"내가 '여자 후리기 전문가'라는 말을 언제 했다는 거지?"

"기억 안 나요? 젠슨은 말만 잘 하고 자기는 행동 전문이라고 했잖아요. 그렇게 말한 다음에 눈썹을 씰룩거렸죠."

"끔찍하군. 도대체 그런 건 어떻게 기억하는 거야?"

나는 몸을 똑바로 폈다. "그때 난 열네 살이었어요. 오빠는 젠슨 오빠의 잘생긴 친구였고 우리 집에 놀러 와서 섹스에 대한 농담을 했죠. 좀 신비한 존재였다고 할까."

"난 왜 하나도 기억이 안 나지?"

나는 그를 흘낏 보며 어깨를 으쓱했다. 이제 길에는 사람들이 제법 있었다. "아마 똑같은 이유일 거예요."

"네가 이렇게 재미있는 성격이었다는 것도 기억나지 않는군. 게다가 이렇게…." 그는 은밀하게 나를 위아래로 훑었다. "다 컸을 줄이야."

나는 미소를 지었다. "네. 예전엔 안 이랬죠."

그가 팔을 뒤쪽으로 하더니 스웨트 셔츠를 머리 위로 올렸다. 잠깐 동안이지만 안에 입은 셔츠와 탄탄한 상체가 살짝 드러났다. 군살 없는 배와 배꼽에서 바지 허리선까지 이어진 짙은 체모를 보자 온몸이 굳는 것 같았다. 약간 허리 아래에 걸친 트레이닝 바지를 보니 엉덩이 곡선과 함께 매력적인 물건을 따라 쭉 뻗은 다리가 연상되었다. 맙소사. 윌 섬너의 몸은 비현실적이다.

그가 셔츠 아랫단을 제자리로 내리는 순간 나는 환상에서 깨어 고개를 들었다. 반팔 셔츠 아래로 드러난 팔뚝이 보였다. 그는 목을 긁적거렸다. 그의 팔뚝을 따라 움직이는 내 시선을 자각하지 못했다. 그가 아버지의 일을 도와주느라 우리 집에 살았던 때가 한꺼번에 떠올랐다. 그가 오빠와 함께 소파에 앉아 영화를 보던 것, 한밤중에 복도에서 수건으로 아래만 가린 그와 마주쳤던 것, 연구실에서 힘든 하루를 마치고 돌아와 부엌에서 정신없이 저녁 식사를 하던 그. 특히나 그의 문신은 그 어떤 주술을 건다고 해도 잊을 수가 없었다. 어깨의 파랑새와 팔 뒷부분에 산과 나무뿌리가 덩굴에 둘러싸여 있는 문신이 지금 보니 다시 기억이 났다.

새로운 문신도 있었다. 한쪽 팔뚝 가운데에 소용돌이무늬가, 다른 쪽 팔뚝에는 소매 아래로 축음기 문신이 엿보였다. 윌이 조용하기에 올려다보니 나를 보면서 히죽 웃고 있었다.

"미안해요." 소심하게 웃으며 말했다. "새 문신도 보이네요."

그가 혀를 내밀어 입술을 적셨고 우리는 다시 걷기 시작했다.

"미안해할 것 없어. 남이 봐주길 원해서 한 거니까."

"사람들이 이상하게 보진 않아요? 비즈니스맨이잖아요."

그가 어깨를 으쓱하며 나직하게 말했다. "긴팔에 슈트 차림이라 대부분은 모르지." 그의 말에 나는 문신을 보지 못한 '대부분'의 사람들이 아니라 문신을 하나도 빠짐없이 알고 있을 사람들이 누군지 궁금해졌다.

'윌 섬너는 위험해.' 나는 스스로에게 다시 한 번 상기시켰다. '저 입에서 나오는 말은 전부 다 음란해. 난 지금 저 남자의 벗은 몸을 상상해버렸어. 또다시.'

나는 새로운 화젯거리를 찾기 위해 눈을 깜빡거렸다. "오빠 생활은 어때요?"

그가 경계하는 듯한 눈으로 쳐다보았다. "뭐가 알고 싶은데?"

"하는 일은 마음에 들어요?"

"대부분은."

나는 알겠다는 듯 미소 지었다. "가족은 자주 만나요? 어머니하고 누나들은 워싱턴 주에 살죠?" 나이차 많은 누나가 두 명 있고 누나들은 어머니와 가까이 산다는 사실이 기억났다.

"정확히는 오리건 주에 살아." 그가 정정했다. "뭐, 일 년에 몇 번 만나지."

"사귀는 사람 있어요?" 나도 모르게 튀어나온 질문이었다.

그가 무슨 질문인지 이해되지 않는다는 듯 미간을 찌푸렸다. 잠시 후 답이 나왔다. "아니."

적절하지 못한 질문이긴 했지만 그의 헷갈려하는 반응이 사랑스러워서 다시 장난스럽게 질문했다. "꼭 그렇게 생각해야 답할 수 있는 질문이에요?"

"아니, 똑똑한 아가씨. 어쨌든 '지기, 이쪽은 내 여자 친구야'라고 너한테 소개해줄 사람이 없는 건 확실하지."

흥얼거리며 그를 유심히 관찰했다. "얼버무리기에 상당히 능하시네요."

그는 비니를 벗더니 손으로 머리칼을 쓸었다. 땀으로 축축해진 머리칼이 사방으로 뻗어 있었다.

"지금까지 관심 가는 여자도 없었어요?"

"몇 명 있었지." 그는 심문 같은 질문을 피하지 않겠다는 듯이 고개를 돌려 나를 쳐다보았다. 기억났다. 윌은 굳이 자기 자신에 대해 해명할 필요를 못 느끼지만 그렇다고 질문을 회피하는 쪽도 아니었다.

그는 예전 그대로인 게 분명했다. 여자가 많고 한 번에 한 명을 만나는 것도 아니다. 눈을 깜빡이며 시선을 아래로 향했다. 호흡과 함께 올라갔다 내려가는 가슴, 근육질 어깨와 매끄러운 구릿빛 목선. 그는 약간 벌어진 입술 사이로 다시 혀를 내밀어 입술을 적셨다. 조각 같은 턱선 주위는 수염이 거뭇거뭇했다. 갑자기 허벅지를 만져보고 싶은 민망한 충동이 샘솟았다.

시선을 아래로 내려 양쪽으로 편안하게 내린 탄탄한 팔과 큼직한 손, 군살 없는 복부를 쳐다보았다. 맙소사, 저 손으로 대체 뭘 하는 걸까. 트레이닝 바지의 앞섶은 윌 섬너가 그 안에 굉장한 걸 감추고 있음을 말해주었다. 젠장, 이 남자랑 하고 싶다.

둘 사이에 침묵이 흐르면서 서서히 깨달음이 몰려왔다. 나는 감정이 얼굴에 그대로 드러나는 편이다. 윌은 방금 내가 한 생각을 모조리 다 읽었을 것이다.

그는 다 안다는 듯이 눈빛이 짙어지더니 한 걸음 가까이 다가와 머리부터 발끝까지 나를 훑었다. 마치 덫에 빠진 사냥감을 살피는 듯했다. 근사하고도 치명적인 미소로 입꼬리가 올라갔다.

"그래서 점수는?"

나는 땀이 흐르는 두 손을 꽉 움켜진 채 침을 삼키며 이렇게 말할 뿐이었다. "뭘?"

그는 눈을 깜빡인 후 한 번 더 깜빡이더니 뭔가 생각난 듯 뒤로 물러섰다. 그의 머릿속을 스치는 깨달음이 내 눈에도 보였다. '젠슨의 여동생이야. 나보다 일곱 살이나 어리고. 난 리브하고도 잤잖아. 게다가 얘는 범생이과야. 아랫도리를 기준으로 생각하는 건 관두자.'

그는 약간 움찔하며 나지막하게 말했다. "그래, 미안해."

재미있는 반응에 긴장이 좀 풀렸다. 나와 달리 감정을 얼굴에 드러내지 않기로 유명한 윌인데 지금은 아니었다. 나한테는 그러지 못하고 있다. 그 모습에 가슴이 철렁하는 듯한 자신감이 생겼다. 그가 어떤 여자도 거부하기 힘든 육감적인 매력을 타고난 남자인지는 몰라도 나 한나 벅스트롬은 윌 섬너를 감당할 수 있다는 가슴 철렁한 자신감이 있었다.

"아직 정착할 준비가 안 된 거예요?"

"당연히 아니지." 한쪽 입꼬리가 올라간 미소는 치명적일 정도로 매력적이었다. 이 남자와 함께라면 내 심장과 은밀한 그곳이 단 하룻밤도 견디지 못할 것 같았다.

'어차피 기회도 없을 테니까 진정해, 이 쓸모없는 질 같으니라고.'

한 바퀴 빙 돌아서 코스 초입에 도착하자 윌은 나무에 기댔다. "왜 갑자기 즐기면서 살려고 하지?" 그가 질문을 내 쪽으로 돌리려는 듯 고개를 기울였다. "젠슨하고 아버님이 네가 좀 더 사람들하고 어울리기를 바란다는 건 잘 알겠어. 하지만 지그스, 넌 예쁘잖아. 남자들한테 대시를 못 받아봤을 리가 없어."

나는 잠깐 입술을 깨물었다. 윌이 내가 이러는 게 남자 경험이 전혀 없어서라고 생각하는 것도 당연했다. 뭐, 완전히 잘못된 생각은 아니었다. 그러나 한심하다는 듯한 표정은 전혀 아니었다. 이렇게 개인적인 문제에 대한 대화를 꺼리는 어색한 빛도 없었다.

"물론 연애를 한 번도 해보지 않은 건 아니에요. 문제는 제대로 못한다는 거죠." 가장 최근에 무지 싱겁게 끝나버린 만남이 떠올랐다. "전혀 안 그래 보일지도 모르지만 난 연애에는 별로 익숙하지 못해요. 오빠가 당신 얘기를 해줬어요. 좋은 성적으로 박사 학위를 마쳤고 재미있는 일들도 엄청 많이 했더군요. 난 사교성 부족에 관한 현장 연구를 하고 있는 것 같은 사람들하고 일해요. 남자를 만날 기회 자체가 별로 없어요."

"넌 아직 어려, 지그스. 왜 벌써부터 그런 걱정을 하는 거지?"

"걱정하는 건 아니지만 벌써 스물넷인걸요. 내 뇌와 몸은 흥미로운 방향으로 끌리는 경향이 있거든요. 난 그냥… 탐구해보고 싶어요. 윌은 내 나이 때 그런 생각 안 했어요?"

그가 어깨를 으쓱했다. "걱정하고 그럴 정도는 아니었지."

"당연히 그럴 필요가 없었겠죠. 눈만 찡긋해도 여자들의 속옷이 바닥에 나뒹굴었을 테니까요."

윌은 입술을 핥고 목 뒤로 손을 가져가 긁적거렸다. "넌 참 재미있어."

"난 과학자예요. 제대로 하려면 직접 남자의 머릿속으로 들어가 사고방식을 배울 필요가 있어요." 심호흡을 하고 그를 찬찬히 살핀 후 덧붙였다. "그러니까 가르쳐줘요. 우리 오빠한테도 나를 도와준다고 했다면서요. 도와주세요."

"너희 오빠가 '야, 우리 꼬맹이 여동생도 뉴욕에 사는데 월세를 너무 비싸게 주고 있는 건 아닌지 좀 살펴봐줘. 아, 그리고 남자 사귀는 법도 좀 가르쳐주고'라고 말하진 않았지." 갑자기 무슨 생각이 떠올랐는지 그의 짙은 갈색 눈썹이 한데 모였다. "혹시 소개팅 시켜달라는 건가?"

"맙소사. 아니거든요." 웃어야 할지, 쥐구멍에 숨어서 평생 나오지 말아야 할지 알 수 없었다. 방어 태세를 갖춰야 할 만큼 섹시한 윌이지만 내가 그에게 필요한 도움은 다른 남자들하고 자도록 도와달라는 거다. 그러면 루저에서 탈피해 적당한 정도로 사교성을 갖출 수 있을지 모른다. "뭘 가르쳐달라는 말이냐면요…." 모자 속으로 머리를 긁적였다. "남자 사귀는 방법이요. 연애 법칙을 가르쳐주세요."

그는 괴로운 듯 눈을 깜빡거렸다. "법칙이라고? 난…." 그는 가볍게 몸을 떨며 말끝을 흐리더니 턱을 긁적였다. "남자 만나는 법을 가르쳐줄 자격이 나한테 있는지 모르겠네."

"윌은 예일대 출신이잖아요."

"그래서? 졸업한 지가 언젠데, 지그스. 대학 때 이런 과목은 없었거든."

"밴드 활동도 했잖아요." 마지막 말을 무시한 채 내가 덧붙였다.

그의 눈빛이 재미있다는 듯이 변했다. "하고 싶은 말이 뭐지?"

"그러니까 내 말은 난 MIT에 다녔고 던전 앤 드래곤 게임을 했고 매직…."

"나도 던전 앤 드래곤 고수였어, 지그스."

나는 무시하고 계속 말했다. "예일대 출신에 라크로스 선수였고 밴드에서 베이스기타도 친 사람이라면 안경 낀 연애 바보한테 한 수 가르쳐줄 수 있을 거라는 말이에요."

"지금 나하고 장난하나?"

나는 대답 대신 팔짱을 끼고 인내심 있게 기다렸다. 몇몇 연구실을 돌며 순환 근무를 하다가 내가 하고 싶은 연구를 하나 선택해야 한다는 사실을 알게 되었을 때 취했던 자세였다. 대학원 과정 첫 해 내내 연구실을 돌고 싶진 않았다. 곧바로 리맥키 교수의 연구에 합류하고 싶었다. 바이러스 백신 연구에서 기생충학으로 옮기기에 왜 그의 연구가 안성맞춤인지, 논문 주제로 어떤 연구를 하고 싶은지 설명한 후 사무실 밖에 서 있었다. 몇 시간이라도 서 있을 각오가 되어 있었다. 그런데 리매키 교수는 5분 만에 수긍했고 학과장 자격으로 예외를 인정해주었다.

윌은 먼 곳을 쳐다보았다. 내 제안을 고려하는 건지, 아니면 나를 혼자 남겨두고 달리려는 건지 알 수 없었다.

마침내 그가 한숨을 쉬었다. "좋아. 인간관계를 넓히기 위한 첫 번째 법칙, 아침 해가 뜨기 전에는 콜택시를 제외하고 누구에게도 전화를 걸지 않는다."

"알았어요. 그건 미안해요."

그는 나를 찬찬히 살피더니 내 복장을 가리켰다. "달리기도 같이 하고 만나서 이것저것 해보지." 그리고 움찔하면서 애매하게 내 몸을 가리켰다. "네가 꼭 뭘 해야 할 것 같진 않지만… 젠장. 나도 모르겠군. 네 오빠한테 빌려 입은 것 같은 헐렁한 그 스웨트 셔츠 말이야… 내 말이 틀리다면 바로잡아줘. 내가 볼 땐 넌 평소에도 그런 옷을 입을 것 같아." 그가 어깨를 으쓱하며 덧붙였다. "좀 귀엽긴 하지만."

"난 문란한 여자처럼 안 입어요."

"문란한 여자처럼 입어야 한다는 게 아니야." 그는 자세를 똑바로 하고 머리카락을 헝클어뜨려 비니 안에 집어넣었다. "맙소사. 한마디도 안 지는군. 클로에하고 세라를 아나?"

고개를 저었다. "혹시… 당신이 정식으로 사귀지 않는 여자들인가요?"

"오, 절대 아냐." 그가 웃으며 말했다. "나랑 친구들을 꽉 붙잡고 있는 여자들이지. 한 번 만나보는 게 좋겠군. 하루 만에 절친이 될 거라고 장담하지."

2

"아, 잠깐." 맥스가 앉기 위해 의자를 당겼다. "너하고 잤던 그 젠슨 여동생?"

"아니, 걔는 리브였어." 나는 친구 맞은편에 앉아 대꾸하며 녀석의 재미있다는 듯한 미소를 모른 척했다. "그리고 난 리브랑 잔 게 아니야. 그냥 잠깐 어울린 거지. 막내 여동생은 지기야. 크리스마스에 젠슨네 집에 처음 갔을 때 열두 살밖에 안 된 꼬마였지."

"크리스마스라고 집에 초대한 친구가 내 여동생이랑 뒷마당에서 스킨십을 하다니. 나라면 엉덩이를 걷어찼을 텐데." 맥스는 턱을 만지작거리며 다시 생각에 잠겼다. "아냐, 아마 신경 안 썼을 거다."

맥스의 입가에 슬쩍 웃음이 피어올랐다. "몇 년 후 여름 방학 때는 리브가 없었어. 그땐 예의 바르게 행동했지."

주변에서 잔이 쨍그랑 부딪치는 소리, 나직한 목소리로 대화하는 소리가 들렸다. 6개월 전부터 화요일마다 친구들과 레버나딘에서 점심 모임을 해온 터였다. 평소에는 맥스와 내가 가장 늦게 오곤 하는데 오늘은 모두들 회의가 늦어지는 모양이었다.

"장하네. 상이라도 줘야겠어." 맥스는 메뉴판을 훑어보다 탁 닫으며 말했다. 메뉴판은 펼쳐볼 필요가 없었다. 우리는 항상 첫 번째 코스로 카베아를, 메인으로는 아귀 요리를 주문하기 때문이다. 최근에 맥스는 세라로 인해 예의 즉흥적인 행동이 사라진 듯했다. 음식이건 일이건 꽤 일관성을 지켜나갔다.

"네가 세라를 만나기 전에 어땠는지 잊어버렸군. 수도원에서 산 것처럼 굴지 마."

그는 내 말에 여유 있는 미소를 지으며 눈을 찡긋했다. "젠슨 막내 여동생 얘기나 계속해봐."

"벅스트롬 5남매 중 막내고 컬럼비아 대학원에 다녀. 어려서부터 말도 안 되게 머리가 좋았거든. 3년 만에 학부를 마치고 지금은 리맥키 교수 연구실에 있다나? 백신 연구로 유명한 교수 말이야."

맥스는 '대체 뭔 소리야?'라는 듯 어깨를 으쓱했다.

"의대에서 진행 중인 화제의 연구야. 어쨌든 지난 주말 내가 라스베이거스에서 블랙잭에 열중하고 있을 때 젠슨한테 문자가 왔더군. 막내 여동생 만나러 간다고 말이야. 앞으로도 평생 연구실 큐브와 비커에 둘러싸여 살다가 죽으면 되겠냐고 잔소리 꽤나 한 모양이야."

웨이터가 물을 채워주러 왔다. 나는 웨이터에게 일행이 몇 명 더 올 거라고 말해주었다.

맥스가 다시 나를 쳐다보았다. "다시 만날 생각이야?"

"응. 이번 주에 만날 것 같아. 아마 또 조깅을 할 거야."

내 말에 맥스의 눈이 휘둥그레졌다. "너가 조깅할 때 다른 사람을 부른다고? 너한테는 섹스보다 친밀한 의미 같은데, 윌리엄."

"그러거나 말거나." 나는 한 손을 들어 그만하라는 신호를 보냈다.

"그래서 재미는 있었어? 젠슨 막내 여동생과의 재회."

솔직히 재미있었다. 격정적이지도 않았고 그저 같이 조깅을 했을 뿐 특별한 것도 없었다. 하지만 기대와 전혀 다른 그녀의 모습에 작은 떨림을 느꼈고 아직도 그녀의 모습이 생생했다. 그녀를 만나기 전에는 연애를 못하는 이유가 바빠서만은 아닐 거라고 생각했다. 사람을 대하는 게 영 서투르거나, 얼굴이 못 생겼거나, 사회성이 떨어지는 행동을 하기 때문이라고 생각했다.

하지만 직접 만나본 그녀는 영 딴판이었다. '꼬맹이 여동생'은 당연히 아니었다. 그녀는 순진했고 거침없이 말을 내뱉기도 했지만 정말로 일에 너무 열심이고 그 습관이 몸에 밴 탓에 변하고 싶어도 쉽지 않은 게 문제라면 문제였다. 충분히 이해되는 상황이었다.

벅스트롬 가족을 처음 만난 건 대학교 2학년 크리스마스 때였다. 그 해에 집으로 갈 비행기 표를 살 돈이 없었고 크리스마스 연휴 동안 기숙사에서 홀로 지낼 참이었다. 이 소식을 들은 젠슨의 어머니는 크리스마스 이틀 전에 보스턴까지 직접 자동차를 몰고 와 나를 집으로 데려갔다. 두 살 터울의 다섯 아이가 있는 집이니 예상대로 시끌벅적하고 화목한 분위기였다.

그런데 나는 뒷마당 창고에서 그 집 큰딸과 몰래 스킨십을 하는 배은망덕한 짓을 저질렀다. 그때가 내 인생에서 어떤 시기였는지 생각하면 충분히 할 만한 짓이었다.

몇 년 후에는 젠슨의 아버지 조한 밑에서 인턴으로 일하게 되어 잠깐 그 집에서 살게 되었다. 그 집 남매들은 대부분 독립해 나갔고 집에는 젠슨과 나, 막내딸 지기뿐이었다. 이미 젠슨의 집은 나에게 제2의 집과도 같았다. 석 달이나 한 집에서 살았고 몇 년 전 젠슨의 결혼식에서 지기를 만났었는데도 어제 전화를 받았을 때 그녀의 얼굴이 잘 떠오르지 않았다.

하지만 공원에서 그녀의 얼굴을 본 순간 예상보다 많은 기억이 밀려왔다. 주근깨 가득한 코를 책에 파묻고 있던 열두 살의 그녀. 저녁 식탁에서 건너편에 앉아 이따금씩 수줍은 미소만 지을 뿐 평소에는 나와의 접촉을 꺼리던 모습. 당시 나는 스물한 살로 나이차가 있던 지기를 전혀 의식하지 않았었다. 열여덟 살이던 그녀도 기억났다. 깡마른 몸매와 등 뒤로 풍성하게 늘어진 헝클어진 머리. 그녀는 오후만 되면 밑단 올이 자연스럽게 풀어진 반바지와 탱크톱 차림으로 뒷마당에 담요를 깔고 책을 읽었다. 눈앞에 있는 여자에게 그러하듯 나는 그녀 또한 훑었다. 나는 신체 부위를 훑으면서 점수를 매기곤 했다. 굴곡 있는 몸매이긴 했지만 성격이 조용한 데다 남자에 무지한 것 같은 그녀는 나에게 경멸스러운 무관심의 대상으로 판정 났다. 당시 내 삶은 호기심으로 가득했다. 나보다 어리건 나이가 많건 뭐든지 하려고 달려드는 적극적이고 능숙한 여자들에게 관심이 갔다.

그녀와 재회한 날 오후, 머릿속에서 폭탄이 터진 듯했다. 그녀의 얼굴을 보니, 참 이상한 일이지만 다시 집에 온 것 같은 익숙한 느낌이면서도 처음 만나는 아름다운 여자 같았다. 밝은 금발에 키가 크고 마른 모습이 서로 쌍둥이처럼 닮은 리브와 젠슨과는 하나도 비슷하지 않았다. 좋든 나쁘든 그녀는 아버지를 많이 닮았다. 아버지에게 긴 팔다리와 잿빛 눈동자, 밝은 갈색 머리와 주근깨를, 어머니의 환한 미소와 몸매의 곡선이 기묘하게 섞여 있었다.

그녀가 다가와 내 목을 껴안았을 때 나는 어떻게 해야 할지 망설였다. 친밀함에 가까운 편안한 포옹이었다. 지금까지 클로에와 세라를 제외하고 여자들과 순수한 친구 사이였던 적이 많지 않았다. 내가 여자를 그렇게 꽉 껴안을 때는 으레 성적인 요소가 들어갔다. 내 기억 속의 지기는 언제나 막내 여동생이었는데 어제 그녀를 안아보니 더 이상 어린애가 아니라는 걸 확실히 느꼈다. 이십 대 여성으로 성장한 그녀의 따뜻한 손이 내 목에 닿고 몸이 밀착되었다. 그녀에게서 샴푸와 커피 향이 섞인 듯한 성숙한 여성에게서 날 법한 향기가 풍겼고 두툼한 스웨트 셔츠와 가여울 정도로 얇은 점퍼에 가려진 가슴이 느껴졌다. 팔을 풀고 물러나서 나를 쳐다보는 그녀를 보는 순간 그녀가 좋아져버렸다. 화려하게 차려입은 것도 아니고 화장도 하지 않고 신경 쓴 운동복 차림도 아니었다. 그녀는 오빠의 예일대 스웨트 셔츠와 지나치게 짧은 검은 바지에 산 지 오래 된 게 분명한 운동화를 신고 있었다. 나에게 잘 보이려고 하고 나온 차림이 전혀 아니었다. 순수하게 나를 보고자 나온 거였다.

젠슨은 일주일 전에 전화로 말했다. '지기는 너무 고립된 생활을 하고 있어. 아버지의 워커홀릭 유전자를 물려받지 않았다면 이상한 거겠지. 아버지랑 지기를 보러갈 거야. 뭘 어떻게 해야 할지 모르겠다.'

세라와 베넷이 저 쪽에서 걸어오는 모습이 보이자 생각이 멈췄다. 맥스가 일어나 두 사람을 맞았다. 맥스가 "아름다워, 여신님"이라고 하며 세라의 귀 아래에 키스하는 모습을 못 본 척했다.

"클로에를 기다려야 하나?" 다들 자리에 앉자 내가 물었다.

베넷이 메뉴판을 보면서 말했다. "금요일까지 보스턴에 있을 거야."

"정말 다행이군. 배고파 돌아가시겠는데 클로에는 메뉴를 결정하는데 하루 종일 걸리니까."

베넷은 나직하게 웃으며 메뉴판을 다시 밀어놓았다.

나도 안심이 되었다. 배가 고파서가 아니라 두 커플 사이에서 느끼는 소외감으로부터 잠시 벗어날 수 있으니. 두 쌍의 남녀는 내 연애사에 참견하는 건 오래전에 그만뒀다. 그들은 내가 언젠가 죽도록 사랑하는 여자를 만나 처절하게 거절당하는 날이 올 거라고 자신했다.

지난주 라스베이거스에서 돌아온 이후 지기에 대한 생각은 점점 커지기만 했다. 급기야 나는 정기적으로 만나는 두 명의 섹스 파트너, 키티와 크리스티에게 마음이 식어가고 있는 것 같다고 이야기하는 실수를 저질렀다. 두 여자 모두 나와 아무런 조건 없이 정기적으로 만나 즐기는 데 만족했고 서로의 존재를, 또 내가 가끔 제3의 여자랑 자는 것도 신경 쓰지 않는 듯했다. 그러나 얼마 전부터는 그저 매뉴얼을 따르는 느낌이 들었다.

옷을 벗고

만지고

섹스 하고

사정하고

(어떨 땐 누워서 잠깐 이야기하고)

굿나잇 인사를 하고

각자 자기 집으로 돌아간다.

너무 편해진 건가? 아니면 섹스만 하는 관계에 드디어 싫증난 건가? 내가? 내가 섹스에 싫증났다고?

도대체 왜 지금 이런 생각이 드는 거지?

허리를 곧게 펴고 양손으로 얼굴을 문질렀다. 지금까지 내 인생에서 단 하루 만에 바뀐 일은 하나도 없었다. 그래, 지기와 기분 좋은 아침을 보냈다. 하지만 그뿐이다. 정말 그뿐이었다. 그녀가 상대방을 무장해제시킬 만큼 순수하고 재미있고 또 놀라울 정도로 예뻤다는 건 사실이지만 그렇다고 나를 이렇게 흔들어놓았을 리가 없다.

"무슨 얘기하고 있었어?" 베넷이 웨이터에게 고맙다고 말하고 앞에 칵테일 잔을 내려놓으며 물었다.

"윌이 오늘 오랜 친구와 재회한 얘기를 하고 있었지." 맥스는 다 들으라는 듯이 속삭이는 흉내를 냈다. "여자 말이야."

세라가 웃었다. "윌이 오늘 아침에 여자를 만났다고? 그게 뉴스거리나 돼?"

베넷이 제지하듯 한 손을 들었다. "잠깐. 오늘 밤은 키티 차례 아니야? 그런데 오늘 아침에 다른 여자를 만났다고?" 그는 칵테일을 한 모금 마시며 나를 쳐다보았다.

사실 한나에게 오늘 저녁이 아니라 아침에 만나자고 한 것도 키티 때문이었다. 오늘 늦게 일이 있다고 한 게 바로 키티를 만나는 거였으니까. 하지만 생각하면 할수록 키티와 함께하는 화요일에 점점 흥미를 잃었다.

내가 괴로워하는 소리에 맥스와 세라가 웃음을 터뜨렸다. "우리가 윌의 데이트 스케줄을 전부 꿰고 있다니 웃기지 않아?" 세라가 말했다.

맥스는 웃음기 가득한 눈으로 나를 응시했다. "키티하고 약속 취소하려고? 벌 받을 거 같아?"

"어쩌면." 키티는 몇 년 전에 알게 되었다가 그녀가 진지한 관계를 원한다는 걸 알고 좋게 끝을 냈었다. 그런데 몇 달 전 바에서 우연히 재회했을 때 그녀 쪽에서 먼저 엔조이 만남을 제안했다. 나야 대환영이었다. 그녀는 아름다운 데다 내가 원하는 대로 뭐든 다 맞춰주려 했으니까. 그녀는 거듭 섹스만 하는 관계면 된다고 말했다. 하지만 그게 거짓말이라는 것을 둘 다 알고 있었다. 일이 생겨서 약속을 취소하기라도 하면 키티는 상당히 불안해하며 나에게 매달렸다.

크리스티는 키티와 정반대였다. 그녀는 좀 더 독립적인 성격에 섹스를 할 때면 입에 재갈 물리는 걸 좋아하는, 나와 다른 취향의 소유자였다. 집착하는 성격도 아니라 함께 절정에 달하고 섹스가 끝나면 금방 일어섰다.

"새 여자한테 관심이 생겼으면 키티하고는 끝내는 게 맞아." 세라가 말했다.

"다들 오버 하지 마." 나는 포크로 샐러드를 푹푹 찌르면서 말했다. "지기하고 나는 아무 사이도 아니야. 조깅 한 번 했을 뿐이야."

"그런데 왜 계속 그 얘기를 하는 거지?" 베넷이 웃으며 물었다.

내가 고개를 끄덕였다. "그러게 말이다."

그럼에도 계속 지기 이야기를 하는 건 내가 신경이 날카로워져 있기 때문이었다. 나는 그런 감정이 얼굴에 네온사인이라도 켜진 듯 한눈에 드러나곤 했다. 미간이 찌푸려지고 눈빛은 짙어지고 말투도 딱딱해진다. 한마디로 재수 없는 녀석으로 변한다.

맥스는 그걸 좋아했다.

"그건 윌리엄을 짜증나게 만들기 때문이지. 그거야말로 내가 세상에서 가장 좋아하는 일 아니겠어? 오늘 아침에 친구 여동생을 만난 후로 수심에 잠긴 녀석의 표정이 끝내주게 재미있거든. 윌이 이렇게 고민하는 모습을 본 건 처음이란 말이지."

"젠슨의 막내 여동생이야." 내가 세라와 베넷에게 설명했다.

"그 언니하고는 10대 때 진하게 키스한 사이래." 맥스가 과장된 말투로 덧붙였다.

"넌 정말 재수 없는 놈이야." 내가 웃으며 말했다. 리브와의 만남은 짧은 불장난에 불과했다. 뜨거운 키스를 나눈 뒤 뉴 헤이븐으로 돌아간 후에 그녀의 연락을 피했다는 것 외에는 잘 기억도 나지 않는다. 당시 내 행실로 볼 때 리브와의 관계는 불장난 축에도 들지 않았다.

메인 요리가 나오자 다들 말없이 식사를 했다. 또다시 머릿속이 어지러워졌다. 그녀의 모습이 갑자기 하나하나 떠올랐다. 난 조깅을 하는 도중에 참지 못하고 그녀를 노골적으로 쳐다봤었다. 그녀의 볼과 입술, 하나로 묶어 동그랗게 올린 머리와 부드러운 목에 흘러내린 머리카락을 쳐다보았다. 나는 여자에게 관심이 많지만 보는 여자마다 매력을 느끼는 건 아니었다. 과연 그녀는 어떤 편인가? 예쁜 축이긴 하지만 지금까지 본 여자 중에서 가장 예쁘지는 않았다. 나보다 일곱 살이나 어리고 풋사과처럼 싱그러우며 일에 파묻혀 눈코 뜰 새 없이 바쁘다. 과연 다른 여자와 차이점이 무어란 말인가?

그녀가 내 시선을 느꼈는지 나를 쳐다보았다. 눈이 마주친 순간 둘 사이에는 뜨거운 불꽃이 튀었고 너무나 혼란스러웠다. 그녀가 웃으니 얼굴 전체가 환해졌다. 한여름의 스크린도어처럼 활짝 열린 것 같은 그녀를 보니 추운 날씨에도 불구하고 내 안에서 뭔가가 뜨거워졌다. 오랜만이지만 익숙한 갈망이었다. 온몸에서 아드레날린이 솟구치고 한 여자의 은밀한 그곳을 나 혼자 살펴보고 싶은, 너무도 오랫동안 느껴보지 못했던 욕망이 살아났다. 지기의 피부는 달콤해 보였다. 입술은 도톰하고 부드러웠다. 목은 지금까지 깨물거나 빨린 흔적이 없을 것처럼 순결해 보였다. 내 안의 야수는 그녀의 손과 입술, 가슴을 자세히 들여다보고 싶어 했다.

고개를 들자 맥스가 신중하게 음식을 씹으며 나를 쳐다보고 있었다.

그는 포크를 들어 내 가슴 쪽을 가리켰다. "천생연분인 여자와 하룻밤, 더도 말고 덜도 말고 딱 하룻밤이면 돼. 섹스를 말하는 것도 아니야. 그 하룻밤이 너를 바꿀 수 있…."

"오, 제발 그만해. 너 지금 되게 재수 없게 굴고 있어." 내가 괴로워하며 대답했다.

베넷이 얼굴을 들더니 한마디 거들었다. "너를 생각하게 만드는 여자를 찾아야 돼. 모든 것에 대한 네 생각을 바꿔줄 여자."

나는 두 손을 들어 두 사람을 제지했다. "조언 고맙다, 친구들. 하지만 지기는 정말로 내 타입이 아니야."

"네 타입이 뭔데? 치마만 두르면 되는 거 아냐?" 맥스가 물었다.

나는 웃음을 터뜨렸다. "지기는 너무 어리게 느껴진다고 할까?"

친구 녀석들은 내 말이 이해가 된다는 듯이 고개를 끄덕였다. 그 때 세라의 시선이 느껴졌다. “무슨 말을 하고 싶은 거야?” 내가 세라에게 말했다.

“내 생각에는 말이지 윌 너는 깊이 알고 싶어지는 사람을 아직 만나보지 못한 것 같아. 네 상황이나 법칙, 기준에 딱 맞는 여자들만 선택하고 있다는 거야. 질리지 않아? 그 친구 여동생이라는 여자는….”

“지기.” 맥스가 말했다.

“그래. 지기가 네 타입이 아니라고 했지. 하지만 요즘에는 조건 없이 섹스만 하는 여자들하고 아무런 교감도 못 느낀다고 했잖아.” 세라는 포크로 음식을 집어서 입으로 가져가며 말했다. “본인이 어떤 여자를 원하는지 재평가가 필요한지도 몰라.”

“논리적으로 맞지 않는 이야기야. 내가 연인들에게 흥미를 잃었다고 해서 내 연애 방식을 전면 수정해야 한다니 말도 안 돼.” 나는 음식에 포크질을 계속하며 대답했다. “어쨌든 부탁이 있어.”

세라가 음식을 삼키며 고개를 끄덕였다. “그래, 뭔데?”

“클로에랑 셋이 지기를 만나줄 수 있어? 지기는 뉴욕에 친한 친구가 하나도 없는데 너희는….”

“당연히 그래야지. 빨리 만나보고 싶은걸.” 세라가 곧바로 대답했다.

곁눈질로 슬쩍 맥스를 쳐다보니 역시나 입술을 깨물고 있는 모습이 방금 카나리아를 잡은 고양이 같았다. 세라가 클로에한테 전수받은 대로 테이블 아래로 맥스의 아랫도리를 움켜쥐고 있는 게 분명했다.

맥스 녀석이 평소와 딴판으로 조용했기 때문이다.

'나를 가장 생각해주는 사람들에게 정작 소홀하게 구는 건 아닌지 생각해본 적 있어요? 요즘 난 진짜 중요한 데는 신경을 쓰지 않고 산다는 생각이 들거든요.'

이 말을 하는 그녀의 목소리와 크고 진실한 눈동자는 내 마음을 꽉 차오르게 만들었고 동시에 텅 비게 만들었다. 통증이 너무 심해서 아픔인지 쾌락인지 알 수 없는 것과 비슷했다.

지기는 사람들과 좀 더 잘 어울리고 연애도 잘하는 방법을 가르쳐달라고 했다. 하지만 나 자신조차도 그러지 못하고 있었다. 아파트에 혼자 덩그러니 있는 신세는 아니지만 그렇다고 행복한 것도 아니었다.

잠시 화장실에 간다고 사람들 사이를 빠져나와 스마트폰으로 그녀에게 문자를 보냈다.

"지기 변신 프로젝트, 아직 관심 있어? 그럼 동참할게. 내일 조깅, 주말에는 약속. 늦지 말 것."

잠깐 동안 스마트폰을 뚫어져라 응시했지만 곧바로 답장이 오지 않자 친구들이 있는 테이블로 돌아갔다.

레스토랑을 나설 때 문자메시지가 하나 와 있었는데 보자마자 웃음이 터졌다. 오래된 폴더폰이 있기는 한데 거의 사용하지 않는다고 한 그녀의 말이 생각나서였다.

'좋ㅎ아요!띄어쓰기가안ㄴ되네요=전화할게요.'

* * *

지기와 클로에, 세라 모두 바빠서 세 사람의 만남은 주말에나 성사될 수 있었다. 세 사람이 마침내 만나게 되어 정말 다행이었다. 지기가 아침마다 가슴에 팔짱을 끼고 달리는 모습을 보고 있으면 내 가슴까지 아팠기 때문이다.

토요일 오후, 블루 스모크에 도착하니 맥스가 이미 테이블에 앉아 있었다. 10킬로미터를 쉬지 않고 곧장 달려간 터라 숨도 차고 배도 고파 죽을 지경이었다. 친구들과는 언제나 그렇듯 내가 굳이 참견할 필요 없이 계획이 세워졌는데 오늘 클로에의 문자에 잠이 확 깼다. 지기한테 같이 아침을 먹고 쇼핑을 하자는 말을 전해달라고 하는 내용이었다. 그건 며칠 만에 나 혼자 조깅을 해야 한다는 뜻이기도 했다.

뭐, 상관없었다. 아니 오히려 좋았다. 비록 혼자 하는 달리기는 조용하고 지루하긴 했지만 지기는 쇼핑을 꼭 하러 갈 필요가 있었다. 그녀에게는 운동화와 운동복이 필요했다. 연애를 진지하게 고려하고 있다면 옷도 좀 살 필요가 있었다. 보통 남자들은 얄팍해서 겉모습으로만 판단하려고 드니까. 지기는 그런 방면에 약한 편이지만 그렇다고 너무 강요하고 싶지도 않았다. 물론 나도 화려하게 차려입은 여자들을 보면 눈이 즐겁지만 이상하게도 지기의 가장 흥미로운 부분은 치장에 별 관심이 없다는 거였다. 그녀만의 자연스러운 매력을 지키는 게 낫겠다는 생각이 들었다.

맥스는 고개를 들지도 않고 내 자리에 잔뜩 쌓인 신문을 치우더니 웨이트리스를 불렀다.

"여기 물 좀 주세요." 나는 종이 냅킨으로 이마를 닦으며 말했다. "땅콩도 조금 주세요. 잠시 후 식사 주문할게요."

맥스는 읽던 신문으로 도로 시선을 가져가더니 「타임스」 비즈니스 섹션을 펼쳤다.

"여자애들하고 만났지?" 맥스가 물었다.

웨이트리스가 가져온 물 잔을 고맙다는 말과 함께 벌컥 들이켰다. "아침에 지그스를 약속 장소에 데려다줬어. 컬럼비아 캠퍼스 밖에서는 길을 헤맬 것 같아서."

"엄마가 따로 없네."

"오, 그렇다면 나도 한마디해줘야지. 세라가 엉덩이 사진을 실수로 베넷한테 보냈대." 맥스와 세라의 변태적인 사진 집착증을 놀리는 것만큼 재미있는 일도 없다.

맥스는 신문 너머로 나를 쳐다보더니 농담이라는 걸 알고 표정이 누그러졌다. 그러면서 "얼간이"라고 중얼거렸다.

비즈니스 섹션을 넘기다 과학기술 섹션에서 다시 멈췄다. 신문으로 얼굴을 가린 맥스의 스마트폰이 울렸다. "안녕, 클로에." 그가 신문을 테이블에 위에 내려놓았다. "아니. 윌하고 둘이 있어. 식사나 하려고. 벤은 조깅할걸?" 맥스는 고개를 끄덕이더니 나에게 스마트폰을 건넸다.

나는 의아해하며 전화를 받았다. "어… 무슨 일 있어?"

"한나 정말 사랑스러워." 클로에가 말했다. "대학 이후로 옷을 사본 적이 없대. 인형처럼 대하지 않겠다고 약속할게. 하지만 이렇게 귀여운 애는 처음인걸. 왜 좀 더 일찍 소개해주지 않은 거야?"

아랫배가 팽팽해지는 것을 느꼈다. 클로에는 지기 이야기가 나왔던 지난 점심 식사 때 없었다. "그녀가 나랑 사귀는 사이가 아니란 건 알지?"

"윌, 네가 여자들하고 섹스만 한다는 거 알아…."

내가 뭐라고 하기도 전에 클로에의 말이 이어졌다.

"…그냥 그녀는 나랑 잘 있다고 말해주려고 전화했어. 잘 데리고 다니지 않으면 쇼핑몰에서 길을 잃어버릴 것 같거든."

"나도 그렇게 말했다니까."

"응, 맥스한테 베넷 어디 있는지 물어보려고 전화한 거야. 쇼핑 더 해야 돼서."

"잠깐." 무슨 말을 할지 생각해보지도 않고 클로에를 불렀다. 눈을 감고 지난 며칠 동안 지기와 함께한 조깅을 떠올렸다. 지기는 날씬하지만 젠장, 가슴은 풍만했다.

"왜?"

"쇼핑할 거면 지그스한테…." 맥스를 힐끗 보고 신문에 집중하는 모습을 확인한 후 작게 말했다. "브래지어 좀 사줘. 달리기할 때 입는 거 말이야. 평소 입는… 브래지어도 좀 사고. 알았지?"

전화기 너머로 침묵이 이어졌다. 묵직한 침묵이 가슴을 짓누르면서 어색함이 감돌았다. 고개를 들어보니 맥스가 한 건 잡았다는 듯 활짝 웃으면서 쳐다보고 있었다.

"내가 베넷이 아니라서 다행인 줄 알아." 마침내 클로에가 말했다. "베넷이 들었으면 어마어마하게 잔소리했을 걸."

"걱정 마. 맥스가 여기 있으니까. 베넷 몫까지 충분히 즐거워할걸."

클로에가 웃음을 터뜨렸다. "아무튼 알았어. 네 친구의 보드라운 가슴을 지탱해줄 브래지어를 사라 이거지. 맙소사. 넌 얼간이야."

"고마워."

전화를 끊고 맥스의 눈빛을 피하며 스마트폰을 건넸다.

"오, 그대 이름은 빅토리아시크릿인가요? 여성들이 몸에 딱 맞는 속옷을 찾도록 도와주시나요?"

"꺼져." 내가 웃으며 말했다. 맥스는 리즈 유나이티드가 월드컵에서 우승했다는 말도 안 되는 소식이라도 들은 표정이었다. "지기랑 아침마다 달리는데… 하여간 스포츠 브라는 아니야. 그녀의 브래지어는… 가슴이 네 개처럼 보이게 한단 말이야. 그러니까 셋이 같이 쇼핑하러 간 김에…."

맥스는 주먹으로 턱을 괴고 웃었다. "맙소사, 넌 정말 깜찍해."

"내가 여자 가슴에 대해 어떻게 생각하는지 잘 알잖아. 여자 가슴은 절대로 농담거리가 아니라고." 지기의 가슴이 얼마나 풍만한지는 말하지 않았다.

"농담거리가 아니고말고." 맥스는 동의하고 다시 신문을 들었다. "가슴 네 개짜리 여자를 보고 흥분하지 않을 것처럼 말하는 네가 귀여워서 그러지."

* * *

30분 후, 맥스 뒤쪽에 있는 문이 열려서 쳐다보니 밝은 색깔의 헝클어진 머리와 한쪽으로 기울어져 있는 쇼핑백이 보였다. 맥스와 나는 자리에서 일어나 지기가 쇼핑백을 의자에 내려놓는 것을 도와주었다.

그녀는 하늘색 스웨터에 스키니 청바지, 초록색 플랫 슈즈 차림이었다. 방금 런웨이에서 걸어 나온 듯한 차림은 아니었지만 편안하면서도 스타일리시해 보였다. 그녀의 머리는… 달라져 있었다. 어깨에 걸친 메신저백을 내려놓는 그녀의 모습을 눈을 가늘게 뜨고 자세히 살폈다. 머리를 자른 건지, 아니면 평소처럼 묶어서 돌돌 말지 않고 풀고 있어서일 수도 있다. 어깨선을 지나는 풍성하고 부드러운 생머리였다. 옷차림과 헤어스타일이 달랐지만 그래도 여전히 지기처럼 보였다. 옅은 화장에 밝은 미소와 주근깨.

그녀는 웃으며 맥스에게 손을 건넸다. "한나예요. 맥스 맞죠?"

맥스가 그녀의 손을 잡으며 말했다. "만나서 반가워요. 시끄러운 여자 둘이랑 좋은 아침 보냈나요?"

"네." 그녀는 나를 보고 목에 팔을 둘렀다. 나는 그녀가 꼭 누르며 껴안을 때 신음 소리를 내지 않으려고 노력했다. 그녀의 포옹이 좋으면서도 싫었다. 질식에 가까울 정도로 지나치게 꼭 껴안긴 했지만 편안하고 따뜻했다. 그녀는 팔을 풀고 기절하듯 의자에 털썩 앉았다.
"클로에는 란제리를 좋아해요. 란제리 코너에서만 한 시간을 있었던 것 같아요."

"전혀 놀랄 일도 아니군." 나는 이렇게 말하고 자리에 앉으면서 몰래 지기의 가슴을 확인했다. 환상적이었다. 풍만하고 탄탄했다. 그녀의 가슴은 완벽하게 솟아 있었다. 그녀도 란제리를 구입한 것이 분명했다.

"그런 의미에서…." 맥스가 뒷주머니에서 지갑을 꺼내며 일어섰다. "우리 여신님한테 가서 쇼핑이 얼마나 성공적이었는지 확인해봐야겠네. 만나서 반가웠어요, 한나." 그는 내 어깨를 두드리고 한나에게 눈을 찡긋했다. "점심 맛있게 먹어요."

지기는 맥스에게 손을 흔들어 인사하고 휘둥그레진 눈으로 나를 보았다.

"와우, 맥스 정말… 멋져요. 아까 베넷도 만났거든요. 당신들은 맨해튼 섹시남 클럽 같아요."

"그런 클럽은 실제로 없을걸. 있다고 해도 우리가 맥스를 회원으로 받아줄 것 같아?" 내가 활짝 웃으며 말했다. "그나저나 오늘 멋진데." 그녀는 놀란 눈을 하고 내 쪽으로 홱 고개를 돌렸다. 내가 재빨리 덧붙였다. "화장으로 주근깨를 가리지 않아서 다행이야. 그랬다면 주근깨가 그리웠을 거야.”

“내 주근깨가 그리웠을 거라고요?” 그녀가 작게 속삭이며 물었고 나는 지나치게 노골적인 표현 같아 후회스러웠다. “어떤 남자가 그런 말을 해요? 지금 나한테 오르가슴을 느끼게 해주려는 건가요?”

맙소사. 내 말이 노골적이었다는 생각은 연기처럼 사라졌다. 그녀가 그렇게 말하는 순간 그녀의 가슴을 다시 보지 않으려고 무진장 애썼다. 나는 생각나는 대로 입 밖으로 내뱉는 듯한 그녀에게 아직 익숙해지지 않았다. 그녀의 쇼핑백들로 시선을 돌려 화제를 바꾸었다.

“흠… 운동화를 잔뜩 산 것 같네.”

그녀는 허리를 숙인 채 쇼핑백에 든 물건을 뒤적거렸다. 드러난 가슴골을 보지 않으려고 천정을 향해 눈을 돌렸다. “필요한 건 다 산 것 같아요. 이렇게 쇼핑을 많이 해본 적은 처음이에요. 리브 언니가 알면 샴페인이라도 터뜨리며 축하할걸요.” 다시 그녀에게로 시선을 내리자 그녀는 마치 나를 처음 보기라도 하는 것처럼 내 얼굴과 목, 가슴을 훑어보고 있었다. “오늘 조깅했어요?”

“자전거도 탔지.”

“정말 의지가 강하네요.” 그녀는 양손으로 턱을 괴고 나를 향해 눈을 깜빡였다. “근육이 점점 탄탄해지겠어요.”

나는 웃음을 터뜨리며 말했다. “달리고 있으면 침착해져. 예방을 해주지….” 목 부분이 뜨거워지는 것을 느끼며 적당한 표현을 찾았다. “바보 같은 짓을 하지 않도록.”

"원래 하려던 말이 아니잖아요." 그녀가 자리에서 일어섰다. "뭘 예방해준다는 거예요? 술집에서 싸우는 거? 긴장감이나 남자로서의 불안 같은 거?"

그녀를 테스트 해보기로 했다. 어디서 나온 충동인지는 모르겠다. 하지만 그녀에게는 미숙함과 야성이 다 있어서 혼란스러웠다. 그 점이 나를 술에 취한 것처럼 무모해지게 만들었다. "섹스 하고 싶은 충동."

그녀는 조금도 망설이지 않고 곧바로 물었다. "왜 섹스 대신 조깅을 해요?" 그녀는 고개를 옆으로 기울이고 잠시 동안 나를 자세히 바라보았다. "게다가 운동을 하면 테스토스테론과 혈류량이 증가하잖아요. 운동을 하면 섹스가 더 좋아질 텐데."

그녀와 이런 이야기를 나누다니 위험하게 느껴졌다. 그녀를 좀 오랫동안 바라보고 싶은 유혹이 들었고 지기는 내 시선에 전혀 움츠러들지 않았다. 오히려 나를 똑바로 쳐다보았다.

"왜 너한테 이런 것을 설명해야 하는지 모르겠어."

"뭘. 나는 숫처녀도 아니고 당신을 어떻게 해보려는 여자도 아니에요. 섹스에 대해 말해도 괜찮아요."

"흠. 좋은 생각인지 모르겠군." 나는 주스 잔을 들고 잠시 그녀를 쳐다보았다. 물을 마시는 그녀의 시선은 나에게 고정되어 있었다. 나를 어떻게 해보려는 여자가 아니라고? 그런 마음이 조금도 없다고?

우리 사이에는 조용하지만 생동감 있는 기류가 흘렀다. 고개를 숙이고 그녀의 아랫입술을 만지작거리고 싶었다. 하지만 주스 잔을 내려놓고 양손을 꽉 쥐었다.

"나한테 그럴싸한 말만 해줄 필요는 없어요. 나는 당신이 입 가벼운 남자가 아니라는 점이 좋아요."

"누구에게든 이렇게 솔직한가?"

그녀는 고개를 저었다. "오빠한테만 그런 것 같아요. 원래 말은 많아요. 하지만 바보처럼 느껴지는데도 말을 멈출 수가 없어요."

"계속 말해도 괜찮아."

"오빠는 예전부터 성적 매력이 강했고 섹스에 대해서 개방적이었잖아요. 여자를 좋아한다는 사실을 숨기지 않는 섹시한 바람둥이죠. 열두 살 밖에 안 된 내가 느꼈을 정도면 확실하겠죠. 성은 자연스러운 거예요. 자연스러운 신체적 욕구니까. 난 오빠의 자유분방함이 마음에 들어요."

나는 뭐라고 대꾸하지 않았다. 뭐라고 해야 좋을지 몰랐다. 그녀는 모든 여자들이 길들이고 싶어 했던 나의 모습이 좋다고 말하고 있다. 하지만 그녀가 나를 그런 이미지로 생각한다는 사실이 나도 과연 괜찮은건지 알 수 없었다.

"클로에가 그러는데 나보고 브래지어를 사라고 했다면서요?"

내 입술에 향해 있던 그녀의 눈이 내 눈으로 옮겨왔다.

그녀의 얄궂은 웃음이 유쾌하게 변했다. "월, 정말 배려심이 깊군요. 내 가슴을 생각해주다니 고마워요."

샌드위치를 한 입 베어 물며 웅얼거렸다. "그런 말은 하지 않아도 돼. 맥스가 벌써 잔뜩 놀렸거든."

"당신은 미스터리한 남자예요, 바람둥이 윌." 그녀는 메뉴판을 훑은 후 내려놓았다. "좋아요. 화제를 바꿀게요. 우리 무슨 이야기를 할까요?"

나는 입에 든 음식을 삼키고 그녀를 쳐다보았다. 젊고 야성적인 그녀가 열정적인 클로에와 차분한 세라와 어울리는 모습이 상상되지 않았다. "오늘 세 여성분들께서 한 얘기라면 뭐든지."

"세라하고 재미있는 대화를 했어요. 오랫동안 섹스를 하지 않으면 다시 숫처녀가 된 기분이 든다는 거 말이에요."

순간 목이 탁 막혀서 큰소리로 기침을 했다. "와. 그런… 난 그게 뭔지 상상조차 안 되는걸."

그녀는 재미있다는 듯이 쳐다보았다. "하지만 정말이에요. 남자들은 분명 아닐 거예요. 하지만 여자들은 좀 오래 되면 뭐랄까… 처녀성이 다시 자라난다고 할까? 동굴에 이끼가 끼는 것처럼?"

"그건 아주 불쾌한 이미지인데."

그녀는 내 말을 무시하고 한층 더 신이 난듯 허리를 더 곧게 펴서 앉았다. "아뇨. 완벽한 비유예요. 당신이 과학에 관심이 있다면 내가 얼마 전 세운 이론에 전적으로 공감할 거예요."

나는 등을 의자에 가까이 기댔다. "동굴에 낀 이끼라. 솔직히 난 좀 무서운걸."

"무서워할 필요 없어요. 여자의 처녀성이 성스럽게 여겨진다는 거

알죠?"

난 소리 내어 웃었다. "그래. 들어본 적 있지."

그녀는 머리를 긁적이며 주근깨가 있는 콧잔등을 살짝 찡그렸다. "내 이론은 이거예요. 거친 남자가 다시 유행이에요. 여자를 묶는 걸 즐기거나 밖에서 섹시한 옷을 입으면 미친 듯 질투하는 남자들에 대한 이야기를 누구나 읽고 싶어 하죠. 여자들은 그런 남자를 좋아해요. 그렇죠? 처녀성의 복귀가 새로 유행할 거라고 생각해요. 여자들은 처음인 것처럼 그 남자에게 느끼게 해주고 싶을 거예요. 그럼 어떻게 해야 할까요?"

대답을 기다리는 그녀의 눈에 흥분감이 고조되는 것이 보였다. 그녀의 진심과 열정이 내 갈비뼈 아래를 눈에 보이지 않는 끈으로 꽉 조이는 느낌이 들었다. "음, 그가 첫 남자라고 거짓말을 하지 않을까? 여자들은 남자가 아랫도리로 점자를 읽을 수 있다고 착각하니까 말이야. 그나저나 처녀든 아니든 뭐가 중요해? 솔직히 처녀인지 알기도 어렵…."

"우선 수술하는 방법이 있겠죠. 처녀막 재생 수술 말이에요."

나는 샌드위치를 떨어뜨렸다. "맙소사, 지그스. 나 지금 비프 샌드위치 먹는 중이야. 지금 꼭 처녀막 얘기를 해야겠…."

그녀는 양손으로 테이블을 두드리며 긴장감을 고조시켰다.

"그다음에는… 줄기세포가 있어요. 다들 줄기세포에 많은 기대를 걸고 있죠. 하지만 난 줄기세포가 척추 손상과 파킨슨병 같은 치료에 가장 먼저 사용될 거라고 보지 않아요. 그럼 어떤 분야에서 줄기세포를 가장 반길까요?"

"무척 기대가 되는군." 내가 장난으로 진지한 표정을 지었다.

"장담하건대 순결의 재생일 거예요."

또다시 요란하게 기침이 났다. "맙소사. 순결이라고?"

"처녀막 표현 자제해달라면서요. 어쨌든 맞는 이야기 같죠?"

듣고 보니 훌륭한 이론이라고 말해주기도 전에 그녀가 따발총처럼 말을 이어갔다. "이런 분야에 바보 같을 정도로 많은 돈이 쏟아져요. 발기부전 치료제 비아그라, 400가지 모양의 가슴 성형. 가장 감촉이 자연스러운 필러 등. 철저하게 남자들의 세상이에요, 윌. 여자들은 질 안에 증식세포를 주입하는 걸 절대로 포기하지 않을 거예요. 당신의 여자 중 한 명이 내년에 처녀막 재생수술을 받아서 당신에게 새로운 처녀성을 바칠 거예요."

그녀는 빨대에 입을 가져가 쪽 빨면서 회색빛 눈을 나에게 고정했다. 아직 장난기가 가시지 않은 그 얼굴을 보고 있으니 아랫도리가 살짝 단단해지는 것을 느꼈다. 그녀는 빨대에서 입을 떼고 속삭였다. "당신은 그걸 선물이라고 여기겠어요? 아님 희생이라고 여기겠어요?"

그녀의 눈동자가 춤추듯 움직이더니 고개를 뒤로 젖히고 웃음을 터뜨렸다. 맙소사. 이 여자 마음에 든다. 너무 마음에 든다.

내가 팔꿈치로 받치고 헛기침을 한 뒤 말했다. "지기, 중요한 얘기니까 잘 들어. 지혜의 말을 전해줄 테니까."

그녀는 똑바로 앉아 눈을 가늘게 떴다.

"첫 번째 법칙은 이미 말했지. 해 뜨기 전에는 전화하지 않는다."

그녀의 입술이 씰룩거리며 미안한 미소를 지었다. "네. 그 법칙은 잘 알았어요."

"두 번째 법칙." 고개를 느리게 흔들며 말했다. "점심 먹을 때 처녀막 얘기는 하지 말 것. 다른 때도 물론."

그녀는 깔깔거리며 웃다가 웨이트리스가 음식을 가지고 오자 살짝 비켜주었다. "너무 성급하게 무시하지 말아요. 수억 달러짜리 아이디어라고요. 언젠가 당신 책상에 그 아이디어 제안서가 놓이면 미리 귀띔해준 나한테 고마워하게 될걸요."

그녀는 샐러드를 한 입 크게 먹었다. 나는 그녀를 살피지 않으려고 애썼다. 그녀는 내가 아는 그 어떤 여자와도 달랐다. 예쁘지만 아니, 아름다운 그녀는 침착하거나 자제하는 성격이 아니었다. 우스꽝스럽고 당당하고 개성 넘쳐서 오히려 주변이 단조롭게 보였다. 그녀가 진지할 때도 있는지 알 수 없었지만 어쨌든 진지할 거란 기대는 되지 않았다.

"가장 좋아하는 책이 뭐지?" 갑자기 내 입에서 튀어나온 질문이었다.

그녀는 아랫입술을 적셨고 나는 샌드위치를 쳐다보며 가장자리의 바삭한 고기 조각을 집었다.

"너무 상투적일지도 모르겠어요."

"전혀 아닐 거라고 생각하지만 어쨌든 말해봐."

그녀는 내 쪽으로 몸을 당겨 속삭였다. "『시간의 역사』예요."

"스티븐 호킹?"

"당연하죠." 그녀가 약간 쏘아붙이듯 말했다.

"전혀 상투적이지 않은데. 『폭풍의 언덕』이나 『작은 아씨들』 정도는 돼야 뻔한 대답이라고 할 수 있지."

"내가 여자라서요? 그럼 당신이 내 질문에 스티븐 호킹이라고 대답한다면 그것도 뻔한 대답인가요?"

나도 그 생각을 해보지 않은 것은 아니었다. 그 책이 가장 좋아하는 책이라고 했을 때 대학원 친구들이 "임마, 당연하지"라고 말하는 모습을 상상해보았다. "어쩌면."

"그건 모순이에요. 당신한테는 상투적이지만 나는 그게 안 달린 여자니까 아니라는 거잖아요. 하지만 어쨌든." 그녀는 어깨를 으쓱하더니 양상추를 입 안에 넣었다. "열두 살 때 읽었는데…."

"열두 살 때라고?"

"네. 완전 푹 빠져버렸죠. 내용 자체에 빠진 건 아니었어요. 당시는 전부 다 이해하지도 못했으니까. 하지만 그런 생각을 한다는 것 자체가 감탄스러웠어요. 세상에 이런 문제를 연구하는 사람들이 있다는 사실이 신세계였어요." 그녀는 눈을 감고 심호흡을 하더니 약간 미안한 표정으로 눈을 떴다.

"너무 쉴 새 없이 떠들었네요."

"그래. 하지만 넌 항상 쉴 새 없이 떠들어."

그녀는 눈을 살짝 찡긋하더니 앞으로 몸을 숙여 속삭였다. "하지만 당신은 그걸 좋아하나보죠?"

갑자기 내 머릿속은 뒤로 고개를 젖힌 채 거친 숨소리로 입이 벌어진 그녀의 목과 턱을 핥는 상상으로 가득 찼다. 그녀의 손톱이 내 어깨를 파고들어 짜릿한 통증이 퍼져나가는 상상을 했다. 나는 눈을 깜빡이다 벌떡 자리를 박차고 일어나는 바람에 뒤쪽 의자가 넘어졌다. 뒤에 앉은 남자에게 사과하고 지기에게도 사과한 후 화장실로 전력 질주했다.

문을 닫자마자 홱 돌아서 방금 있었던 일을 생각했다. "대체 방금 그건 뭐였지, 윌리엄 섬너?" 얼굴에 찬물을 약간 뿌렸다.

양손으로 세면대를 잡고 거울을 바라보았다. "그냥 상상 속의 한 장면이야. 아무것도 아니야. 지기는 사랑스러운 아이야. 예쁘지. 하지만 첫째, 젠슨의 여동생이야. 둘째, 리브의 여동생이야. 삽입만 안 했지 열일곱 살의 리브하고 거의 할 뻔했잖아. 벅스트롬가 딸한테 집적댈 수 있는 카드는 이미 써버린 거야. 셋째…." 고개를 숙이고 심호흡을 했다. "셋째, 그녀를 만날 때마다 거의 트레이닝 바지를 입으니까 이상한 상상을 했다가는 표시가 날 테고 그녀도 알게 될 거야. 상상은 그만하자. 집에 가서 키티나 크리스티한테 전화해서 입으로 해달라고 하자."

자리로 돌아가보니 그녀는 샐러드를 거의 다 먹고 지나가는 사람들을 쳐다보고 있었다. 그녀는 자리에 앉는 나를 올려다보았다. 얼굴에 걱정이 서렸다. "배탈 났어요?"

"응? 아니… 급하게 전화할 데가 있어서."

젠장. 이렇게 무례하고 생각 없어 보이는 답변이라니. 얼굴을 찡그린 후 한숨을 내쉬었다. "그만 가봐야 할 것 같아, 지그스. 난 벌써 여기 있은 지 몇 시간이나 됐거든. 오후에 할 일이 좀 있어."

젠장. 더 멍청이 같은 말이다.

그녀는 가방에서 지갑을 꺼내 5달러짜리 지폐를 몇 장 꺼냈다. "그래요. 맙소사. 나도 할 일이 산더미예요. 만나줘서 고마워요. 클로에하고 세라를 소개해준 것도 고맙고." 그녀는 한 번 더 미소를 지으며 자리에서 일어나더니 어깨에 가방을 메고 쇼핑백들을 주섬주섬 챙겨 나갔다.

그녀의 옅은 갈색머리는 허리 가까이 내려와 있었다. 등은 곧았고 걸음걸이에는 흔들림이 없었다. 그녀의 청바지 뒤태는 정말로 끝내줬다.

젠장. 윌. 넌 완전 망했다.

이놈의 뜀박질은 전혀 쉬워지지가 않는다.

3

“이놈의 뜀박질은 곧 쉬워질 거야.” 땅바닥에 털썩 주저앉아 투덜거리는 나에게 윌이 단호하게 말했다. “인내심을 좀 가져.”

나는 서리 낀 갈색 잔디를 뜯으면서 그의 인내심이라면 뭐든지 할 수 있을 거라고 중얼거렸다. 아직 이른 시간이라 하늘은 흐릿한 잿빛이었다. 새들도 추운 날씨 속에서 날아다닐 기분이 아닌 모양이었다. 우리는 거의 열흘 동안 매일 함께 달렸다. 그동안 전혀 신경 쓰지 않고 살아온 몸뚱이라 쑤시지 않은 데가 없었다.

“엄살 그만 부려.”

나는 눈을 가늘게 뜨고 그를 올려다보았다. “뭐라고?”

“당장 엉덩이 떼고 일어나라고.”

나는 자리에서 일어나 몇 걸음 뒤처지다가 곧 따라붙었다. 그는 나를 힐끗 쳐다보며 상태를 가늠했다. “아직 뻐근해?”

“조금요.”

“금요일만큼 뻐근해?”

어깨를 뒤로 움직이고 팔을 머리 위로 뻗으며 확인해보았다. “그렇진 않아요.”

“그리고 가슴은… 뭐라고 해야 하나… 가솔린을 붓고 불을 지른 것 같은 느낌인가?”

나는 그를 째려보았다. “아뇨.”

“봤지? 다음 주에는 더 쉬워질 거야. 그 다음 주에는 달리기가 좋아질 거고. 가끔 초콜릿이 당기는 것처럼 말이지.”

핑계를 대려고 입을 열기도 전에 그가 내 속을 다 안다는 듯한 표정으로 말했다.

“이번 주에는 널 훈련시켜줄 사람을 알아보고….”

“훈련시켜줄 사람을 알아본다니 그게 무슨 말이에요?” 그가 달리기 속도를 높였고 나는 그를 따라잡기 위해 보폭을 늘렸다.

그가 나를 흘깃 쳐다보았다. “너하고 같이 달릴 사람 말이야. 트레이너.”

나무들은 앙상했지만 우리에게 그늘을 만들어줄 만큼 충분히 거대했다. 저 멀리 고층 빌딩들의 윗부분이 보였지만 실제로는 몇 킬로미터나 떨어져 있었다. 낙엽과 돌멩이를 밟으며 뛰다가 길이 좁아진 곳을 만나면 속도를 조절해야 했다. 내 어깨와 그의 어깨가 부딪혔고 체취가 느껴질 만큼 가까워졌다. 그에게서 비누와 민트 향, 은은한 커피 향이 났다.

"이해가 안 돼요. 그냥 당신하고 같이 달리면 되잖아요?"

윌은 내 말에 웃음을 터뜨렸다. "지그스, 나한테 이건 달리기가 아니야."

"물론 그렇겠죠. 우린 조깅을 하고 있으니까요."

"아니, 난 훈련을 해야 하거든."

나는 시선을 그의 얼굴로 돌려 의문 가득한 얼굴로 물었다. "이게 훈련이 아니란 말이에요?"

그가 다시 웃었다. "봄에 애시랜드 스프린트에 참가하거든. 준비하려면 일주일에 몇 번 2킬로미터씩 달리는 걸로는 턱없이 부족하지."

"애시랜드 스프린트가 뭔데요?"

"보스턴 외곽에서 열리는 철인 3종 경기 대회야."

"아." 리듬을 타는 우리의 발걸음이 머릿속에서 울려 퍼지면서 팔다리가 따뜻해지고 온몸에서 피가 퍼져나가는 것까지 느껴졌다. 불쾌하기만 한 느낌은 아니었다. "나도 같이 할게요."

그가 눈을 가늘게 뜨고 입꼬리를 살짝 올리며 나를 쳐다보았다. "철인 3종 경기가 뭔지나 알고 하는 말이야?"

"당연히 알죠. 수영하고 달리고 곰 사냥하고 하는 거잖아요."

"훌륭한 추측이야." 그가 사뭇 진지한 표정으로 놀렸다.

"그럼 가르쳐줘요, 바람둥이 씨. 남성스러움을 과시하는 철인 3종 경기가 얼마나 긴데요?"

"경우에 따라 다르지. 단거리, 중거리, 장거리, 초장거리 코스가 있거든. 그리고 곰 사냥 같은 건 없어, 바보. 수영하고 달리기, 사이클이야."

내리막길에 도달하자 종아리가 쑤셨지만 무시하면서 어깨를 으쓱했다. "오빠는 어떤 코스에 출전해요?"

"중거리 코스."

"좋아요. 할 만하겠는데요."

"수영 1.6킬로미터, 자전거 40킬로미터 그리고 마지막으로 10킬로미터를 뛰는 거야."

피어나던 자신감이 약간 수그러들었다. "아."

"그래서 이렇게 너랑 깜찍한 코스에서 조깅하는 걸로는 부족한 거지."

"뭐예요!" 나는 그가 살짝 휘청거릴 정도로 세게 밀었다.

그는 균형을 잡은 후 웃음을 터뜨렸다. "널 흥분시키기가 이렇게 쉬운 건가?"

내가 무슨 뜻이냐는 듯이 눈을 동그랗게 떴다.

"아니야, 신경 꺼." 그가 신음하듯 내뱉었다.

* * *

걷기로 속도를 늦추었을 때 마침내 태양이 모습을 비추었다. 윌의 뺨은 추위로 발그레했고 비니 아래로 삐져나온 머리카락 끝부분이 위로 말려 올라가 있었다. 턱에는 수염 자국이 거뭇거뭇했다. 나는 내 앞에 있는 남자를 예전 기억 속 그와 맞춰보려고 애썼다. 그는 정말 남자였다. 분명 하루에 두 번 면도를 해도 저녁이면 수염이 까칠하게 올라와 있으리라. 그렇게 생각하며 그와 시선을 맞추는 순간 그가 내 가슴을 뚫어져라 쳐다보고 있었다.

내가 몸을 획 수그렸는데도 그는 시선을 다른 데로 돌리지 않았다. "너무 뻔한 질문이라서 싫긴 한데, 대체 뭘 보는 거예요?"

그는 고개를 기울이고 다른 각도에서 나를 살폈다.

"네 가슴이 달라 보여."

"정말 멋지죠?" 나는 양손으로 가슴을 움켜쥐었다.

"알다시피 클로에하고 세라가 브래지어 사는 걸 도와줬어요. 항상 가슴이 골칫거리였거든요."

윌의 눈이 휘둥그레졌다. "가슴은 절대로 누구한테도 골칫거리가 아니야. 절대로."

"남자니까 그렇게 말하죠. 가슴은 기능성일 뿐이에요."

그는 이글거리는 눈으로 나를 쳐다보았다. "맞는 말이야. 해야 할 일을 하지."

나는 끙끙거리면서 웃음을 터뜨렸다. "당신한테는 기능성이 아니잖아요, 바람둥이 씨."

"내기할까?"

"가슴이 골칫덩어리인 이유는 가슴이 크면 말라보일 수가 없다는 거예요. 브래지어 끈 때문에 어깨가 빨개지고 허리도 아파요. 제 용도로 사용되지 않을 때는 그냥 거슬릴 뿐이에요."

"어디에 거슬리는데? 내 손? 내 얼굴? 불경한 말은 하지 마." 그는 하늘을 올려다보며 말을 이었다. "하늘이시여, 한나가 진심으로 한 말이 아닙니다. 용서해주세요."

나의 그의 말을 무시하며 말했다. "그래서 스물한 살 때 축소 수술을 받았어요." 그의 얼굴이 경악하는 표정으로 변했다.

"도대체 왜 그런 거야? 신이 아름다운 선물을 줬는데 엿 먹으라는 듯이 던져버리다니."

내가 웃음을 터뜨렸다. "신이라고요? 무교인 줄 알았는데요, 교수님."

"무교 맞아. 하지만 네 가슴처럼 완벽한 가슴에 부비부비할 수만 있다면 예수님의 품에 안기고도 남겠어."

갑자기 뺨이 달아오르는 게 느껴졌다. "내 가슴골에 예수님이 있나요?"

"이젠 아니지. 예수님이 편안히 있기에는 작아져버렸으니까 말이야." 그가 고개를 흔들며 말했다. 나는 웃음이 멈추지 않았다. "넌 너무 이기적이야, 지그스." 그가 장난스럽게 웃어서 나도 함께 정신없이 웃어대다 약간 휘청거리기까지 했다.

그 때 누군가 소리치는 소리가 났다.

"윌!"

빨간 머리를 한 생기 넘치는 여자가 우리 쪽을 지나치며 조깅하다 윌을 보고 도로 뒷걸음질 쳤다.

"어이!" 윌이 지나가는 그녀에게 손을 흔들며 어색하게 인사했다.

그녀는 몸을 돌리면서 소리쳤다. "잊지 말고 전화해. 당신은 나한테 화요일 하루를 빚졌어." 그녀는 섹시한 웃음을 흘리더니 가던 길로 갔다.

나는 이 상황에 대한 설명을 기다렸지만 윌은 아무 말도 없었다. 대신 그는 미소가 사라진 굳은 얼굴로 전면만 응시했다.

"예쁘네요." 내가 먼저 입을 열었다.

윌은 고개를 끄덕였다.

"친구예요?"

"그래. 키티라고. 우린… 같이 어울리는 사이야."

'같이 어울린다'라. 대학교 캠퍼스에서 보낸 시간이 얼만데, 남자가 '같이 어울리는 사이'라고 말할 때는 '섹스 하는 사이'라는 뜻이 95퍼센트 이상 된다는 것쯤은 알고 있다.

"여자 친구라고 소개할 사람은 아니라는 거군요."

그가 획 돌아보았다. "그래." 내 말에 기분이라도 상한 듯했다. "여자 친구는 당연히 아니지."

우리는 한동안 아무 말 없이 걸었다. 나는 서서히 이해되기 시작했다. "아까 그 여자분 가슴… 정말 끝내주던데요. 예수님을 만나본 게 확실해요."

윌은 내 어깨를 감싸 안으며 마구 웃기 시작했다. "돈이 엄청 들어갔다는 말만 해두지."

* * *

우리는 조깅을 마치고 스트레칭을 했다. 옆에서 다리를 쭉 펴고 손을 발쪽으로 뻗는 그를 슬쩍 엿보았다. "오늘 저녁에 일이 있어요." 나는 이렇게 말하고 얼굴을 찌푸렸다.

트레이닝 바지 아래로 튀어나온 허벅지 근육에 시선이 쏠려서 그가 되묻는 소리를 놓칠 뻔했다. "무슨 일?"

"일이긴 한데… 여러 과들이 모이는 사교 모임이에요. 한 번도 가본 적 없지만. 고양이들에 둘러싸여 외롭게 죽고 싶지는 않아서 한번 가보기로 했어요. 오늘은 목요일이니까 그렇게 광란의 파티는 아니겠지만."

그가 자세를 바꾸면서 웃음을 터뜨렸다.

"장소는 딩동 라운지예요." 나는 입술을 깨물었다. "지어낸 이름인가?"

"아뇨. 콜럼버스 거리에 있어요." 윌은 까칠한 턱을 만지면서 생각에 잠겼다. "내 사무실에서 가까워. 맥스랑 가끔 가지."

"동료들이 많이 올 거고 나한테도 올 거냐고 묻기에 간다고 했어요. 도대체 어떤지 가서 보기라도 해야겠어요. 혹시 알아요, 재미있을지."

그는 짙은 속눈썹 사이로 나를 힐끗 보았다. "방금 숨도 안 쉬고 말한 건가?"

"윌." 내가 그를 똑바로 쳐다보았다. "같이… 할래요?"

그는 아무런 대답 없이 고개를 숙이고 스트레칭만 하면서 킬킬거렸다. 잠시 후에야 그가 왜 웃는지 알아차렸다. "아, 변태 같으니." 그의 어깨를 흔들었다. "무슨 말인지 알잖아요. 나랑 같이 갈래요?"

나는 이마를 탁 치며 말했다. "맙소사. 아무튼 관심 있으면 문자해요."

나는 뒤로 돌아 아파트 쪽으로 내려가며 지금 이 순간 길이 갈라져서 나를 삼켜버렸으면 좋겠다고 생각했다. "아니, 됐어요!"

"나한테 할 거냐고 물어서 좋아!" 그가 뒤에서 소리쳤다. "오늘 밤이 기다려지는걸, 지기! 8시 정도에 해야 할까? 아니면 10시 정도에 해야 할까? 아니면 두 번 할까?"

나는 그에게 가운뎃손가락을 날리고 계속 걸어갔다. 내 웃는 얼굴이 그에게 보이지 않아서 다행이었다.

4

하루 종일 컴퓨터 앞에 앉아 있었더니 다리가 빠근했다. 게다가 딩동 라운지에 가고 싶어 죽을 지경이었다. 내가 이런 말을 하게 될 줄은 몰랐지만 지기와 함께 그냥… 편하게 있고 싶었다. 옷을 벗지 않은 채로 여자와 재미있는 시간을 보낸 게 언젠지 까마득하다.

안타깝게도 지기와 시간을 보내면 보낼수록 옷을 벗고 있는 시간으로 바뀌었으면 하는 마음이 강해진다. 하지만 책임회피 같기도 하다. 마치 나의 몸과 머리는 감정적 교감이 아닌 섹스가 주는 익숙한 위안에 의지하고 싶어 하는 것 같다. 지기는 모를지라도 그녀는 나를 자극한다. 그녀는 내가 왜 일을 하는지부터 왜 사랑하지도 않는 여자들과 자는지까지 모든 것에 대해 생각하게 만들었다. 내 아랫도리와 손, 입에 이르기까지 여자와의 섹스 역사를 완전히 다시 쓰고 싶다는 기분이 든 게 얼마 만인지 모르겠다. 하지만 내가 그녀에 대한 고민이 귀찮아서 편하게 섹스를 하고 싶은 건지 아니면 그녀가 진짜로 나를 완전히 바꿔주기를 바라기 때문인지는 잘 모르겠다.

그래서 밤 10시 정도까지는 그녀가 연구실 친구들과 어울리도록 멀찌감치 떨어져 있었다. 파티 장소에 도착해 바 앞에 앉아 있는 그녀를 발견하고 슬그머니 옆으로 가서 어깨를 부딪치며 앉았다. "아가씨, 여기 자주 오나요?"

나를 본 그녀의 눈이 기쁨으로 빛났다. "안녕, 바람둥이, 윌." 그녀는 잠시 내 기분을 살피는 듯한 표정을 지었다. "와줘서 고맙… 고마워요."

나는 큰 소리로 웃지 않으려고 애쓰며 물었다. "저녁 먹었어?"

그녀는 고개를 끄덕였다. "다 같이 길 건너편에 있는 해산물 레스토랑에 갔어요. 오랜만에 홍합을 먹었어요." 내가 얼굴을 찌푸리자 그녀가 나를 장난삼아 밀쳤다. "홍합 싫어해요?"

"조개는 다 싫어."

그녀는 가까이 다가와 속삭였다. "정말 맛있었는데."

"그랬겠지. 헐렁하게 축 쳐져 씹으면 더러운 바닷물 맛이 났을 거야."

"당신을 보니까 기뻐요." 그녀는 갑자기 주제를 바꾸었다. 내 시선에도 전혀 부끄러워하지 않았다. "달리기할 때 말고 밖에서 만나니까 반가워서 그래요."

그녀는 내 눈과 뺨, 입술을 오랫동안 바라보다 다시 눈을 마주쳤다.

"오빠의 섹시한 눈빛이 결국 날 죽이고 말 거예요, 윌. 당신은 자기가 여자를 이런 식으로 쳐다본다는 것도 모르겠죠."

나는 눈을 깜빡였다. "내 눈빛이 뭐라고?"

"뭐 드릴까요?" 바텐더가 컵 받침 두 개를 내려놓고 몸을 기울여 물었고 우리는 그제서야 지기의 연구실 친구들은 벌써 다 가고 없다는 것을 알아차렸다. 딩동 라운지는 평소답지 않게 조용했다. 평소에는 바텐더들이 손님의 잔에 맥주를 따라주면서 다른 손님의 주문을 받을 정도로 바쁘다.

"기네스 주세요. 조니 골드도 한 잔."

바텐더가 지기 쪽을 보았다. "손님은 뭐 더 드릴까요?"

"아이스티 한 잔 주세요."

바텐더는 눈썹을 치켜들면서 미소 지었다. "그거면 되겠어요, 예쁜 아가씨?"

지기는 웃음을 터뜨렸다. "아이스티보다 조금만 세면 15분 만에 곯아떨어져요."

"저한테 아가씨를 몇 시간이고 잠들지 않게 해줄 강한 게 있는데"

나는 등을 뒤로 빼고 지기의 반응을 살폈다. 그녀가 경악한 표정을 짓는다면 저 자식을 혼내줘야 하니까.

그러나 지기는 의식하지 못했고 오히려 자신이 너무 고지식하다는 걸 들킨 사람처럼 당황해하며 컵 받침만 빙빙 돌렸다. "커피 넣은 양주 같은 거 말인가요?"

"아뇨." 바텐더는 두 팔꿈치를 테이블에 받치고는 그녀에게 바짝 들이댔다. "따로 생각해둔 게 있거든요."

"그냥 아이스티 주세요." 혈압이 끓어오르는 것을 느끼며 내가 끼어들었다. 바텐더는 억지 미소를 짓고는 주문한 음료를 준비하러 갔다.

나를 보는 지기의 시선을 느끼며 칵테일 냅킨을 집어 들었다. 뭔가 천천히 찢을만한 게 필요했다.

"왜 그렇게 단호하게 말했어요, 윌리엄?"

나는 '후' 하고 숨을 내쉬었다. "옆에 앉은 내가 안 보였나? 완전 노골적으로 들이댔잖아. 멍청한 자식 같으니."

"그냥 주문 받은 건데요? 그래요. 그게 죽을죄이긴 하죠." 그녀가 어리둥절한 표정을 지었다.

"음담패설 한 거야, 저 자식."

"농담이겠죠."

"자기한테 너를 몇 시간이고 잠들지 않게 해줄 강한 게 있다고?"

그녀는 그제야 이해된다는 듯이 입으로 작게 '오' 모양을 만들더니 활짝 웃었다. "그나저나 그게 우리 프로젝트의 목표 아니에요? 집적거리는 남자들이 늘어나게 만드는 거?"

바텐더가 돌아와 음료를 내려놓으며 지기에게 윙크를 하고 갔다.

"그렇겠지." 내가 투덜거리며 맥주를 한 모금 마셨다.

그녀는 허리를 좀 더 꼿꼿하게 펴고는 의자를 돌려 내 쪽을 보았다. "화제를 바꾸려는 건 아닌데 나 어젯밤에 포르노 봤어요."

갑자기 기침이 터져 나오는 바람에 맥주잔을 내려놓았는데 잘못해서 내 쪽에 흘렸고 일부가 무릎을 적셨다. “맙소사, 지그스. 넌 생각나는 대로 말하는구나.” 나는 재빨리 냅킨으로 바지를 닦았다.

“오빠는 포르노 안 봐요?”

위스키를 한 모금 마시고 대답했다. “물론 봐.”

“그럼 내가 포르노를 본 게 왜 이상하죠?”

“네가 포르노를 본 게 이상한 게 아니야. 첫마디부터 그거라서 이상한 거지. 난… 아직 적응이 안 되는군. 섹시녀 프로젝트 전까지만 해도 내가 기억하는 넌 공부벌레 막내 여동생이었는데. 그런 네가… 가슴 축소 수술을 하고 처녀막 재생 이론을 만들고 포르노를 본다니. 너한테 적응하는 중이야.”

‘게다가 나를 거의 미치게 만들고.’ 이건 속으로만 생각했다.

그녀는 화제를 돌렸다. “어쨌든 질문이 있어요.”

곁눈질로 그녀를 보았다. “뭔데?”

“여자들이 침대에서 정말 그런 소리를 내나요?”

나는 가만히 웃어보였다. “무슨 소리를 말하는 거지?”

그녀는 내가 장난치고 있다는 사실을 전혀 모르는 듯, 눈을 감고 속삭였다. “이런 거 있잖아요. ‘아, 아, 윌, 제발 넣어줘요. 더 세게, 더 세게. 아, 좋아. 더 해줘요’ 등등.” 그녀의 목소리는 부드럽게 헐떡였다. 그 순간 아랫도리가 커지는 것을 느끼고 경악했다. 또 이러다니.

“흠. 그런 소리를 내기도 하지.”

그녀가 웃음을 터뜨렸다. “말도 안 돼!”

분명 경험이 많지 않은 분야인데도 자신감이 몸에 베인 그녀가 사랑스러웠지만 미소를 짓지 않으려고 애썼다. “정말로 넣어주기를 바랄 수도 있지. 넌 누군가가 너무 간절해져서 그가 제발 해줬으면 하고 바라게 되고 싶지 않아?”

그녀는 아이스티를 쭉 빨면서 생각에 잠겼다.

“솔직히 그랬으면 좋겠어요. 하지만 애원할 만큼 누군가를 간절히 원했던 적은 없는 것 같아요. 쿠키는 원했어도 남자를 원했던 적은 없어요.”

“아주 맛있는 쿠키여야겠군.”

“그렇죠.”

나는 웃으면서 물어보았다. “그나저나 어떤 영화였지?”

“음.” 그녀는 천장을 바라보았다. 얼굴이 빨개지지도 않고 부끄러운 기색도 전혀 없었다. “「바람난 여대생」이었나. 여대생들이 잔뜩 나와서 남학생들이랑 섹스 하는 내용이에요. 사실 흥미로웠어요.”

나는 조용해졌고 이상하게도 생각이 꼬리에 꼬리를 물고 이어졌다. 여대생들, 연구실에서 일하는 그녀, 여동생이 사람들을 좀 만났으면 하는 젠슨의 희망사항, 눈앞에서 그녀에게 치근대던 바텐더, 아직도 단단해져 있는 내 아랫도리까지.

“무슨 생각해요?” 그녀가 물었다.

“아무것도.”

그녀는 아이스티를 내려놓고 의자를 돌려 나를 똑바로 쳐다보았다. "그게 가능해요? 남자들은 가끔 아무 생각도 안 한다고 말하는데 어떻게 그렇죠?"

"별 생각 안 하고 있어." 내가 좀 더 분명하게 말했다.

"포르노 이야기 중인데 섹스 생각을 안 하고 있다고요?"

"이상하게도 그러네." 내가 말했다. "네가 얼마나 순진하고 사랑스러운지 생각하고 있었어. 남자 사귀는 법을 가르쳐주겠다고 했는데 내 생각이 짧았던 것 같군. 내가 널 세상에서 가장 연약한 섹시녀로 만들까 봐 걱정되거든."

"그런 생각을 지금 다 한 거예요?"

내가 고개를 끄덕였다.

"와우. 정말 중요한 생각 맞네요." 그녀의 목소리는 차분하고 부드러워져 있었다. 방금 포르노 목소리를 흉내 내던 목소리와 같았지만 진짜 감정이 담긴 진짜 목소리였다. 그녀를 다시 보니 창밖을 쳐다보고 있었다. "하지만 난 순수하고 사랑스럽지 않아요, 윌. 무슨 뜻으로 한 말인지는 알아요. 하지만 난 언제나 집착에 가까울 정도로 섹스에 관심이 많았는걸요. 섹스의 역학 말이에요. 왜 사람마다 통하는 게 다를까, 왜 어떤 사람은 이런 섹스를 좋아하고 저 사람은 저런 섹스를 좋아할까. 신체 구조의 차이인가, 심리적 요인 때문인가? 정말로 사람마다 그렇게 다른가, 그런 것들 말이에요."

뭐라고 답해야 좋을지 알 수 없어서 그냥 술을 마셨다. 한 번도 생각해본 적 없는 문제였다. 나는 상대 여자가 원하는 거라면 뭐든지 시도하는 쪽이었다. 그런데 지기가 그런 것들에 대해 전부 생각했다는 사실이 마음에 들었다.

"최근에 내가 좋아하는 방식을 발견했어요. 재미있기는 하지만 직접 확인할 방법이 없어서 안타까워요. 그래서 포르노를 본 거예요."

그녀는 빨대를 쭉 빨더니 나를 보며 활짝 웃었다. 2주 전에 이 말을 하고 경험이 없다는 사실을 대놓고 드러냈다면 당혹스럽기만 했을 것이다. 그런데 이제는 조금은 지켜주고 싶다는 생각이 들었다.

"이런 대화를 한다는 게 믿어지지 않지만… 포르노 때문에 섹스에 대한 잘못된 인식이 생길까 봐 걱정되는군."

"무슨 말이에요?"

"포르노에 나오는 섹스는 비현실적이거든."

그녀가 웃음을 터뜨리며 물었다. "모든 남자들의 바지 속에 든 물건이 그렇게 크지 않다는 말인가요?"

이번에는 숨이 막히지도 기침이 나오지도 않았다. "그것도 현실과의 차이점 중 하나지."

"윌, 나도 섹스를 해봤어요. 다양하게 해보지 않았을 뿐이죠. 포르노는 잠든 여우를 깨우는 데 제격이에요. 무슨 말인지 이해할 수 있을지 모르지만."

"놀랄 소리만 하는군, 지기 벅스트롬."

그녀는 오랫동안 대답이 없었다. "그건 내 이름이 아니잖아요."

"알아. 하지만 내가 널 부르는 이름이지."

"계속 나를 지기라도 부를 건가요?"

"아마도. 신경 쓰여?"

그녀는 다시 의자를 돌려 나를 응시했다. "조금은? 더 이상 나한테 어울리는 이름이 아니거든요. 아직까지 그렇게 부르는 건 가족뿐이고. 친구들은 그렇게 안 불러요."

"난 네가 어린애라고 생각하지 않아. 그게 신경 쓰이는 거라면 미리 말해줄게."

"아뇨. 내가 신경 쓰이는 건 그게 아니에요. 누구나 아이인 채로 어른이 되는 법을 배워나가죠. 그런데 난 어릴 때부터 어른이었고 지금은 아이가 되는 법을 배우는 것 같아요. 지기는 내 어른 이름이었던 것 같아요. 지금은 좀 자유롭고 싶어요."

내가 귀를 잡아당기자 그녀가 꺅 소리를 지르며 물러났다. "포르노를 보면서 자유로워진다고?"

"맞아요." 그녀가 내 옆얼굴을 살폈다. "사적인 질문을 좀 해도 될까요?"

"언제는 허락받고 했나?"

그녀는 깔깔거리며 내 어깨를 잡고 흔들었다. "난 지금 진지하단 말이에요."

나는 빈 잔을 내려놓으며 그녀의 눈을 똑바로 보았다. "맥주 한잔 사주면 어떤 질문이든 받아주지."

그녀가 손을 들자 곧바로 바텐더가 쳐다보았다. 그녀는 "기네스 한 잔 더 주세요"라고 한 뒤 나를 쳐다보았다. "준비됐어요?"

나는 어깨를 으쓱했다.

그녀가 내 쪽으로 몸을 기울여 물었다. "남자들은 그 뭐시기… 애널 섹스 하죠?"

나는 웃음을 참으며 잠깐 눈을 감았다. "그냥 애널 섹스야. 그 뭐시기가 아니라."

"남자들은 그걸 좋아하죠?" 그녀가 재차 물었다.

한숨을 쉬며 얼굴을 문질렀다. 정말 이런 이야기까지 해야 하나? "그럴걸? 그래."

"당신도 해봤어요?" "지기, 꼭 그런 질문을 해야겠어?"

"도대체 어떻게 거길…."

한 손을 들었다. "그만."

"무슨 말인지도 모르잖아요!"

"알아. 난 널 알아, 지그스. 무슨 말인지 정확하게 안다고."

그녀는 얼굴을 찡그리더니 TV로 시선을 돌려 닉스가 마이애미 히트를 완전히 깔아뭉개고 있는 장면을 쳐다보았다. "남자들이 뇌 스위치를 끌 수 있다는 게 이해가 안 돼요."

"그건 네가 뇌 스위치가 꺼질 만큼 환상적인 섹스를 못해봐서 그래."

"내 생각에 당신은 평범한 섹스에도 스위치가 꺼질 것 같은데요."

내가 웃으며 인정했다. "어쩌면. 저녁으로 홍합을 먹었다고 했지.

홍합은… 질기고 역한 해산물이야. 하지만 입으로 해준다면 끔찍한 홍합을 먹었다는 사실은 잊어버릴 수 있어."

그녀의 뺨 아래가 살짝 붉어지는 게 보였다. "오빠는 내가 입으로 해준다면 내 기술이 환상적이라고 생각하겠죠."

그녀를 빤히 쳐다보았다. "뭐… 뭐라고?"

그녀는 웃음을 터뜨리면서 고개를 저었다. "봤죠? 아무것도 안 했는데 벌써 할 말을 잃었잖아요. 남자들은 정말 단순해."

"그건 사실이야. 남자들은 할 수만 있다면 모든 구멍에 그걸 넣으려고 할 걸."

"섹스가 가능한, 모든 구멍이겠죠."

이번에는 내가 의자를 돌려 그녀를 보았다. "뭐라고?"

"모든 구멍으로 섹스가 가능한 건 아니잖아요. 이를테면 콧구멍이나 귓구멍은 불가능하잖아요."

"낸터킷에서 온 남자 이야기를 모르는군."

"아뇨." 나는 찡그리는 그녀의 코에 난 주근깨를 쳐다보았다. 오늘따라 그녀의 입술은 유난히 붉은 듯했지만 립스틱을 바르지 않은 게 분명했다. 단지… 붉게 상기된 것이었다.

"누구나 들어봤을걸. 음담패설 오행시 같은 거야."

"나랑 같이 오행시를 하자고요?" 그녀는 자신의 가슴을 가리켰고 나는 그곳으로 시선을 향하지 않으려고 애썼다. "그런다고 내 말이 틀리게 되는 건 아닐 텐데."

"낸터킷에서 온 남자가 있었다. 물건이 너무 커서 스스로 빨 수 있을 정도였다. 그는 턱에 정액이 묻은 채로 웃으며 말했다. 내 귀가 여자의 그곳이라면 섹스 할 수 있을 텐데."

그녀는 움직이지 않고 나를 쳐다보았다. "그건… 세상에서 가장 역겨운 이야기네요."

그녀의 첫 반응이 마음에 들었다. "어느 부분이? 턱에 묻은 정액, 아니면 귀에다 하는 거?"

그녀는 내 말을 무시한 채 물었다. "만약 할 수만 있다면 당신 물건을 빨겠어요?"

절대로 그런 일은 없을 거라고 말하려다가 다시 생각해보았다. 만약 가능하다면 호기심에서 적어도 한 번은 해볼 것 같았다. "글쎄…."

"정액을 삼킬 건가요?"

"맙소사, 지기. 그건 정말 생각을 좀 해봐야 하는 질문이군."

"그걸 꼭 생각해봐야 해요?"

"절대로 삼키지 않을 거라고 하면 얼간이처럼 들릴 테지만 난 정말로 삼키지 않을 거야. 우린 지금 내가 내 물건을 입에 넣는 가상적인 상황에 대해 말하고 있잖아. 난 여자가 내 정액을 삼켜주는 게 좋거든."

"하지만 모든 여자가 정액을 삼키진 않아요."

심장이 빠르고 강하게 뛰기 시작했다. 안에서 펀치라도 날리는 듯했다. 지금 이 대화는 통제 불능한 상태로 빠르게 달리고 있는 듯하다.

"너는 어떤데?"

그녀가 무시하고 물었다. "하지만 남자들은 여자가 입으로 해주는 걸 좋아하지 않죠? 정말 솔직하게 말해서요."

"난 좋을 때도 있어. 하지만 모두가 좋은 건 아니야. 네가 생각하는 그런 이유는 아니지만. 여자의 그곳을 입으로 애무해주는 건 상당히 은밀한 행위인 데다 얼어 있는 여자들이 많거든. 그러면 같이 즐기기가 어려워지지. 내 경우엔 여자가 입으로 해주는 게 손으로 해주는 것과 비슷하지만 느낌은 훨씬 좋지. 하지만 내가 여자를 입으로 해주는 건 좀 더 깊은 관계여야만 가능한 것 같군. 신뢰가 필요하지."

"난 둘 다 해본 적 없어요. 둘 다 상당히 은밀한 행위 같아요."

마침 바텐더가 내 앞에 맥주를 놓았고 작게 고맙다고 말했다. 몸 안에서 끓어오르는 기이한 성취감을 어떻게 억눌러야 할지 알 수 없었다. 도대체 이 느낌은 뭐지? 내가 그녀를 입으로 해주는 첫 남자가 될 것도 아닌데. 아니, 그녀와 그런 행동을 할 수 있는 것도 아닌데. 게다가 지기는 언제나 자신이 원하는 것에 솔직한 여자다…. 만약 나하고 그런 걸 하고 싶었다면 진즉 말했을 거라는 생각이 들자 갑자기 씁쓸해졌다. 내 가슴에 손을 대고 '날 가져줄래요?'라고 말했겠지.

"또 그런다." 그녀가 가까이 다가와 내 주의를 끌었다. "지금은 무슨 생각해요?"

맥주잔을 입으로 가져가며 말했다. "아무것도."

"그거 알아요? 내가 폭력적인 여자였다면 지금 오빠 얼굴에 주먹을 날렸을 거예요."

그 말에 나는 웃음이 나왔다. "사실 좀 이상하다는 생각을 하고 있었지. 네가… 남자 경험이 있다면서 오럴을 해준 적도 받아준 적도 없다니."

그녀가 등을 약간 뒤로 젖히며 말했다. "음. 예전에 한 명한테 오럴을 해준 적은 있어요. 하지만 어떻게 해야 하는지 몰라서 얼굴 쪽으로 돌아가서 키스했죠."

"남자들은 아주 쉬워. 거길 잡고 위아래로 가만히 왔다 갔다 만져주면 사정하지."

"그건… 나도 알아요. 내 말은 내 쪽에서 어떻게 해야 하는지 모르겠다는 거예요. 숨은 어떻게 쉬어야 하는지. 그리고 혹시라도 깨물면 어떡해요? 고급 그릇 가게에서 몸을 잘못 움직여서 값비싼 그릇을 깨뜨릴까 봐 걱정되는 기분 몰라요?"

나는 몸을 숙이며 웃었다. 이 여자는 정말 비현실적이군. "그러니까… 오럴을 해주다가 남자의 그곳을 깨물까 봐 걱정된다는 건가?"

그녀도 웃기 시작했다. 우리는 그런 일이 실제로 벌어지는 경우를 떠올리며 동시에 배꼽이 빠져라 웃어댔다. 그러나 거의 동시에 웃음을 멈추었고 내 입을 뚫어져라 쳐다보는 그녀와 눈이 마주쳤다.

"깨물어주는 걸 좋아하는 남자들도 있지." 내가 조용하게 말했다.

"당신도… 그중 한 명인가요?"

침을 꿀꺽 삼키면서 인정했다. "그래. 난 여자가 약간 거칠게 나오는 게 좋거든."

"막 손톱으로 할퀴고 깨물고 그러는 거요?"

"그래." 그녀의 입에서 나오는 말을 듣는 것만으로 온몸에 전율이 일었다. 잠자리에서 적극적으로 나오는 그녀의 모습이 상상되었고 과연 그 모습이 머릿속에서 사라질 때까지 얼마나 걸릴지 의아했다. "지금까지 몇 명하고 해봤지?" 내가 물었다.

그녀는 아이스티를 한 모금 마시고 대답했다. "다섯 명이요."

"다섯 명하고 잤는데 한 명한테도 오럴을 해주지 않았단 말인가?" 가슴이 철렁하고 짜증나는 기분이 드는 건 위선임을 알지만 어쩔 수 없었다. "맙소사. 지그스. 언제였지?"

그녀는 웃음을 터뜨리면서 골똘히 생각에 잠기는 표정을 지었다. "첫 경험은 열여덟 살 때였어요. 오빠가 우리 아버지 밑에서 일했던 여름이네요." 내가 한마디 하려고 하자 그녀는 내 입을 막았다. "잔소리할 생각 말아요, 윌. 보나마나 당신의 첫 경험은 열다섯 살 때쯤이었겠죠."

입을 다물고 자세를 고쳐 앉았다. 그녀의 추측이 맞았다.

그녀는 다 안다는 듯한 미소로 말을 이었다. "그리고 당신은 지금까지 자본 여자만 수백 명이 넘을 거예요. 거기에 비하면 다섯 명은 양반이죠. 첫 경험 후 몇 년 동안 몇 명의 남자와 잤는데 내가 잘못하고 있다는 사실을 깨달았어요. 그렇게 흥미롭지도 않았거든요. 대학에 들어가서 한 명하고 잠깐 사귀긴 했지만…. 나는 어딘가 고장 난 것 같아요. 섹스에 관심은 많은데 막상 하려고 하면 내일 실험에 쓸 세포가 제대로 배양되었나 하는 생각밖에 안 나요."

"그것 참 딱하군."

"나도 알아요."

"섹스는 지루하지 않아."

그녀는 나를 찬찬히 살피더니 어깨를 으쓱했다. "섹스가 지루할 거라고는 생각하지 않아요. 내 또래 남자들은 대부분 여자의 몸을 어떻게 다뤄야 하는지 모르니까 지루한 거겠죠." 그녀가 시선을 다른 곳으로 돌렸다. 나는 제발 나를 다시 쳐다보라고 말할 뻔했다. 그녀가 나를 똑바로 쳐다볼 때마다 느껴지는 짜릿함에 점점 중독되어갔다. "남자들 탓은 아니겠죠. 여자의 그곳은 워낙 복잡하니까." 그녀는 무릎 쪽을 향해 손을 흔들었다. "섹스가 뭐가 그리 좋은지 궁금하게 만들 정도로 관심이 생기는 남자를 만나본 지가 정말 오래 됐어요." 그녀는 내 입술을 쳐다보더니 시선을 돌려 수도꼭지 모양의 탭이 달린 생맥주통을 바라보았다.

나는 앞에 놓은 맥주잔을 보며 잔 받침 위를 손가락으로 빙글 어루만졌다. 물론 그녀의 말이 맞았다. 지금까지 단순히 성적 욕구 해소가 아닌 이유로 섹스를 하는 여자들을 많이 봐왔다. 언젠가 키티는 섹스를 하고 나면 나와 더 가까워진 기분이 든다고 했다. 그때 나는 머릿속으로 냉장고에 뭐가 있는지 생각하고 있었다. 키티와 섹스를 하기 전이나 할 때 또는 하고 나서 느꼈던 감정과는 비교도 안 될 정도의 친밀함을 나는 지금 한나에게 느끼고 있었다.

그녀에게는 나를 갈망하게 만드는 무언가가 있었다. 나도 그녀처럼 삶의 모든 것에 솔직하고 차분해지고 싶어졌다. 그녀를 더 알고 싶다. 그녀의 모든 생각을 듣고 싶다.

맥주잔을 입으로 가져가다 흠칫했다. 내가 그녀를 한나로 생각하고 있다는 사실을 깨달았다. 마치 오래 참은 숨을 내쉰 기분이었다.

지기는 젠슨의 여동생이었다. 지기는 내가 잘 알지 못한 꼬마였다.

반면 한나는 내 앞에서 거리낌 없이 자신을 표현할 줄 아는 여자였다. 나는 그녀가 내 세상을 완전히 흔들어놓을 여자임을 확신할 수 있었다.

5

결심했다. 윌의 시간을 독차지해가면서 훈련을 받으려면 정말로… 진지한 자세가 필요하다.

놀이라고 생각하지 않고 실험처럼 진지하게 임하기로 결심했다. 아침 일찍 일어나 그와 달리고 연구실로 나가 하루 종일 서서 일하려면 너무 늦게 잠자리에 들면 안 되었다. 괜찮은 운동복과 운동화도 여벌로 준비했다. 스타벅스를 더 이상 밥집처럼 여기지 않기로 했고 불평도 멈추었다. 마구 떼쓰면서 그를 설득한 끝에 4월 중순에 있을 하프마라톤도 같이 신청했다. 두려웠다.

하지만 윌의 말이 맞았다. 시간이 흐르면서 조금씩 익숙해졌다. 몇 주가 지나자 폐가 불타는 느낌도, 정강이가 나무 막대기처럼 금방이라도 부러질 것 같던 느낌도 사라졌다. 코스 끝부분에 이르면 토할 것 같던 증상도 없어졌다. 우리는 월이 평소 이용하는 좀 더 긴 코스로 옮길 정도가 되었다. 월은 내가 하루에 10킬로미터를 달리고 일주일에 두 번씩 13킬로미터를 달리는 일정을 소화할 수 있다면 추가적인 연습은 필요 없을 것 같다고 말했다.

달리기가 더 이상 힘들어지지 않았을 뿐만 아니라 몸에도 변화가 나타나기 시작했다. 집안 내력으로 항상 마른 편이기는 했지만 절대로 탄탄한 몸매라고는 할 수 없었다. 복부는 물렁하고 팔은 흔들 때마다 볼썽사납게 축 늘어지고 청바지를 입을 때면 뱃살이 튀어나와서 감추기 바빴다. 그런 내 몸이 바뀌기 시작했다. 변화를 눈치 챈 건 나만이 아니었다.

"뭐가 어떻게 되고 있는 거야?" 클로에가 내 옷장에 들어가 나를 쳐다보면서 물었다. 그녀는 손가락으로 가리키면서 나를 쭉 훑었다. "좀… 달라진 것 같은데."

"달라졌다니요?" 내가 물었다.

지기 변신 프로젝트의 핵심은 월하고 많은 시간을 보내는 게 아니라 내가 일과 삶의 균형을 찾고 연구실 바깥 생활도 즐기게 만들려는 목표였다. 비록 그는 요즘 내가 가장 좋아하는 사람이긴 하지만. 지난 몇 주 동안 클로에와 세라는 이 프로젝트에서 중요한 역할을 수행했다. 그들은 나를 데리고 저녁 식사를 하러 가거나 내가 사는 아파트에 놀러와 몇 시간씩 시간을 보냈다.

목요일인 오늘은 음식을 포장해 놀러왔다. 그리고 내 옷장을 검사하면서 버릴 것과 그냥 둘 것을 골라주었다.

"좋은 쪽으로 달라졌어." 클로에가 정정하고 세라를 쳐다보았다. 세라는 침대에 누워서 업무 관련 서류를 보고 있었다. "네가 봐도 그렇지?"

세라가 고개를 들어 눈을 가늘게 뜨고 나를 살폈다. "당연히 좋은 쪽이야. 행복해서 그런가?"

클로에는 벌써 고개를 끄덕이고 있었다. "나도 그 말 하려고 했어. 확실히 얼굴이 환해졌다니까. 그리고 바지핏, 뒤태가 완전 예쁘다."

거울 앞에 서서 앞모습을 본 후 뒤돌았다. 확실히 내 엉덩이는 행복해 보였다. 앞부분도 그리 나쁘지 않았다. "바지가 좀 헐렁해졌어요." 내가 사이즈를 확인하면서 말했다. "봐봐요. 튀어나온 뱃살도 없어졌어요!"

"그건 항상 반가운 일이지." 세라가 웃으면서 고개를 흔들고 서류 작업으로 돌아갔다.

클로에는 옷을 옷걸이에 걸거나 비닐봉지에 던져 넣으며 말했다. "운동하는구나. 무슨 운동해?"

"그냥 달리기랑 스트레칭 엄청 많이 해요. 윌은 스트레칭을 엄청 중요하게 생각하거든요. 지난주부터는 윗몸일으키기까지 추가해서 더 죽을 맛으로 만들었어요." 거울 속 뒤태를 다시 확인한 후 덧붙였다. "마지막으로 쿠키를 먹은 게 언제인지 모르겠어요. 이젠 범죄처럼 느껴진다니까요."

"윌하고 계속 달리는 거야?" 클로에가 물었다. 클로에와 세라가 눈빛을 주고받는 모습이 보였다. 마치 내가 그들에게 엄청나게 좋은 먹이를 던져주었고 제발 그만하라고 애원할 때까지 물어뜯을 것처럼 보였다.

"네. 매일 아침 해요."

"윌이 매일 아침 널 데리고 운동한다고?" 클로에가 물었다. 두 사람 사이에 또 눈빛이 오갔다.

나는 바닥에 놓인 버려질 옷가지 중에서 몇 개를 집어 들며 말했다. "공원에서 해요. 윌이 철인 3종 경기에 출전하는 거 알아요? 윌은 몸이 정말 좋아요." 나는 놀라서 화들짝 입을 다물었다. 클로에한테는 윌에게 하듯 생각나는 대로 내뱉는 게 좋은 생각이 아닐지도 모른다는 생각이 퍼뜩 들었다. 나는 클로에가 뭐든 그냥 넘어가는 법이 없는 똑 부러지는 성격임을 알고 있었다.

역시나 그녀는 눈이 휘둥그레지더니 짙은 갈색의 풍성한 웨이브 머리를 획 넘기며 다가왔다. "그래, 윌리엄 말인데."

나는 양말을 개며 흥얼거렸다.

"매일 아침 조깅을 하는 것 말고도 따로 만나?"

두 사람의 눈에 레이저빔 같은 뜨거운 관심이 느껴져서 얼굴을 돌리지도 않은 채 고개만 끄덕였다.

"윌은 정말 잘생겼지." 클로에가 말했다.

위험해. 위험해. 머릿속에서 경고 알람이 울렸다. "그렇죠."

"두 사람 서로 알몸 본 사이야?"

내가 곧장 클로에를 쳐다보았다. "네?"

"클로에." 세라가 곤란하다는 듯이 괴로워했다.

"아뇨. 우린 그냥 친구 사이예요." 내가 단호하게 말했다.

클로에는 팔에 옷가지를 걸고 코웃음을 치며 옷장으로 갔다. "그렇겠지."

"아침에 같이 달리고 가끔 만나서 커피를 마실 때도 있어요. 아침을 먹기도 하고." 내 정직함의 수위가 위험 수준에 이른 듯했지만 무시했다. 사실 요즘 우리는 거의 매일 아침을 같이 먹고 하루에 한 번은 전화 통화를 한다. 리매키 교수가 출장 중이거나 바쁠 때면 실험에 관한 조언을 얻으려고 그에게 전화할 정도까지 되었다. 그저 그의 과학적 지식을 높이 평가하기 때문이다. "그냥 친구예요." 내가 세라를 보며 말했다. 그녀의 시선은 서류로 향했지만 웃으면서 고개를 흔들었다.

"헛소리." 클로에가 곧바로 반박했다. "윌리엄 섬너는 여자하고 친구로 지내는 일이 절대로 없어. 가족하고 우리 두 사람만 빼고."

"그건 사실이야." 세라도 마지못해 동의했다.

나는 아무 말도 하지 않고 뒤돌아 서랍에서 카디건을 찾기 시작했다. 하지만 뒤통수에 와 닿는 클로에의 시선에 압박감이 느껴졌다. 나는 여자 친구들이 많았던 적이 없다. 클로에 밀스 같은 친구는 더더욱 없었지만 그녀를 약간 두려워해야 한다는 사실 정도는 알 수 있었다. 나는 베넷조차 그녀를 약간 두려워하고 있다는 느낌을 받았다.

찾던 카디건을 발견해 가장 좋아하는 잠자리 티셔츠 위에 내려놓았다. 담담한 표정을 유지하면서 윌과 친구 이상의 사이라고 느껴질만한 일들은 머릿속에서 전부 비워내려고 애썼다. 저 둘은 어떻게든 꿰뚫어볼 것 같았기 때문이다.

"둘이 안 지 얼마나 됐지?" 세라가 물었다. "윌하고 맥스는 오랜 친구인데 내가 윌을 알게 된 건 뉴욕으로 이사 온 이후거든."

"나도 마찬가지야." 클로에도 말했다. "얼른 불어, 벅스트롬. 윌의 콧대를 꺾어줄만한 정보가 필요하단 말이야."

그나마 주제가 바뀐 것 같아 감사하면서 웃음을 터뜨렸다. "뭘 알고 싶은데요?"

"넌 윌의 대학 시절에 대해 알고 있잖아. 어땠어? 얼간이 같았어? 제발 체스 동호회 같은 데 회원이었다고 말해줘." 클로에는 기대 가득한 표정이었다.

"하하, 아뇨. 고등학교 졸업하자마자 아줌마들까지도 눈독 들이는 섹시남이었는걸요." 나는 잠시 생각에 잠기며 얼굴을 찡그렸다. "흠, 젠슨 오빠가 그런 얘기를 했던 것 같은데…."

"맥스가 그러는데 윌하고 너희 언니랑 사귀었다며?" 세라가 물었다.

입술을 깨물며 고개를 저었다. "크리스마스 때 한 번 엮인 것뿐이에요. 그냥 스킨십만 했다고 알고 있어요. 우리 젠슨 오빠하고는 대학 입학 첫날 만났대요. 졸업 후에 우리 아빠를 도와주면서 우리 집에서 잠깐 살았어요. 난 막내라 나이 차이가 좀 있어서 따로 어울리지는 않았고 식사 때 보는 게 고작이었어요."

"그만 피하시지." 클로에가 눈을 가늘게 떴다. "분명 아는 게 더 있을 거야."

나는 웃었다. "어디 보자. 윌도 막내예요. 나이차 많은 누나가 두 명 있다는데 난 본 적은 없어요. 또 윌은 어머니하고 사이가 각별한 것 같아요. 부모님 두 분 다 의사인데 윌이 태어나기도 훨씬 전에 이혼하셨대요. 나중에 두 분이 학회에서 마주쳤는데 술에 취해서 하룻밤을 같이 보냈다가 그만…."

"뿅! 윌이 생겼구나." 세라가 말했다.

나는 천천히 고개를 끄덕였다. "맞아요. 엄마가 윌을 키우셨대요. 누나들은 윌보다 열두 살, 열네 살 많아요. 막둥이죠."

"세상 여자들이 다 자기를 받들어주는 게 당연하다고 생각할 만도 하네." 클로에가 침대로 가서 세라 옆에 앉았다.

나로서는 선뜻 수긍되지 않는 말이었다. 고개를 저으며 자리에 앉았다. "그런 이유인지는 모르겠어요. 그냥 여자를 엄청 좋아하는 것 같은데. 여자들도 윌을 좋아하고 말이에요." 그리고 덧붙였다. "윌은 어려서부터 여자들한테 둘러싸여 커서 그런지 여자를 잘 알아요. 여자들의 사고방식이 어떤지, 무슨 말을 듣고 싶어 하는지."

"확실히 윌은 여자 다루는 법을 잘 알지. 맥스한테 들은 이야기만 해도 엄청난걸." 세라가 말했다.

젠슨 오빠의 결혼식 날, 윌이 여자 두 명을 데리고 슬쩍 빠져나가던 모습이 생각났다. 윌에게 그런 경험은 분명 처음도 마지막도 아니었을 거다.

"여자들은 항상 윌을 좋아했어요. 윌이 우리 집에서 지낼 때 엄마 친구분들이 윌에 대해 말하는 걸 들었어요. 그 어린 소년에게 뭘 어떻게 하고 싶은지. 맙소사."

"연상녀들까지! 재미있는걸!" 클로에가 즐거워하며 소리쳤다.

"아, 정말 그에게 빠지지 않는 여자를 못 봤어요." 베개를 끌어안고 지난 일을 떠올렸다. "윌이 오빠랑 처음 우리 집에 왔을 때 난 열네 살이었거든요. 학교 여자애들이 갑자기 별별 이유를 다 대면서 우리 집에 놀러 오려고 하는 거예요. 크리스마스이브에 내 스웨터를 돌려주겠다고 온 애도 있었다니까요. 그것도 내 옷이 아니라 자기 옷이었어요. 그때 윌은 스물한 살이었고 유쾌하고 여자 몸에 대해서도 잘 알고 있었고 미소는 사르르 녹았죠. 게다가 밴드 멤버에 문신도 있고…. 완전 걸어 다니는 섹스 심벌이었다니까요. 그러다 여름 내내 우리 집에 살게 되었죠. 오빠는 스물다섯, 난 열여덟 살이었는데 얼마나 힘들었는지 몰라요. 마치 집 안에서 상의를 입는 건 자기 몸에 대한 모욕이라고 생각하는 사람처럼 항상 상반신을 벗고 완벽하게 남성적인 몸매를 과시하며 다녔죠."

나를 쳐다보며 웃는 클레어와 세라의 모습에 잠시 회상을 멈추었다.

"왜 그래요?"

"엄청 음탕한 묘사인걸, 한나." 세라가 말했다.

세라를 쳐다보며 물었다. "방금 '음탕하다'고 했어요?"

"나도 똑똑히 들었어." 클로에가 말했다. "나도 동의해. 방금 굉장히 야한 영화를 본 느낌이야."

나는 투덜대며 침대에서 일어났다.

"10대 시절의 한나는 윌한테 반했던 게 분명하네. 그보다 중요한 건 스물다섯 살의 한나가 그를 어떻게 생각하느냐지."

세라의 말에 잠깐 생각에 잠기지 않을 수 없었다. 내가 윌에 대한 생각을 많이 하는 것은 사실이다. 좀 야한 생각까지 한다. 그의 멋진 몸매와 그의 입에서 나오는 야한 말들, 그 두 가지로 무엇을 할 수 있을지까지. 하지만 그의 명석한 두뇌와 따뜻한 마음씨도 자주 떠올렸다. "난 윌이 놀라울 정도로 다정하고 정말 똑똑하다고 생각해요. 바람둥이는 분명하지만 그래도 좋은 사람이에요."

"정말 윌하고 섹스 하는 생각, 단 한 번도 해본 적 없어?"

나는 클로에를 빤히 보았다. "뭐라고요?"

클로에도 나를 똑바로 쳐다보았다. "뭐긴. 둘 다 선남선녀에다

혈기왕성하잖아. 예전부터 아는 사이이기도 하고. 분명 환상적일 거야."

단 몇 초 만에 머릿속에서 수많은 이미지가 떠올랐다. 솔직히 그와 섹스 하는 생각을 그래서는 안 될 정도로 많이 하기는 했다. 하지만 겉으로는 이렇게 말했다. "난 절대로 윌하고 섹스 하지 않을 거예요."

세라가 어깨를 으쓱했다. "아직까진 그럴지도."

나는 세라를 쳐다보았다. "난 세라가 정숙한 쪽인 줄 알았는데."

클로에의 입에서 웃음이 터져 나왔다. 그녀는 장난삼아 나무라는 듯한 표정을 지었다. "정숙한 여자라. 얌전한 고양이가 부뚜막에 먼저 올라가는 법이지."

"어쨌든 윌은 나를 여동생으로 생각하는걸요."

클로에가 일어서더니 사뭇 심각한 표정을 지어보였다. "남자는 말이야, 모든 여자를 두 가지 범주에 넣어. 그냥 친구, 잘지도 모르는 여자."

"윌한테는 정기적으로 만나서 섹스 하는 여자들이 있지 않아요?" 코를 찡그리며 물었다. 남녀의 만남 자체는 마음에 들었다. 하지만 말로는 가벼운 만남이라고 해도 윌의 여자관계는 생각보다 체계가 잘 잡혀 있다는 느낌이 들었다. 정기적으로 날짜를 정해놓고 만난다니? 섹스처럼 형태가 없고 유동적인 것을 어떻게 그런 확실한 경계에 집어넣을 수 있는지.

세라가 고개를 끄덕였다. "맞아. 요즘 화요일 밤은 키티, 토요일 밤은 크리스티야." 그녀는 잠시 생각에 잠기더니 덧붙였다. "라라하고는 더 이상 만나지 않는 것 같아. 하지만 정해진 파트너들 이외에 일회성 만남도 분명 있을 거야."

클로에가 갑자기 째려보자 세라도 그녀를 보았다. 나는 눈만 깜빡거린 채 두 사람이 기 싸움을 벌이도록 내버려두었다.

"한나가 윌하고 사랑에 빠졌다는 이야기가 아니야. 그냥 둘이 섹스를 하라는 거지." 클로에가 말했다.

"알아야 될 사실인 것 같아서 확실하게 말해두는 것뿐이야." 세라의 눈빛에는 도전 의식이 가득했다.

"흠. 어쨌든 상관없어요. 친구의 여동생이니까 윌에게 나는 순수하게 친구일 거예요."

"윌이 네 가슴에 대해 언급했어?" 클로에가 물었다.

순간 얼굴부터 목까지 빨개졌다. 그렇다. 윌은 내 가슴에 대해 언급했고 빤히 쳐다보았고 어딘지 우상화하는 것처럼 보였다. "음. 네."

"게임 오버네." 클로에가 우쭐한 표정으로 미소 지었다.

* * *

다음 날 아침, 윌은 내가 기분을 전환해주는 약을 먹고 있다거나 아니, 먹어야 한다고 생각했을 게 분명하다. 달리는 도중에 자꾸 정신이 흐트러졌고 세라와 클로에와의 대화가 생각났다. 윌이 내 가슴을 쳐다보고 손짓하거나 가슴에 관한 대화까지 했던 일뿐만 아니라 그가 다른 여자들하고 있는 모습까지 생각이 났다. 그 여자들하고 뭘 하는지, 그와 함께 있을 때 그녀들이 어떤 기분을 느낄지, 나처럼 그녀들도 그와의 시간을 즐거워할지. 게다가 윌이 알몸으로 여자들하고 있는 시간이 많을 거라는 생각도 들었다.

그러니 자연히 그의 벗은 몸을 상상하게 될 수밖에 없었다. 집중이 되지 않아서 앞으로 쭉 뻗어 있는 길을 달리는 것조차 힘들었다.

옆에서 말없이 달리고 있는 남자에 대한 생각을 접고 연구실에서 기다리고 있는 일들, 끝마쳐야 할 보고서, 리매키 교수를 도와 점수를 매겨야 할 시험지로 옮겨가려고 노력했다.

다리에 쥐가 나는 바람에 넘어질 뻔했다. 오른쪽 다리부터 스트레칭을 시작하자 윌이 가까이 다가와 나를 빤히 쳐다보았다. 그의 눈이 천천히 내 얼굴을 훑자 기껏 묻어두었던 생각들이 샘솟아났다. 속이 울렁거리고 가슴에서 다리 사이로 달콤한 열기가 쫙 퍼져나갔다. 차가운 땅속으로 녹아내리는 기분이었다.

"괜찮아?" 윌이 가만히 물었다.

나는 그저 고개만 끄덕일 뿐이었다.

그가 미간을 찌푸렸다. "오늘은 무척 조용하군."

"그냥 생각 좀 하느라고요." 내가 얼버무렸다.

그의 섹시한 미소가 떠오르자 가슴이 마구 방망이질 치기 시작했다. "설마 포르노나 펠라치오, 섹스에 대한 생각은 아니겠지. 그런 생각을 떨치지 못한다면 문제가 있는 거니까. 슬슬 운동에 틀이 잡히기 시작했어."

그날 나는 조깅을 끝내고 집으로 돌아가 유난히 긴 샤워를 했다.

* * *

평소 나는 문자메시지를 잘 보내지 않는다. 윌을 만나기 전까지만 해도 가족이나 동료들에게 한 단어로 된 답장을 보내는 게 전부였다.

'오늘 오는 거지?' 응

'와인 좀 사다줄래?' 오케이

'남자 데리고 오는 거야?' 개소리

드디어 닐스 오빠가 크리스마스 선물로 준 아이폰을 개봉했다. 일주일 전까지만 해도 젠슨 오빠가 인류 최초로 만들어진 스마트폰이라고 놀린 폴더폰을 썼다. 전화를 걸어 1분 만에 용건을 끝낼 수 있는데 뭐하러 굳이 문자메시지를 보내는 거지? 도무지 비효율적인 일 같았다.

하지만 윌과 문자를 주고받는 일은 재미있었다. 새 스마트폰으로는 문자메시지 교환이 훨씬 쉽다는 사실도 인정하지 않을 수 없다. 윌은 하루 중 아무 때나 이런저런 문자를 보냈다. 내가 썰렁한 농담을 하면 자신의 얼굴 표정을 찍어 보냈고 샐러드를 먹다가 남자 성기 모양의 닭가슴살을 발견했다며 사진을 보내기도 했다. 그래서 긴 샤워를 마친 후… 윌에게 메시지가 와 있다는 사실은 전혀 놀랍지 않았다.

하지만 문자 내용은 놀라웠다.

'지금 뭐 입고 있어?'

어떻게 해석해야 할지 몰라 얼굴이 찡그려졌다. 갑작스럽기는 했지만 그가 지금까지 한 질문들 중에는 더 괴상한 것들도 있었다. 30분 후에 만나서 아침을 먹기로 했는데 어쩌면 그의 말마따나 내가 대학원생 노숙자처럼 하고 나올까 봐 걱정돼서 보낸 문자인지도 몰랐다.

벗은 몸에 타월만 걸친 가슴을 내려다보면서 내용을 입력했다.
"블랙진에 옐로우 티셔츠에 블루 스웨터요."

'그게 아냐. 지금 뭐 입고 있어? *성적농담*'

정말로 혼란스러워졌다. '무슨 말인지 모르겠어요' 라고 보냈다.

'지금 섹스팅 하는 거야.'

그에게 온 답장을 보다가 '뭐지?' 싶었다.

그는 나보다 글자를 빨리 입력해서 답장이 거의 실시간이었다.

'꼭 설명해야 하면 섹시한 맛이 떨어지지. 새로운 법칙: 이제부터는 섹스팅의 기술에 기본 실력은 갖출 것.'

머릿속에 전구가 들어온 듯했다. '하! 섹스팅이라. 참 똑똑하군요, 윌.'

'설마 내가 그 단어를 처음 만들어냈다고 생각하는 건 아니겠지. 꽤 오래전부터 쓰던 신조어야. 자, 이제 질문에 답해봐.'

나에게 온 도전 과제라면 물러서지 않겠다는 생각을 하며 방 안을 오갔다. 영화에서 나온 섹시한 성적 농담을 떠올리려고 애썼지만 당연히 생각날 리 없었다. 에릭 오빠가 즐겨 쓰는 작업용 멘트를 생각하다가 끔찍한 것 같아서 관뒀다.

머릿속이 멍하고 아무 생각도 나지 않았다.

'사실 나 지금 아무것도 안 입었어요. 속옷을 안 입는 게 법칙에 어긋나는지 생각하고 있어요. 스커트를 입으면 팬티 라인이 드러날 텐데 난 티팬티는 싫거든요.'

스마트폰을 보니 그가 문자를 입력하고 있음을 알려주는 점들이 움직였다.

'아주 좋았어, 꼬맹이. 하지만 속옷이란 말은 쓰지 마. 블라우스란 말도. 하나도 섹시하지 않거든.'

'놀리지 말아요. 뭐라고 해야 할지 모르겠어요. 지금 벌거벗은 채로 서서 문자를 보내고 있는 내가 바보 같아요.'

기다렸다.

몇 초 후 다시 스마트폰이 반짝였다.

'좋아. 꽤 하는군. 그럼 이제 야한 말을 좀 해봐.'

'야한 말?'

'빨리.'

맙소사. 구글 검색이라도 해봐야 하는 건가? 아냐. 머릿속으로 가장 처음 떠오르는 말을 입력했다.

'달리기할 때 당신이 거친 숨소리를 낼 때마다 섹스 할 때는 어떤 소리를 낼지 궁금해져요.'

어쩌면 도를 지나쳤는지도 모른다. 영원처럼 느껴지는 시간이 지났건만 윌에게선 답이 오지 않았다. 맙소사. 그가 다시는 연락하지 않으리라 확신하며 스마트폰을 내려놓았다. 그는 유쾌한 농담을 원했을 것이다. 이렇게 솔직한 얘기가 아니라.

욕실로 들어가 머리를 빗으려고 했다. 그 때 책상에 놓인 스마트폰에서 문자메시지가 울렸다.

'후.' 첫 번째 메시지였다.

'역시 망설임이 없군…. 시간이 좀 필요하겠어. 일 분. 아니 오 분.' 이게 두 번째 메시지였다.

'맙소사미안ㄴ해요' 서두르느라 오타가 났다. 쥐구멍이라도 찾아서 숨고 싶었다. '미안해요.그런말을하다니.'

'괜찮아. 크리스마스 선물 같았는데. 나도 한마디 해야 할 것 같은데. 잠깐. 스트레칭 좀 하고.'

눈을 부라리며 메시지를 보냈다. '기다리고 있음.'

'네 가슴 오늘따라 더 예뻐.'

겨우 그거예요? 솔직히 직접 얼굴 보고는 그보다 더 변태 같은 말도 많이 하는 그인데. 그것도 내 가슴에 대고. 정말 지금 나한테 섹시해지는 법을 가르쳐주는 거 맞아?

'정말? 아무런 느낌도 없어?'

나는 'zzzzzzzzzzzzzzzzzz' 라고 답장을 보냈다.

'다음번에는 가슴 보여줄래?'

얼굴이 약간 붉어졌지만 당연히 그럴 일은 없을 것이다.

'하품 나와요.' 나는 바보처럼 스마트폰에 대고 웃고 있었다.

그가 문자를 입력하고 있음을 알려주는 말풍선이 움직이기 시작했다. 기다렸다. 또 기다렸다. 마침내 답장이 왔다. '만져도 돼? 맛봐도 돼?'

나도 모르게 타월을 가슴 위쪽까지 끌어당기고 몸을 떨었다. 이제는 얼굴만 달아오르는 게 아니었다. '좀 낫네요.' 라고 답장을 보냈다.

'핥고 싶어. 거기에 하고 싶어.'

나도 모르게 스마트폰을 떨어뜨렸다. 엉거주춤 다시 집어 들었다. '방금 건 아주 좋아요.' 손을 떨면서 입력했다. 눈을 감았다. 윌의 엉덩이가 내 가슴 위에서 움직이고 그의 남성이 내 가슴 사이로 미끄러지듯 왔다 갔다 하는 모습을 지워버리려고 노력했다.

'잠깐 혼자만의 시간이 필요하면 말해. 준비 됐어?' 라는 그의 말에서는 단호한 의지가 느껴질 정도였다.

당연히 준비가 안 됐지만 '네'라고 답장을 보냈다.

'어제 핑크 셔츠 입었을 때 가슴이 진짜 죽여줬어. 봉긋하고 부드럽고. 바람이 불 때 유두가 드러났지. 내 손으로 직접 만지면 어떤 느낌일까, 혀에 대면 어떤 기분일까 그런 생각밖에 안 났어. 내 남성이 네 피부에 닿으면 어떤 느낌일까, 네 목에 사정하면 어떤 기분일까.'

아, 맙소사. '윌? 그냥 전화하면 안 돼요?'

'왜?'

'한 손으로 답장보내기가 너무 어렵거든요.'

이번에는 그가 전화기를 떨어뜨렸는지 일 분쯤 답이 없었다. 그런데 답장이 왔다. '혹시 지금 자위하고 있어?'

나는 웃으며 문자를 보냈다. '바로 맞혔어요.' 그러고 나서 스마트폰을 옆으로 던져버리고 눈을 감았다.

왜냐하면 정말로 사실이었으니까.

* * *

사라베스에서 윌과 아침을 먹기로 해서 그의 문자에 대한 '생각'을 끝마친 후 서둘러 옷을 입고 나갔다. 추운 날씨에 눈까지 내리기 시작했지만 93번가까지 가는 내내 얼굴이 달아올랐다. 방금 그의 문자를 받고 자위를 하고 왔다는 사실을 들키지 않을 자신이 없었다. 우리 둘 사이가 뭔가 조금씩 틀어지기 시작했다. 언제부터 그랬는지 생각해보았다. 오늘 아침에 그가 내 위에 올라탈 것처럼 내 위에서 맴돌았을 때부터? 아니면 몇 주 전, 바에서 포르노와 섹스에 대한 이야기를 나눈 후로? 어쩌면 그보다 전일지도 모른다. 처음 만난 날 그가 내 머리에 모자를 씌워주고 미소를 지은 순간 마치 벽에 대고 열렬하게 섹스 한 것 같은 기분을 느꼈던 그때부터?

좋지 않은 신호였다. '우린 친구야, 친구.' 계속 자신에게 되뇌었다. '비밀 요원의 임무. 닌자처럼 행동할 것. 임무를 마치고 무사히 탈출할 것.'

머리 위로 쌓이는 눈을 보며 3월의 날씨를 저주하면서 고개를 숙이고 걸어갔다. 마침 젊은 커플이 레스토랑에서 나왔고 열린 문을 틈타 나도 안으로 쏙 들어갔다.

"지기." 널찍한 2층 공간에서 윌이 웃으며 나를 부르고 있었다. 손을 흔든 후 모자를 벗고 목도리를 풀면서 계단을 올라갔다.

"다시 보니까 반갑군." 내가 테이블로 다가가자 윌이 일어나며 말했다.

그의 멋진 매너가 나를 짜증나게 했다. 아직 젖은 머리와 스웨터 사이로 드러난 그의 탄탄한 가슴은 더욱 짜증났다. 스웨터 안에 화이트 셔츠를 받쳐 입고 소매를 걷어 올렸는데 접힌 소매단 사이로 문신이 살짝 엿보였다. 정말 짜증나게 섹시한 남자야.

"안녕." 나도 인사했다.

"기분이 좀 별로야? 긴장했나?"

그를 째려보며 "아뇨."라고 했다.

둘 다 자리에 앉으며 그가 웃었다. "네 것도 주문해놨어."

"뭐라고요?"

"네 아침 말이야. 딸기를 곁들인 팬케이크 맞지? 그리고 그 무슨 꽃 주스하고?"

"네." 맞은편에 앉은 그를 흘낏 보며 말했다. 냅킨을 집어 무릎에 펼쳤다.

그가 상체를 숙여 눈높이를 맞추며 약간 불안한 표정을 지었다. "혹시 다른 거 먹고 싶어? 웨이트리스 부를게."

"아뇨…." 깊은 한숨과 함께 뭐라고 말을 하려다 입을 닫았다. 내가 평소 주문하던 음식과 좋아하는 주스를 주문해주고, 나를 어떻게 스트레칭 시켜줘야 하는지 아는 등 지나치게 사소한 일인데도 너무 크고 중요하게 느껴졌다. 더없이 다정한 그에게서 벗어날 수 없을 듯한 내 자신에게 죄책감을 느꼈다. "그냥, 그걸 다 기억한다는 게 신기해서요."

그가 어깨를 으쓱했다. "별 거 아니지. 그냥 아침 식사 메뉴일 뿐이잖아, 지그재그. 신장을 떼어주는 것도 아니고."

그 말에 짜증이 치솟았지만 표내지 않으려고 애썼다. "아무튼 정말 친절한 일이에요. 오빠는 가끔 나를 놀라켜요."

그는 내 말에 조금 놀란 듯했다. "뭘 어떻게?"

한숨을 내쉬며 허리를 쭉 빼고 앉았다. "당신이 나를 어린애처럼 대할 거라고 생각했거든요." 내가 말을 끝내자마자 그가 불편한 기색을 보였다. 그는 의자에 등을 기대고 찬찬히 숨을 내뱉었다. 당황한 나는 더욱 주저리주저리 말을 계속했다. "혼자 조용하고 평화롭게 달리는 걸 포기하고 날 끼워준 거 알아요. 애인이 아닌 여자들과의 약속을 포기하고 스케줄을 조정하면서까지 날 위해 시간을 내주는 것도. 난 그냥…. 고맙다고 말하고 싶어요. 당신은 정말 좋은 친구예요, 윌."

그가 미간을 찌푸리면서 얼음이 든 물 잔만 빤히 쳐다보았다. "고마워. 그야… 친구 동생이니까 도와주는 게 당연하지."

"그래요." 또다시 짜증이 솟구치는 게 느껴졌다. 물컵을 들어 내 얼굴에 뿌리고 싶은 심정이었다. 도대체 왜 이렇게 속에서 열이 나는 거지?

"그래." 그도 내 말을 따라했다. 그는 가만히 나를 바라보며 유쾌한 미소를 띠고는 한마디를 던졌다. 그 말은 그와 있을 때면 도무지 진정할 줄 모르는 그곳을 더욱 달아오르게 만들었다. "적어도 겉으로는 그렇다는 이야기지."

6

무언가 바뀌었다. 지난 며칠 동안 어떤 스위치가 켜진 듯, 납덩이처럼 무거운 무언가가 우리 둘 사이를 짓누르고 있다. 발단은 며칠 전 아침이었다. 그녀는 그날따라 조용했고 정신이 딴 데 가 있는 듯하더니 결국 다리에 쥐가 나서 넘어지고 말았다. 아침 식사 후 짜증이 난 상태라는 게 훤히 들여다보였다. 무언가와 싸우고 있다는 증거였다. 그녀는 나만큼이나 이 상황이 거슬리는 듯했다. 다른 극처럼 서로에게 끌리고 있는 이 힘과 싸워서 이겨야만 한다고 생각하는 것 같았다.

그 힘은 우리를 친구 이상으로 끌어당기고 있었다.

그 때 테이블 위에서 스마트폰이 울렸다. 곧바로 몸을 일으켜 확인해보니 화면에 한나의 사진이 떴다. 그녀에게 전화가 왔다는 이유만으로 들뜨는 기분을 억누르려고 애썼다.

"안녕, 지그스."

"오늘 나랑 파티에 가요." 그녀는 인사말도 없이 곧바로 말을 툭 던졌다. 긴장한 상태라는 신호였다. 그녀는 잠시 후 조용하게 덧붙였다. "아… 내일이 토요일이구나. 정기적으로 만나는 섹스 파트너와의 일정이 없다면 말이에요."

무언가 꼬여 있는 듯한 두 번째 질문을 무시하고 첫 번째 질문에만 집중했다. 왠지 컬럼비아 대학교 생물학부 회의실에서 대용량 탄산음료와 마트표 살사소스를 사다놓고 하는 파티일 것 같았다.

"무슨 파티인데?"

그녀는 수화기 너머에서 잠시 망설이다 답했다. "집들이예요."

의심스러워서 미소를 지으며 물었다. "누구 집?"

그녀가 항복이라는 듯이 끙끙거렸다. "좋아요. 그냥 대학원생이 여는 파티예요. 우리 생물학과 대학원생 한 명이 친구들하고 새 아파트로 이사 했거든요. 엄청 재미없을 거라는 건 나도 알아요. 난 가고 싶은데 당신도 같이 가줬으면 좋겠어요."

웃으며 물었다. "그러니까 대학원생들이 여는 광란의 파티라는 건가? 맥주와 감자칩을 먹으면서?"

"섬너 박사님, 고상한 척하지 말아주세요." 그녀가 한숨을 내쉬었다.

"고상한 척이 아니야. 난 대학원은 오래전에 졸업한 30대 초반 남자야. 나한테 광란의 파티란 맥스가 한 병에 기백만 원씩 하는 위스키를 사게 만드는 거지."

"그러지 말고 같이 가요. 재미있을 거예요."

테이블에 먹다 마신 맥주병을 쳐다보며 한숨을 쉬었다. "내가 제일 나이가 많겠군?"

"아마도요. 하지만 당신이 제일 섹시할 거예요."

웃음을 터뜨린 후 내일 스케줄에 대해 생각해보았다. 크리스티와의 약속은 취소한 상태였다. 왜 취소했는지는 모르겠지만.

아니, 거짓말이다. 나는 취소한 이유를 확실히 알고 있다. 나를 위해 많은 시간을 내어주는 한나를 생각하면 다른 여자를 만나는 일 자체가 그녀를 속이는 듯한 이상한 기분이 들어서다. 전화로 다음을 기약해야겠다고 말했을 때 내 목소리가 심상치 않았음을 크리스티도 느꼈을 것이다. 그래서인지 그녀는 이유를 묻지도, 다른 날로 약속을 잡으려고도 하지 않았다. 키티라면 그랬을 것이다. 아마 금발머리 그녀와의 섹스는 끝일 것이다.

"월?"

구두를 고르기 위해 자리에서 일어나 현관 근처로 걸어갔다. "알았어, 가도록 하지. 대신 가슴을 돋보이게 해주는 그 셔츠를 꼭 입고 오도록 해. 파티가 따분할 경우를 대비해 나를 즐겁게 해줄만한 게 필요하니까."

그녀는 작게 숨소리 섞인 웃음을 내뱉더니 귀엽고도 유혹적인 목소리로 말했다. "그렇게 하도록 하죠."

* * *

내 예상은 적중했다. 빈곤하기 짝이 없는 대학원생들에게 기대할 수 있는 완전히 익숙한 장면만 펼쳐지고 있었다.

비좁은 아파트 안으로 들어가는 순간 약간의 향수가 느껴졌다.

축 늘어진 침대 겸용 소파가 두 개 놓여 있었다. 색깔이 칙칙한 데다 얼룩마저 있었다. 텔레비전은 두 개의 우유 상자 위에 올려놓았다. 커피 테이블은 이미 전성기를 한참 지나 쓰레기통에 버려지기 직전에 이 집으로 온 듯했다. 부엌에는 옐링 맥주가 든 케그 주위에 수염 난 힙스터 대학원생들이 모여 있고 조리대에는 온갖 종류의 반쯤 비운 싸구려 술병과 폭탄주가 즐비했다.

하지만 한나의 표정은 마치 천국에라도 온 듯했다. 나를 보자 한걸음에 다가와서는 폴짝 뛰면서 손을 꽉 잡았다. “와줘서 기뻐요!”

“파티가 이번이 처음이 아닌 게 맞아?” 내가 물었다.

“한 번 가봤어요.” 그녀가 아파트 안으로 나를 이끌며 대답했다. “대학교 때요. 바카디 넉 잔을 마시고 어떤 남자의 신발에 토했죠. 집에는 어떻게 갔는지 기억도 안 나요.”

순간 머릿속에 떠오르는 이미지가 속을 불편하게 만들었다. 새로운 세상에 눈이 휘둥그레져서 제멋대로 행동하는 게 당연하다고 여기는 여자들 말이다. 대학과 대학원 시절 파티에 갈 때마다 있었다. 한나가 그런 여자였다는 생각 자체가 싫었다. 내 생각에 그녀는 그보다 자각도 있고 똑똑한 여자니까.

그녀는 계속해서 말했다. 나는 몸을 약간 숙여 귀를 기울였다. "…기숙사 방에서 카드놀이를 하면서 그리스 술 우조를 마셨죠. 다들 우조를 마셨지만 난 냄새만 맡아도 토할 것 같았어요." 그녀는 뒤돌아 한마디 덧붙였다. "룸메이트가 그리스 출신이었거든요."

한나는 대부분 남자들로 이루어진 무리에 나를 소개했다. 딜런, 하우, 애런, 아닐 같은 이름이었다. 그중 한 명이 한나에게 자두맛 사케와 탄산수로 만든 칵테일을 건넸다.

한나가 술을 잘 마시지 못한다는 사실을 아는 데다 보호 본능이 발동해서 한마디 했다. "무알콜로 마시는 게 낫지 않겠어?" 다른 사람들에게까지 들리도록 크게 말했다. 그녀가 당연히 술을 마실 거라고 생각하다니 머저리 같은 녀석들이다.

모두가 대답을 기다리는 가운데, 한나는 칵테일을 한 모금 마시더니 음미하는 소리를 냈다. "음, 맛있어. 와우!" 그녀는 칵테일이 마음에 드는 게 분명했다. "내가 한 잔 이상만 마시지 않게 해줘요." 그녀는 내 옆으로 가까이 붙으며 속삭였다. "그렇지 않으면 책임 못 질 행동을 하게 되니까."

아, 젠장. 그녀의 마지막 말은 오늘 밤 착한 오라버니 노릇을 하기로 한 내 계획을 조금씩 허물어지게 했다.

한나는 생각보다 빨리 칵테일을 마셨다. 얼굴은 장밋빛으로 변하고 연신 미소를 머금었다. 그녀와 눈이 마주쳤고 행복으로 환하게 빛나는 얼굴을 보면서 정말 예쁘다라는 생각이 저절로 들었다. 그녀를 집으로 데려와 단 둘이 영화를 보고 있다면 얼마나 좋을까. 조만간 그런 일이 일어나도록 해야겠다고 생각했다. 주위를 둘러보니 그사이 사람들이 꽤 많이 불어나 있었다. 주방 쪽은 더욱 북적거렸다. 우리가 섞여 있던 자그만 무리에 여자 대학원생이 끼어들어 교수들 욕을 하더니 나에게 다가와 자신을 소개하고는 나와 딜런 사이에 섰다. 내 왼쪽에서 한나가 내 반응을 지켜보는 게 느껴졌다. 나를 꿰뚫어보는 듯한 한나의 시선이 강하게 의식되었다. 내가 여자들을 의식한다는 한나의 말은 맞았다. 새로 합류한 여자 대학원생은 예뻤지만 나에게 아무런 느낌도 주지 못했다. 특히 한나가 옆에 있으니 더욱 그랬다. 한나는 정말로 내가 어떤 여자든 무조건 섹스를 할 수 있다고 생각하는 걸까?

나는 그녀와 눈이 마주치자 꾸짖는 듯한 표정을 지었다.

한나는 깔깔거리며 입모양으로 '난 당신을 알아요'라고 말했다.

"아니. 넌 몰라." 그리고 소리 내어 말해버렸다. "넌 아직도 나한테 배울 게 많아."

그녀는 한참 나를 쳐다보았다. 목에 핏대가 선 게 보였고 한층 빨라진 호흡으로 가슴이 올라갔다 내려갔다 했다. 그녀는 고개를 숙이고 한 손을 내 팔에 올려놓고 손끝으로 축음기 문신을 쓰다듬었다. 할아버지가 돌아가신 후에 새긴 문신이다.

우리는 비밀스러운 미소를 주고받으며 동시에 무리로부터 빠져나왔다. '아, 이 여자는 날 정말 미치게 만드는군.'

"이 문신에 대해 말해줘요." 그녀가 속삭였다.

"일 년 전 할아버지가 돌아가신 후에 한 거야. 나한테 베이스 연주법을 가르쳐주신 분이지. 할아버지는 깨어 있을 때마다 음악을 들으셨어. 매일."

"내가 못 본 문신에 대한 이야기도 해줘요." 그녀가 내 입술로 시선을 옮기며 말했다.

잠시 눈을 감으며 생각에 잠겼다. "오른쪽 갈비뼈 위에 'NO'라고 새긴 문신이 있어."

그녀는 웃음을 터뜨리며 가까이 다가왔다. 그녀의 숨결에서 달콤한 자두향이 느껴질 만큼 가까운 거리였다. "왜 그런 걸 새겼어요?"

"대학원 다닐 때 취중에 새겼지. 반종교주의에 심취했을 땐데, 하나님이 아담의 갈비뼈로 이브를 만들었다는 이야기가 마음에 들지 않았거든."

한나는 고개를 뒤로 젖히고 웃었다. 내가 가장 좋아하는 그녀의 웃음이었다. 배에서 시작되어 온몸으로 퍼지는 웃음이다.

"넌 미치도록 예뻐." 나도 모르게 엄지로 그녀의 뺨을 어루만지며 나직하게 말했다.

그녀는 젖힌 고개를 바로 세우더니 여전히 내 입술로 시선을 향한 채 나를 부엌에서 데리고 나갔다. 얼굴에는 짓궂은 미소를 띤 채로.

"어디 가는 거야?" 나는 닫힌 문이 즐비한 좁은 복도로 그녀에게 끌려가면서 물었다.

"쉿. 도착하기 전에 말해버렸다가는 도중에 멈출지도 몰라요. 그냥 따라 와요."

그녀는 복도가 불에 타고 있다고 해도 내가 말없이 따라가리라는 사실을 몰랐을 것이다. 오직 그녀를 위해 이런 별 볼 일 없는 파티까지 온 나였으니까.

그녀는 닫힌 문들 중에서 아무거나 골라 발로 찼다. 그러곤 문 앞에 귀를 갖다 대더니 나를 보며 미소 지었다. 아무 소리도 들리지 않자 손잡이를 돌렸다. 사랑스럽고도 불안하게 끽 소리가 들렸다.

방 안은 최근에 이사를 온 듯 깨끗하고 짐도 별로 없는 데다 어두웠다. 방 한가운데에 놓인 침대에는 이부자리가 깔끔하게 정돈되어 있고 구석에는 옷장이, 반대쪽 벽에는 상자가 쌓여 있었다.

"누구 방이지?" 내가 물었다.

"나도 몰라요." 그녀는 뒤돌아 문을 잠그고 나를 빤히 쳐다보았다. "안녕."

"안녕, 한나."

그녀의 입이 벌어지고 아름다운 눈이 휘둥그레졌다. "나를 지기라고 부르지 않았어요."

웃으며 속삭였다. "알아."

"다시 불러줄래요?" 마치 계속 만져달라거나 키스해달라고 말할 때처럼 허스키한 목소리였다. 어쩌면 내가 자신의 이름을 부르는 소리가 그녀에게는 키스처럼 느껴졌는지도 모른다. 어쨌든 나에게는 확실히 그랬다. 더 이상 신경 쓰지 않겠다고 생각했다. 내가 십이 년 전에 그녀의 언니와 키스했던 것이나 그녀의 오빠가 내 친한 친구라는 사실을. 그녀가 나보다 일곱 살이나 어리고 무척 순수한 여자라는 사실도. 내가 분명히 일을 망칠 것이고 나의 과거가 그녀를 거슬리게 할 것이라는 사실도 상관하지 않을 것이다. 어두운 방에 그녀와 단 둘뿐이고 그녀가 제발 나를 만져주기를 바라는 욕망에 온몸이 끓어올랐다.

"한나." 그녀의 이름을 부르는 것만으로 심장이 쿵쾅거렸다.

그녀는 은밀한 미소를 지으며 내 입술을 바라보고 혀를 내밀어 아랫입술을 적셨다.

"무슨 일이지, 신비한 아가씨? 우리 둘, 이 어두운 방에서 은밀한 눈빛을 주고받으면서 뭘 하고 있는 거지?" 내가 속삭였다.

그녀가 두 손을 들어 올리며 다소 거친 숨을 내뱉었다. "이 방은 라스베이거스예요. 이곳에서 일어나는 일은 이곳에서 끝나는 거죠. 아니, 이곳에서 한 말은 이곳에서 끝나는 거예요."

나는 그녀의 입술 곡선에 매료된 채로 고개를 끄덕였다. "그렇군…."

"이상하게 느껴진다면, 내가 친구의 경계를 넘는 거라면 말해줘요. 그럼 우린 여길 나갈 거예요. 그리고 여기 들어오기 전과 똑같이 우스꽝스러운 상태로 돌아가는 거죠."

내가 다시 "그렇군"이라고 속삭였다. 떨면서 심호흡을 하는 그녀를 바라보았다. 그녀는 약간 취했고 긴장한 듯했다. 기대감이 목에서부터 등줄기를 타고 흘러내렸다.

"당신하고 있으면 긴장돼요." 그녀가 작게 말했다.

"나하고만 그런가?" 내가 미소 지으며 물었다.

"나한테… 가르쳐줘요. 남자들하고 어울리는 방법 말고… 남자랑 단 둘이 있을 때 어떻게 해야 하는지도 가르쳐줘요…. 늘 그 생각뿐이에요. 당신은 꼭 깊은 사이가 아니어도 이런 일에 능숙하잖아요…." 그녀가 어둠 속에서 나를 올려다보며 말꼬리를 흐렸다. "…우리, 친구 맞죠?"

앞으로 어떤 방향으로 흘러갈지 확실히 알 수 있었다. "뭐든 들어줄 테니 말해봐."

"내 부탁이 뭔지도 모르잖아요."

웃으며 속삭였다. "그럼 어디 부탁해봐."

그녀는 한 걸음 다가와 한 손을 내 가슴에 올렸다. 그녀의 따뜻한 손이 아랫배까지 미끄러져 내려오는 것을 느끼며 눈을 감았다. 순간 요란하게 방망이질 치는 심장소리가 그녀에게도 들리지 않을까 싶었다. 가슴에서부터 시작된 요란한 떨림이 온몸으로 퍼져나가는 게 느껴졌다.

"영화 또 봤어요. 포르노…."

"그래."

"포르노 영화는 정말 끔찍해요." 그녀는 포르노를 사랑하는 남자의 감성을 헤칠까 봐 조심스러워하는 듯했다.

나지막한 웃음으로 내가 동의했다. "그래. 그렇지."

"여자들이 지나치게 오버해요." 그녀는 잠시 생각에 잠기더니 덧붙였다. "남자들도 대부분 그렇고요."

"대부분?"

"끝에서는 말고요." 그녀의 목소리가 자그맣게 변했다. "사정할 때 있잖아요? 물건을 빼서 여자의 몸에다 해요." 그녀의 손가락이 내 셔츠 안으로 들어가 배꼽에서 바지 허리선 사이를 따라 난 체모를 간질였다. 그녀는 숨을 들이마시는 동시에 탐하듯 내 가슴에 손을 대고 쓸어 올렸다.

맙소사. 너무 흥분된 나머지 당장 그녀의 엉덩이를 움켜쥐고 싶었다. 하지만 그녀가 지금 이 상황을 계속 주도하기를 바라는 마음이 더 컸다. 그녀가 여기로 나를 데려왔고 먼저 시작한 일이니까. 그녀가 끝까지 나를 유혹하도록 내버려두고 내 차례가 오기를 기다렸다. 그때가 되면 더 이상 참지 못할 것 같았다.

"포르노에서는 흔하지. 남자가 여자 안에 사정하지 않거든."

그녀는 나를 올려다보았다. "그 부분이 마음에 들어요."

바지 안이 점점 단단해지는 걸 느끼며 침을 꿀꺽 삼켰다. "그래?"

"사실적으로 느껴져서 좋아요. 이제야 그런 것들에 눈을 뜨는 것 같아요. 예전에는 전혀 안 그랬는데… 남자하고 성을 탐구해보고 싶은 생각이 든 적도 없어요. 그런데 당신을 만난 후로는 계속 그 생각만 하고 있어요. 내가 뭘 좋아하는지 알아보고 싶어요."

"좋은 현상이군." 어둠 속에서 얼굴을 찌푸렸다. 너무 빨리 대답해서 간절해 보일 것 같았다. 그녀가 당장 침대로 가서 파티에 있는 사람들이 다 들리도록 요란하게 섹스를 하자고 말해주기만을 바랐다.

"난 남자들이 뭘 좋아하는지 몰라요. 당신은 남자란 단순하다고 하지만… 나한테는 전혀 그렇지 않은걸요." 그녀는 내 손을 잡고 얼굴을 가만히 응시하면서 자신의 가슴으로 가져갔다. 손에서 느껴지는 그녀의 감촉은 수백 번 상상한 그대로였다. 탄탄하고 부드러우면서 탐스러운 곡선, 부드러운 피부. 당장 그녀를 들어 올려 벽에 밀어붙이고 다시 가슴 사이에 손을 넣고 싶었다.

"가르쳐줘요."

"뭘 가르쳐달라는 거지?"

그녀는 잠시 눈을 감고 침을 삼켰다. "당신을 만지고 사정하게 만들고 싶어요."

심호흡을 한 후 방 한가운데에 놓인 침대 쪽을 바라보았다. "여기서?"

그녀는 내 시선을 따라가더니 고개를 저었다. "여기서 말고요, 침대는 아직… 그냥…." 그녀는 망설이더니 조용히 물었다. "허락하는 거예요?"

"물론이지. 거절해야겠지만 도저히 불가능할 것 같군."

그녀는 입술을 깨물며 미소 짓더니 내 손을 자신의 엉덩이로 가져갔다.

"손으로 해주고 싶다는 건가? 지금 부탁하는 게 그거야?" 무릎을 약간 구부리고 그녀의 눈을 들여다보았다. 그렇게 노골적으로 묻는 내가 얼간이 같았고 이 대화 자체가 현실이 아닌 것처럼 느껴졌지만 확인할 필요가 있었다. 미약하나마 남아 있던 자제력마저 와르르 무너지기 전에. "내가 제대로 이해했는지 확인하는 거야."

그녀는 갑자기 수줍어하며 고개를 끄덕였다. "네."

좀 더 가까이 다가가자 희미한 식물 샴푸향이 났다. 내가 얼마나 흥분한 상태인지 깨달았다. 이렇게 긴장된 적은 처음이었고 동시에 두려웠다. 나한테 얼마나 기분 좋은 경험일지는 별로 신경 쓰이지 않았다. 그녀의 손길이 어설플 수도, 너무 빠르거나 느릴 수도, 너무 부드럽거나 셀 수도 있겠지만 나는 그녀의 손길에 부서져 내릴 것임을 알 수 있었으니까. 그보다 그녀가 어떤 느낌인지를 계속 나에게 알려주었으면 했다. 이 경험이 내가 아닌 그녀에게 즐거운 것이 되기를 바랐다.

"날 만져도 괜찮아." 성급한 마음과 부드럽게 시작해야 한다는 욕심의 균형을 맞추려고 애쓰며 말했다.

그녀는 내 벨트를 풀기 시작했고 나는 그녀의 엉덩이에서 허리로, 셔츠 맨 윗 단추로 옮겨갔다. 그녀는 잔뜩 들뜬 미소를 지었고 미소를 감추려고 고개를 휙 내렸지만 실패했다. 지금 내가 과연 어떤 모습일지 모르지만 눈은 커지고 입은 벌어진 채 떨리는 손으로 그녀의 자그만 셔츠 단추를 끄르고 있을 거라고 생각되었다. 셔츠에 손을 넣어 그녀의 어깨를 만지는데 그녀가 내 바지 지퍼에서 망설이는 게 느껴졌다. 그녀는 확신 없는 듯 머뭇거렸다. 그러고는 자신의 벗겨진 셔츠가 바닥으로 떨어지도록 몸을 움직여주었다.

그녀는 심플한 코튼 브라만 입은 채로 내 앞에 서 있었다. 그녀에게 눈빛으로 허락을 구한 후 등 뒤로 손을 가져가 브래지어를 풀고 팔로 내려서 벗겼다.

나는 갑작스럽게 눈앞에 펼쳐진 그녀의 맨가슴을 말없이 쳐다보기만 했다.

“참고로 당신은 나한테 아무것도 해주지 않아도 돼요.” 그녀가 속삭였다.

“참고로 지금 이 순간부터 내 손이 가만히 있는 건 불가능해.” 내가 조용히 말했다.

“난 집중하고 싶단 말이에요. 그런데 당신이 날 만지면… 정신이 흐트러질 거예요.”

나는 신음 소리를 냈다. 그녀는 날 미치게 했다. “아주 성실한 학생이군.” 그녀의 어깨와 목이 이어지는 부분에 키스하려고 고개를 숙였다. “하지만 가만히 서서 쳐다보고만 있을 순 없지. 이미 눈치 챘겠지만 네 가슴은 날 집착하게 만들거든.”

그녀의 피부는 부드러웠고 엄청나게 좋은 향기가 났다. 입을 벌려 그녀를 살짝 깨물었다. 그녀가 숨을 헐떡이면서 바짝 밀착해왔다. 섹스 할 때의 가장 훌륭한 리액션이다. 그녀의 손톱이 내 등에 박히고 내가 그녀의 봉긋한 가슴 사이에 남성을 넣고 굶주린 듯 움직이는 모습이 상상되어 미칠 것만 같았다.

"날 만져줘, 한나." 그녀의 가슴을 아래쪽에서 받치고 세게 꽉 쥐었다. 아, 정말 먹고 싶다.

그녀는 다시 내 바지 지퍼로 손을 가져갔지만 움직이지 않고 가만히 있었다. "이거 어떻게 하는지 알려줄래요?"

여자의 입에서 그렇게 섹시한 말을 들어보기는 처음이었다. 약간 거칠고 굶주린 듯한 그녀의 목소리 때문에 더욱 그랬는지도 모른다. 어쩌면 그녀처럼 똑 부러지는 여자가 평소 익숙하지 않은 일에 도전하면서 도움을 요청한다는 게 섹시하게 들렸는지도 모른다. 어쩌면 나를 미치게 만드는 그녀에게 나를 기쁘게 해주는 방법을 알려준다는 사실 자체가 마치 세상에 대고 이렇게 말하는 것 같아서였다. '이 여자는 내 거야.'

나는 청바지 허리 부분으로 손을 가져갔고 바지와 사각팬티를 동시에 내렸다. 내 아랫도리가 우리 사이에 드러났다.

그녀가 나를 쳐다보는 동안 양손으로 그녀의 머리를 뒤로 넘기고 목에 키스했다. "넌 정말 미치도록 맛있어." 아랫도리가 어찌나 단단해졌는지 그곳이 요동치는 게 느껴질 정도였다. 그 팽팽한 긴장감을 빨리 해소할 필요가 있었다.

"아, 한나. 손으로 감싸줘."

"보여줘요, 윌." 그녀가 양손으로 내 남성이 있는 곳까지 닿을 듯 말

듯 하게 내 아랫배를 쓰다듬으며 애원했다. 우리는 단단하게 팽창한 내 성기를 함께 쥐고 위아래로 움직였다.

나는 그녀의 따뜻한 손을 잡아 내 물건에 쥐어주고는 아래로 내렸다가 위로 올리면서 오래 참았던 신음을 내뱉었다. "아, 젠장."

그녀는 긴장되면서도 흥분에 찬 소리로 조용히 신음했고 나는 거의 사정할 뻔했다. 대신 눈을 꽉 감고 다시 고개를 숙여 그녀의 목에 키스하면서 손의 움직임을 이끌었다. 굉장히 느린 움직임이었다. 손으로 하는 것은 정말 오랜만이었다. 입으로 하거나 삽입을 해야만 절정에 이르는데 지금은 그녀의 손길만으로 완벽했다.

그녀의 입술이 바로 가까이 있었다. 그녀의 숨결을 통해 사탕처럼 달콤한 자두맛이 느껴질 정도였다.

"이렇게 만지고 있는데 아직 키스를 안 했다는 게 이상한 건가요?" 그녀가 속삭였다.

내 물건을 감싼 그녀의 손을 내려다보며 고개를 저었다. 겨우 생각을 할 수가 있었다. "이럴 때 옳고 그른 법칙 같은 건 없어."

내 입술을 쳐다보던 그녀가 시선을 떼고 말했다.

"꼭 키스하지 않아도 돼요."

입을 벌리고 그녀를 보았다. 그녀와 몇 날 며칠이고 키스하고 싶었다. "한나, 아니, 난 꼭 해야겠어."

그녀가 혀를 내밀어 입술을 적셨다. "좋아요."

얼굴을 숙여 그녀에게 좀 더 가까이 다가갔다. 여전히 손을 움직이는 그녀에게로 입술을 가져갔다. 그녀의 입술이 숨결 하나 차이로 바로 눈앞에 놓인 순간, 그녀가 내 물건을 끝까지 쭉 올렸고 너무 좋아서 신음 소리가 터져 나왔다. 손으로 해주는 것치고는 믿기지 않을 정도로 좋았다. 친구 사이라고 하기에는 지나치게 은밀한 행동이었다.

그녀의 눈과 입술을 바라본 후 마지막 거리를 좁혀 입술을 갖다 댔다.

그녀의 입술은 너무도 달콤하고 따뜻했다. 우리의 첫 키스는 비현실적이었다. 내 입술로 그녀의 입술을 덮고 살짝 스치면서 말했다. '하게 해줘. 네 몸 구석구석을 부드럽게 조심해서 만질게.' 나는 그녀에게 몇 번이나 키스를 했다. 그녀의 입술 전체에 조심스럽게 했다. 그녀에게는 그럴 필요가 있으니까 느리게 키스하고 있다는 사실을 알려줄 필요가 있었다.

그녀의 아랫입술을 빨기 위해 입술을 살짝 벌렸을 때 그녀의 신음 소리가 터져 나왔고 온몸에 전율이 일었다. 맙소사. 당장 그녀를 들어 올려 거칠게 키스하면서 벽에 밀어붙이고 싶었다. 바깥에서 시끄러운 파티가 계속되는 동안 그녀의 얼굴을 보며 그녀가 모든 감각에 어떻게 반응하는지 보고 싶었다.

그녀는 입술을 떼고 내 입술과 눈, 이마를 유심히 쳐다보았다. 그녀는 나를 관찰했다. 그녀가 지금 배우고 있는 것에 매료된 것인지, 상대가 나 때문인지는 알 수 없었다. 그게 무엇이든 간에 나를 황홀경에서 끄집어낼 수 없었다. 밖에서 폭죽이 터져도, 복도에서 불이 나도. 언젠가 그녀의 안으로 들어가 완전히 밀착되고 싶은 욕망이 온몸으로 퍼져나가 아랫배를 묵직하게 만들었다.

"완전 어설프다고 할 거죠?" 그녀가 조용한 목소리로 물었다.

나는 가쁜 숨을 몰아쉬며 웃었다. "아니, 어설프지 않아. 미치도록 좋아. 아직 손만 닿았는데."

그녀가 확신 없는 듯 물었다. "다른 여자들은… 이렇게 안 하나요?"

침을 꿀꺽 삼켰다. 지금 다른 여자들을 언급하는 게 싫다. 예전에는 누구랑 있든 간에 모든 여자의 흔적이 남기를 바랐다. 하지만 한나와는 과거의 모든 그림자를 지워버리고 싶었다. "쉬."

"내 말은, 평소에는 그냥 섹스만 하나요?"

"난 너와의 순간이 좋아. 지금 다른 건 원하지 않아. 그 손에 쥔 내 물건에 집중해주겠어?"

그녀는 소리 내어 웃었다. 나는 그녀의 손 안에서 고동치고 있다. 그 소리가 좋았다. "좋아요. 난 기본부터 배워야 하니까." 그녀가 작게 속삭였다.

"네가 나를 만지는 법을 배우고 싶어 한다는 게 좋아."

"당신을 만지는 게 좋아요." 그녀가 입술을 포개며 말했다. "당신이 가르쳐주는 것들이 마음에 들어요."

우리의 움직임은 한층 빨라져 있었다. 그녀에게 얼마나 세게 잡아도 되는지 보여줬다. 꽉 잡아도 괜찮고, 그녀가 생각하는 것보다 좀 더 빠르고 세게 움직이기 시작해야 한다는 걸.

"꽉 잡아. 세게 잡는 게 좋거든." 내가 속삭였다.

"아프지 않아요?"

"아니. 좋아서 미칠 지경이야."

"내가 해볼게요." 그녀가 다른 손으로 내 팔을 슬그머니 밀어냈다.

덕분에 그녀의 가슴을 움켜쥘 수 있었다. 고개를 숙여 한쪽 젖꼭지를 입 안에 넣었고 봉긋 솟은 유두를 빨기 시작했다.

그녀가 신음 소리를 냈다. 손의 움직임이 잠시 느려지더니 곧 다시 속도를 냈다. "당신이 끝날 때까지 계속 해도 돼요?"

그녀의 몸에 대고 가만히 웃었다. 그녀는 사실상 나를 진동하게 만들고 있었다. 그녀의 손이 아래까지 내려갔다 올라올 때마다 사정해 버리지 않도록 안간힘을 써야 했다. "난 그랬으면 좋겠는걸."

그녀의 목을 빨았다. 키스 마크를 남겨서 내일 보고 싶은데 과연 그녀가 허락해줄까 궁금했다. 모두가 볼 수 있도록 하고 싶었다. 온 세상이 빙글빙글 도는 것 같았다. 물론 그녀의 손길은 좋았지만 나를 빙빙 돌게 만드는 건 그녀의 실체였다. 부드럽고 탱탱한 피부의 향기와 맛, 나를 만지면서 기쁨에 겨워 내는 소리. 그녀는 관능적이고 흥분이 빠르고 호기심이 많았다. 이렇게 흥분된 적은 정말 오랜만이다.

배에서 익숙한 긴장감이 쌓였고 나는 그녀에게 몸을 기울여 함께 움직이기 시작했다. "한나, 젠장, 좀 더 빨리 해줘, 응?" 그녀의 살결에 대고 하는 말이라 더 섹시하게 느껴졌다. 숨이 거칠어졌다.

그녀는 아주 잠깐 동안 머뭇거리더니 곧바로 더 세고 빠르게 손을 움직이기 시작했다. 곧 할 것 같았고 당혹스러울 만큼 빨랐지만 아무래도 상관없었다. 그녀의 길고 가느다란 손가락이 내 물건을 꽉 쥐고 있고 그녀는 내가 아랫입술과 턱, 목을 빨도록 내버려두었다. 그녀의 몸은 어디든지 맛있을 것 같았다.

섹스라는 게 어떤 느낌인지 그녀에게 보여주고 싶다.

그녀의 위에 올라타 안으로 들어가서 절정에 이르게 해주는 상상을 하며 그녀에게 몸을 기댄 채 제발 날 깨물어달라고 사정했다. 목이든 어깨든 어디든…. 그 말이 어떻게 들리는지는 상관없었다. 어쨌든 그녀가 멈칫하거나 꺼리지 않으리라고 확신할 수 있었다.

그녀는 조금의 망설임도 없이 내 쪽으로 다가와 목에 대고 입을 벌리고 치아를 세게 눌렀다. 머릿속이 멍해지면서 온몸이 뜨겁고 격정적이 되었다. 순간 온몸의 세포가 깨어난 기분이었다. 그녀의 손이 빠르게 움직였고 오르가슴이 등을 타고 내려와 조용한 신음과 함께 사정했다. 내 등에서부터 올라온 열기는 그녀의 손과 벌거벗은 배로 뿜어져 나왔다.

그녀는 때맞춰 움직임을 멈추었지만 손을 떼지는 않았다. 그녀의 시선이 손으로 잡고 있는 내 물건으로 향한 걸 느낄 수 있었다. 그녀가 또다시 잡은 손을 아래로 내리려고 하자 내가 곧바로 막았다.

“이제 그만.” 가쁜 목소리는 단호했다.

“미안해요.” 그녀는 다른 쪽 엄지를 내 정액이 묻은 손바닥에 대고 쓱 문지르더니 매료된 표정으로 엉덩이에 문질렀다. 거칠게 내쉬는 호흡으로 가슴이 흔들렸다.

"젠장." 숨을 내뿜었다.

"혹시 별로였…." 그녀의 끝나지 않은 질문과 나의 거친 숨소리로 방 안이 가득 찬 것 같았다. 나는 어지러웠고 그녀를 바닥으로 끌어당겨 함께 기절하고 싶었다.

"정말 환상적이었어, 한나."

그녀는 새로운 발견이라도 한듯 의기양양한 표정으로 쳐다보았다.

"내 생각이 맞았어요. 당신은 사정할 때 근사한 소리를 냈어요."

그 말을 듣는 순간 세상이 심연에 빠졌다. 그녀가 나를 만지는 것만으로 촉촉하게 젖어 흥분할 수 있는지 알고 싶었던 것인데 지금 내가 그녀의 손길에 녹고 있으니.

그녀 쪽으로 몸을 숙여 부드러운 목에 대고 물었다. "그럼 이제 내 차례인가?"

떨리는 숨결과 함께 그녀가 속삭였다. "네. 제발요."

"내 손을 원해? 아니면 다른 걸 원해?"

그녀가 약간 긴장 섞인 웃음소리를 냈다. "아직 준비가 안 됐는데… 하지만 손으로 하는 게 나한테 통할지 모르겠어요."

좀 더 몸을 숙여 내가 지을 수 있는 가장 회의적인 표정을 지은 후 그녀의 청바지 버튼을 풀기 시작했다. 막아볼 테면 막아보라는 듯.

"내 말은, 손만 넣는 걸로 절정에 다다를 수 있을지 모르겠어요." 그녀가 분명하게 말했다.

"당연히 손을 넣으면 절정에 이를 수가 없지. 클리토리스는 안에 있는 게 아니니까." 그녀의 속옷으로 미끄러지듯 손을 집어넣었다. 보드라운 맨살의 감촉에 얼어버렸다. "한나. 왁싱을 하는지는 몰랐는데."

그녀는 당혹스러운 듯 약간 움찔했다. "클로에가 하는 말을 듣고 호기심에…."

그녀의 은밀한 곳 가운데를 만졌다. 맙소사, 흠뻑 젖어 있었다. "젠장." 내 입에서 신음 소리가 나왔다.

"좋아요." 그녀가 내 목에 입술을 대고 누르며 말했다. "지금 그 느낌이 좋아요."

"맙소사. 넌 정말 부드러워. 여길 위아래로, 한군데도 빠짐없이 빨고 싶어."

"윌…."

"모르는 사람의 침실만 아니라면 당장 입술을 갖다 댔을 거야."

그녀는 내 손길에 몸을 떨며 작게 신음 소리를 냈다.

"이 순간을 얼마나 많이 상상했는지 몰라요."

맙소사. 내 아랫도리가 벌써 팽창하는 게 느껴졌다. "입을 갖다 대면 설탕처럼 녹을 것 같아. 어떻게 생각해?"

그녀는 짧게 웃고 내 어깨를 꽉 잡았다. "벌써부터 녹고 있는걸요."

"그런 것 같아. 넌 내 손 위로 완전히 녹아내릴 거고 내가 그걸 다 핥아먹을 거야. 이쁜이, 절정에 이를 때 시끄럽게 소리 내는 편이야? 격정적이야?"

그녀가 자그맣게 헉 소리를 낸 후 속삭였다. "혼자서는 시끄럽지 않아요."

젠장. 내가 듣고 싶은 말이었다. 소파에 앉아 다리를 벌리거나 침대에 누워 자위하는 그녀의 모습이라면 10년 동안이라도 상상에 빠질 수 있을 것 같았다.

"혼자 할 때 어떻게 하지? 클리토리스만 만져?"

"네."

"장난감도 쓰나?"

"가끔요."

"난 이렇게 널 느끼게 만들 수 있어." 손가락 두 개를 조심스럽게 안에 넣었다. 그녀가 조여오는 게 느껴졌다. 내 코를 그녀의 코에 갖다 댔다. "말해봐. 내 손이 이렇게 널 범하는 게 좋아?"

"윌… 당신은 너무 음탕해요."

웃으며 그녀의 턱을 살짝 깨물었다. "내 생각에 넌 음탕한 걸 좋아하는 것 같은데."

"당신의 음탕한 입이 내 다리 사이에 있었으면 좋겠어요." 그녀가 부드럽게 말했다.

나는 신음하며 그녀 안에 넣은 손가락을 좀 더 빠르고 세게 움직였다.

"생각해봤어요? 내 그곳에 입맞춤하는."

"해봤지. 과연 입을 뗄 수 있을까 싶은데."

그녀는 흠뻑 젖었다. 먹어버리고 싶게 만드는 간절한 소리를 내면서 내 손 위에서 꿈틀거리고 있다. 약간 화난 듯한 그녀의 소리를 무시한 채 손가락을 빼고 젖은 손가락으로 그녀의 턱과 입술을 지그시 누르며 선을 그렸다. 그리고 곧바로 입술을 포갰다.

젠장.

그녀는 여자 같고 부드럽고 흥분되는 맛이 났다. 그녀의 혀는 아까 마신 자두맛 사케로 여전히 달콤하게 끈적거렸다. 잘 익어 부드러운 자두맛이 났다. 왕이 된 기분을 느끼고 있는데 그녀가 더 만져달라고 애원했다. '다시 만져줘요, 제발 윌. 거의 다 왔어요.'

그녀가 바지와 팬티를 다리 아래로 완전히 내려 나체가 될 때까지 기다렸다. 이제 그녀는 완전히 벌거벗은 상태였고 따뜻한 온기가 있는 그녀 안으로 미끄러져 들어가고 싶은 욕망에 두 팔이 떨렸다.

그녀는 내 손목을 잡고 자신의 다리 사이로 가져갔다.

"욕심 많은 여자군."

그녀의 눈이 당혹한 듯 커졌다. "난…."

"쉿." 입을 가져가 그녀를 조용히 시켰다. 입술과 달콤한 혀를 빨았다. 입을 떼고 속삭였다. "좋아. 널 폭발하게 만들고 싶어."

"그럴 거예요." 다리 사이에서 내 손가락이 왔다 갔다 움직이며 클리토리스를 만지자 그녀의 몸이 갑작스럽게 움찔했다. "이런 느낌은 처음이에요."

"흠뻑 젖었어."

또다시 손가락을 안에 넣자 그녀가 날카로운 헐떡거림과 함께 입을 벌렸다. 그녀는 내 입술과 눈, 나의 모든 반응을 쳐다보았다. 호기심이 많아 한순간도 시선을 딴 데 두지 않는 그녀가 사랑스러웠다.

"부탁 하나 할게." 그녀가 고개를 끄덕였다. "가까워지면 말해줘. 내가 알 수 있겠지만 그래도 말로 해줘."

"그럴게요." 그녀가 숨을 헐떡거렸다. "그럴게요… 제발… 제발…."

"제발 뭐지, 플럼?

그녀는 좀 더 몸을 밀착해왔다. "제발 멈추지 말아요."

손가락을 더욱 깊이, 빠르게 움직였고 엄지로는 클리토리스에 작은 동그라미를 그리면서 움직였다. 젠장. 그녀는 상당히 가까워져 있었다.

몇 분 전에 사정한 그녀의 맨엉덩이에 대고 문지르다보니 금세 또 단단해졌다. 나 또한 가까워져 있었다.

"내 물건을 잡아. 잡고 있어. 넌 엄청 젖었고 신음 소리가… 아, 젠장…."

그 때 그녀가 내 남성을 꽉 붙잡았다. 손가락으로 느껴지는 그녀의 부드러운 살결과 혀와 자두맛 입술까지 더해져 미칠 것 같았다.

그녀는 녹아내리기 시작했다. 그녀의 몸은 완전히 자제력을 잃어갔다. 그녀는 헐떡이며 나지막하게 같은 말을 계속했다. 아, 난 몰라, 난 몰라. 나도 같은 심정이었다.

"말해."

"나…." 그녀는 숨이 넘어갈 듯 내 물건을 잡은 손에 더욱 힘이 들어갔다.

"어서 말해."

"월, 아, 난 몰라." 그녀의 허벅지가 후들거리기 시작했고 나는 한 손으로 그녀의 허리를 감싸 안아 지탱했다. "할 것 같아요."

그녀는 강렬하게 엉덩이를 홱 움직이더니 온몸을 떨면서 흠뻑 젖었다. 그녀가 내 어깨로 손톱을 박으며 뱉어내는 절정의 신음 소리가 내 물건에까지 파문을 일으켰다. 나한테 필요한 바로 그것이었다. 그녀가 대체 어떻게 안 거지? 나는 낮은 신음 소리와 함께 두 번째 절정이 다가오는 걸 느꼈고 뜨거운 액체를 그녀의 손에 뿜어냈다.

젠장. 다리가 후들거려 그녀에게 몸을 기대며 벽 쪽으로 갖다 댔다.

우리는 온갖 신음 소리를 냈다. 소리가 너무 컸나? 시끄러운 파티가 벌어지는 방과 복도에서 한참 떨어진 곳이긴 했지만 내 세상이 한나의 손 안에서 녹아내리는 동안 바깥세상에서는 무슨 일이 벌어졌는지 모를 일이었다.

목에 그녀의 따뜻하고 달콤한 숨결이 닿았다. 그녀의 은밀한 곳에서 손가락을 빼고 부드럽게 바깥부분을 어루만지며 따뜻하고 예민해져 있는 살결을 진정시켰다.

"좋았어?" 그녀의 귀에 대고 물었다.

"네." 그녀가 내 어깨에 팔을 두르고 목에 얼굴을 묻으며 대답했다. "맙소사. 너무 좋았어요."

손을 들어 부드럽게 그녀의 클리토리스를 쓰다듬었다. 은밀한 그곳의 살결을 따라 위쪽에서 아래쪽으로 내려갔다. 여자와의 첫 경험이 이렇게 좋았던 적은 처음이다.

그것도 손으로만 했는데.

"파티장으로 가봐야 할 것 같아요." 그녀가 내 목에 얼굴을 묻은 채로 말했다.

어쩔 수 없이 손을 뗐다. 그녀가 뒤쪽에 있는 조명 스위치를 켜자 얼굴이 찡그려졌다. 바지를 추어올리면서 밝은 조명 아래 완전히 벗은 그녀의 알몸을 쳐다보았다.

아, 젠장할. 매끈하고 탄력 있는 피부에 풍만한 가슴과 굴곡진 엉덩이. 그녀의 피부는 방금 절정에 이른 탓에 여전히 붉게 상기되었다. 그녀의 아랫배에 남은 내 흔적을 바라보자 그녀는 목에서부터 뺨까지 더욱 붉어졌다.

"그만 봐요." 그녀는 고개를 숙여 옷장 위에 놓인 티슈를 뽑았다. 티슈로 아랫배를 닦고는 쓰레기통에 버렸다.

나는 벨트를 채우고 침대 가장자리에 앉아 옷을 입는 그녀를 쳐다보았다. 그녀는 믿기지 않을 정도로 섹시했다. 그녀 자신은 전혀 모르고 있다.

방 안에는 섹스의 냄새가 가득했다. 그녀는 내 시선을 느끼면서도 서두르지 않았다. 오히려 팬티를 입고 바지를 걸치고 브래지어를 하고 천천히 셔츠의 단추를 채우는 동안 내가 모든 각도에서 모든 곡선을 감상하도록 해주었다.

그녀는 나를 쳐다보면서 입술을 핥았다. 손가락에 아직 그녀의 맛이 남아 있다는 생각이 들어 황홀해졌다. 내가 그녀의 맛을 언제까지나 기억할지 궁금해졌다.

"이제 어떡하지?" 내가 일어나며 물었다.

"이젠…." 그녀는 손을 내밀어 내 팔꿈치에서 손목까지 나 있는 소용돌이 모양의 문신을 따라 그리면서 말했다. "파티장으로 돌아가서 한잔 더 마셔야죠."

다시 평정을 되찾은 그녀의 목소리가 내 끓는 피를 식게 했다. 더 이상 흥분감에 숨을 헐떡이지 않고 망설이거나 애원하는 듯한 목소리도 아니었다. 모두가 아는 명랑한 한나로 돌아왔다. 더 이상 내 것이 아닌 한나로.

"너무 좋았어요."

그녀는 한동안 내 눈과 뺨, 턱, 입술을 바라보았다. "이상하게 받아들이지 않아서 고마워요."

"농담해?" 고개를 숙여 그녀의 뺨에 키스했다. "이상할 게 뭐지?"

"방금 우린 서로의 은밀한 부분을 만졌잖아요." 그녀가 속삭였다.

나는 웃으면서 그녀의 셔츠 칼라를 매만져주었다. "그렇지."

"친구 사이에 섹스 파트너가 되는 거 나도 할 수 있을 것 같아요. 아주 편안한 느낌이네요. 우린 아무 일 없었다는 듯이 있던 자리로 돌아갈 거예요." 그녀가 나를 보며 웃으면서 눈을 찡긋했다. "방금 당신은 내 배 위에 사정했고 난 당신의 손에다 했다는 건 우리 둘만 알죠."

그녀는 손잡이를 돌려 문을 열고 시끄러운 파티장으로 향했다. 소리가 들렸을 리가 없었다. 아무 일도 없었던 척할 수 있었다.

* * *

이런 경험은 수없이 해봤다. 여자와 파티장을 몰래 빠져나가 둘 만의 시간을 가진 뒤 다시 돌아가 아무 일 없었다는 듯이 즐긴 경험은 수없이 많다. 사람들에 둘러싸여 있는데도 나는 한나가 어디에 있고 무엇을 하는지 도저히 눈을 뗄 수가 없었다. 거실에서 키 큰 아시아 남자와 대화하는 그녀. 아마 이름이 딜런이라고 했지. 복도를 걸어가 손을 흔들고는 화장실로 간 그녀. 부엌에서 플라스틱 컵에 물을 따르는 그녀. 방 건너편에서 나를 쳐다보는 그녀.

딜런은 다시 한나를 찾아가 미소 지으며 고개를 숙이더니 귀에 대고 뭐라고 했다. 그의 얼굴에는 함박웃음이 가득했다. 시크한 대학원생이라고 할만큼 최신 유행하는 스타일로 옷을 입었고 진심으로 한나를 좋아하는 듯했다. 그녀의 얼굴에서 미소가 피어오르더니 잘 모르겠다는 표정으로 변했다. 그녀는 딜런을 껴안은 후 그가 부엌으로 가는 모습을 지켜보았다. 방금 무슨 일이 일어난 건지 나로서는 알 수 없었다. 물론 그녀가 파티에서 즐거운 시간을 보내는 모습은 보기 좋았다. 하지만 내 안에서 다른 욕망이 꿈틀거렸다. 그녀의 손길을 느낀 후 두 시간이 흘렀는데 나는 그녀를 집으로 데려가서 밤새 제대로 서로를 느끼고 싶다는 생각에 사로잡혔다.

주머니에서 스마트폰을 꺼내 그녀에게 보낼 문자를 입력하기 시작했다. '여기에서 나가면 우리 집으로 가자. 밤새 같이 있자.'

전송 버튼을 누르기 전 그녀를 보자, 나에게 무언가 메시지를 보내는 듯한 눈빛을 하고 있었다. 잠시 기다리자 그녀에게 문자가 도착했다.

'딜런이 데이트 신청 했어요.'

고개를 들어보니 그녀는 저쪽 건너편에서 초조한 눈빛을 보내고 있었다.

방금 입력한 내용을 지워버리고 다시 썼다.

'뭐라고 답했어?'

그녀는 스마트폰을 쳐다보더니 바로 답장을 했다.

'월요일에 다시 얘기해보자고 했어요.'

그녀는 조언을 원하는 듯했다. 어쩌면 허락을 구하는 듯했다. 나는 한 달 전까지만 해도 매주 두세 명의 여자와 정기적으로 섹스를 했다. 한나에 대한 내 마음이 어디로 어떻게 흘러가는지 종잡을 수 없었다. 머릿속이 복잡해서 그녀에게 조언을 해줄만한 상태가 못 되었다.

다시 전화가 왔다. "방금 당신하고 그런 일을 했는데 데이트 신청을 받아들인다면 이상한 거겠죠? 어떻게 해야 할지 모르겠어요, 윌."

그녀에게는 친구, 데이트, 학교를 벗어난 생활이 필요해, 내 자신에게 말했다. 나 말고도 다른 만남이 필요하다고.

이번만큼은 내가 복잡한 것을 원하는 것이고 그녀는 단순해지려는 거다. 다시 답장을 보냈다.

'당연히 이상한 게 아니지. 그게 바로 데이트야.'

7

열에 들뜬 고양이가 어떤 소리를 내는지 이제는 알 것 같다. 칭얼거리면서 우는 듯한 야옹야옹 소리가 한 시간 전에 시작되었고 갈수록 심해지더니 발정 난 고양이가 내 침실 창문 밖에서 아예 날카로운 비명을 질러대고 있다.

저 고양이가 지금 어떤 기분인지 알 것 같다. 내 심정을 그대로 보여주는 상황이 눈앞에 그대로 펼쳐지게 해주어서 감사하다, 내 삶이여.

나는 끙끙 앓는 소리와 함께 몸을 잔뜩 웅크리고 귀를 틀어막으려고 미친 듯 베개를 찾기 시작했다. 아니면 나 자신을 질식시켜야 할지는 아직 결정하지 못했다. 딜런과의 데이트를 끝내고 집에 온 지 세 시간이나 지났지만 아직 한숨도 못 잤다.

나는 침대에 올라간 후로 이리 뒤척이고 저리 뒤척이면서 뚫어져라 천장을 쳐다보았다. 마치 모든 문제의 답이 회반죽을 바른 얼룩덜룩한 천장에 쓰여 있기라도 한 것처럼 왜 복잡한 기분이 들까? 내가 원하는 거였잖아? 사람들과 어울리고 남자와 데이트하고 자위가 아닌 누군가와 함께 절정에 도달하는 거 말이야.

그런데 대체 뭐가 문제야?

'친구 사이일 뿐'이라는 분위기를 딜런이 깬 게 문제였다. 내가 좋아하는 레스토랑에서 데이트를 하면서도 딜런에게 집중하지 못하고 온통 윌에 대한 생각으로 멍해져 있었다는 건 더 큰 문제였다. 나를 데리러 온 딜런의 미소와 저녁 식사 내내 보여준 다정함 따위는 안중에도 없었다. 오로지 윌의 짓궂은 미소, 그의 남성을 만지던 나를 쳐다보던 표정, 붉게 상기된 뺨, 어떻게 하라고 알려주던 설명, 절정에 이르러 내던 소리, 내 피부에 뿌려진 그의 정액만 생각날 뿐이었다.

너무 짜증이 나서 확 침대에 등을 대고 누우며 이불을 차버렸다. 바깥은 아직 3월이고 하루 종일 옅은 눈발이 날렸지만 나는 땀을 흘리고 있었다. 새벽 2시인데 눈이 말똥말똥하고 정말 답답해 미칠 것 같다.

파티에서 너무도 부드럽고 세심했던 윌의 모습, 한 치의 의심도 없이 너무도 자연스럽게 성적인 행위로 이어졌던 기억이 그칠 줄 몰랐다. 그는 나에게 필요하다고 생각되는 얘기를 해주며 격려

했고 절대로 강압적이지 않았다. 내가 원하는 것 이상을 요구하지도 않았다. 게다가 그는 너무나 섹시했다. 그 손길, 입술, 그는 마치 몇 년 동안이나 욕구를 참아온 사람처럼 나를 빨고 키스했다. 그가 지금 당장 나를 가져갔으면 하는 욕망이 끓어올랐다. 태어나 그렇게 강렬한 욕망을 느낀 적이 있었던가. 너무도 자연스럽게 이어진 욕구였다. 침대가 있는 어두운 방에 단 둘뿐이고 그는 발기되어 있고 나 역시 폭발 일보 직전이었으니까. 하지만 옳은 일이 아닌 것 같았다. 나는 준비가 되어 있지 않았다.

그 역시 나에게 강요하지 않았다. 솔직히 어색할 줄 알았는데 아니었다. 딜런의 데이트 신청에 대해 상의하고 싶은 사람은 그뿐이었는데 그는 나를 격려해주었다. 집으로 돌아오는 택시 안에서 나더러 다양한 사람들과 즐길 필요가 있다고 말했다. 그는 아무데도 가지 않을 거고 우리가 방금 한 일은 완벽했다고 여기저기서 모험을 해보고 행복해지라고 했다. 맙소사. 그런 말은 나로 하여금 그를 더 원하게 만들었다.

도저히 이길 수 없는 싸움처럼 잠이 오지 않을 게 분명했기에 주방으로 걸어갔다. 냉장고를 열고 눈을 감으며 온몸의 열을 식혔다. 6일 전에 윌의 손길이 닿았었다는 생각만으로 다리 사이가 촉촉해졌다. 욱신거렸다. 그동안에도 계속 아침에 조깅을 했고 그중 3일은 아침 식사도 함께 했다. 윌하고 있으면 언제나 편안했다. 하지만 그가 가까이 있을 때마다 나를 다시 만져달라고, 그를 다시 만지게 해달라고 사정하고 싶었다. 내 은밀한 그곳을 만지는 그의 손길이 하나하나 여전히 생생하면서도 그게 사실이었는지 믿기지가 않았다. 정말로 그렇게까지 좋았을 리 없다고.

거실로 나가 창밖을 바라보았다. 하늘은 캄캄하지만 은빛 회색이었고 서리 낀 지붕이 반짝였다. 가로등을 세면서 그의 아파트와 우리 집 사이에 가로등이 몇 개나 있을까 계산해보았다. 과연 그도 지금 잠 못 이루며 내가 느끼는 욕망의 털끝만큼이라도 느끼고 있을까?

두 눈을 감고 목에 손을 대고 맥박을 느꼈다. 빨리 침대로 돌아가 자야 했다. 아니, 어쩌면 아버지가 항상 거실에 두는 브랜디를 맛볼 기회인지도 몰랐다. 윌에게 전화를 거는 건 좋은 생각이 아니야. 이런 감정에 휘둘려봤자 좋을 게 하나 없어. 난 똑똑하고 합리적인 여자야. 충동적인 여자가 아니야.

생각하는 것 자체가 피곤해졌다.

머릿속 경고를 무시한 채 부츠를 신고 대충 윗옷을 걸친 채 밖으로 나가 걷기 시작했다. 낮에 내린 눈이 아직 인도에 살짝 쌓여 있었다. 한 걸음 내딛을 때마다 뽀드득 소리가 났다. 윌의 아파트가 가까워지고 있었다. 길거리의 웅웅거리는 소리가 혼란스럽게 뒤엉킨 머릿속을 정리해주었다.

위를 올려다보니 어느새 윌이 사는 아파트 건물 앞에 와 있었다. 스마트폰을 꺼내 떨리는 손으로 그의 연락처를 찾았고 가장

먼저 떠오르는 말을 입력했다. '자요?'

단 몇 초 만에 답장이 와서 깜짝 놀라 스마트폰을 떨어뜨릴 뻔했다. '유감스럽게도 깨어 있어.'

'나 들여보내 줄래요?' 솔직히 그가 나를 들여보내주기를 바라는지 그냥 집으로 보내기를 바라는지 그때까지도 확신이 없었다.

'어디야?'

망설이며 답했다. '오빠 아파트 앞이에요.'

'뭐? 지금 내려갈게.'

내가 지금 뭘 하고 있는 건지, 지금까지 걸어온 길을 되새길 틈도 없이 정문이 활짝 열리고 윌이 나타났다.

"맙소사. 엄청 춥잖아!" 윌은 이렇게 소리치고 내 뒤쪽의 텅 빈 길을 쳐다보았다. "맙소사. 한나 택시 타고 온 거 맞지?"

얼굴을 찌푸리며 사실대로 말했다. "걸어왔어요."

"새벽 3시에? 도대체 정신이 있는 거야?"

"알아요. 알아요. 난 그냥…."

그는 고개를 젓고는 나를 안으로 잡아당겼다. "얼른 들어와. 정신 나간 행동인 거 알아? 지금 당장 정신이 번쩍 들게 때려주고 싶다. 새벽 3시에 혼자 맨해튼을 돌아다니면 안 돼, 한나."

그가 내 이름을 부르는 소리에 가슴이 따뜻해졌다. 그 소리를 다시 들을 수 있다면 이 추위에도 밤새도록 밖에 서 있을 수 있을 것 같았다. 하지만 윌은 경고하는 듯한 눈초리를 보냈고 나는 가만히 그를 따라 엘리베이터로 갔다. 문이 닫히고 그가 맞은편에 서서 나를 바라보았다.

"데이트 마치고 방금 온 거야?" 잠자리에 들기 전 헝클어진 듯한 그의 모습은 현재 내 마음 상태로는 감당하기 힘들 만큼 섹시했다. "마지막에 보낸 문자에서 택시 안이라고 했잖아. 레스토랑에서 딜런을 만나기로 했다고."

고개를 저은 후 카펫으로 시선을 떨어뜨렸다. 도대체 무슨 생각으로 여기까지 온 걸까. 생각을 하지 않았다. 그게 문제다. "9시 정도에 들어왔어요."

"9시라고?" 그는 전혀 놀랍지 않다는 표정이었다.

"네." 내가 반항하듯 답했다.

"그래서?" 그의 어조는 차분했고 얼굴은 무표정했지만 빠르게 질문을 쏟아내는 것으로 보아 무언가에 화가 난 게 분명했다.

뭐라고 말해야 할지 몰라 그냥 발걸음만 옮겼다. 완전히 망친 데이트는 아니었다. 딜런은 다정했고 흥미로운 사람이었지만 나는 전혀 집중할 수 없었다.

때마침 엘리베이터가 윌이 사는 층에 도착해 자연스럽게 대화가 그쳤다. 그를 따라 엘리베이터에서 내려 긴 복도를 걸었다. 그의 등과 어깨 움직임에 시선이 멈췄다. 그는 파란색 잠옷 바지를 입고 있었다. 얇은 하얀색 티셔츠 사이로 문신의 짙은 부분이 드러났다. 얼른 달려들어 그의 문신을 어루만지고 티셔츠를 벗기고 전부 다 보고 싶은 충동을 억눌렀다. 오래전부터 그 자리에 있어 온 문신들이 분명했는데 대체 뭘까? 그의 살결에 그려진 그림에는 대체 어떤 사연이 있는 걸까?

"말 할 생각인가?" 그가 물었다.

문 앞에서 멈춰선 그를 내가 빤히 쳐다보았다. "뭘요?" 혼란스러워하며 물었다.

"데이트 말이야, 한나."

"아." 나는 눈을 깜빡이며 머릿속을 좀 정리하려고 애썼다. "뭐 저녁 먹고 얘기하고 그랬어요. 택시 타고 집에 왔고요. 정말 안 자고 있던 거 맞아요?"

그는 한숨을 깊이 내쉬고 안으로 들어가라는 손짓을 해보였다. "유감스럽게도 맞아." 그가 소파에 걸린 담요를 건넸다. "잠이 오지 않던 참이야."

집중하고 싶었지만 갑작스레 윌의 삶을 보여주는 많은 것들에 둘러싸여 주의가 흐트러졌다. 아파트는 지은 지 얼마 안 된 현대적인 축이었지만 그렇다고 지나치게 화려하지는 않았다. 그가 한쪽 벽에 설치된 작은 벽난로의 스위치를 켜자 쉭 하는 소리와 함께 불꽃이 들어오더니 옅은 베이지색 벽이 불빛으로 반짝였다.

"마실 걸 가져다 줄 테니까 몸 좀 녹이고 있어." 그가 난로 앞에 놓인 담요를 가리켰다. 데이트에서 9시까지 뭘 했는지 좀 더 자세히 말해봐."

내가 있는 거실에서는 부엌이 훤히 보였다. 그는 찬장에서 앤틱 제품처럼 보이는 주전자를 꺼내 가스레인지에 올렸다. 그의 집은 생각보다 소박했다. 바닥은 나무였고 사방의 책장에는 책들이 빼곡하게 채워져 있었다. 한쪽 모서리가 접힌 소설책, 두꺼운 유전학 관련 도서, 그리고 한쪽에는 만화책들만 가득했다. 두 개의 가죽 소파가 거실 대부분을 차지했고 벽에는 심플한 액자 그림이 걸렸다. 바닥에 놓인 바구니에는 잡지가 들어 있고 난로 위 선반에는 우편물과 병뚜껑이 가득 담긴 유리잔이 놓여 있었다.

그의 질문에 집중하려고 했지만 그의 아파트에 있는 모든 물건은 윌의 사연을 말해주는 흥미로운 퍼즐 조각이었다. "별로 할 말이 없어요." 내가 정신이 산만해진 채로 말했다.

"한나."

재킷을 벗어 의자 뒤에 포개놓았다. "데이트에 집중할 수가 없었거든요." 그의 얼굴에 나타난 표정을 보고 나는 말을 멈추었다. 내 몸을 찬찬히 훑어보는 그의 눈이 휘둥그레지고 입은 벌어졌다. "뭐야?"

"세상에…." 그가 기침을 했다. "지금 그러고 온 거야?"

내 차림을 훑어보았다. 그렇게 창피한 적은 처음이었다. 나는 숏팬츠와 탱크톱을 입고 침대에 누웠는데 잠옷 바지로 갈아입고 털부츠를 신고 젠슨 오빠의 낡은 오버코트만 걸치고 온 것이었다. 얇은 민소매 티셔츠 사이로 단단해진 유두가 노골적으로 드러나 있었다.

"어머나." 재빨리 두 팔로 가슴을 가렸다. 밖이 정말로 엄청 춥다는 사실을 말해주는 증거를 가리려고 애썼다. "신경 썼어야 했는데… 난 그냥 오빠가 보고 싶었어요. 이상해요? 이상한 거죠? 아마 당신의 법칙을 열두 개 정도는 어겼을 거예요."

그는 눈을 깜빡였다. "흠… 그런 옷차림으로는 법칙을 깨도 된다는 예외 조항이 있었던 것 같군." 그는 한동안 내 가슴으로 향했던 시선을 거두어 주방에서 하던 일을 계속했다. 나에게 그를 허둥지둥하게 만들 수 있는 힘이 있다니 신기했다. 하지만 그에게 의기양양하게 보이고 싶지 않았다. 그는 김이 모락모락 나는 머그컵 두 개를 들고 다가왔다.

"어째서 데이트가 별로였지?" 그가 물었다.

난로 앞에 두 다리를 쭉 펴고 앉았다. "다른 생각 때문예요."

"무슨?"

"이를테면…." 정말로 이 말을 해도 되는지 싶어서 일부러 오래 끌었지만 말하고 싶었다.

"지난번 파티 같은 것?"

둘 사이에 길고 묵직한 침묵이 흘렀다.

"그렇군."

"네."

"참고로 알려주는 건데…." 그가 나를 쳐다보며 말했다. "완전히 깨어 있는 상태였어."

고개를 끄덕이고 난로 쪽을 돌아보며 어떻게 말해야 할까 생각했다. "난 항상 내 마음을 제어할 수 있었어요. 학교 일이면 학교 일만 생각하고 연구실 일이면 연구실 일만 생각했죠. 그런데 요즘은…." 고개를 저었다. "집중력이 영 꽝이에요."

그가 옆에서 작게 웃었다. "어떤 느낌인지 알 것 같군."

"집중할 수가 없어요."

"그래." 그가 목 뒤를 긁적거리며 진한 속눈썹으로 나를 바라보았다.

"요즘 잠을 제대로 못 자요."

"나도 그래."

"너무 초조해서 제대로 앉아 있기도 힘들어요."

그가 침착하게 깊은 숨을 내쉬었다. 그제야 우리가 무척 가까이 있다는 사실을 깨달았다. 고개를 들어보니 그가 나를 쳐다보고 있었다.

그의 눈빛이 내 얼굴을 구석구석 훑었다. "모르겠군… 이렇게 누군가로 인해 심란했던 적이 있는지."

벽난로 불빛을 곁에 두고 우리는 가까이 앉아 있었다. 그의 속눈썹 한 올 한 올이, 그의 콧날에 드문드문 있는 주근깨가 보일 정도였다. 나도 모르게 그에게 입술을 가져갔다. 그의 눈이 휘둥그레지고 잠깐 동안이지만 몸이 뻣뻣해지더니 곧 어깨의 긴장이 풀어지는 게 느껴졌다.

"난 이걸 원하면 안 돼. 우리가 뭘 하는 건지 모르겠군."

우리는 아직 키스를 하지 않았지만 서로의 숨결이 느껴질 정도로 입술이 가까웠다. 그에게서 비누 냄새와 희미한 치약향이 느껴졌다. 그의 눈동자에 비친 내가 보였다.

그가 고개를 기울이더니 눈을 감고 키스할 것처럼 다가와 벌어진 입으로 말했다. "하지 말라고 해줘, 한나."

그럴 수 없었다. 그의 목에 팔을 두르고 가까이 끌어당겼다. 그러자 그가 나를 더 세게 당기고 오랫동안 키스를 퍼부었다. 나는 몸의 균형을 잃지 않기 위해 그의 티셔츠 자락을 붙잡아야만 했다. 그가 입술을 벌리고 내 아랫입술과 혀를 빨았다. 아랫배에 뜨거운 게 느껴지더니 녹아내리는 듯했다. 빠르게 요동치는 심장소리와 함께 그와 나의 팔다리가 뒤엉켜 둘 다 옆으로 쓰러졌다.

"아뇨. 그렇게 말하지 않을 거예요…. 어떻게 해야 하는지 알려줘요."

내 엉덩이에 단단히 밀착된 그의 몸이 느껴졌다. 그가 나만큼이나 자주 이런 상상을 했을지 궁금했다. 어서 빨리 그의 남성을 만져서 지난번 파티에서처럼 그가 허물어지는 모습을 보고 싶었다. 눈을 감을 때마다 몇 번이고 상상했던 모습이었다.

그의 입술이 턱을 지나 목으로 내려갔다. "긴장하지 마. 내가 좋게 만들어줄 테니까. 네가 원하는 걸 말해봐."

그의 티셔츠 안에 한 손을 넣어 탄탄한 등과 팔 근육을 느꼈다. 그가 나를 안은 채로 자세를 바꿔 내가 아래에 있도록 했다. 나는 그의 이름을 불렀다. 연약하고 낯설게만 느껴지는 목소리가 마음에 들지 않았지만 원초적이고 간절한 무언가가 느껴졌다. 나는 이 흐름이 끊어지지 않았으면 좋겠다.

"당신이 내 위로 올라오는 상상을 자주 했어요." 어디에서 나오는 말인지도 모른 채 내뱉었다. 그는 벌린 내 다리 사이로 엉덩이를 넣고 좀 더 안정적인 자세를 취했다. "당신이 거실에서 우리 오빠하고 앉아 있을 때나 밖에서 티셔츠를 벗고 세차할 때."

그는 한 손으로 내 머리를 감싸고 엄지로 내 얼굴선을 따라 턱까지 쭉 내렸다. "그런 얘긴 하지 마."

하지만 생각나는 게 그것뿐이었다. 예전 기억 속의 그, 그리고 지금의 그. 그의 알몸이 어떤 모습일지, 절정에 이르면 어떤 소리를 낼지 상상한 적이 도대체 몇 번인지 모르겠다. 그런데 지금 그가 벌어진 내 다리 사이로 단단하게 흥분한 채로 있다. 그의 문신과 근육, 턱선을 하나도 빠뜨리지 않고 눈에 담고 싶었다.

"내 방 창문에서 당신을 보곤 했어요." 그가 자신의 남성이 내 클리토리스를 누르도록 자세를 바꾸었고 나는 거친 숨을 내쉬었다. "아. 열여섯 살 때 야한 꿈을 꿀 때마다 당신이 나왔어요."

그가 살짝 몸을 뒤로 젖혀 내 눈을 바라보았다. 놀란 게 분명했다.

나는 침을 삼켰다. "방금 그 말은 하지 말았어야 했나요?"

"난…." 그는 말문을 열더니 혀로 입술을 핥았다. "모르겠어." 좀 멍하고 갈등하는 듯한 표정이었다. 그의 입술에서 시선을 뗄 수가 없었다. "그 얘기에 흥분해서는 안 된다는 걸 알아, 한나. 하지만 내가 바지 입은 채로 사정한다면 그건 순전히 네 탓이야."

내가 그렇게 만들었다고? 그 말을 듣는 순간 머릿속에 전구가 켜진 것 같았다. 그에게 전부 다 말하고 싶었다. "가끔씩 이불 속에서 자위를 했어요… 당신의 목소리를 들으면서… 당신이 옆에 있으면 어떨까 상상했어요. 당신이 날 절정에 이르게 해주는 것처럼 연기했죠."

그는 낮게 욕설을 내뱉으며 또다시 키스를 퍼부었다. 더 진하고 촉촉한 키스였다. 그의 치아가 내 아랫입술을 깨물었다.

"뭐라고 해야 하지?"

"나한테 닿는 느낌이 얼마나 좋은지 당신이 날 얼마나 원하고 있는지 말해줘요." 내가 키스하면서 말했다. "난 그때 별로 상상력이 없었거든요. 하지만 실제로 당신의 입은 그보다 야할 거라고 확신해요."

그가 웃음을 터뜨렸다. 낮고 거친 웃음이라 그의 숨결이 닿는 목 부분이 묵직해졌다. "그럼 넌 아직 열여섯 살이고 내가 네 방에 몰래 들어간 것처럼 해볼까." 그가 입술을 포갠 채로 말했다. 그의 목소리에는 약간의 주저함이 묻어 있었다. "아직 준비 안 됐으면 옷은 벗지 않아도 돼."

뭐라고 말해야 할지 몰랐다. 물론 완전한 알몸으로 그의 아래에 있고 싶었다. 그의 알몸이 내 위에, 내 안에 있으면 어떤 느낌일까 상상했다. 하지만 오늘 밤 윌과 정말 섹스를 한다면 너무 빠른 것 같았다.

"보여줘요. 난 옷을 입은 채로 어떻게 해야 하는지 몰라요." 귓속말로 덧붙였다. "벗고 하는 것도 잘 몰라요."

그는 웃으며 내 귀에 키스하고는 살짝 으르렁거리며 귓불을 깨물었다. 내 몸을 만지는 손길, 살결을 미끄러지는 그의 입술…. 윌에게 이런 애무는 숨 쉬는 것만큼이나 자연스러운 기술 같았다.

그는 내 목에 입을 대고 숨을 내쉬며 낮게 신음했다. "내 아래에서 움직여. 너한테 맞는 움직임을 찾아."

그의 말대로 그의 아래에서 움직이며 다리 사이로 단단한 그의 남성을 느꼈다.

"느껴져?" 그가 내 그곳을 누르며 의미심장하게 움직였다. "여기가 기분 좋아?"

"네." 두 손으로 그의 머리를 움켜쥐고 세게 끌어당겼다. 그가 거친 숨을 내쉬며 점점 더 빠르게 움직였다.

"아, 한나." 그가 내 탱크톱을 위로 벗기자 가슴이 드러났다. 그는 내 가슴을 움켜쥐고 유두를 힘껏 빨았다. 내 안에서 공기가 다 빠져나간 기분으로 엉덩이를 바닥에서 들어올렸다. 나는 손톱으로 그의 피부를 할퀴었고 매번 그는 낮게 욕설을 내뱉거나 신음했다.

"그래. 멈추지 마." 그의 손이 가는 곳마다 입이 따라왔다. 나는 눈을 감은 채로 내 온몸에서 움직이는 그의 뜨거운 혀를 느꼈다. 그는 내 입술과 목에 키스했다. 다리 사이의 욱신거림이 점점 강해졌다. 흠뻑 젖었다는 것이 느껴졌다. 그의 입술이 내 살에 닿을 때마다 그의 손가락과 남성이 내 안에 들어오기를 간절히 바랐다. 우리는 바닥에서 미끄러지듯 움직였고 내 등에 뭔가가 느껴졌지만 상관없었다. 그저 달아오르는 감정을 계속 따라가고 싶을 뿐이었다.

"거의 왔어요." 나는 헐떡거렸다. 놀랍게도 그는 앞머리가 헝클어진 채 입술을 벌리고 나를 보고 있었다.

그의 눈이 커지고 흥분감으로 타올랐다. "그래?"

다리 사이의 감각이 점점 커지고 뜨거워지고 긴박해지면서 주변 세상이 흐릿해졌다. 내 옷을 움켜쥐고 제발 벗겨달라고, 제발 너의 것을 넣어달라고 애원하고 싶었다.

"아. 멈추지 마." 그가 엉덩이를 계속 움직이며 말했다. 내가 원하는 곳을 정확하게 누르고 있었다. "난 거의 다 왔어."

"아아." 그의 얇은 티셔츠 자락을 부여잡은 내 손가락이 비틀어지면서 점점 무너져 내리기 시작하는 것을 느꼈다. 두 눈을 질끈 감고 등줄기에서 다리 사이로 오르가슴이 내려왔다. 나는 그의 이름을 외쳤고 그는 점점 더 빠르게 움직였다. 내 엉덩이를 꽉 잡은 채로 한 번, 두 번 신음하며 내 목에 사정했다.

한 번에 하나씩 다리에 감각이 되돌아왔다. 갑자기 무겁고 축 쳐진 느낌이 들어 눈조차 간신히 뜨고 있을 정도로 기진맥진해졌다. 윌도 내 위에서 쓰러졌다. 목에 닿은 그의 숨결은 뜨거웠고 피부는 땀으로 흥건하고 열기가 뿜어져 나왔다.

그가 팔꿈치로 받치고 나를 내려다보았다. 나른하고 달콤하고 약간 머뭇거리는 듯한 표정이었다. "안녕." 그의 입꼬리 한쪽이 올라갔다. "방에 몰래 들어와서 미안해, 열여섯 살 한나."

나는 앞머리를 입김으로 훅 날리고 미소 지었다. "언제든 환영이에요."

"음… 그게… 너무 서둘러서 좀 그런데…. 빨리 씻어야겠어."

갑자기 이 모든 상황이 말도 안 된다는 생각이 들면서 웃음이 터져 나왔다. 우리는 나란히 바닥에 누워 있고, 나는 등에 신발인지 뭔지를 깔고 있는 데다 그는 방금 바지 안에 사정을 했다.

"웃지 마. 이런 사태가 벌어지면 네 잘못이라고 했지."

갑자기 목이 타서 입술을 적셨다. "가서 씻어요." 그의 등을 두드려주었다.

그는 내 입술에 부드럽게 두 번 키스한 후 일어나서 욕실로 갔다. 나는 잠시 그대로 누워 있었다. 땀이 마르고 심박수가 평소대로 돌아왔다. 기분이 더 나아진 동시에 더 나빠졌다. 피곤해져서 좋았고 내 다리 사이에 윌의 손가락이 아닌 그의 물건이 움직이는 새로운 기억이 나를 더 심란하게 해서 나빴다.

택시를 부른 후 주방으로 가서 차가운 물로 세수를 하고 물을 마셨다.

파자마를 갈아입은 윌이 비누와 치약 냄새를 풍기며 돌아왔다.

"택시 불렀어요." 걱정하지 말라는 표정으로 그에게 확인시켰다. 그는 실망한 듯한 표정이었다. 아니, 그렇게 보였다. 하지만 눈 깜짝할 사이에 지나가버려 과연 내가 제대로 본 건지도 모르겠다.

"잘했어." 그가 다가와 내 스웨트 셔츠를 내밀었다. "이젠 잘 수 있을 것 같군."

"난 오르가슴이 필요했어요." 내가 활짝 웃으며 말했다.

"사실…." 그가 깊은 목소리로 말했다. "나도 오늘 밤 벌써 몇 차례 시도했어. 전혀 효과가 없었지만…."

맙소사. 방금 전까지만 해도 나른했는데 갑자기 정신이 번쩍 들었다. 아무래도 남은 시간 동안 윌이 자위하는 모습을 상상하면서 밤을 새게 될 것 같다. 과연 잠을 잘 수나 있을까 의심스러웠다.

그는 아래층까지 나를 바래다주고는 정문에서 내 이마에 키스했다. 그러곤 내가 택시를 타고 출발할 때까지 지켜보았다.

가는 도중에 문자가 왔다. '집에 도착하면 알려줘.'

우리 집은 그의 집에서 일곱 블록 떨어진 거리다. 나는 몇 분 만에 도착했다. 침대로 기어들어가 베개를 껴안고 답장을 보냈다.

'잘 왔어요.'

8

컬럼비아 대학교 근처에 살다보면 어디를 가든 넘쳐나는 사람들을 볼 수 있었지만 목요일이면 내가 사는 아파트에서 가장 가까운 던킨도너츠 매장은 특히 북적거리는 것 같다. 하지만 사람이 별로 없는 날이었다고 해도 나는 앞에 줄을 서 있던 딜런을 알아보지 못했을 것이다.

딜런은 뒤에 있던 나를 알아보고는 눈이 동그래지더니 친절하게 인사를 건넸다. "윌, 맞죠?" 나는 깜짝 놀랐다.

갑작스럽게 내 이름을 부르는 소리가 들려서 움찔했다. 나는 이틀 전 한나와의 일을 떠올리며 다른 자세로 해보는 상상을 하고 있었다. 이틀 전 그녀는 한밤중에 내 아파트를 찾아왔고 우리는 둘 다 옷을 입은 채로 절정에 이르렀다. 그날 밤의 일은 요즘 나의 가장 좋은 기억이다. 혼자 있는 조용한 시간마다 그 기억을 끄집어내곤 한다. 계속 상상하다보면 온몸이 뜨거워졌다. 삽입하지 않고 페팅만 한 게 얼마 만인지 모르겠다. 그게 얼마나 야하고 금기된 일처럼 느껴지는지 새삼 깨달았다.

그런데 별안간 저 녀석이 내 앞에 나타나다니. 찬물을 뒤집어쓴 기분이었다.

딜런은 던킨도너츠에 있는 다른 컬럼비아 학생들과 비슷했다. 잠옷과 떠돌이 사이를 오가는 차림이었다.

"맞아요." 손을 내밀어 악수를 청했다. "안녕, 딜런. 다시 만나서 반가워요."

줄이 점차 줄어 앞으로 이동했고 서서히 어색함이 몰려왔다. 파티에서는 그가 이렇게 어린 줄 몰랐다. 딜런은 호기심이 엄청 많아보였고 생기발랄함을 내뿜고 있었다. 그는 마치 나를 상사 대하듯 내 이야기에 고개를 자주 끄덕였다.

딜런과 내 옷차림을 나란히 보고 있으니 내 슈트 차림이 얼마나 준엄하게 보이는지 이해되었다. 내가 언제부터 슈트를 즐겨 입었지? 언제부터 멍청한 20대 대학원생을 참아내지 못하게 된 거지? 어쩌면 한나가 나를 대학원생 파티에 몰래 데려가 내 인생 최고의 절정을 선사한 날인지도 모르겠다.

"데니스에서 재미있었어요?"

나는 그를 빤히 보며 내가 마지막으로 데니스에 간 게 언제인지 기억해내려고 애썼다. “음….”

“데니스 레스토랑 말고 파티요.” 딜런이 웃으며 덧붙였다. “파티를 연 집주인 이름이 데니거든요.”

“아, 그래요. 파티.” 그 순간 내가 한나의 속옷으로 손을 집어넣어 맨살을 만졌을 때 그녀의 표정이 떠올랐다. 절정에 오르기 직전 얼굴이 생생하게 기억났다. 마치 내가 그녀에게 마법 같은 일을 하기라도 한 듯했다. 그녀는 태어나 처음으로 그런 감각을 발견한 것 같았으니까. “네. 파티 좋았어요.”

딜런은 초조한 듯 스마트폰을 만지작거리며 나를 쳐다보았다. 뭔가 신경에 거슬리는 게 분명했다.

“저기요.” 그가 약간 몸을 숙여 말했다. “같은 여자랑 데이트하는 남자하고 우연히 마주치기는 이번이 처음이거든요. 이게 정말 이상한 일인가요?”

나는 웃음을 터뜨렸다. 딜런에게는 한나처럼 노골적일 정도의 솔직함이 있었다. “왜 내가 한나와 데이트 한다고 생각하죠?”

딜런은 곧바로 당황한 표정을 지었다. “그게… 파티에서 두 사람의 모습이….”

나는 짓궂은 웃음과 함께 야단치듯이 물었다. “그런데도 그녀에게 데이트 신청을 했어요?”

그러자 그는 자신의 대담한 행동이 스스로도 놀랍다는 듯이 미소를 터뜨렸다. “완전 취했었거든요! 술 취한 김에 그냥 저질렀죠.”

녀석을 한 대 치고 싶었다. 하지만 순간 나야말로 세상 최고의 위선자라는 생각이 들었다. 나는 딜런에게 분노할 자격이 없다.

"괜찮아요." 내가 마음을 가라앉히며 말했다. 내가 이런 상황에 놓이기는 처음이었다. 내 연인들이 이런 상황을 겪어본 적 있을까 궁금해졌다. 항상 밝은 표정인 키티나 라라 또는 기분이 가장 좋을 때도 거의 웃지 않는 나탈리나 크리스티가 이런 상황에 놓인다면 어떨지 상상해보았다.

나는 어깨를 으쓱하며 딜런에게 말했다. "한나하고는 오래전부터 아는 사이예요. 그뿐이죠."

그는 묻지 않은 모든 질문의 답이라도 된 듯이 고개를 끄덕이며 웃었다. "한나는 데이트를 시작한 지 얼마 안 됐다고 했어요. 그럴 수도 있죠. 정말 재미있는 여자예요. 오래전부터 데이트 신청을 하고 싶었거든요. 그럼 한나하고 계속 진전시켜도 되겠죠?"

나는 카운터 직원을 빤히 쳐다보며 손님을 좀 더 빨리 받으라는 무언의 애원을 보냈다. 딜런의 말뜻을 잘 알고 있었다. "그럼요."

그는 다시 고개를 끄덕였다. 그에게 침묵의 법칙을 말해주고 싶은 유혹이 들었다. 때로는 어색한 침묵이 억지 대화보다 덜 어색한 법이라고.

딜런은 자기 차례가 되어 커피를 주문했고 나는 스마트폰을 보면서 다시 정신을 다른 곳에 집중했다. 그가 계산을 마치고 가는 동안에도 나와 눈을 마주치지 않았지만 내 속에는 돌덩이라도 들어앉은 기분이었다.

도대체 내가 뭘 하고 있는 거야?

사무실로 가는 동안 불편함은 점점 더 커졌다. 10년 가까운 시간 동안 나는 섹스 파트너들과 섹스를 하기 전에 분명히 선을 그었다. 어떤 행사에 참여했다가 자리를 뜨면서 자연스럽게 대화가 이루어질 때도 있고 여자 친구가 있느냐는 질문에 "만나는 사람은 있지만 진지하게 사귀는 사이는 아니에요"라고 대답할 수 있었다. 상대방이 섹스 이상의 관계로 발전하고 싶어 하는 기미가 보이면 언제나 내 입장을 확실하게 밝혔고 서로가 원하는 바에 대해 솔직한 대화를 나눴다.

딜런의 등장이 내 세상에 아니, 한나의 세상에 예기치 못한 복병이 되리라고는 전혀 생각하지 못했다. 파티장에서 몰래 나를 데리고 나간 그녀가 오로지 나하고만 섹스를 탐구하고 싶어 한다고 생각한 것은 내 착각이었다.

이게 업보일까. 짜증이 난다.

* * *

그날 아침, 세 건의 투자 설명서와 지난주부터 밀린 산더미 같은 서류에 매달렸다. 전화 업무도 처리하고 신생 생명공학 업체 몇 곳을 둘러보려고 샌프란시스코 출장도 계획했다. 눈코 뜰 새 없이 바빴다.

점심시간이 다가오고 몇 시간째 아무것도 먹지 못한 데다 카페인 약

발도 떨어질 무렵, 또 머릿속에서 한나가 튀어나왔다.

그 때 사무실 문이 열리고 맥스가 들어오더니 책상에 샌드위치를 던져주고 맞은편 의자에 앉았다. "무슨 일 있어, 윌리엄? DNA가 오른손방향 나선이라는 걸 방금 발견하기라도 한 표정이군."

"오른손방향 나선이 맞아. 왼쪽으로 회전할 뿐이지." 내가 정정해주었다.

"네 거시기처럼 말이지?"

"그래." 샌드위치를 들어 포장지를 벗기기 시작했다. 바로 눈앞에서 맛있는 냄새를 풍기는 샌드위치를 보기 전까지는 배고픔도 느끼지 못했다. "생각할 게 많은 것뿐이야."

"그런데 왜 기분이 안 좋아 보이지? 생각을 너무 많이 하는 건 네가 가진 초능력이나 마찬가지잖아, 친구."

"이 일만큼은 아니야." 나는 얼굴을 문지르면서 농담에 진지하게 반응하는 쪽을 선택했다. "좀 혼란스러운 문제가 있거든."

맥스는 샌드위치를 한 입 베어 물고 나를 찬찬히 뜯어보았다. 잠시 후 질문이 날아왔다. "그 가슴녀 때문 맞지?"

나는 어이없다는 표정으로 맥스를 쳐다보았다. "그렇게 부르지 마, 맥스."

"물론이지. 면전에서는 안 그럴 거야. 난 우리 세라를 '혀'라고 부르지만 세라 앞에서는 안 그러잖아."

불안해 죽겠는데도 웃음이 터져 나왔다. "절대 당사자 앞에서는 그러지마."

"알아." 맥스는 미소를 거두더니 장난으로 뉘우치는 듯한 표정을 지었다.

"그건 정말 싸구려 같은 행동이잖아. 그렇지?"

"완전 싸구려 같지."

"그래도 한나의 가슴이 환상적이라는 건 부정할 수 없는 사실이야."

내가 다시 웃음을 터뜨리며 중얼거렸다. "맥시무스, 얼마나 환상적인지 넌 상상도 못할걸."

그가 허리를 펴고 반듯하게 앉았다. "나야 당연히 모르지. 그런데 넌 마치 안다는 듯한 말투네. 직접 봤어? 둘이 데이트 강습인가 뭔가 말도 안 되는 관계에서 발전한 줄은 몰랐네."

나는 맥스를 쳐다보았다. 맥스가 내 표정을 보고 내가 한나에게 푹 빠져 있다는 걸 눈치 챘음을 알 수 있었다. "그래, 봤어. 그게… 어젯밤에 진전이 됐어. 며칠 전에도." 샌드위치를 한 입 물었다. "섹스를 한 건 아니지만…. 한나는 오늘 저녁에 어떤 남자하고 두 번째 데이트를 할 거야."

"그렇게 열 올리더니 드디어 데이트를 하게 됐구만?"

고개를 끄덕였다. "그런 것 같아."

"네가 상사병에 걸린 거 한나도 알고 있나?"

샌드위치를 한 입 베어 물고 맥스를 노려봤다. "아니." 웅얼거리며 한소리 더 했다. "재수없는 자식."

"한나 꽤 괜찮더라." 맥스가 조심스럽게 얼버무렸다.

냅킨으로 입을 닦고 의자에 기댔다. 꽤 괜찮다는 말로는 한나를 다 표현할 수 없었다. 그런 여자는 지금까지도 없었고 앞으로 없을지도 모른다. "맥스, 한나는 다 갖췄어. 재미있고 다정하고 솔직하고 아름답고…. 그녀는 정말이지 내 능력 밖인 것 같다." 마지막 말이 입에서 나오는 순간 나 자신조차 낯설게만 느껴졌다. 강렬한 침묵이 흘렀고 곧이어 맥스가 신나서 놀려댈 것임을 알 수 있었다. 꿈틀거리기 시작하는 녀석의 입술이 증거였다.

젠장.

맥스는 한참 동안 나를 쳐다보더니 손가락을 들어 잠깐 기다리라는 신호를 보내고는 재킷에서 스마트폰을 꺼냈다.

"뭐하는 거야?" 내가 경계하듯 물었다.

맥스는 조용히 하라는 신호를 보내고 스마트폰의 스피커를 켰다. 신호음이 가고 베넷이 전화를 받았다.

"맥스."

"벤." 맥스가 활짝 웃으며 의자에 기대앉았다. "드디어 됐어."

나는 턱을 받히고 괴로운 소리를 냈다.

"드디어 생리하는 거냐?" 베넷이 물었다. "축하해."

"그게 아니라, 멍청아." 맥스가 웃음을 터뜨렸다. "윌 얘기야. 드디어 여자한테 맛이 갔다."

전화기 너머로 요란하게 탁 치는 소리가 들려왔다. 베넷이 열정적으로 책상에 대고 하이파이브를 한 모양이었다. "잘됐네! 어때? 녀석 불행해 보여?"

맥스는 잠깐 나를 살피는 척했다. "불행해 보여. 그리고 빅뉴스! 그녀가 오늘 다른 남자랑 데이트를 한단다."

"오오, 그거 안타깝게 됐군. 그래서 녀석은 어쩔 거래?" 베넷이 물었다.

"엄청 우울하게 있겠지." 맥스는 나대신 대답하고는 이제는 내가 답해도 된다는 듯이 눈썹을 치켜들었다.

"그냥 집에 있을 거야. 농구 게임이나 보면서. 데이트가 어땠는지 내일 같이 달리면서 한나가 다 말해줄 거야."

수화기 너머로 베넷은 고민하는 듯했다. "아무래도 여자애들한테 알려야겠군."

"여자애들한테 말하지 마." 내가 괴로움에 끙끙거렸다.

"아마 너희 집으로 찾아가서 위로해주고 싶어 할 거야." 맥스하고 나는 저녁에 미팅이 있거든. 불쌍한 친구를 혼자 내버려둘 수야 없지." 베넷이 말했다.

"난 불쌍하지 않아. 아무렇지도 않다고! 맙소사. 도대체 내가 이 말은 왜 꺼내가지고."

베넷은 나를 무시한 채 이렇게 말하고 전화를 끊었다. "맥스, 내가 알아서 할게. 알려줘서 고맙다."

* * *

클로에가 나를 밀치고 집 안으로 쳐들어왔다. 그녀는 테이크아웃 음식 봉지를 잔뜩 들고 있었다.

"오늘 우리 집에서 나 몰래 파티라도 열리는 거야?" 내가 물었다. 클로에는 뒤돌아보더니 주방으로 사라졌다.

세라는 맥주 한 상자를 들고 뒤따라 들어왔다. "내가 엄청 배고프거든. 클로에한테 전부 다 하나씩 주문하라고 했어."

세라가 들어오도록 문을 잡고 있다가 뒤를 따라 주방으로 갔다. 클로에는 17인분은 되어 보이는 음식 포장을 뜯느라 바빴다.

"난 이미 저녁 먹었는데." 내가 얼굴을 찡그리며 말했다. "밥을 사 올 줄은 몰랐는데."

"어떻게 그렇게 생각할 수가 있어? 베넷이 지금 네 꼴이 말이 아니라고 했단 말이야. 그럼 당연히 팟타이와 초콜릿 컵케이크, 맥주가 필수지. 우린 네 평소 식사량을 잘 알거든." 클로에는 접시가 든 찬장을 가리키며 덧붙였다. "넌 충분히 더 먹을 수 있어."

나는 어깨를 으쓱하며 접시 세 개와 포크, 맥주를 집어 들었다. 거실에 놓인 커피 테이블에 접시를 올려놓고 상을 차렸다. 클로에는 바닥에, 세라는 나와 함께 소파에 앉았다. 셋 다 음식을 먹기 시작했다. TV에서 흘러나오는 농구 중계를 보며 간간히 가벼운 대화를 나누었다.

다 먹어치우자 클로에와 세라가 와서 다행이라는 생각이 들었다. 그들은 내 심정이 어떤지 온갖 질문을 쏟아내지도 않았다. 그냥 같이 음식을 먹으면서 말벗이 되어주었다. 내가 혼자만의 생각에 빠져서 괴로워하지 않도록 말이다.

내가 만나는 여자가 다른 남자를 만나는 적이 처음은 아니었지만 신경이 쓰인 건 처음이었다. 물론 한나가 밖에 나가 즐거운 시간을 보내는 건 좋았다. 좀 이상한 말이기는 하지만 나는 그녀가 원하는 대로 하기를 바랐다. 다만 그녀가 오직 나만을 원하기를 바랐다. 그녀가 오늘 밤 나를 찾아와 앞으로 데이트 따위는 집어치우고 나하고 섹스를 하는 편을 택하겠다는 생각을 해봤다. 물론 말도 안 되는 상상이었다. 그런 생각을 한다는 것 자체가 머저리 같은 일이었다. 그동안 수많은 여자들에게 지금 내가 느끼는 것과 똑같은 기분을 느끼게 한 주제에. 하지만 내 마음이 이런 건 어쩔 수 없었다.

무엇보다 불안했다. 음식을 다 먹은 후 미친 듯 스마트폰과 시간을 확인했다. 왜 문자를 안 보내는 거지? 오늘은 데이트하기 전에 물어볼 말이 하나도 없는 건가? 아니, 그냥 '뭐해요?' 할 수도 있는 거잖아?

아, 이런 내 자신이 싫다.

"한나한테 연락 왔어?" 콜로에가 초조해하는 내 모습을 알아채고 물었다.

고개를 저었다. "괜찮아. 분명 잘 있을 거야."

"키티하고 크리스티는 뭐래?" 세라가 물컵을 테이블에 내려놓으며 물었다.

"뭐가?"

잠시 침묵이 흘렀고 나는 이해되지 않아 눈만 깜빡였다. "뭐가 말이야?" 다시 물었다.

"네가 관계를 끝내자고 했을 때 어떻게 나오더냐고." 세라가 정확하게 짚어주었다.

아, 젠장. 제에에엔장.

"아, 엄연히 말하자면 끝낸 건 아니야." 내가 턱을 문지르며 말했다.

"두 연인한테 진심으로 좋아하는 여자가 생겼다는 말을 하지 않았다고? 한나를 좋아하게 됐으면서?"

맥주병을 들고 가만히 쳐다보았다. 키티와 크리스티와의 관계를 아직 끝내지 않은 이유는 번거로워서만은 아니었다. 솔직히 말하자면 한나와의 사이가 잘되지 않을 경우 적당히 내 신경을 분산시켜줄 그녀들이 필요하기 때문이었다. 내가 생각해도 얼간이 같은 행동이었다.

"아직. 심각한 감정도 아닌데 뭐. 굳이 말할 필요가 있겠어?"

클로에는 상체를 앞으로 숙이고 맥주병을 내려놓고는 내가 쳐다볼 때까지 기다렸다. "윌, 난 널 사랑해. 정말이야. 넌 내 결혼식에도 올 거고 한 가족이나 마찬가지야. 그래서 난 네가 잘되기만을 바라." 그녀는 눈을 가늘게 떴고 순간 오싹한 기분이 들었다. "하지만 내 친구한테 절대로 너하고 깊은 사이를 기대하지 말라고 할 거야. 환상적인 섹스 파트너가 될 수는 있지만 사적은 감정은 갖지 말라고. 왜냐하면 넌 구제불능 얼간이니까."

나는 싱긋 웃는 동시에 얼굴을 찡그리며 고개를 저었다. "너무 솔직해서 신선한걸."

"심각하게 하는 말이야. 넌 항상 섹스 파트너들한테 솔직하지. 하지만 깊은 관계를 거부하는 이유가 도대체 뭐야?"

나는 양손을 허공에 휘저으며 외쳤다. "그런 게 아니야!"

세라가 끼어들었다. "넌 처음부터 상대방에게 섹스 이상을 원하지 않을 거라고 말하잖아." 그녀의 목소리가 한층 부드러워졌다. "내가 여자의 관점에서 한마디 할게. 여자는 어릴 때는 가볍게 만나는 남자를 원해. 하지만 좀 더 나이가 들면 남녀관계를 가볍게 보지 않는 남자를 원하지. 넌 그런 것조차 몰라. 너 이제 서른하나지? 한나는 너보다 훨씬 어리지만 속 깊은 아이야. 네 섹스 모델이 자기한테 맞지 않다는 걸 금방 알게 될 걸. 넌 한나한테 여러 명의 연인과 함께할 수 있는 방법을 가르쳐주고 있지. 그게 아니라 한 사람에게 사랑받는 기분이 뭔지를 가르쳐줘야 해."

나는 세라를 보며 미소를 지었다. 양손으로 얼굴을 만지작거리며 괴로워했다. "잔소리하려고 온 거야?"

세라는 "아니"라고 하고 클로에는 동시에 "응"이라고 했다.

세라가 웃음을 터뜨리더니 정정했다. "그래, 맞아." 그녀는 몸을 기울여 내 무릎에 손을 올려놓았다. "넌 아무것도 몰라, 윌. 넌 사랑스럽지만 바보 천치야."

“끔찍하군.” 내가 웃음을 터뜨렸다. “제발 그 말만은 하지 마.” 우리 셋은 다시 농구 경기에 집중했다. 전혀 기분 나쁘지 않았다. 나 자신을 방어하고 싶은 생각도 들지 않았다. 그들의 말이 맞았으니까. 한나가 그 빌어먹을 딜런이라는 녀석과 데이트하는 걸 알면서도 내가 과연 뭘 할 수 있는지. 내가 한나와 깊은 사이가 되기를 원하고 그녀가 다른 남자를 만나는 게 싫다는 사실을 인정할 수 있다는 것만으로 신기했다. 하지만 그런들 뭐하랴. 한나와 내 생각 자체가 다르다면 아무런 소용도 없지 않은가. 나는 그녀가 오로지 나하고만 섹스 하기를 원했지만 우리 사이가 변하는 것도 원하지 않았다.

정말 그게 내 진심일까?

2분 사이에 한나에게 문자가 오지는 않았는지 다시 스마트폰을 확인했다.

“젠장, 윌. 그냥 네가 보내!” 클로에가 냅킨을 던지면서 소리쳤다.

나는 자리에서 벌떡 일어섰다. 클로에의 명령에 따른 게 아니라 그냥 자리를 옮기는 것뿐이다. 한나는 이 순간 뭘 하고 있을까? 두 사람은 어디 있을까? 거의 9시인데 저녁 식사는 진즉 끝나지 않았을까?

첫 번째 데이트를 참고하자면 한나는 벌써 집에 갔을지도 모른다. 아니면… 딜런 집에?

거기에 생각이 미치자 눈이 휘둥그레졌다. 한나가 그 녀석과 침대에 있을 수도 있을까? 섹스 하고 있는 건 아닐까? 나는 재빨리 눈을 감았다. 내 아래에 있던 그녀의 감촉과 옆구리를 바짝 누르던 무릎의 느낌이 떠올라 미칠 것만 같았다. 그녀가 그 족제비 같은 녀석과 알몸으로 있을지도 모른다는 생각만으로 견딜 수 없었다.

절대 안 돼.

뒤돌아 침실 쪽으로 걸어가다 멈추었다. 손에 쥔 스마트폰이 울렸다. 번개보다 빠른 속도로 확인했다. 하지만 실망스럽게도 맥스였다.

'벤하고 레스토랑에 왔는데 너의 그녀가 여기 있네. 윌, 한나 프로젝트가 썩 훌륭하더군. 그녀 진짜 섹시해졌다.'

벽에 기대 답장을 입력했다.

'그 자식이랑 키스하고 있어?'

'아니.' 맥스가 답했다. '하지만 계속 스마트폰을 확인하고 있어. 문자 좀 그만 보내라, 얼간아. 그녀는 지금 인생을 즐기고 있다고.'

나를 짜증나게 하려는 맥스의 의도를 무시한 채 문자를 몇 번이고 읽었다. 한나가 문자를 주고받는 사람은 나밖에 없는데 나는 오늘 그녀에게 문자를 보내지 않았다. 그녀도 나처럼 미친 듯 스마트폰만 확인하고 있는 건가?

욕실로 향했다. 볼일을 보려고 들어간 게 아니라 그냥 욕조에 걸터앉았다. 그녀에 대한 감정은 장난이 아니야. 세라가 잘못 안 거야. 장난이 아니란 걸 나도 알고 있다. 전혀 웃긴 상황이 아니다. 한나가 옆에 없으면 흥분감과 집착적인 불안감 사이를 오간다. 이런 게 흔히 말하는 고백이라는 건가? 상대방의 감정이 어떤지 확신할 수 없지만 용기 내어 자신의 감정을 솔직하게 드러내는 그런 거 말이다.

요동치는 가슴으로 양손 엄지로 단 한 줄의 문자를 입력했다. 철자가 틀리지 않았는지, '오늘 밤 데이트가 어떤지 전혀 집착하고 있지 않다'는 분위기를 제대로 풍기는지 몇 번이고 확인했다. 그리고 눈을 질끈 감고 전송 버튼을 눌렀다.

9

윌한테 문자를 보내지 않을 거야.

"… 언젠가는 외국에서 살고…."

윌한테 문자를 보내지 않을 거야.

"… 독일이나… 아니면… 터키…."

다시 대화에 집중하면서 딜런의 말에 고개를 끄덕였다. 맞은 편에 앉은 그는 방금 꺼낸 이야기만으로 세계 일주를 끝마친 후였다. "정말 흥미진진하네." 나는 환하게 웃었다.

그는 약간 상기된 얼굴로 리넨 테이블보를 내려다보았다. 그래, 딜런은 정말 귀여워. 강아지 같아. "브라질에서 살고 싶다는 생각을 예전부터 해왔어. 가끔 브라질에 놀러가는 게 정말 좋은데 익숙해지지는 않았으면 좋겠어."

나는 다시 고개를 끄덕이며 그의 말에 집중하려고 애썼다. 저녁 내내 스마트폰이 조용하다는 사실이 아니라 눈앞에 있는 데이트 상대에 집중하려고 했다.

딜런이 선택한 레스토랑은 훌륭했다. 지나치게 로맨틱하지도 않으면서 아늑한 느낌이었다. 은은한 조명에 넓은 창문, 지나치게 무겁거나 심각한 분위기도 아니었다. 데이트하는 중이라고 동네방네 외치는 듯한 분위기의 레스토랑이 아니었다. 나는 넙치 요리를, 딜런은 스테이크를 주문했다. 그의 접시는 텅 비었고 나는 아직 손도 대지 않았다.

딜런이 무슨 이야기를 하고 있었지? 브라질에서 보낸 여름? "몇 개 국어를 할 줄 안다고 했지?" 아까 분명 외국어 이야기를 한 것 같은데 내 추측이 맞기를 바라면서 물었다.

맞는 모양이다. 내가 기억하고 있다는 사실에 기분 좋은 듯 그가 미소를 지었다. 어쨌든 그런 말이 나온 게 맞다니 다행이다.

"3개."

진심으로 감탄하면서 등을 좀 더 의자에 기댔다. "와… 정말 대단해, 딜런."

정말이었다. 딜런은 정말 멋졌다. 얼굴도 잘생기고 똑똑했다. 똑똑한 여자가 원하는 모든 조건을 갖춘 남자였다. 하지만 웨이터가 물을 채워주러 온 순간에도 나는 참지 못하고 재빨리 스마트폰을 슬쩍 보았다. 텅 빈 화면에 얼굴이 찌푸려졌다.

문자메시지도, 부재중 전화도 아무것도 없었다. 젠장.

메시지함으로 들어가 윌의 이름을 찾아 그가 아침에 보낸 문자를 다시 읽었다. '갑자기 든 생각: 네가 약에 취한 모습을 보고 싶어. 마리화나를 피우면 본래 성격이 드러나는 법이거든. 아마 너는 머리가 폭발할 정도로 말을 많이 할 거야. 지금보다 더 정신 나간 말을 할 수 있을 거라고는 생각되지 않지만 말이지.'

이런 문자도 있었다. '방금 81번가와 암스테르담 거리에서 널 봤어. 난 맥스와 택시를 타고 있었고 넌 횡단보도를 지나고 있었지. 치마 안에 팬티 입고 있었어? 앞으로 자위용 이미지로 추가할 예정이야. 제발 노팬티였다고 말해줘.'

마지막 메시지는 오후 1시가 넘은 시간이었다. 벌써 6시간 전이다. 몇 번 더 스크롤을 올렸다 내렸다 한 다음 문자를 보내려고 엄지를 올렸다. 그는 지금 뭘 하고 있을까? 아니, 누구랑 있을까? 이 생각이 떠오르자마자 얼굴이 찌푸려졌다.

문자를 입력했다가 곧바로 지워버렸다. 윌한테 문자를 보내지 않을 거야. 다시 한 번 되뇌었다. 윌한테 문자를 보내지 않을 거야. '나는 닌자, 비밀 요원이야. 임무만 마치고 무사히 탈출해.'

"한나?"

고개를 드니 딜런이 쳐다보고 있었다.

"응?"

그는 미간을 찌푸리더니 조심스러운 듯 작게 웃었다. "괜찮아?

오늘 좀 정신이 없는 것 같은데."

"응." 들켰다는 기분에 뜨끔해졌다. 무릎에 놓인 스마트폰을 집어 들었다. "엄마 문자를 기다리는 중이야." 끔찍하게도 거짓말을 해버렸다.

"아무 일 없는 거지?"

"물론이지."

딜런은 안도의 한숨을 살짝 내뱉고 접시를 옆으로 치우더니 테이블에 팔을 올려놓고 가까이 다가왔다. "이제 내 이야기는 다 한 것 같아. 네 연구에 대해 이야기해줘." 그날 저녁 처음으로 스마트폰을 꽉 쥔 손이 느슨해지는 걸 느꼈다. 일과 학교, 과학에 대한 이야기라면 얼마든지 자신 있었다.

디저트를 다 먹고 과에서 다른 연구실 사람들과 기생충의 일종인 크루스파동편모충(Trypanosoma cruzi) 백신을 연구 중이라는 설명을 끝냈을 때 누군가 내 어깨를 두드렸다. 뒤돌아보니 맥스가 서 있었다.

"어머!" 그를 보고 깜짝 놀라 소리쳤다.

엄청나게 키가 큰 맥스가 내 뺨에 키스하기 위해 다리를 굽혔는데도 그 모습이 전혀 어색해 보이지 않았다. "한나, 오늘 완전 예쁜데."

맙소사. 저 목소리는 나까지도 살살 녹인다니까. "칭찬은 세라한테 해주세요. 세라가 이 원피스를 골라줬거든요."

그가 자랑스러움에 싱긋 웃자 안 그래도 매력적인 얼굴이 더욱 매력적으로 보였다. "그럴게. 저쪽은 누구지?" 맥스가 딜런을 보며 물었다.

"아!" 나는 내 데이트 상대를 보며 말했다. "미안해요, 맥스. 이쪽은 딜런 나카무라. 딜런, 이쪽은 내 친구 윌의 비즈니스 파트너인 맥스 스텔라야." 두 남자는 악수를 나누고 잠깐 잡담을 나누었다. 제발 윌에 대한 질문은 하지 말자고 몇 번이나 자신을 설득시켰다. 난 데이트를 하러 나왔으니까 그에 대한 생각을 하면 안 된다.

"그럼 두 사람 오붓한 시간 보내요." 맥스가 말했다.

"세라한테 안부 전해주세요."

"물론. 그럼 즐거운 시간 보내고."

나는 맥스가 한 무리의 남자들이 기다리고 있는 테이블로 돌아가는 모습을 지켜보았다. 일과 관련된 자리라면 왜 윌은 없는 거지? 내가 그의 일에 대해 잘 모르는 건 사실이지만 대개 이런 자리는 다 같이 하지 않나?

몇 분 후 웨이터가 계산서를 가져왔을 때 무릎에서 진동이 울렸다.

'잘되고 있어, 플럼?'

두 눈을 감았다. 그 말은 전류처럼 찌릿하게 온몸으로 퍼져나갔다. 그가 나를 마지막으로 그렇게 불렀던 때가 생각나자 그곳이 촉촉해졌다.

'잘 있어요. 맥스도 여기 있고. 혹시 확인해보라고 보낸 건가요?'

'하하! 그러라고 하면 녀석이 참 잘도 하겠군. 방금 맥스한테 널 봤다는 문자가 왔어. 오늘 엄청 섹시해 보인다고.'

내가 윌 앞에서 얼굴을 자주 붉혔는지는 모르겠지만 그 말에 얼굴이 뜨겁게 달아올랐다.

'맥스도 엄청 섹시해 보여요.'

'재미없어, 한나.'

'집이에요?'

전송 버튼을 누르고 숨을 잠시 멈추었다. 집이 아니라고 하면 어쩌지?

'응.'

윌이 집에 있고 나에게 문자메시지를 보냈다는 사실에 날아갈 듯이 기뻤다. 지금 이 마음은 진지하게 생각해볼 필요가 있었다.

'내일 달릴 거예요?'

'물론이지.'

딜런이 알아차리기 전에 얼른 미소를 거두고 스마트폰을 치웠다. 윌이 집에 있다니 나도 마음 놓고 남은 시간을 즐길 수 있을 것 같았다.

* * *

"데이트 어땠어?" 그가 옆에서 스트레칭을 하면서 물었다.

"좋았어요. 괜찮았어요."

"괜찮았다고?"

"네." 더 열정적인 대답이 떠오르지 않아서 다시 말했다. "좋았어요. 괜찮았어요." 내가 윌에게 지나치게 의존하고 있다는 사실이 어제보다 오늘 더 강렬하게 들었다. 마음을 추스르고 항상 기억해야 한다. '난 비밀 요원이고 닌자야. 최고의 실력자한테 한 수 배우기만 하는 거야. 빠지면 안 돼.'

그가 고개를 저었다. "꽤나 좋은 평가군."

나는 답하지 않고 나무 틈새로 집어넣은 물병을 가지러 갔다. 추운 날씨에 슬러시 상태가 되어버린 물을 억지로 열려고 하니 찰박거리며 튀었다. 달리기가 끝나고 스트레칭을 하는 시점이었다. 평소 같으면 윌이 격려의 한마디를 해주거나 내 가슴에 대한 부적절한 멘트를 날렸을 것이다. 그도 아니면 내가 추운 날씨나 공중화장실이 부족한 맨해튼에 대해 불평했을 시간이다.

내가 과연 데이트에 대한 이야기를 하고 싶은지 확신이 서지 않았다. 딜런이 마음에 들기는 하지만 누구와 달리 그에게 키스하거나 목을 핥거나 내 엉덩이 위에서 사정하는 모습을 상상하게 되지는 않는다는 말도. 데이트 내내 정신을 집중하고 관심을 보이기가 힘들었다는 말도 하고 싶지 않았다. 게다가 난 이미 데이트에 실패하고 있고 윌처럼 가벼운 관계를 가지면서 젊음과 인생을 즐기는 법을 배우지 못할 것 같다는 사실도 인정하기 싫었다.

그가 몸을 휙 숙여 눈높이를 맞추었다. 똑같은 질문이 나오리라는 것을 감지할 수 있었다. "몇 시에 헤어졌는데?"

"아마 아홉시 조금 넘어서였을걸요?"

"아홉시라고?" 그가 웃음을 터뜨렸다. "또?"

"좀 더 늦은 시간이었을 수도 있어요. 그게 그렇게 웃겨요?"

"데이트 두 번 다 아홉시에 끝났다고? 할아버지가 손녀 데리고 이른 저녁 사주러 나간 것도 아니고."

"오늘 연구실에 일찍 나가봐야 한단 말이에요. 오빠의 밤은 어땠죠, 바람둥이 씨? 진탕 마시고 광란의 파티가 열리는 곳에 한두 군데쯤 들렀나요?" 내가 화제를 바꾸려는 의도로 물었다.

"파이트 클럽 비슷한 시간을 보냈지." 그가 턱을 긁으면서 말했다. "남자들이나 때리기가 없다는 것만 빼고." 내가 어안이 벙벙해서 쳐다보자 그가 자세히 설명해주었다. "클로에하고 세라가 먹을 걸 잔뜩 사서 놀러왔어. 혹시 몸이 뻐근해?"

파티 이후로 그의 손가락이 내 은밀한 곳에 남긴 달콤한 욱신거림과 그의 아파트 거실 바닥에서 그와 온몸을 문질러대느라 골반에 멍이 들었다는 사실이 순간 떠올랐다.

"뻐근하냐고요?" 그를 빤히 쳐다보며 물었다.

그가 알겠다는 듯한 미소를 지었다. "어제 달린 것 때문에 뻐근하냐는 이야기야. 맙소사. 한나. 제발 이상한 상상 좀 그만해. 어제 아홉 시에 들어왔다면서 달리 무슨 이야기겠어?"

물을 한 잔 더 마셨다. 차가운 물이 치아에 닿자 얼굴이 찡그려졌다. "괜찮아요."

"또 다른 법칙을 하나 알려주지, 플럼. 좋다, 괜찮다는 말은 너무 자주 사용하면 솔직하지 못한 게 되거든. 데이트 이후의 심정을 좀 더 구체적인 형용사로 설명하도록 해."

오늘 아침에는 그를 어떻게 감당해야 할지 알 수 없었다. 그는 약간 날카로워보였다. 하지만 나도 그 못지않게 머릿속이 엉망진창이었다. 그와 함께 있을 때마다, 아니 어제 밤의 일로 미루어볼 때 그가 옆에 없을 때도 이런 증상이 점점 심각해지는 듯하다. 그는 내가 딜런과 있었다는 사실을 신경이나 쓰는 걸까?

나는 그가 신경 쓰기를 바라는 걸까?

하. 남녀 관계는 정말로 복잡하다. 게다가 윌하고 내가 무슨 사이인지도 잘 모르겠다. 그거야말로 내가 윌에게 할 수 없는 유일한 질문인 것 같았다.

"흠." 그가 짓궂은 미소를 날리며 말했다. "데이트의 의미를 확실하게 알려면 남자들을 더 만나봐야 할 것 같군. 데이트가 어떤 원리로 돌아가는지 관찰을 좀 해봐. 지난번 파티에 있었던 다른 남자들은 어때? 애런이나 하우는?"

"하우는 여자 친구 있어요. 애런은…."

그가 격려해주는 것처럼 고개를 끄덕였다. "몸매 좋던데."

"네, 몸매 좋아요. 하지만 애런은 좀… SN2 반응 같아요."

윌이 무슨 말이냐는 듯 미간을 좁혔다. "SN2 반응이라고?"

"있잖아요." 내가 어색하게 양손을 휘저으며 말했다. "친핵체가 180도로 탄소를 공격하면 C-X 결합이 끊어지잖아요." 내가 쉬지도 않고 말을 술술 내뱉었다. "맙소사. 지금 애런이 앞모습보다 뒷모습이 훨씬 낫다는 말을 화학에 비유해서 말한 건가?"

나는 괴로운 듯 시선을 돌렸다. "내가 방금 범생이 신기록을 깬 것 같아요."

"아니, 멋있었어." 윌은 진심으로 감탄한 듯했다. "내가 10년 전 그 생각을 했더라면 좋았겠군." 그의 입꼬리가 뒤틀렸다. "하지만 솔직히 네가 말해서 멋져. 만약 내가 그런 말을 했다면 엄청 재수없게 들렸을 거야."

나는 침을 꿀꺽 삼켰다. 그의 바지 쪽을 보지 않으려고 애썼다.

몹시 추운 아침 시간인데도 용감하게 밖으로 나온 사람들이 평소보다 많았다. 귀여운 대학생 두 명이 축구공을 주거니 받거니 했다. 둘 다 비니를 바짝 내려쓰고 있었고 잔디에 놓인 테이크아웃 커피는 빠르게 식어가고 있었다. 한 여성은 커다란 유모차를 끌고 우리를 지나쳐 빠르게 걸었다. 여기저기 얼마 되지 않는 사람들이 달리고 있었다. 내가 앞을 바라보는 순간 윌이 앞에서 운동화 끈을 매려고 고개를 숙였다.

"인정해야겠군. 그렇게 열심히 일하다니 대단해." 그가 뒤에 대고 말했다.

“네.” 그가 가르쳐준 대로 허벅지 뒤쪽을 스트레칭해주기 위해 움직이면서 그의 엉덩이를 보지 않으려고 애썼다. “힘들어요.”

“뭐라고?”

“힘들다고요. 정말 힘들어.”

그가 고개를 들었다. 뒤돌아보기 전에 시선을 빨리 돌리면서 움직임을 계속했다.

“솔직히 말하지.” 그가 등을 스트레칭하면서 말했다. “네가 첫 주에 펑크를 안 내서 놀랐어.”

내가 그렇게 빨리 포기할 줄 알았다니 기분이 상했지만 그냥 수긍하고 다른 데를 보려고 애썼다. 그가 스트레칭을 하면서 팔을 올릴 때 드러나는 복근과 선명하게 갈라진 치골을 보지 않으려고 애썼다.

“연습을 계속하면 50위 안에 들 수도 있어.”

슬쩍 드러난 그의 속살을 흘깃 쳐다보았다. 그의 남성을 손으로 어루만졌을 때의 느낌이 떠올라 침을 꿀꺽 삼켰다. “당연히 계속 해야죠.” 자제심 따위는 버리고 그의 맨살을 아예 노골적으로 쳐다보았다.

헛기침을 하면서 등을 돌려 코스를 내려가기 시작했다. 그의 몸은 외설 그 자체였다.

“오늘 데이트는 몇 시지?” 그가 나를 따라잡으려고 천천히 달려왔다.

"내일이에요."

그가 옆으로 나란히 서서 웃음을 터뜨렸다. "그래. 그럼 내일 몇 시지?"

"음…여섯시?" 코를 찡그리며 정확한 시간을 기억해내려고 애썼다. "아니, 여덟시예요."

"확실히 알아야 하는 거 아닌가?"

죄책감 섞인 미소와 함께 그를 쳐다보았다. "그래야겠죠."

"기대돼?"

"그런 것 같아요."

그가 웃으며 내 어깨를 감쌌다. "뭐하는 사람이랬지?"

"초파리 연구요." 내가 웅얼거렸다. 그가 과학에 대해 이야기할 기회를 주었는데도 덥석 잡지 못했다. 그만큼 머릿속이 엉망진창이었다.

"유전학자군!" 그가 유쾌하게 말했다. "토머스 헌트 모건이 초파리 실험으로 염색체 유전설을 밝힌 후 미국 전역의 연구실에는 초파리가 들끓고 있지."

그는 농담조로 말하려고 했지만 목소리가 깊고 섹시했다. 저런 주제로 말하는 데도 팔다리가 흐물흐물해지는 느낌이었다. "딜런은 어때? 재미있어? 침대에서는 잘하고?"

"물론이죠."

윌은 번개라도 맞은 표정으로 제자리에 멈추었다. "물론이라고?"

나는 그를 올려다보았다. "내 말은, 당연히 그렇다고요." 그의 질문이 생각났다. "침대 부분만 빼고요. 그 부분은 아직 견본 테스트를 안 해봐서."

윌은 여전히 아무 말 없이 뒤돌아 걷기 시작했다. 나는 그를 다시 쳐다보며 외쳤다. "말이 나와서 말인데, 뭐 하나 물어봐도 돼요?"

그가 경계하듯이 곁눈질로 흘끔 보았다. "그래."

"세 번째 데이트의 에티켓은 뭐죠? 구글 검색을 해봤는데…."

"구글 검색을 해봤다고?"

"네. 세 번째 데이트에서는 섹스를 한다는 게 공통된 의견이었어요."

그가 멈추었고 나는 고개를 돌려 그를 마주했다. 그의 얼굴은 붉어져 있었다. "녀석이 섹스를 강요해?"

"뭐라고요?" 나는 어리둥절해져서 그를 빤히 쳐다보았다. 도대체 왜 저런 생각을 하는 거지? "물론 아니에요."

"그럼 왜 섹스에 대해 묻지?"

"진정해요. 딜런은 섹스를 강요하진 않지만 보통 세 번째 데이트는 어떤지 궁금해요. 윌, 난 그냥 대비를 하고 싶은 거예요."

그는 숨을 내쉬더니 고개를 저었다. "넌 가끔 날 미치게 해."

"그건 오빠도 마찬가지예요." 먼 곳을 응시하면서 생각나는 대로 내뱉었다. "남녀 관계 발전 양상을 나타내는 차트가 있는 것 같단 말이에요. 첫 번째 데이트와 두 번째 데이트는 거의 똑같았어요. 그다음엔 어떻게 섹스로 발전하는 거죠? 미리 알면 덜 혼란스러울 것 같아요."

"미리 알 필요 없어, 맙소사." 그는 비니를 벗고 고개를 뒤로 젖혔다. 그의 머릿속이 빠르게 회전하고 있다는 것이 눈에 보일 정도였다. "좋아. 첫 번째 데이트는 면접 같은 거야. 그가 네 이력서를 훑어보지." 그는 나에게 의미심장한 눈길을 던졌고 눈을 크게 치켜뜨고는 노골적으로 내 가슴을 쳐다보았다. "그런 다음에는 네가 이력서 내용에 부합하는지를 살피는 거야. 현장학습, 질의응답 시간을 통해서지. 이 사람이 연쇄살인범은 아닌가 생각해보고 물론 내가 이 사람하고 섹스를 하고 싶은지 생각하면서 제거 과정을 거치는 거야. 하지만 남자가 데이트 신청을 한다면 이미 그 여자하고 섹스를 하고 싶다는 뜻이지."

"알았어요." 나는 그를 회의적인 눈길로 쳐다보았다. 그를 이 과정에 대입시켜보았다. 여자를 만나고 약속을 잡고 과연 그녀와 섹스 하고 싶은지 생각해보는 모습을. 마음에 들지 않는 일임이 97퍼센트 확실하다. "그럼 두 번째 데이트는 어떤데요?"

"두 번째 데이트는 이력서를 넣은 회사에서 연락이 오는 것과 마찬가지야. 서류 심사를 통과한 거지. 즉 상대방이 네 조건을 마음에 들어 하고 좀 더 살펴보고 싶어 한다는 뜻이야. 말하자면 네가 보여준 매력적인 대답과 빛나는 성격이 전부 진짜가 맞는지 인사과에 보내서 확인하는 거야. 또 여전히 너와 섹스를 하고 싶은지도 확인하고. 알다시피…." 그는 당연한 이야기라는 듯이 어깨를 으쓱했다.

"그럼 세 번째 데이트는요?"

"세 번째부터는 본격적인 실전이지. 벌써 두 번 만났고 서로 호감이 있는 게 분명하잖아. 이미 필요조건을 전부 충족했으니 실전 테스트를 하는 시간인 거야. 서로 알몸 상태로 '잘 맞는지' 확인해야 할 때지. 대부분 남자들은 꽃을 선물하거나 칭찬을 늘어놓고 로맨틱한 레스토랑을 예약하지."

"역시… 세 번째 데이트는 섹스군요."

"항상 그런 건 아니야." 그가 강조했다. "한나, 네가 원하지 않는 일은 할 필요가 없어. 절대로. 너한테 강요하는 녀석은 내가 가만두지 않을 테니까."

그 말에 마음이 따뜻해지면서도 야릇한 기분이 들었다. 상황이 다르기는 하지만 우리 오빠들도 비슷한 말을 했었다. 그런데 윌섬너의 입에서 나오니 확실히 느낌이 달랐다. "알아요."

"그와 섹스 하고 싶어?" 윌은 아무렇지 않게 묻는 척하는 데 실패했다. 그는 내 눈을 보지도 못했고 셔츠 밑단만 째려보고 있었다. 그가 이 문제를 신경 쓰고 있다는 기미가 느껴지자 등줄기가 오싹해졌다.

심호흡을 하고 생각해보았다. 곧바로 아니라고 말하고 싶은 충동이 들었지만 대신 애매하게 대답했다. 딜런은 귀여웠고 나는 집까지 배웅해준 그가 잘 자라는 인사와 함께 키스를 하도록 허락했다. 하지만 윌과 비교하면 아무것도 아니었다. 그게 바로 문제였다. 윌이 나를 그렇게 기분 좋게 해준 것은 경험이 풍부하기 때문이라고 확신한다. 하지만 바로 그런 이유에서 그는 경계 대상이었다.

"솔직히 잘 모르겠어요. 때가 되면 어떤지 봐야 할 것 같아요."

* * *

세 번째 데이트에 대한 윌의 설명에 의구심이 들지언정 딜런과 함께 고른 레스토랑으로 들어서는 순간 곧바로 잠잠해졌다.

뉴욕에 온 지 3년밖에 되지 않고 주로 연구실에서 대충 끼니를 때워왔다는 소리에 딜런은 내가 가본 적 없는 곳에 데려가고 싶어 했다. 그는 택시가 파크 65번지의 다니엘 레스토랑 앞에 멈추자 자랑스러운 미소를 지었다.

나에게 로맨틱한 레스토랑을 묘사해보라면 이런 모습이다. 크림색 벽, 은빛 잿빛과 초콜릿 색으로 된 내부, 실내를 둘러싼 아치와 고대 그리스식 기둥, 한가운데 원형 테이블에는 호화로운 리넨

이 드리워지고 사방에는 초록 식물이 담긴 대형 화분이 가득하고 천장에는 거대한 유리 조명이 달려있다. 한마디로 두 번째 데이트 장소와는 정반대였다. 확실히 나와 딜런의 관계는 본격적인 방향으로 나아가고 있었다.

하지만 나는 아직 준비가 되어 있지 않았다.

저녁 식사는 순조롭게 시작되었다. 각자 메뉴를 고르고 딜런은 와인도 한 병 주문했다. 하지만 거기서부터 틀어지기 시작했다. 절대로 윌에게 문자를 보내지 않겠다고 다짐했건만, 식사가 거의 끝나갈 무렵 딜런이 화장실에 간 사이 굴복하고 말았다. '세 번째 데이트가 실패로 돌아가는 것 같아요.'

곧바로 답장이 왔다.

'뭐? 그건 불가능해. 스승이 누군데.'

'딜런이 비싼 와인을 주문했는데 내가 마시고 싶지 않다니까 기분이 상한 것 같았어요. 오빠는 내가 술 안 마시는 걸 가지고 뭐라고 하지 않았잖아요.'

그가 답장을 쓰는 중이라는 표시가 나타났다. 상당히 오랫동안 떠 있는 것으로 보아 꽤 긴 내용인 듯했다. 딜런이 돌아오지 않는지 살피면서 가만히 문자가 오기를 기다렸다.

'그건 내가 천재이고 기본적인 산수를 할 수 있기 때문이지. 난 너에게 반잔을 따라주고 넌 밤새 그걸 마시는 척하지. 그럼 나머지 술은 내 거잖아. 짠. 얼마나 똑똑해.'

'하지만 딜런은 그렇게 생각하지 않는 것 같아요.'

'넌 술에 취해 해롱거릴 때 말고 정신이 멀쩡할 때 훨씬 더 재미있는 성격이라고 해. 그나저나 왜 문자를 보내는 거야? 왕자님은 어디 있지?'

'화장실에요. 우린 곧 나갈 거예요.'

1분은 족히 걸려서 그가 답을 보냈다.

'오?'

'네. 집으로 갈 거예요. 딜런이 오네요. 나중에 다시 알려줄게요.'

* * *

집으로 가는 차 안에서는 꽤나 어색했다. 데이트 규칙과 그에 따라 예상되는 일들, 인터넷 검색도 바보 같지만 애초에 윌이 내 머릿속에 떠오르는 것 자체가 바보 같다.

나는 무슨 일이 일어나고 있는지 이해하지 못했다. 정말로 윌을 원하는 게 아니었다. 윌은 정기적으로 만나는 연인들이 있고 과거도 지저분하다. 깊은 관계나 책임감을 원하지 않았다. 나는 적어도 그런 것에 개방적이고 싶었다. 윌은 선택권도, 계획의 일부도 아니었다. 나는 섹스가 좋았다. 얼른 다른 남자하고 하고 싶었다. 남녀 사이에 당연한 일 아닌가? 여자가 남자를 만나고 남자가 마음에 들면 속살을 허락하는 것. 파티에 윌을 데리고 가야겠다는 생각만으로 다리 사이를 타고 올라와 아랫배에 묵직하게 자리 잡던 그 뜨거운 열기와 흥분감은 어디 간 거지? 새벽 3시에 눈 속을 뚫고 걸어가게 만든 느낌, 그의 손이 내 몸에 닿는 순간 터질 것만 같던 느낌은 어디 있지?

지금은 전혀 그런 감정이 느껴지지 않았다.

아파트 앞에 도착한 순간 눈이 내리기 시작했다. 계단으로 올라가 램프 스위치를 켰다. 현관에서 어색하게 서 있는 딜런에게 들어오라고 했다. 나는 마치 자동 조절 장치가 켜진 사람처럼 움직였다. 배 속이 뒤틀리고 머릿속이 잡음으로 뒤엉켜서 집 안에 있는 가장 요란한 음악을 틀어놓고 자버리고 싶었다.

해야 돼? 말아야 돼? 난 하고 싶은 걸까?

나는 딜런에게 잠자리에 들기 전 한잔하겠냐고 물었다. 글자 하나 틀리지 않고 '잠자리에 들기 전 한잔'이라고 말했다. 그는 좋다고 했다. 주방으로 가서 잔을 가져와 내 잔에는 살짝, 그의 잔에는 가득 부었다. 그가 잔뜩 마시고 금세 졸려하기를 바라면서. 잔을 건네는 순간, 비로소 그가 내 집에 와 있다는 사실을 깨닫고 깜짝 놀랐다. 뭔가 잘못 되었다는 이상한 느낌이 온몸에 퍼져 나갔다.

딜런은 말없이 잔을 받아 조리대에 올려놓았다. 부드럽게 손끝으로 내 뺨과 코를 어루만졌다. 그리고 두 손으로 내 얼굴을 감쌌다. 그의 첫 키스는 약간 소심하고 느릿하고 탐구하는 듯했다. 가볍게 쪽 입을 맞추고는 또다시 하는 식이었다. 그의 혀가 느껴지자 눈을 꽉 감았고 심장이 빠르게 뛰는 것을 느꼈다. 두려움 때문이 아니라 갈망이나 욕망 때문이기를 바랐다.

딜런의 입술은 지나치게 부드럽고 소극적이었다. 두툼한 입술이었다. 그의 숨결에서 감자 냄새가 났다. 가스레인지 위에 걸린 시계 바늘이 움직이는 소리, 아파트 밖에서 누군가 외치는 소리가 다 들렸다. 윌하고 키스할 때는 다른 소리가 의식이나 되었던가? 그의 향기, 손끝에서 느껴지는 피부 감촉, 그곳을 더 깊이 만지지 않으면 폭발해버릴 것 같은 느낌이었다. 밖에서 우르릉거리는 쓰레기차 소리 따위는 귀에 들어오지도 않았었다.

"왜 그래?" 딜런이 뒤로 물러서며 물었다. 나는 입술을 만졌다. 부은 것도, 다친 것도 아니었다. 아무런 이상이 없었다.

"미안해. 아무래도 안 될 것 같아." 내가 말했다.

그는 한동안 아무런 말없이 내 눈을 바라보았다. 혼란스러운 게 분명했다. "하지만 너도 나를…."

"미안해."

그는 고개를 끄덕이고 한발 더 물러나 두 손으로 머리를 움켜쥐었다. "그래… 혹시 윌 때문이라면 그에게 축하한다고 말해줘."

* * *

딜런이 나가자 문을 닫고 차가운 나무문에 등을 기대고 서 있었다. 주머니에 든 스마트폰이 돌덩이처럼 무겁게만 느껴졌다. 스마트폰을 꺼내 내 머릿속을 뒤죽박죽으로 만들어놓은 장본인에게 문자를 보내기 시작했다.

열 번은 썼다 지웠다가 마침내 완성했다. 한동안 망설이다가 전송 버튼을 눌렀다.

'어디에요.'

10

솔직히 내가 뭘 하고 있는 건지 모르겠다. 어디 갈 곳이 있는 사람처럼 계속 걸었지만 꼭 갈 곳이 있는 것은 아니었다. 한나가 사는 아파트로 곧장 걸어가야만 하는 이유 따위는 없었다.

'네. 집으로 갈 거예요. 딜런이 오네요. 나중에 다시 알려줄게요.'

한나가 보낸 문자가 다시 떠오르자 두 주먹을 꽉 쥐었다. 저 문장이 머릿속에 꽉 박혔다. 딜런과 함께 있는 그녀의 모습이 떨쳐지지 않았다. 생각만으로 가슴이 욱신거렸다. 눈에 보이는 것은 뭐든지 부숴버리고 싶기까지 했다.

입김이 보일 정도로 추운 날씨였다. 손을 주머니에 깊이 찔러 넣었는데도 손가락이 마비가 되는 듯했다. 나는 저 문자를 받자마자 집 밖으로 뛰쳐나왔다. 얇은 재킷만 걸치고 장갑 없이 양말도 신지 않은 채였다.

그녀의 집까지 일곱 블록을 걷는 동안 나를 이렇게 행동하게 만드는 그녀에게 분노가 치솟았다. 장난스러운 눈빛으로 쉬지 않고 재잘거리는 그녀가 내 인생에 나타나기 전까지만 해도 아무런 문제가 없었다. 반듯하게 체계 잡힌 일상 속으로 그녀가 비집고 들어오기 전까지만 해도 나는 잘 살고 있었다. 나는 딜런이 그녀의 아파트에서 당장 꺼지기를 바랐고 당장 그녀를 찾아가 그녀가 얼마나 성가시고 귀찮은 존재인지 말해주고 싶었다. 안정적이고 규칙적인 내 삶을 엉망으로 만들어놓다니 짜증이 난다고.

하지만 그녀의 집 창문으로 두 사람의 형체가 서서 움직이는 것을 보고는 그녀가 아직 그의 아래에 누워 있지 않다는 생각에 안도가 나왔다.

모자를 더 당겨쓰고 으르렁거리며 커피숍이나 들어갈만한 데가 없는지 살폈다. 하지만 아파트 건물이나 이미 영업이 끝난 지 오래된 가게들뿐이었다. 저 쪽에 작은 바가 하나 보였지만 지금 나에게 가장 필요 없는 것이 바로 술이었다. 그녀의 아파트에서 두 블록만 떨어지면 내 집으로 갈 수 있었다.

얼마나 기다리지? 그녀에게 다시 문자가 올 때까지? 아니면 같이 밤을 지새운 두 사람이 행복한 얼굴로 아침에 같이 나올 때까지? 완벽한 나의 한나가 저 햇병아리 같은 딜런 녀석과 함께 말이다.

괴로워하며 고개를 든 순간, 아파트 건물에서 나오는 남자의 모습이 보였다. 칼라를 세우고 찬 바람을 피해 머리를 숙인 채였다. 심장이 덜컥했다. 딜런이 분명하다. 안도의 한숨과 함께 온몸에 온기가 퍼졌지만 멀리서도 그를 알아보는 내 자신이 내가 생각해도 스토커 같아 오싹해졌다. 그가 다시 들어가지는 않을지 잠시 지켜보았지만 그는 속도를 늦추지 않고 계속 걸어갔다.

'그래, 이제 됐어. 넌 선을 넘었고 다시 원래대로 돌아가야 해.'

하지만 그녀가 나를 필요로 하면 어쩌나? 집으로 돌아가기 전에 그녀가 괜찮은지 확인해야겠다. 미간을 찌푸린 채 스마트폰을 째려보았다. 이곳을 벗어나 집으로 돌아가면 달릴 참이었다. 거의 밤 11시가 가까워오고 뼛속까지 얼어붙을 만큼 추운 날씨지만 몇 킬로미터는 뛰어야겠다. 안도감과 좌절감, 초조함이 한꺼번에 몰려와 정신이 하나도 없어 떨리는 엄지로 그녀와의 문자창을 간신히 열었다.

마침 그녀가 나에게 문자를 보내는 중인 것이 보였다.

스마트폰을 든 채로 그녀의 메시지가 도착할 때까지 빤히 쳐다보고 있었다. 몇 분은 된 것 같았다. 마침내 문자가 왔다. 한 문단 정도는 될 줄 알았는데 겨우 한 줄이었다.

'어디에요.'

한 손으로 머리를 쓸면서 웃음을 터뜨리고는 심호흡을 했다.

'화내지 마. 지금 네 아파트 앞이야.'

* * *

한나는 맨다리에 개구리 캐릭터가 그려진 슬리퍼를 신고 실크 블루 드레스 위에 두툼한 오리털 점퍼를 걸치고 나타났다. 느릿느릿 나를 향해 걸어오는 그녀를 보고 움직일 수도, 숨조차 쉴 수도 없었다.

"여기서 뭐하는 거예요?" 그녀는 소화전에 걸터앉은 내 앞에 서서 멈추었다.

"모르겠어." 나는 두 손으로 그녀의 엉덩이를 잡고 좀 더 가까이 끌어당겼다.

내 손에 힘이 들어가자 그녀는 살짝 얼굴을 찡그렸다. 도대체 내가 왜 이러는 거지? 하지만 그녀는 물러나지 않았다. "윌."

"응?" 마침내 나는 그녀의 얼굴을 올려다보았다. 그녀는 미치도록 예뻤다. 연한 화장에 머리에 살짝 웨이브를 주었다. 눈빛은 내가 우리 집 거실에서 그녀 위로 올라갔을 때나 부드러운 클리토리스를 만졌을 때와 똑같이 짙었다. 내 시선이 그녀의 입술에 고정되자 그녀는 혀를 내밀어 입술을 적셨다.

"당신이 왜 왔는지 꼭 알아야겠어요."

머리를 숙여 그녀의 쇄골에 이마를 묻었다. "네가 그를 진심으로 좋아하는지 모르는데도 같이 집에 왔다니까 신경이 쓰였어."

그녀는 내 재킷의 칼라 아래로 손을 넣어 목 뒤쪽을 가볍게 두드렸다. "딜런은 오늘 섹스를 하게 될 거라고 생각했어요."

나도 모르게 그녀의 엉덩이 위쪽을 더 꽉 눌렀다. "그랬겠지."

"그런데… 도대체 어떻게 해야 하는지 모르겠어요. 이런 건 쉬워야 하는 거잖아요? 내가 좋아하는 사람들과 보내는 시간은 편해야 하는데…. 나도 딜런이 매력적이라고 생각해요. 같이 있으면 즐겁다고요! 상냥하고 배려심도 깊어요. 재미있고 잘생겼고."

그녀의 말에 고함치지 않으려고 가까스로 참으면서 침묵을 유지했다.

"그런데 그가 키스를 했는데 오빠랑 할 때처럼 빠져들지 않았어요."

손에 힘을 빼고 그녀를 살짝 뒤로 당겨 얼굴을 쳐다보았다. 그녀는 왠지 미안하다는 표정이었다. "딜런은 오늘 나한테 잘해줬어요."

"다행이군."

"내가 그만 가달라고 했을 때도 화내지 않았어요."

"다행이야, 한나. 만약 널 다치게 했다면 내가 절대로…."

"월."

갑자기 튀어나온 그녀의 목소리가 나를 차분하게 만들었다. 끝까지 들으려고 기다렸다. 그녀가 뭐라고 하든 다 할 참이었다. 바닥을 기라고 하면 기고 꺼지라고 하면 꺼질 터였다. 재킷 지퍼를 올려달라면 그렇게 할 거고.

"같이 올라갈래요?"

심장이 튀어나올 것 같았다. 그녀를 한동안 응시했지만 그녀는 눈을 피하거나 웃어넘기거나 하면서 말을 취소하지 않았다. 다만 나를 가만히 바라보며 대답을 기다릴 뿐이었다. 나는 자리에서 일어섰고 그녀는 내가 일어설 공간을 주기 위해 살짝 뒤로 물러났다. 하지만 내가 일어서자 그녀를 꽉 껴안고 있는 셈이 되었다. 그녀는 두 손을 내리고 내 엉덩이에 자연스럽게 닿도록 했다.

"지금 같이 간다면 아마도…."

그녀는 이미 고개를 끄덕였다. "나도 알아요."

"서두르지 않을 자신이 없어."

그녀는 바짝 몸을 기대며 말했다. "알아요."

* * *

엘리베이터 안은 전등 하나가 나가서 그림자가 절반만 생기는 이상한 모양이 되었다. 한나는 어두운 구석에 기대 나를 바라보았다.

"무슨 생각해요?" 그녀는 과학자답게 언제나 나를 분석하려고 한다.

온갖 생각을 다 하고 있었다. 뜨거운 욕망이 타오르는 동시에 두려웠고 정말 이대로 마지막까지 붙잡고 있던 실낱같은 자제력마저 놓아버리게 될까 싶었다. 그녀의 침대로 가서 뭘 할지도 생각했다. "이런 저런 생각."

그림자 속에서도 그녀의 미소가 보였다. "좀 더 구체적으로 말해줄래요?"

"아까 그 남자가 네 아파트에 왔다는 게 마음에 안 들어."

그녀는 고개를 갸우뚱하며 나를 살폈다. "난 그게 데이트의 일부인 줄 알았는데요. 앞으로도 남자들이 내 아파트에 올 거예요."

"나도 알아." 내가 중얼거렸다. "하지만 내가 무슨 생각을 하는지 물어봤잖아."

"딜런은 좋은 남자예요."

"그렇겠지. 좋은 남자라고 다 너한테 키스할 수 있는 건 아니야."

그녀가 몸을 약간 꼿꼿하게 세웠다. "지금 질투하는 거예요?"

그녀를 똑바로 쳐다보며 고개를 끄덕였다.

"딜런을 질투한다고요?"

"다른 남자가 널 갖는다는 생각 자체가 반갑지 않아."

"하지만 당신은 키티와 크리스티를 계속 만나고 있잖아요."

아직은 그녀에게 사실대로 말하고 싶지 않았다. "오늘 그와 같이 있으면서 무슨 생각을 했지?"

그녀의 얼굴에 미소가 가셨다. "거의 당신 생각을 했어요. 당신이 누구와 함께 있을까 생각했어요."

"난 오늘 아무하고도 같이 있지 않았어."

그녀는 깜짝 놀란 듯 오랫동안 말이 없었다. 그녀가 사는 층에 도착했고 엘리베이터 문이 열렸다. 하지만 우리는 움직이지 않았다 띵 소리와 함께 문이 닫혔다. 엘리베이터 안은 적막이 흐른 채 움직이지 않았다.

"왜요? 오늘 토요일이잖아요. 크리스티하고 만나는 날이잖아요."

"그런 건 어떻게 아는 거지?" 도대체 누가 그녀에게 알려준 건지 궁어오르는 분노를 애써 가라앉히며 말했다. "지난 2주 동안 토요일은 늘 너하고 있었어."

그녀는 발아래를 쳐다보며 잠시 생각에 잠기더니 다시 나를 쳐다보았다. "오늘 난, 당신이 나에게 해주었으면 하는 것들을 생각했어요." 그리고 덧붙였다. "그리고 내가 당신에게 해주고 싶은 것들도요. 그런 것들을 딜런하고는 하고 싶지 않다는 생각도."

나는 어둠 속에서 그녀에게 한 걸음 다가가 그녀의 옆구리로 손을 내밀어 허리선을 따라 가슴으로 올라갔다. "지금은 뭘 원하는지 말해봐. 나하고 뭘 할 준비가 되었는지."

그녀의 호흡이 빨라지면서 가슴이 올라갔다 내려갔다 하는 게 느껴졌다. 엄지로 그녀의 유두를 어루만졌다.

"당신이 내 위로 올라와서…." 그녀의 목소리가 약간 떨렸다.

"내가 절정에 이를 때까지 해줬으면 좋겠어요."

"당연하지." 내가 살짝 웃으며 속삭였다. "나랑 하면 오르가슴을 한 번 이상 느낄 거야."

그녀의 입술이 벌어졌다. 그녀는 한 손으로 내 허리를 감싸고 내 손바닥에 가슴을 더욱 밀착시켰다.

"소파에서 내 가슴에 사정해줘요."

벌써부터 아랫도리가 단단하게 부풀어 올랐다. 상상만 해도 아찔했다.

"그리고?"

그녀는 고개를 흔들고는 다른 곳을 응시했다.

"전부 다요. 내 몸 구석구석 전부 다 해줘요. 내가 깨물 때 좋아하는 당신이 좋아요. 당신하고 섹스 하면서 당신이 하라는 대로 다 할 거예요. 나뿐만 아니라 당신도 좋아하니까."

한동안 할 말을 잃었다. 그녀의 대답이 놀라웠다. "걱정되나? 내가 가끔 놀려서?"

그녀가 고개를 들어 나와 눈을 맞추었다. "물론이에요, 윌."

그녀에게 다가가 몸을 밀착시켰다. 그녀는 시선을 계속 맞추기 위해 고개를 약간 젖혀야 했다. 나는 엉덩이를 움직여 단단하게 발기한 그곳으로 그녀의 아랫배를 눌렀다.

"한나. 널 원하는 것만큼 무언가를 간절하게 원해본 적이 없어. 정말 없을 거야. 너하고 몇 시간 동안 계속 키스하는 상상을 해. 그런 키스 알아? 다른 걸 하고 싶은 생각이 전혀 들지 않고 키스만 하는 거."

그녀가 내 목에 짧고 거친 숨을 내쉬며 고개를 저었다.

"그런 키스는 몰라요. 한 번도 생각해보지 않았어요."

한나의 손이 내 재킷 안으로 미끄러져 들어와 셔츠 안으로 들어갔다. 그녀의 손은 따뜻했고 그녀의 손가락이 닿은 내 배가 긴장해서 뻣뻣해졌다.

"네 다리 사이에 얼굴을 묻은 나를 상상해." 내가 말했다. "내 아파트로 데려오자마자 참지 못하고 바닥에 눕히는 모습을 상상해. 요즘 다른 여자하고는 하고 싶지 않아. 한마디로 시도 때도 없이 나가서 달리거나 내 손으로 직접 내 물건을 만져야 한다는 말이지. 그게 네 손이기를 바라면서."

"여기서 얼른 나가요." 그녀가 엘리베이터 밖으로 나를 살짝 밀었다.

그녀는 약간 더듬거리며 열쇠를 돌렸고 나 역시 떨리는 손을 그녀의 허리에서 엉덩이로 옮겨갔다. 당장 열쇠를 빼앗아 내가 열고 싶은 걸 간신히 참았다.

마침내 문이 열리자 나는 그녀를 안으로 밀어 넣고 문을 쾅 닫았다. 몇 걸음 내딛지도 않은 채 그녀를 벽으로 밀어붙였다. 몸을 숙이고 그녀의 목과 턱에 키스하며 두 손으로 원피스 자락을 들어 올려 부드러운 허벅지를 만졌다.

"내가 너무 서두르는 것 같으면 말해줘."

그녀는 떨리는 손으로 내 머리를 움켜잡았다. 그녀의 손톱이 두피에 박혔다. "싫어요."

그녀의 턱에서 입술까지 키스했다. 빨고 핥으며 그녀의 부드러운 입술과 굶주린 혀를 일 밀리미터도 빠짐없이 죄다 맛보았다. 그녀 역시 나를 빨아주었으면 했다. 가슴을 빨아주고 엉덩이와 허벅지, 손가락을 깨물어주었으면 했다. 나는 방금 족쇄에서 풀려난 죄수처럼 그녀를 빨고 깨물었다. 우리는 옷을 벗길 수 있는 정도의 거리만을 허락한 채 바짝 붙어서 서로의 재킷을 벗겼다. 나는 셔츠를 머리 위로 올려 벗은 후 그녀의 원피스 지퍼를 내려 아래로 끌어당겼다. 손가락으로 가볍게 브래지어 훅을 열자 그녀가 브래지어를 벗으면서 내 팔에 안겼다. 그녀의 가슴이 내 몸에 밀착되었다. 어서 빨리 살을 맞대고 그녀 안으로 들어가고 싶은 마음뿐이었다.

그녀는 나를 밀치고 한 손을 잡더니 서둘러 침실로 이끌면서 뒤돌아 살짝 미소를 지었다.

그녀의 방은 깔끔하고 간소했다. 한쪽 벽에 붙여놓은 킹사이즈 침대가 전부인 듯했다. 그녀는 팬티만 입고 어깨 정도 닿는 머리가 풀어진 채로 내 가슴부터 목, 얼굴 순으로 시선을 옮겼다.

침묵 속에서 시계 바늘 소리가 들리는 듯했다.

"이 순간을 몇 번이나 상상했어요." 그녀는 두 손을 내 아랫배에서 가슴으로 옮겨가 털을 살짝 간질인 다음 왼쪽 어깨에 있는 문신을 따라 그리면서 팔로 내려왔다. "수없이 상상했지만 막상 오빠가 여기 있으니까… 긴장돼요."

"긴장할 필요 없어."

"뭘 해야 하는 건지 알려줘요." 그녀가 작은 목소리로 말했다.

나는 그녀의 가슴을 움켜쥐고 고개 숙여 젖꼭지를 빨기 시작했다. 그녀는 양손으로 내 머리를 잡고 헐떡였다. 나는 미소 지으며 젖꼭지 아래의 풍만한 곡선을 깨물었다. "먼저 내 바지를 벗겨."

그녀는 내 벨트를 벗기고 청바지 버튼을 풀었다. 나는 흥분하고 약간 긴장할 때면 손을 떠는 그녀의 움직임에 거의 중독되어 있었다. 밖에서 들어오는 희미한 불빛에 비친 거의 알몸 상태의 그녀를 찬찬히 살폈다. 목과 가슴, 잘록한 허리, 굴곡진 엉덩이, 매끄럽게 빠진 긴 다리. 두 손을 그녀의 배꼽으로 가져가 허벅지 사이로 내리고 팬티 위로 미끄러지듯 움직였다.

한 손을 레이스 팬티 안으로 넣고 흥분해서 젖은 그곳을 애무하며 속삭였다. "네 살결이 좋아. 네가 젖었을 때의 느낌이 좋아."

"바지 벗어요." 그녀가 수줍은 듯 말했다. "날 밤새 만져도 좋아요."

나는 청바지가 발목에 걸린 채 사각팬티 차림으로 서 있었다. 아직 그녀는 내 사각팬티를 벗기지 않은 상태였다. 아직도 긴장해서인지 아니면 마지막까지 음미하면서 벗기려는 건지 모르겠지만 어느 쪽이든 상관없었다. 청바지를 벗어버리고 그녀를 침대로 데려갔다. 그녀를 침대 머리 쪽으로 눕혔고 내가 그녀 위로 기어 올라갔다. 한나의 회색빛 눈동자는 크고 맑았다. 그녀는 흥분으로 숨을 헐떡이는 먹잇감이었다.

옅은 파란색 팬티는 그녀의 크림색 피부를 돋보이게 했고 마치 유리 수공예로 만든 예술 작품처럼 보이게 했다. 배꼽에 난 자그만 주근깨만이 그녀가 현실의 존재임을 말해주었다.

"그 자식을 위해 입은 건가?" 생각나는 대로 내뱉었다.

그녀는 레이스 팬티를 내려다보았고 내 시선은 그녀의 풍만한 가슴으로 향했다. "그 애의 셔츠조차 벗기지 않았는걸요. 그러니까 그를 위해 입은 건 아니에요."

나는 그녀의 팬티 고무줄 부분에 키스했다. 한나는 결코 소심하거나 변덕스러운 성격이 아니었지만 이번만큼은 그녀에게 완전히 새로운 경험이었다. 그녀는 양손으로 팔꿈치를 받힌 채로 내가 하는 것을 지켜보았다. 내 아래에 누운 그녀는 온몸을 떨고 있었다. 심장이 너무 빨리 뛰어서 목 부분에서 맥박이 뛰는 모습이 보일 정도였다. 섹시한 여자 되기 강습 시간 같은 느낌은 전혀 없었다. 정말 사실적으로 느껴졌다. 레이스 팬티 한 장만 입고 내 앞에 누운 한나는 너무도 완벽해 보였다. 만에 하나라도 이 기회를 망친다면 죽을 때까지 내 자신을 용서하지 못할 것 같았다. "그렇다면 나를 위해 입었다고 생각하지."

"정말 그럴지도 몰라요."

나는 입으로 그녀의 팬티를 물고 벗겨 내렸다. "그렇다면 옷을 벗고 있거나 입고 있거나 내 생각을 하는 걸로 알겠어."

그녀는 뭔가를 찾는 듯한 동그란 회색빛 눈으로 나를 쳐다보았다. "요즘은 정말 그런 것 같아요. 걱정 되나요?"

그녀의 팬티를 벗기다 말고 위를 쳐다보았다. "왜 걱정이 되겠어?"

"나도 알아요, 윌. 당신에게 당신이 아닌 모습을 기대하지 않아요."

그 말이 무슨 뜻인지 알 수 없었다. 솔직히 그녀와의 관계가 어떻게 될지 전혀 알 수 없었지만 시작도 해보기 전에 규정짓기는 싫었다. 그녀에게 얼굴을 가까이 대고 키스하려고 고개를 숙였다. "어디서부터 시작해야 될지 모르겠군."

그녀를 맛보고 안으로 들어가고 내 온몸을 애무하는 그녀의 입술을 느끼고 싶어 온몸이 격렬하게 달아올랐다. 하지만 단지 하룻밤뿐이라는 생각이 스치자 단 몇 시간 동안 내가 원하는 모든 것을 해치워야 한다는 생각에 마음이 급해졌다. "오늘 밤 재우지 않을 거야."

그녀는 눈을 동그랗게 뜨면서 살짝 웃었다. "자고 싶지 않아요." 그녀는 고개를 뒤로 젖히며 말했다. "엘리베이터에서 제일 먼저 한 말부터 시작해요."

그녀의 목과 가슴, 갈비뼈, 배까지 키스하면서 내려갔다. 그녀의 온몸은 부드러우면서 살짝 긴장해 있었고 내 입술이 닿을 때마다 욕망으로 움찔했다. 그녀는 단 한 번도 눈을 감지 않았다. 눈을 감지 않고 지켜보는 여자들도 겪어보긴 했지만 이런 느낌은 아니었다. 너무도 친밀하고 은밀한 교감이 느껴졌다.

그녀는 내가 다리 사이로 다가갈수록 근육이 팽팽해지고 숨이 거칠어졌다. 그녀의 허벅지 안쪽에 키스하며 말했다. "네 몸에 입술을 대고 있으면 미쳐버릴 것만 같아."

"윌, 내가 어떻게 해야 하는지 알려줘요." 잔뜩 긴장한 목소리였다. "난 이런 건 처음…."

"알아. 넌 완벽해." 내가 말했다. "보고 있는 게 좋아?"

그녀는 고개를 끄덕였다.

"왜지, 플럼? 왜 내 움직임을 보는 게 좋지?"

그녀는 잠시 머뭇거리다 말했다. "당신의 방법을…." 그녀는 생각을 마저 끝내려는 듯 한쪽 어깨를 으쓱하며 말꼬리를 흐렸다.

"내가 널 절정에 이르게 하는 방법을 아니까 좋은 건가?"

그녀는 또다시 고개를 끄덕였다. 내가 팬티를 잡고 엉덩이 아래로 내리자 그녀의 눈이 커졌다.

"네 손으로도 절정에 이를 수 있어. 자위할 때 손을 보면서 하나?"

"아뇨."

그녀의 팬티를 다리 아래로 쭉 내리고 뒤쪽으로 던져버리고는 그녀의 벌어진 다리 사이로 돌아왔다.

"바이브레이터 있어?"

그녀는 멍한 눈으로 고개를 끄덕였다.

"그걸로도 절정에 이를 수 있지. 바이브레이터를 봐도 이렇게 젖나?" 손가락 하나를 그녀의 그곳에 넣었다 빼고 그녀의 입 안에 넣었다. 그녀는 내 손가락을 세게 빨면서 신음했고 나를 잡아당겨 키스했다. 그녀의 입술에서 섹스의 맛이 났고 뜨거웠다. 젠장. 그녀를 직접 맛보고 싶다. "내가 이렇게 해주는 게 좋아서야?"

"월…."

"수줍어하지 마." 그녀에게 키스하면서 아랫입술을 빨았다. "남자가 너의 그곳을 어떻게 핥는지 공학자가 된 기분으로 분석하려는 거야? 아니면 상대가 나라서 그러는 거야?"

그녀는 내 가슴에서부터 아래까지 쭉 훑고는 사각팬티 안의 물건을 손으로 감싸더니 천천히 꾹 눌렀다. "당신을 보는 게 좋아요."

나는 신음을 내뱉었다. "네가 날 보는 게 좋아. 그 회색 눈이 날 보고 있으면 생각을 제대로 할 수가 없어."

"제발…."

"이제 그걸 놓고 내 입이 어떻게 움직이는지 살펴봐."

"윌." 그녀의 목소리가 떨렸다.

"응?"

"이 이후로는 날 망가뜨리지 말아요."

나는 잠시 멈추어 그녀의 표정을 살폈다. 겁먹은 듯한 목소리였지만 그녀의 얼굴는 오로지 욕망으로 가득했다.

"그러지 않을 거야." 그녀의 목과 가슴에 키스하고 빨고 깨물었다. 좀 더 아래까지 내려갔다. 떨리는 허벅지를 벌리자 마치 그녀의 살결 위에서 뜨거운 김이 솟아나는 듯했다.

그녀는 다시 두 손을 팔꿈치로 받히고 나를 바라보았다. 그녀를 향해 다시 한 번 웃어주고 고개를 숙인 채 그녀의 달콤한 피부 위로 입을 벌렸다. 눈을 감은 채 그녀의 뜨거운 살결을 느끼자 신음이 나왔다. 그곳을 입으로 부드럽게 애무하기 시작했다.

그녀가 떨리는 외마디 외침과 동시에 고개를 뒤로 젖히고 엉덩이를 침대에서 떼자 몸이 활모양으로 휘어졌다. "아."

나는 얼굴에 미소를 띠며 그곳을 핥으며 올라갔다가 내려가기를 반복했다. 혀를 클리토리스에 대고 계속 동그라미를 그렸다.

"멈추지 말아요." 그녀가 속삭였다.

멈추지도 않을 것이고 멈출 수도 없었다. 그녀의 그곳에 손을 가져가 가장 촉촉하게 젖고 가장 달콤한 부분으로 미끄러지듯 내려가며 쓰다듬었다. 입으로 세게 애무하면서 안으로 손가락 두 개를 집어넣자 그녀는 완전히 뒤로 넘어갔고 뭔가 짚을만한 것을 찾아 침대 머리를 더듬거렸다. 그녀는 고개를 돌려 베개를 잡아당기고 꽉 물었다. 그녀의 입술에서 괴로운 듯하면서도 쾌락에 젖은 소리가 희미하게 흘러나왔다. 나는 단 한순간도 강도를 늦추지 않기 위해 최선을 다했다.

그녀는 거의 절정을 앞두고 있었다. 손가락 두 개를 좀 더 깊숙이 넣었고 그녀의 완벽한 가슴과 기다란 목을 쳐다보면서 세게 빨았다. 내가 손목을 한 번 비틀자 침대 위로 그녀의 몸이 다시 활처럼 휘어지더니 아래 부분을 내 쪽으로 밀었다. 한나는 계속 비명을 내뱉었다. 그녀의 그곳이 내 손가락을 강렬하게 조여오는 게 느껴졌다.

한나.

나는 이미 단단해질 대로 단단해져서 침대에 대고 문지르는 것이나 마찬가지였다. 그녀의 허벅지 힘줄이 팽팽해지는 게 느껴졌다. 점점 고음으로 변하는 그녀의 목소리가 좋았다. 게다가 그녀는 두 손으로 내 머리를 움켜쥐고 내 쪽을 향해 몸을 흔들기 시작했다. 다리를 더 넓게 벌리고 엉덩이를 빠르게 움직이면서 자신도 모르는 사이 기나긴 몇 분 동안 왔다 갔다 움직였다. 이 여자하고 할 때만큼 오럴 섹스가 환상적이었던 적은 없다. 나는 거칠게 벌어진 다리 사이로 그녀의 그곳을 마음껏 맛보았다.

그녀가 비명 소리와 함께 한 번 더 절정에 이르렀다. 두 손으로 내 머리를 꽉 움켜쥔 채로 뜨겁게 절정에 이르는 그녀를 보며 하마터면 나도 사정할 뻔했다. 나는 단 한순간도 눈을 감을 수가 없었다. 내 머리 위에서 펼쳐지는 광경을 단 한순간도 놓칠 수 없었다. 실크처럼 부드러운 그녀의 살결을 빨고 또 빨았다. 그녀의 감촉에 완전히 빠져들어 혼미해졌다.

"제발." 그녀는 숨을 헐떡였다. 다리는 후들거리고 눈빛은 그 어느 때보다 짙어졌다. 그녀는 한 손은 그대로 내 머리카락을 움켜쥐고 다른 손을 받쳐 몸을 일으키고 말했다. "이리 올라와요."

나는 사각팬티를 벗어버리고 아래에서부터 그녀를 핥고 맛보면서 올라갔다. 배꼽과 풍만한 가슴, 팽팽해진 젖꼭지에 이르렀다.

그녀의 온몸에 하고 싶었다. 가슴 사이의 계곡, 달콤한 입 안, 동그스름한 엉덩이, 부드러운 손. 하지만 지금은 오로지 그녀 안에 삽입해서 따뜻함을 느끼고 싶을 뿐이다. 그녀가 다리를 더욱 벌리고 침대 옆에 놓인 탁자로 손을 내밀어 콘돔 상자를 찾았다. 나는 그녀의 가슴에 남성을 대고 비비면서 살결이 붉게 물드는 것을 보았다. 그 때 그녀가 콘돔 상자를 내밀었다.

"일단은 하나만 필요해." 내가 웃었다.

그녀가 상자를 밀면서 고개를 끄덕였다. 애원하는 듯한 눈동자가 커다래졌다.

"하나만 꺼내." 내가 다그쳤다.

"어떻게 씌우는지 몰라요." 그녀는 달콤한 목소리로 칭얼거리면서 더듬더듬 상자를 열었다. 상자가 찢어지고 그녀의 배로 콘돔이 주르르 쏟아졌다.

줄줄이 연결된 콘돔 중에서 하나를 뜯어 그녀에게 주고 나머지는 침대 옆으로 쓸어버렸다. "어렵지 않아. 꺼낸 다음에 굴리듯이 씌워."

그녀의 손이 떨렸다. 초조함보다는 기대감 때문이기를 바랐다. 그녀가 굶주린 듯이 내 물건의 윗부분에 콘돔을 갖다 대자 안심이 되었다.

하지만 반대 방향이었다. 펴지지 않을 터였다.

그녀는 고통스러운 듯 몇 초 간 애쓰다가 '젠장' 하는 낮은 외침과 함께 콘돔을 던져버리고 새것을 집었다.

내 물건은 단단하게 부풀어 올랐고 빨리 하고 싶어 안달 난 나머지 두 번째 콘돔을 꺼내 유심히 살피는 그녀의 모습에 이가 갈릴 정도였다. 이번에는 제대로 끼웠다. 그녀의 손은 따뜻했고 얼굴이 내 물건 바로 가까이 있어서 허벅지에 흥분 섞인 그녀의 숨결이 전해졌다.

나는 그녀를 가져야만 한다.

그녀는 어색해하면서 콘돔을 내려 내 물건에 씌웠다. 느릿느릿 머뭇거리는 손놀림 때문에 이 시간이 영원처럼 느껴졌다. 그녀는 내가 유리로 만들어지기라도 한 듯이, 침대가 아래층으로 무너져 내릴 만큼 세게 하지는 않을 것 것처럼, 콘돔을 조금씩 내리며 씌웠다.

그녀는 내 성기의 뿌리 부분에 이르자 안도의 숨을 내쉬고는 드러누워 하체를 내 쪽으로 밀었다. 하지만 나는 사악한 미소와 함께 콘돔을 벗겨 던져버렸다.

나는 이를 악물고 극도의 고통을 참으며 말했다. "그렇게 소극적으로 나오지 마. 내 물건에 콘돔을 씌워. 내가 널 가질 수 있게."

그녀는 혼란 가득한 은빛 눈동자로 나를 빤히 보았지만 잠시 후 눈빛이 맑아졌다. 내 생각을 읽기라도 한 것 같았다. '난 단 일 초도 네가 확신하지 못하는 걸 원치 않아. 난 태어나서 이렇게 단단하게 발기된 적도 처음이고 방금 네가 비명을 지를 때까지 네 은밀한 곳을 애무했어. 게다가 난 유리로 만들어지지 않았으니까 부서질까 봐 조심하지 말란 말이야.'

그녀는 나와 눈을 맞추고 입으로 콘돔을 뜯어 꺼냈다. 모양을 확인하고 손으로 가져오더니 부드럽게, 신속하게 내 물건에 씌우고는 맨 끝부분을 거칠게 꽉 쥐었다. 좀 더 아래쪽까지 미끄러지듯 내려가 고환을 부드럽게 당기고 허벅지 안쪽으로 손을 가져갔다.

"좋아요?" 그녀가 민감한 허벅지 안쪽을 쓰다듬으며 물었다. 웃거나 찡그린 표정 없이 순수하게 궁금하다는 표정이었다.

고개를 끄덕이며 엄지를 그녀의 뺨으로 가져갔다.

"넌 완벽해."

그녀는 안도의 미소와 함께 뒤로 몸을 기울였고 나도 따라 몸을 기울였다. 내 물건으로 뜨겁게 달아오른 그녀의 그곳을 만지작거리며 약을 올렸다. 그녀를 너무도 원해서 머리가 어질할 정도였다. 내 엉덩이는 달려들 준비를 완료한 채 팽팽하게 긴장한 상태였고 등줄기는 어서 빨리 이 여자 안에서 폭발하고 싶은 욕망으로 꿈틀거렸다.

서로의 맨가슴이 완전히 맞닿아 있고 그녀의 허벅지가 내 엉덩이 옆에서 미끄러지듯 움직였다. 나는 이 상황에 전혀 준비되지 않은 느낌이 들었다. 감당하기가 어려웠다. 한나는 감당하기 어려운 여자다.

"내 안으로 들어와요."

그녀는 숨을 헐떡이며 맞닿은 우리의 몸 사이에서 한 손을 가만히 움직였다. 내가 그녀의 따뜻한 살에 밀착해 누운 상태라 우리 둘 사이에는 틈이 많지 않았다. 하지만 그녀는 내가 그녀의 입구를 제대로 찾을 수 있도록 이끌어주었다. 그러고는 내 물건이 좀 더 위쪽으로, 자신의 부드러운 클리토리스 사이에 닿아 간질이도록 만들었다.

"거칠지도 몰라."

그녀는 거친 숨을 내쉬었다. "좋아요. 좋아요."

나는 두 손으로 내 몸을 받치고 자세를 잡은 채 그녀가 내 몸을 만지는 모습을 쳐다보았다. 희미한 신음 소리가 흘러나왔다. "너무… 너무 오랜만이에요." 그녀가 속삭였다.

나는 그녀의 얼굴로 가까이 다가갔다. 그녀는 혀로 입술을 적시고 속눈썹을 파르르 떨더니 눈을 뜨고는 아랫부분을 내려다보았다.

"얼마 만이지?" 내가 물었다.

그녀는 나를 보며 눈을 깜빡거렸다. 그녀의 손은 여전히 우리 사이에 있었다. "3년 만이에요." 그녀가 이마를 약간 찡그렸다. "다섯 명의 남자하고 섹스를 해봤지만 다 합쳐봤자 여덟 번밖에 안 돼요. 난 정말 잘 몰라요, 윌."

나는 침을 삼키고 그녀의 턱에 키스했다. "그럼 세게 안 할게." 내 속삭임에 그녀는 웃으며 고개를 저었다.

"당신이 살살 하는 건 싫어요."

나는 그녀의 가슴과 배, 그리고 다리 사이로 그녀가 나를 잡고 있는 그곳을 보았다. 그녀의 맨살을 내 물건으로 느끼고 싶다. 콘돔을 끼지 않고 섹스한 적은 한 번도 없지만 그녀를 맨살로 느끼고 싶은 욕망에 내 남성이 더욱 단단해졌다. "기분 좋게 해줄게." 그녀의 목에 얼굴을 묻고 말했다. "널 느끼게 해줘."

한나는 몸을 들어 나를 자신의 입구로 당겼고 내가 돌진해 들어가자 눈을 파르르 떨면서 감았다.

그녀의 목으로 뜨거운 열기가 올라오고 입술이 벌어지며 달콤한 한숨이 새어 나왔다. 우리 사이에 곧 벌어질 일에 대한 그녀의 반응은 나를 압도했다. 우리가 정말로 섹스를 한다고 생각하는 순간 그녀가 어떤 반응인지 볼 수 있었다. 그녀는 눈을 떴고 내 입술로 시선을 향했고 잠깐 동안 차분해졌다. 내 목에 팔을 두르고 속삭였다. "안녕."

그 애정 가득한 눈동자를 보는 순간 나는 내 생애 최초로 벌어진 일을 깨닫게 되었다. 나는 사랑에 빠지고 있었다.

"안녕." 쉰 목소리로 답하며 그녀에게 키스했다.

가슴에서 엄청난 안도감이 샘솟았다. 더욱 깊이 키스하는 동안 나는 과연 그녀가 지금 내 입맞춤을 통해 사랑을 느끼고 있을지가 궁금해졌다. 아니면 방금 내 세상이 미리 정해진 궤도를 벗어나 자유로워졌다는 사실도 모른 채 그저 내 혀를 느끼고 있을 뿐일까.

얼굴을 떼면서 엉덩이는 앞으로 당겼다. 그녀의 부드러운 살결에 완전히 밀착되고 싶었다. 그녀 안으로 깊숙이 들어가고만 싶었다.

젠장.

좋아, 뜨거워. 젠장.

그녀는 더욱 깊이 들어가는 나를 올려다보았지만 더 이상 내 얼굴을 보지 못하는 것 같았다. 굉장한 것에 압도당한 듯 게슴츠레해진 눈으로 숨을 들이마실 때마다 자그맣게 숨이 턱 막히는 소리가 따라왔다. 찌릿한 통증이 그녀의 얼굴에 퍼졌다. 그녀의 안으로 살짝만 들어갔을 뿐인데 굉장했고 환상적으로 좋았다.

내 자신의 목소리조차 저 먼 곳에서 들려오는 듯했다. "날 위해 열어줘, 플럼. 같이 움직여."

한나는 긴장을 풀고 다리를 높이 들었고 나는 좀 더 깊이 들어갔다. 순간 둘 다 긴장된 신음을 내뱉었다. 그녀는 실험 삼아 엉덩이를 기울이면서 나를 좀 더 안쪽으로 당겼다. 그녀의 따뜻한 허벅지가 엉덩이가 밀착되자 나는 거친 신음 소리를 냈다.

"우리가 이런다는 게 믿어지지 않아요." 그녀가 내 아래에서 속삭였다.

"그래." 그녀의 목과 뺨, 입가에 키스했다.

그녀는 고개를 끄덕이며 나를 밀쳤다. 움직여달라고 몸으로 보내는 신호였다.

몸을 뒤로 젖히고 리듬을 타면서 천천히 시작했고 그녀의 따뜻함에 혼미해졌다. 그러다 속도가 빨라지고 그녀의 목을 게걸스럽게 빨고 거칠어지다가 조금씩 속도를 늦추다 아예 멈추고는 그녀에게 진하게 키스를 했다. 내 등과 엉덩이, 팔, 얼굴을 탐하는 그녀의 손길을 음미했다.

"괜찮아?" 천천히 다시 움직이기 시작하며 물었다. "안 아파?"

"좋아요." 그녀가 속삭였다. 그녀의 이마를 덮은 축축한 머리를 넘겨주자 그녀가 내 손 쪽으로 고개를 틀었다.

"내 아래에 있는 넌 미치게 완벽해."

나는 그녀의 갈망이 조금씩 계속 쌓이다가 마지막에 나와 함께 폭탄 터지듯 절정에 이르게 만들고 싶었다. 내가 속도를 내자 그녀는 떨기 시작했고 다시 늦추자 실망감으로 작게 으르렁 소리를 냈다. 하지만 그녀가 나를 믿는다는 걸 알 수 있었다. 서두르지 않으면 얼마나 환상적으로 좋을 수 있는지 알려주고 싶었다. 몇 시간이고 이것만 하면서 시간을 보낸다면 얼마나 좋을지.

그녀에게 키스하고 혀를 빨면서 그녀가 내는 소리를 전부 내 입으로 덮고 게걸스럽게 삼켜버렸다. 그녀는 사랑스럽게도 거친 소리를 냈고 종종 '제발'이라고 말했다. 내가 이 행위를 주도하도록 내버려 둔다는 것이 좋았다. 나는 그녀가 내 아래에서 땀에 젖은 채 고분고분하게 있다는 사실에 조금씩 평정을 잃었고 느릿느릿 움직이다 굶주린 듯 빠르게 돌진했다. 그녀도 따라서 엉덩이를 빨리 움직이는 걸로 답했다. 그녀가 거의 다 왔다는 걸 알 수 있었고 나는 멈출 수도, 속도를 줄일 수도 없었다.

"좋아?" 그녀의 목에 얼굴을 누르며 물었다.

그녀는 대답하지 못하고 고개만 끄덕이고 내 엉덩이를 꽉 잡았다. 그녀의 손톱이 내 살에 파고들었다. 그녀의 한쪽 다리를 잡아 무릎을 어깨 쪽으로 밀고 빠르고 세게 움직였다. 그녀 안으로 가능한 깊숙이 들어갔다.

오르가슴은 그녀 안에서 야성적이고 비현실적이고 폭발적으로 점점 차올랐다. 처음에는 홍조로 발현되었고 그다음에는 근육이 팽팽해지더니 그녀는 땀에 젖은 채 온몸을 떨면서 애원조로 알 수 없는 말을 내뱉으며 절정에 다다를 준비를 했다.

"바로 그거야." 나 역시 아랫배까지 절정이 다가왔지만 안간힘을 쓰며 참았다. "아. 그래, 다 왔어."

그녀는 절정에 이른 순간 눈을 꼭 감았고 입은 벌어지고 허리를 활처럼 휘며 비명을 질렀다. 나는 그 와중에도 움직임을 멈추지 않고 마지막 순간까지 남김없이 쾌락을 짜내어 선사했다.

그녀의 팔이 무겁게 축 처졌다. 나는 양손을 받치고 내 남성이 그녀의 안에 들어 있는 모습을 내려다보았다. 내 얼굴을 쳐다보는 그녀의 시선이 느껴졌다.

"윌." 그녀의 목소리에서 나른한 기쁨이 느껴졌다. "맙소사."

"젠장. 너무 좋았어. 넌 흠뻑 젖었어."

그녀는 내 입에 손가락을 넣어 그녀의 달콤함을 맛보게 했다. 그녀의 클리토리스로 손가락을 가져가 문질렀다. 그녀가 머지않아 쓰라림을 느낄 것임을 알지만 절정에 이르는 그녀를 한 번 더 보고 싶었다.

그녀는 단 몇 분 만에 몸을 활처럼 휘어 점점 더 빨리 움직였다.

"윌… 아아…."

"쉬…." 나는 내 손이 움직이는 것을 보며 물건을 넣었다 뺐다 했다.

"한 번만 더."

나는 눈을 감고 순수한 감각으로 빠져들었다. 내 몸을 휘감은 그녀의 떨리는 허벅지, 놀란 듯 거친 비명과 함께 또다시 절정에 이르면서 리드미컬하게 조이는 그녀의 그곳. 나는 자제력의 마지막 사슬을 끊고 더욱 깊이, 세게 움직이며 엄지로 그녀의 클리토리스를 눌러 그녀의 오르가슴이 좀 더 오래 이어지도록 했다. 한나는 머리를 베개에 기대고 두 손으로는 내 엉덩이를 움켜쥐고 자기 쪽으로 당기면서 함께 몸을 움직였다. 눈은 꽉 감고 입술은 살짝 벌어지고 베게에 받힌 머리는 사방으로 헝클어져 있었다. 살면서 이렇게 아름다운 광경은 처음 보았다.

그녀는 내 등으로 손을 올리더니 완전히 매료된 표정으로 바라보았다. 거친 손길, 아래로 느껴지는 부드러운 살결, 완전히 매료된 표정으로 쳐다보는 눈빛. 그 순간의 감각은 도저히 감당하기가 어려웠다.

"좋다고 말해줘요." 그녀가 속삭였다. 입술은 부풀고 촉촉했고 뺨은 붉고 머리카락은 땀으로 헝클어져 있었다.

"아주 좋아." 내가 서두르면서 낮게 말했다. "생각을… 생각을 제대로 할 수가 없어…."

그녀의 손톱이 내 등에 파고들었다. 그녀의 손톱이 파고드는 통증과 함께 촉촉하게 젖은 채 나를 조이는 달콤한 쾌락을 느끼며 나는 더 이상 버티지 못할 거라는 것을 알았다. 뜨겁고 미칠 듯한 쾌락이 온몸의 혈관으로 퍼져나갔다.

"더 세게." 내가 애원했다.

그녀는 다리로 나를 더욱 세게 휘감고 어깨를 깨물었다. "사정해요." 그녀가 강한 소유욕을 드러내듯 내 등에 파고든 손톱을 쭉 끌어내리며 헐떡거렸다. "당신이 절정에 이르는 걸 느끼고 싶어."

마치 몸에 콘센트를 꽂은 것처럼 온몸의 피부가 깨어나 열기로 웅웅거렸다. 그녀를 내려다보았더니 내 움직임에 가슴이 출렁거리고 완벽한 피부는 땀에 젖어 있고 목과 어깨, 턱 등 여기저기에 내가 깨문 자국이 빨갛게 나 있었다. 그녀와 눈이 마주치는 순간 자제력을 잃고 말았다. 그녀가 나를 바라보고 있었다. 이 여자, 한나. 매일 아침 만나서 대화할 때마다 조금씩 더 사랑하게 된 그녀.

너무도 사실적이었다. 나는 거친 소리와 함께 그녀 위에 허물어졌다. 온몸에 강렬한 쾌락이 퍼져나갔고 내 어깨를 감싼 그녀의 따뜻한 팔과 목을 누르는 그녀의 입맞춤과 "이렇게 영원히 내 위에 있어요"라는 속삭임마저 희미하게 느껴졌다.

"계속 이렇게 솔직해줘." 이렇게 중얼거리며 그녀를 바라보았다.

"네가 원하는 걸 언제나 말해줘."

"그럴 거예요. 난 오늘 당신을 가졌어요. 그렇죠?" 그녀가 속삭였다.

그 한마디와 함께 나는 그녀의 것이 되었다.

11

윌이 침대에서 일어나는 삐걱 소리에 눈을 떴다.

창문에서 푸르스름한 빛이 새어 들어왔다. 근처에 있는 것들의 형체를 알아보려고 어둠 속에서 눈을 깜빡거렸다. 방문, 옷장, 욕실 쪽으로 이어지는 그의 실루엣.

스위치 켜지는 소리도 없이 물소리가 들렸고 샤워 부스 문이 열렸다 닫혔다. 그와 함께 샤워를 할까 생각했지만 움직일 수가 없었다. 근육이 고무 같았고 온몸이 무거워서 침대 속으로 침몰하는 기분이었다. 다리 사이에 익숙하지 않은 깊은 아픔이 느껴졌다. 다리를 쭉 벌렸다가 허벅지를 꼭 붙이면서 다시 한 번 그 느낌을 느껴보려고 했다. 어젯밤을 기억하고 싶었다. 방에서 윌의 체취와 섹스의 냄새가 났다. 벽을 사이에 두고 윌이 나체로 있다는 생각만으로 현기증이 났다. 팔과 다리, 아랫배가 화강암 같았다. 앞으로 우린 어떻게 되는 거지? 그가 다시 돌아오면 우린 또 하게 될까? 그렇게 되는 걸까?

키티와 크리스티에게로 생각이 미쳤다. 어젯밤이 그가 여자들과 보낸 무수한 밤과 다를 바 없는지 궁금했다. 그가 다른 여자들한테도 나와 똑같은 소리를 내게 했고 안으며 기분 좋게 해주겠노라고 똑같이 약속했는지. 윌과 매일 저녁을 함께 보낸 건 아니었지만 그래도 꽤 자주였다. 언제 여자들을 만난 거지? 물어보고 싶었다. 그가 나를 포함해 모든 여자들을 위해 시간 분배를 어떻게 하는지 구체적으로 알고 싶었다. 하지만 동시에 알고 싶지 않은 마음이 더 컸다.

헝클어진 머리카락을 쓸어 올리며 어젯밤을 떠올렸다. 완전히 망쳐버린 딜런과의 데이트. 윌이 밖에 있다는 걸 알았을 때의 느낌. 걱정, 기다림, 간절함. 그리고 지난밤 우리가 한 일과 그가 느끼게 해준 감각들. 섹스가 이런 느낌인 줄은 꿈에도 몰랐다. 단단하고 부드럽고, 영원처럼 느껴지는 시간 속에서 둘 사이를 오가며 계속 되는 느낌. 그와의 섹스는 야성적이었다. 그의 손과 입은 나에게 달콤한 멍을 남겼다. 그가 좀 더 깊이 들어오지 않으면 내 몸이 산산조각 나버릴 것만 같았던 순간들.

익숙한 수도꼭지 소리와 함께 샤워기 물소리가 들렸다. 문 쪽을 향해 자세를 바꿔 누웠다. 물소리가 점점 느려지더니 멈추었다. 그가 샤워 부스에서 나와 선반에서 수건을 꺼내 몸을 닦는 소리에 귀를 기울였다.

한 줄기 달빛 사이로 그가 알몸으로 걸어오는 모습에서 눈을 뗄 수가 없었다. 몸을 일으켜 침대 가장자리로 기어갔다. 그가 바로 앞에서 멈추었다. 내가 바라보자 그의 남성이 발기되었다.

윌은 조심스럽게 손을 내밀어 헝클어진 내 머리카락을 어루만졌다. 그러고는 손가락 끝으로 이마부터 입술까지 얼굴 옆선을 따라 내려왔다. 그는 고개 숙여 나를 응시하지 않았지만 내가 그를 유심히 관찰하고 있음을 아는 듯했다. 마치 내가 봐주기를 바라는 것처럼.

내 심장 뛰는 소리가 생생하게 들렸다. 그를 만지고 싶었다. 아니, 그를 맛보고 싶었다.

"입에 내 물건을 넣고 싶어 하는 표정이군." 거칠고 쉰 듯한 목소리였다.

침을 아프게 삼키며 고개를 끄덕였다. "당신을 맛보고 싶어요."

그는 자신의 물건을 한 손으로 잡고 한 걸음 다가왔다. 자신의 물건을 내 입으로 가져오더니 촉촉하게 젖은 끝부분으로 그림을 그리듯 내 입술에 대고 움직였다. 내가 혀를 내밀어 맛을 보자 그의 입에서 낮은 신음 소리가 터졌다. 그가 자신의 물건을 쥔 채 위아래로 움직이는 동안 나는 끝부분을 입 안에 넣고 살짝 핥았다.

"아… 정말 좋군…." 그가 낮게 속삭였다.

전혀 기대하지 못한 일이었다. 실제로 이렇게 흥분되는 행위인지도 몰랐고 이 섹시한 남자를 흐트러지게 만들 수 있다는 사실이 나에게 엄청난 힘을 주리라는 사실도 몰랐다. 그가 두 손을 내 머리로 가져갔고 나는 눈을 감았다. 내가 그의 남성을 입에 넣은 채로 좀 더 아래까지 내리자 그의 숨이 더욱 거칠어졌다. 떨면서 침을 꿀꺽 삼키는 소리가 들렸다.

"그만. 그만." 그가 한 걸음 뒤로 물러났다. 방금 마라톤을 완주하기라도 한 것 같았다. "네가 이런 식으로 계속 나를 가지고 놀게 하고 싶은 마음이 얼마나 굴뚝같은지 몰라. 네 혀와 입술은 정말이지…." 그가 엄지로 내 턱을 스쳤다. "하지만 네가 입으로 처음 하는 거니까 신중할 필요가 있어. 지금 난 너무 거칠고 탐욕스럽거든."

그게 어떤 느낌인지 정확히 알 수 있었다. 나도 온몸이 웅웅거리고 목 부분의 맥박이 요동쳤다. 또다시 허벅지를 꽉 붙이고 다리 사이에서 참을 수 없을 만큼 달콤하고 묵직한 통증이 퍼져가는 걸 느꼈다.

그가 몸을 기울여 키스하면서 속삭였다. "뒤돌아, 플럼. 뒤로 하고 싶어."

나는 그저 고개를 끄덕이고 배를 대고 누울 뿐이었다. 머릿속이 흐릿해서 어떻게 반응해야 할지 몰랐다. 침대가 살짝 아래로 처지더니 그가 내 뒤로 왔다. 벌어진 다리 사이로 자세를 잡았다. 그가 한 손으로 내 허벅지 뒤쪽과 엉덩이를 어루만졌다. 엉덩이를 꽉 잡고 내가 좀 더 낮게 눕도록 무릎을 자기 쪽으로 끌어당겼다. 그리고 그는 내 허벅지에 대고 움직이며 손가락으로 그곳을 만졌다. 내가 얼마나 젖었는지 느껴졌다. 가슴이 마구 방망이질 쳤다. 오로지 그의 뜨거운 살과 등을 따라 움직이는 입술과 머리카락만을 느끼려고 했다.

나는 여자들이 왜 그를 원하는지는 잘 알고 있었다. 그는 베넷처럼 조각 같은 외모도 아니고 맥스처럼 부드럽지도 않았다. 그는 본능에 충실했고 불완전하고 어두웠고 모든 걸 다 아는 사람처럼 행동했다. 첫눈에 여자가 무엇을 원하는지 다 읽는다는 느낌을 주었다.

이제 나는 어째서 여자들이 혼미한 상태로 그에게 빠져드는지 알 것 같았다. 그건 바로 그가 여자들의, 아니 내 욕구를 너무도 잘 알기 때문이다. 이제 난 다른 남자하고는 못할 것 같다. 아직 해보지도 않았는데. 그가 뒤에서 몸을 더욱 바짝 대고 다가와 입술을 내 귀에 대고 느릿느릿 움직이며 "이번에도 절정에 이를 때 소리 지를 건가?"라고 물었을 때 난 벌써 제정신이 아니었다. 아직 키스도 하지 않았건만.

그는 내 뒤에 몸을 기댄 채로 콘돔을 집어 들었다. 포장지가 뜯어지고 직접 씌우는 소리가 들렸다. 그의 남성이 어떤 모습인지 떠올랐다. 그 얇은 고무 쪼가리가 신기할 정도로 그의 한껏 발기한 물건을 팽팽하게 감싼 모습을. 그가 빨리 움직여줬으면 했다. 어서 빨리 나를 가져줬으면, 그래서 이 고통스러운 욕망이 어서 가시기를.

"이 자세로 하면 더 깊숙이 들어갈 수 있지." 그가 내 등에 키스했다. "아프면 말해, 알겠지?"

나는 미친 듯 마구 고개를 흔들면서 내 안의 이 미친 욕망이 해소되기를 바라며 그가 감싼 엉덩이를 좀 더 뒤로 내밀었다.

그의 손바닥은 놀라울 정도로 차가웠는데 그 차가운 손으로 내 허리를 잡고 내 몸의 균형을 잡았을 때 놀라서 숨이 턱 막혔다. 내가 떨고 있었을까? 어둠 속에서도 손바닥에 눌린 하얀색 시트가 일그러지는 게 보였다. 내 몸 구석구석도 욕망으로 잔뜩 뒤틀려 있었다. "넌 그냥 느끼기만 해." 내 생각을 읽은 듯 그가 말했다. 크기보다는 울림이 강한 목소리였다. "지금은 그냥 널 만족시켜주고 싶으니까. 알았지?"

다리 사이에서 움직이는 탄탄한 근육과 자세를 잡는 그의 남성 끝부분이 느껴졌다. 서로의 맞닿은 살이 미끄러졌고 나는 엉덩이를 들고 각도를 바꾸었다. 이번에는, 제발 이번에는 그가 넣어주기를 바라면서.

그의 입술이 내 어깨를 따라 움직이다가 등을 타고 옆구리로 왔다. 아직 이른 새벽이라 방 안의 공기가 차가웠다. 그가 방금 입맞추고 핥고 치아로 깨문 피부에 찬 공기가 닿자 몸이 떨렸다.

그가 내 귀에 대고 뒤에서 보는 내 몸이 환상적이라고, 날 간절히 원한다고 속삭이는데 심장이 터질 뻔했다. 그의 얼굴이 보이지 않는 자세로 하니까 정말 느낌이 달랐다. 나를 압도하게 만드는 그의 표정과 한시도 내 얼굴에서 시선을 떼지 않는 눈빛을 볼 수 없었다. 그래서 눈을 감고 그의 손길과 몸의 떨림, 클리토리스 위로 미끄러지듯 움직이는 단단한 남성을 느꼈다. 거친 숨소리와 자그맣게 으르렁거리는 소리에도 귀를 기울이면서 엉덩이를 뒤로 내밀었다. 내 엉덩이가 그의 허벅지 사이에 닿자 신음이 나왔고, 쾌락으로 가슴이 비틀렸다.

잠깐 뒤로 물러나 자세를 잡다가 크고 단단한 남성이 내 부드러운 피부에 닿았고 드디어, 드디어 천천히 안으로 들어오는 순간 숨이 턱 막혔다.

"아." 목에서 찢기듯 나온 소리였다. 다른 말은 전혀 생각나지 않았다.

아, 이런 느낌일 줄 몰랐어.

아, 아프지만 세상에서 가장 달콤한 아픔이야.

아, 제발 멈추지 말아요. 더, 더 해줘요.

마치 내가 소리 내어 말하기라도 한 것처럼 윌은 내 몸에 머리를 댄 채 고개를 끄덕이고 더 천천히, 깊이 움직였다. 시작한 지 얼마 되지도 않았는데 벌써부터 너무 좋았다. 완벽했다. 깊숙한 곳에서 그가 빨아 당기는 힘이 느껴졌다. 나는 그가 나를 데려가 폭발하게 만든 그 지점에 곧바로 가까워졌다.

"괜찮아?" 나는 압도당한 채로 고개만 끄덕였다. 그가 움직이기 시작했다. 그의 엉덩이가 나를 조금씩 찌르며 앞으로 밀었고 내 안의 모든 것이 산산조각 나기 직전까지 나를 밀어붙였다. "젠장. 널 좀 봐."

그가 내 어깨에서 머리로 올라와 머리카락을 움켜쥐고 원하는 위치에 내 몸을 고정시켰다. "다리를 좀 더 벌려." 그가 으르렁거리듯 말했다. "팔꿈치로 몸을 받치고."

곧바로 그의 말대로 했고 그의 남성이 더욱 깊숙이 들어오자 외마디 비명이 터져 나왔다. 그가 내 몸을 이용해 쾌락을 얻고 있다는 생각에 아랫배와 다리 사이가 뜨거워졌다. 내 자신이 이렇게 섹시하게 느껴진 적은 처음이었다.

"생각했던 대로야." 나는 그의 말을 제대로 알아들을 수 조차 없었다. 쓰러질 것만 같았다. 팔을 좀 더 앞으로 움직이고 얼굴은 베개에 묻고 엉덩이를 쳐든 채로 그는 하던 짓을 계속했다. 볼에 닿은 베개 커버의 차가움을 느끼면서 눈을 감았다. 혀를 내밀어 입술을 적시면서 우리의 몸이 함께 움직이면서 나는 소리와 그의 거친 숨소리를 들었다. 그는 너무 능숙했다. 두 손을 올리자 손가락 끝이 침대 헤드보드를 스쳤다. 내 몸은 그의 몸 아래에서 완전히 펴진 상태라 망치로 납작하게 눌러놓은 듯했다. 마침내 절정의 순간에 이르면 툭하고 부러질 것만 같았다.

그의 축축한 머리카락이 내 등을 간질였다. 지금 그의 모습을 상상해보았다. 그는 뒤에서 무게 중심을 잡고 떨리는 내 몸 위로 숙인 채 거듭 나를 밀어붙였다. 침대가 삐걱거렸다.

덮은 이불 아래로 섹스를 상상하면서 소심하고 어설프게 절정에 이를 때까지 자위하던 기억이 떠올랐다. 지금 이 느낌은 금기인 듯 외설스러운 것은 똑같지만 지금까지의 모든 상상과 은밀한 꿈을 다 합친 것보다 좋았다.

"뭘 원하는지 말해봐, 플럼." 겨우 알아들을 만큼 상당히 거친 목소리였다.

"더 해줘요. 더 깊게."

"네 몸을 만져봐." 그가 헐떡거렸다. "나랑 같이 해야 해."

땀에 젖은 몸과 매트리스 사이로 손을 집어넣어 클리토리스로 갔다. 그곳은 부풀어 올랐고 부드러웠다. 우리는 너무도 가까웠다. 그가 내뿜는 뜨거운 숨과 매끄러운 피부가 그대로 느껴졌다. 근육의 미세한 떨림도 느껴졌다. 그가 엉덩이 각도를 바꿔 더욱 깊이 들어올 때 내 몸이 나도 모르게 활처럼 휘었고 그의 숨소리도 바뀌고 더욱 커졌다.

"날 위해 느껴봐, 어서 한나." 그의 움직임이 더 빨라졌다.

금방이었다. 손가락으로 몇 번 클리토리스에 동그라미를 그리자 나는 금방 절정에 이르렀다. 목이 턱 막히는 순간 내 안에 파도가 나를 집어삼켰다. 온몸의 관절 하나하나가 진동했다.

귓가가 멍해졌지만 그의 살이 내 살에 철썩 닿는 게 느껴졌다. 그는 온몸이 경직되고 팽팽해지더니 내 목에 얼굴을 대고 낮고 긴 신음을 내뱉었다.

나는 거의 탈진 상태였다. 관절 부분이 끊어진 것처럼 팔다리가 축 늘어졌다. 온몸은 열기로 따가웠고 너무 피곤해서 눈조차 뜨기 어려웠다. 윌이 콘돔을 벗기는 게 느껴졌다. 그는 조금씩 느릿느릿 움직이며 침대에서 내려가 욕실로 갔고 이내 물소리가 들려왔다.

잠시 후 침대가 푹 꺼지고 다시 돌아온 그의 열기가 느껴졌을 때 나는 거의 의식을 잃었다.

* * *

커피 향기와 세척기를 여는 소리, 그릇이 부딪히는 소리에 잠에서 깼다. 천장을 쳐다보며 눈을 깜빡거리다 마침내 잠기운이 가시자 지난밤의 일이 퍼뜩 머리를 스쳤다.

'그가 아직 여기 있어'라는 생각이 가장 먼저 들었고 '이제 우리 둘은 어떻게 되는 거지?' 라는 생각이 뒤이어 밀려왔다.

어젯밤 일은 자연스럽게 벌어졌다. 나는 깊이 생각하지 않고 나를 기분 좋게 해주는 내가 원하던 행동을 했을 뿐이다. 난 그를 원했고 그도 나를 원했다. 그런데 창가에서 햇살이 쏟아지고 온 세상이 다시 깨어나 숨을 쉬는 지금, 우리 사이의 경계가 무엇이고 어떤 상황인지 도무지 확신이 서지 않았다.

온몸 여기저기가 뻣뻣하고 쓰라렸다. 윗몸 일으키기를 천 번쯤 한 느낌이었다. 허벅지와 어깨가 아팠다. 등은 뻣뻣했다. 다리 사이는 욱신거리고 민감했다. 윌이 어둠 속에서 몇 시간이고 내 안에 대고 피스톤 운동을 한 것 같았다.

상상만으로도 아찔했다.

나는 침대에서 일어나 까치발을 하고 살금살금 욕실로 향해 조심스럽게 문을 닫았다. 걸쇠 부분이 딸깍 소리를 내자 씩씩거렸다.

우리 사이가 어색해지거나 불편한 관계가 되는 건 싫었다. 생각조차 하기 싫었다.

양치질을 하고 머리를 매만진 후 딱 달라붙는 보이 쇼츠에 탱크탑을 입고 주방으로 갔다. 간밤에 있었던 일을 내가 충분히 감당할 수 있고 앞으로 우리 사이가 변하지 않아도 된다는 걸 알려주고 싶었다.

그는 등을 보인 채 검은색 사각팬티만 입고 가스레인지 앞에 서서 팬케이크처럼 보이는 것을 뒤집고 있었다.

"좋은 아침." 내가 방을 가로질러 커피포트로 향하면서 말했다.

"좋은 아침." 그가 나를 보며 활짝 웃으며 고개를 숙이는 동시에 내 상의 자락을 잡아당겨 재빨리 입술에 키스했다. 순간 소녀처럼 가슴이 설 지만 애써 무시하고 그와 기다란 조리대를 사이에 두고 머그잔을 집었다.

엄마는 우리 가족이 이 아파트에서 휴가를 보낼 때마다 일요일 아침이면 식사를 준비하셨다. 엄마는 주방이 우리 대가족을 다 수용할 수 있을 만큼 커야 한다고 생각하셨다. 덕분에 체리색 싱크대와 따뜻한 색깔의 타일로 꾸며진 주방은 같은 아파트의 다른 세대보다 두 배는 넓었다. 한쪽 벽은 101번가가 내려다보이는 널찍한 창문이 차지한다. 또 다른 벽에는 기다란 조리대가 있고 우리 가족 수에 맞는 스툴이 놓여 있다. 평소에는 혼자 사는 집에 대리석 조리대가 지나치게 넓어 공간 낭비라고 생각했다. 하지만 지난밤의 일이 머릿속에서 팽팽 돌아가고 완벽한 그의 알몸이 눈앞에 펼쳐진 지금은 이곳이 마치 신발 상자 안처럼 좁게만 느껴졌다. 사방에서 벽이 점점 다가와 나를 이 이상하고 섹시한 남자에게로 몰아붙이는 듯했다. 속에서 열이 났다.

"언제 일어났어요?" 내가 물었다.

그가 어깨를 으쓱했다. 어깨와 등 근육이 씰룩 움직였다. 갈비뼈를 감싼 문신의 끄트머리가 보였다. "좀 전에."

힐끗 시계를 보았다. 딱히 할 일도 없고 게다가 일요일인데 지나치게 이른 시간이었다. 격렬했던 어젯밤을 생각한다면 더더욱 이른 시간이다. "잘 못 잤어요?"

그는 팬케이크를 뒤집고 접시에 두 개를 올려놓았다. "그런 셈이지."

머그잔에 커피를 따랐다. 까만 액체가 잔을 가득 채우고 햇살 속에서 김이 모락모락 피어나는 모습에 시선을 고정했다. 조리대에는 아침 식사를 위한 테이블 세팅이 준비되어 있었다. 테이블 매트 위로 그와 나를 위한 접시가 하나씩 놓여 있고 옆에는 오렌지 주스가 담긴 유리잔이 있었다. 윌이 애인은 아닌 여자와 이러고 있는 모습이 떠올랐다. 뜨거운 밤을 보낸 여자들이 다리는 후들거리고 몽롱한 미소를 띠우고 있을 때 그녀들의 아파트를 떠나기 전에 이렇게 아침 식사를 만들어주는 습관이 있는 걸까.

나는 살짝 고개를 흔들고는 커피포트를 내려놓았다. 어깨를 쭉 폈다. "오빠가 아직 여기 있어서 기뻐요."

그는 미소를 지으며 불에서 마지막 반죽을 떴다. "다행이군."

우리는 편안한 침묵 속에 서 있었다. 나는 설탕과 크림을 넣은 커피를 들고 조리대 반대편의 스툴로 갔다. "당신이 갔더라면 말도 안 된다는 생각이 들었을 거예요. 이편이 훨씬 쉽잖아요."

그는 마지막 팬케이크를 뒤집더니 어깨 너머로 말했다. "훨씬 쉽다고?"

"덜 어색하다는 말이에요." 내가 어깨를 으쓱이며 말했다. 그와 내가 지난밤의 섹스로 심각한 사이라도 된 것처럼 굴지 않으려면 최대한 무심하게 행동할 필요가 있었다. 그가 내가 감당할 수 없을 거라고 생각하는 건 싫었다.

"내가 이해를 제대로 한 건지 모르겠군, 한나."

"서로 알몸을 보고 나서 어색하게 나누는 대화는 곧바로 해치우는 게 낫잖아요. 앞으로 서로를 어떻게 대해야 할지 옷을 다 입은 채로 어색하게 대화하는 것보다는 말이죠."

그는 잠시 멈칫 하더니 텅 빈 프라이팬을 내려다보았다. 확실히 혼란스러운 듯했다. 고개를 끄덕이거나 웃지도 않았고 내가 먼저 그런 이야기를 꺼내주어 고맙다는 말을 하지도 않았다. 이제는 내가 혼란스러워졌다.

"넌 날 별로 대단하게 생각하지 않는군, 그렇지?" 그가 마침내 내 쪽을 돌아보며 말했다.

"그럴 리가요. 난 오빠가 물 위를 걷는다고 생각하는걸요. 난 앞으로 오빠가 당황하지도, 내가 오빠에게 뭔가를 바란다고도 생각하지 않았으면 해요."

"난 당황하지 않았어."

"어젯밤 일이 우리 서로에게 다른 의미였다는 걸 나도 안다는 말이에요."

그가 눈썹을 찌푸렸다. "너한테는 어떤 의미였지?"

"엄청 좋은 일? 딜런과의 데이트는 완전히 망쳤지만 그래도 남자와 즐거운 시간을 보낼 수 있을 거라는 사실을 깨달았거든요. 지난 일은 털어버리고 앞으로 즐길 수 있다는 거죠. 어젯밤 일이 당신을 바꾸지는 않았겠지만 난 조금 바뀐 것 같아요. 그래서 고마워요."

윌은 눈을 가늘게 떴다. "내가 정확히 어떤 사람이라고 생각하는데?"

나는 그에게로 걸어가 그의 턱에 키스했다. 조리대에 올려둔 그의 스마트폰이 윙윙거리며 화면에 키티라는 이름이 떴다. 저게 바로 그 질문의 답이었다. 나는 심호흡을 하고 잠시 머릿속을 정리했다.

그러고는 웃음을 터뜨리면서 조리대에서 진동하는 그의 스마트폰을 고갯짓으로 가리켰다. "침대에서 끝내주는 남자요. 저게 바로 그 이유겠죠."

그는 얼굴을 찡그리면서 스마트폰을 들더니 꺼버렸다. "한나." 그는 나를 자기 쪽으로 잡아당겼다. 그리고 내 관자놀이에 꽤 여운이 긴 키스를 했다. "어젯밤 일은…."

그와 나의 몸이 딱 들어맞고 내 이름을 말할 때 그의 입모양이 완벽하다는 사실이 나를 한숨짓게 했다. "윌, 설명하지 않아도 돼요. 내가 어색하게 만들어서 미안해요."

"아니, 난…."

나는 얼굴을 찡그리며 손가락 두 개로 그의 입술을 눌렀다. "맙소사. 당신은 섹스 이후의 대화를 싫어하나 봐요. 사실은 나도 필요 없어요. 감당할 수 있거든요."

그의 눈동자가 내 얼굴을 유심히 살폈다. 뭘 찾으려고 하는 건지 의아했다. 내 말을 믿지 않는 걸까? 그의 턱을 잡고 부드럽게 키스했다. 순간 그의 몸이 경직되는 게 느껴졌다.

그의 두 손이 내 엉덩이로 갔다. "괜찮다니 다행이군." 그가 마침내 말했다.

"괜찮아요. 믿어줘요. 어색하지 않아요."

"어색하지 않아." 그도 내 말을 그대로 따라했다.

12

내가 조깅을 빼먹을 때는 죽을 만큼 아프거나 비행기를 탔을 때뿐이다. 그렇기에 월요일 아침에 알람을 끄고 뒤돌아 누워버린 나에게 짜증이 났다. 한나를 보고 싶지 않았다.

하지만 그녀를 보고 싶지 않다는 생각에 대해서는 다시 따져봐야 했다. 그녀를 다시 만났을 때 토요일에 있었던 일이 마치 아무것도 아닌 것처럼 행동한다면 나한테는 상처가 되리라는 걸 알고 있다. 이틀 전 함께 밤을 보내며 나를 산산조각 내버린 일은 애초에 있지도 않았다는 듯 폴짝거리며 수다를 늘어놓는 모습 따위는 보고 싶지 않았다.

나는 편모슬하에서 나이차가 많이 나는 누나 두 명 밑에서 자랐다. 그렇기에 여자의 마음을 잘 알고 이해하고 사랑하는 게 자연스러웠다. 지금까지 진지하게 사귄 여자는 딱 두 명인데 그중 한 명에게 이런 말을 했었다. 어려서부터 여자들하고 있어도 하나도 긴장되지 않았고 그래서 사춘기에 접어들 무렵부터는 만나는 여자하고 전부 다 섹스를 하고 싶었다고. 내 말에 그녀는 내가 여자의 말에 진심으로 귀 기울이는 척할 뿐 여자를 조종하는 성향이 있다는 식으로 말했고 나는 그에 대해 깊이 생각해보지 않았다. 어쨌든 그녀와는 이후 얼마 되지 않아 헤어졌다.

어떤 여자와 있어도 편한 나이지만 한나와 있을 때는 전혀 그렇지 않았다. 그녀는 별개의 생명체, 별개의 종(種)처럼 느껴진다. 지금까지의 내 경험 따위는 아무 짝에도 소용이 없어졌다.

어쨌든 알람을 무시하고 다시 잠들었는데 거대한 운동기구 위에서 그녀와 섹스 하는 꿈을 꾸었다. 라크로스 스틱이 내 등을 파고들었지만 상관없었다. 나는 그저 그녀가 맑은 눈동자로 내 눈을 바라보고 내 가슴을 어루만지면서 내 위에서 몸을 흔드는 모습을 보았다.

등에 깔린 스마트폰이 윙윙거리는 바람에 깜짝 놀라 잠에서 깼다. 시계를 보니 늦잠을 자버렸다. 벌써 8시 30분이었다. 전화 건 사람이 누군지 확인하지도 않고 받았다. 분명히 월요일 아침 미팅 때문에 전화한 맥스일 터였다.

“알았어. 한 시간 내로 갈게.”

“뭘?”

젠장. “아, 안녕.” 심장이 조여드는 느낌에 신음이 새어 나왔다. 곧바로 손으로 입을 막았다.

"아직 자요?" 한나가 물었다. 숨 찬 목소리였다.

"자고 있었어."

그녀는 잠시 아무 말도 하지 않았다. 수화기 너머로 바람 소리가 흘렀다. 그녀는 바깥이고 숨이 차 있다. 혼자 조깅을 한 것이다. "깨워서 미안해요."

눈을 감고 주먹으로 꾹꾹 머리를 눌렀다. "괜찮아."

그녀는 몇 초 간 말이 없었고 그 시간이 고통스러울 정도로 길게 느껴졌다. 나는 그 짧은 순간 머릿속으로 온갖 대화를 떠올렸다. 나더러 얼간이라고 말하는 그녀. 우리가 함께 밤을 보낸 사실을 내가 전혀 대수롭지 않게 여긴다고 오해해서 미안하다고 사과하는 그녀. 아무 일도 없었다는 듯이 평소의 지기처럼 조잘거리는 그녀. 내 아파트에 가도 되느냐고 묻는 그녀.

"혼자 뛰고 왔어요. 오빠가 먼저 출발한 줄 알고 중간에 만날 거라고 생각했는데."

"내가 널 놔두고 혼자 출발할 거라고 생각했어?" 나는 웃음을 터뜨렸다. "그건 정말 무례한 일이잖아."

그녀는 아무 말도 하지 않았다. 그제야 나는 전화 한 통 없이 약속 장소에 나가지 않은 행동이야말로 무례한 짓임을 깨달았다.

"이런. 미안해, 지그스."

그녀는 가쁜 숨을 몰아쉬었다. "난 오늘 지기군요. 재밌네요."

"그래." 중얼거리듯 말하자마자 내 자신이 싫어졌다. "아니야. 젠장. 널 뭐라고 불러야 될지 감이 오지 않아." 피곤으로 멍해진 머리가 제발 깨어나기를 바라면서 이불을 걷어찼다. "널 한나라고 부르면 혼란스러워져."

'내 거라고 생각하게 된단 말이야.' 물론 소리 내어 말하지는 않았다.

그녀는 큰 소리로 웃고는 다시 걷기 시작한 모양이었다. 전화기 너머로 바람 소리가 더욱 거세졌다. "불안감 따위는 털어버려요. 그래요, 우린 섹스를 했어요. 당신은 세상 그 누구보다 이런 일에 익숙하잖아요. 난 당신 집 열쇠를 요구하지 않을 거예요." 그러곤 그녀는 잠시 말을 멈추었다. 그녀가 나를 꽤 멀리 인식하고 있다는 사실에 가슴이 철렁했다. 내가 자신을 무시한다고 생각하고 있다. 그런 게 아니라고 설명하려던 찰나 그녀가 먼저 말했다. "또 하자고 부탁하는 것도 아니에요, 자기밖에 모르는 얼간이 씨."

그녀는 이렇게 말하고 전화를 끊었다.

* * *

도무지 제정신이 아닌 상태였으므로 화요일의 점심 모임을 월요일로 당기자고 했다. 아무도 이의를 제기하지 않았다. 내가 상사병에 걸린 거나 다름없이 멍한 상태가 되니 친구들은 나를 약 올리는 데 흥미를 잃은 모양이었다.

우리는 르 버나딘에서 만나 평소와 같은 메뉴를 주문했다. 모든 것이 지난 9개월과 별다를 바 없이 흘러가는 듯했다. 맥스는 세라가 밀어낼 때까지 키스를 했다. 베넷과 클로에는 샐러드 하나를 나눠먹으며 티격태격했는데 마치 전희라도 되는 것처럼 알콩달콩한 분위기였다. 달라진 게 있다면 내가 점심 식사와 함께 곁들이는 술을 5분도 안 되어 해치우고 한 잔 더 주문했을 뿐이다. 웨이터는 평소답지 않은 내 행동에 조금 놀란 눈치였다.

"내가 키티가 된 것 같아." 내 말에 친구들의 요란했던 대화 소리가 급작스럽게 멈추었다. 내 머릿속은 녹아내릴 지경인데 그들은 자기들끼리만 대화에 열중하고 있었다.

"한나와 내 사이 말이야." 나는 그들이 내 말을 이해하는지 한 명씩 얼굴을 살펴보았다. "내가 키티가 됐다니까. 겉으로는 섹스만 하는 사이로 만족한다고 말하지만 속으로는 아니거든. 난 두 달에 한 번, 세 번째 화요일마다 만나서 하는 것만으로도 감지덕지인 입장이고 한나는 안 해도 그만이라는 입장인 거라고"

클로에가 내 얼굴에 손을 갖다 댔다. "잠깐, 윌리엄. 너 한나하고 관계를 맺는다고?"

나는 눈을 크게 끄고 똑바로 앉아 방어적인 자세를 취했다. "클로에, 한나는 열세 살이 아니라 스물네 살이야. 반응이 왜 그래?"

"네가 한나랑 자든 말든 나는 상관할 수 없지만 문제는 그런 일이 있으면서도 한나가 나나 세라한테 즉각 알리지 않은 거야. 대체 언제 그렇게 된 거야?"

"토요일에. 그리고 이틀 전. 진정하라고."

클로에는 한층 부드러워진 표정을 지으며 등을 기대고 앉았다.

나는 안심하면서 웨이터가 내 앞에 술을 새로 갖다놓자마자 입에 가져가려 했다. 하지만 재빨리 맥스가 잔을 가로채 멀찌감치 두었다. "오후에 앨버트 사무엘슨하고 미팅이 있어. 취하면 곤란하다고."

나는 고개를 끄덕인 후 눈을 비볐다. "너희들이 정말 싫다."

"옳은 소리만 하니까?" 베넷이 정곡을 찔렀다.

애써 그 말을 무시했다.

"키티하고 크리스티하고 끝내기는 한 거니?" 세라가 부드럽게 물었다.

젠장. 또 그 얘기군.

고개를 저었다. "왜 그래야 해? 한나하고 아무 사이도 아닌데."

"하지만 넌 한나한테 감정이 생겼잖아." 세라가 눈에 힘을 주며 말했다. 세라의 지적이 싫었다. 친구들 중에서 꼭 필요한 순간만 쓴소리를 하는 건 세라뿐이었다.

"굳이 지금 상황을 복잡하게 만들 필요는 없는 것 같아서." 내가 변변찮은 이유를 댔다.

"둘 사이가 발전되는 걸 원하지 않는다고 한나가 그랬어?" 클로에가 물었다.

"일요일 아침의 행동으로 봐선 명백했어."

맥스는 벌써 고개를 끄덕이며 덧붙였다. "친구, 당연한 얘기를 꺼내서 미안하지만 평소의 윌 섬너처럼 그녀와 마주 앉아 대화해보지 그랬어? 넌 오래전부터 섹스 파트너에 대해 이런 주장을 했잖아. 둘이 솔직하게 서로 대화하는 게 낫다고. 아니었어?"

"그거야, 내가 뭘 원하는지, 뭘 원하지 않는지 확실하게 알면 대화가 쉽지."

"네가 확실하게 아는 건 뭔데?" 맥스가 웨이터가 테이블에 음식을 올려놓도록 옆으로 몸을 치우며 물었다.

"한나가 다른 남자랑 자는 건 싫어." 내가 으르렁거리듯 말했다.

"흠." 베넷이 살짝 얼굴을 찡그렸다. "며칠 전에 키티가 다른 남자하고 있는 걸 봤다면 어쩔래?"

그 말에 안도감이 몰려왔다. "정말?"

베넷은 고개를 저었다. "아니. 하지만 지금 네 반응이 모든 걸 말해주네. 한나하고 문제를 해결해. 키티하고의 문제도 해결하고." 그는 포크를 들고 한마디 덧붙였다. "이제부턴 식사를 즐겨야 하니까 조용히 하고."

* * *

다음 날 새벽 5시 15분에 한나의 아파트 앞으로 가서 그녀를 기다렸다. 이제 조깅을 꽤 좋아하게 된 그녀가 조깅을 하루도 거르지 않으리라는 걸 알고 있었다. 한나와의 문제를 바로 잡아야 한다. 아직은 그 방법을 알 수 없었지만.

한나는 나를 발견하자마자 휘둥그레진 눈으로 그 자리에 멈춰섰고 이내 무심하고 차분한 얼굴로 바꿨다. "안녕, 윌."

"좋은 아침."

그녀는 시선을 앞으로만 향한 채 나를 지나쳐 가려고 했다. 나와 어깨를 스치는 순간 움찔한 것으로 보아 의도하지 않은 것임을 알 수 있었다.

"잠깐만." 내 말에 그녀는 멈췄지만 돌아보지는 않았다.

"한나."

그녀는 한숨을 쉬었다. "오늘은 또 한나인가요."

나는 그녀를 앞질러 걸어가서 얼굴을 마주 보고 두 손으로 그녀의 어깨를 잡았다. 그녀가 약간 떠는 모습을 놓치지 않았다. 아직 화가 나서일까, 아니면 나처럼 서로 닿은 것만으로 전율이 느껴져서일까? "넌 항상 한나였어."

그녀의 눈동자가 짙어졌다. "어젠 아니었잖아요."

"어젠 내가 실수한 거야, 알겠어? 어제 아침에 말도 없이 안 나와서 미안해. 전화를 재수 없게 받은 것도 미안해."

그녀는 조심스러운 눈으로 나를 바라보았다. "엄청 재수 없었어요."

"인정할게. 분명 익숙한 일인데 토요일은 달랐거든." 그녀의 눈빛이 한층 부드러워지고 어깨에도 힘이 빠졌다. 나는 좀 더 차분해진 목소리로 말을 이었다. "정말 강렬했다고. 미친 소리 같겠지만 다음 날 네가 너무 무심한 태도로 나와서 좀 놀랐어."

나는 그녀의 어깨를 놓고 뒤로 물러났다.

그녀는 내 이마에서 도마뱀 머리라도 자라난 듯한 표정으로 바라보았다. "그럼 내가 어떻게 했었어야 해요? 어색하게 굴까요? 화를 낼까요? 아님 사랑에 빠진 것처럼 굴어요?" 그녀는 고개를 저었다. "내가 정확히 뭘 잘못했는지 잘 모르겠어요. 꽤 잘 대처했다고 생각했어요. 만약 내가 다른 사람하고 섹스를 했다면 당신이 분명히 그렇게 행동하라고 했을 것 같았어요." 그녀의 얼굴이 확 붉어졌다. 그녀를 향해 손을 뻗지 않도록 후디 주머니에 손을 찔러 넣고 있어야만 했다.

심호흡을 했다. 지금이야말로 그녀에게 말해야 할 때였다. '이런 감정은 난생 처음이야. 몇 주 전 너를 처음 만났을 때부터 괴로웠어. 이게 어떤 감정인지는 모르겠어. 하지만 알아보고 싶어'라고.

하지만 준비가 되지 않았다. 하늘만 쳐다보았다. 내가 지금 뭘 하는 건지 도무지 감이 잡히지 않았다. 내가 알기로 이건 오랜 친구의 여동생과 섹스 했을 때 느낄만한 감정이 아니었다. 그래서 상대를 지켜주고 싶고 서로의 감정에 신중하고 싶었다. 이 감정이 뭔지 확실하게 알려면 시간이 좀 필요했다.

"난 너희 가족을 오래전부터 알아왔어." 다시 그녀를 쳐다보았다. "아무리 우리가 관계 맺을 걸 가볍게 여기고 싶어도 다른 사람과는 달라. 나에게 넌, 단순히 성관계를 맺고 싶은 대상에 불과한 게 아니라….” 손으로 얼굴을 비볐다. “신중하려는 거야. 알겠어?”

나 자신을 때려주고 싶었다. 비겁하게 굴고 있었다. 방금 한 말들이 전부 사실이기는 하지만 얄팍한 절반의 진실일 뿐이다. 그녀는 오래 전부터 알아온 사람일 뿐만 아니라 앞으로 이런 식으로 더 많이 알고 싶은 사람이었다.

그녀는 잠깐 눈을 감았다. 다시 떴을 때는 옆으로 시선이 향했고 저 멀리 알 수 없는 지점을 보고 있는 듯했다. “알았어요.” 그녀가 중얼거렸다.

“그래?”

마침내 그녀는 나를 보고 미소 지었다. “네.” 그녀는 이제 가자는 뜻으로 고개를 기울이면서 돌아섰다. 곧바로 우리는 가볍고 안정적인 속도로 함께 인도를 걸었다. 하지만 나는 우리 사이에 어떤 결론이 난 건지는 알 수 없었다.

몇 달 만에 날씨가 좋았다. 아직 영상 5도도 안 되겠지만 그래도 봄 기운이 느껴졌다. 하늘은 구름 한 점, 잿빛 그림자 한 점 없이 맑고 환하고 상쾌했다. 그녀의 집에서 세 블록밖에 가지 않았는데 너무 더웠다. 속도를 잠깐 늦추고 긴팔로 된 방한 셔츠를 벗어 허리에 묶었다.

그 때 발을 헛디디는 소리가 나더니 한나가 순식간에 인도에 대자로 넘어졌다. 그녀가 넘어지면서 거센 바람이 훅 지나갔다.

“이런. 괜찮아?” 나는 무릎을 꿇고 그녀를 일으켜 앉혔다.

그녀는 몇 초 후에 크고 절박하게 숨을 들이마셨다. 거칠게 숨을 몰아쉬는 그녀의 모습을 보자 온몸에서 산소가 빠져나간 기분이었다. 그녀는 인도의 갈라진 틈에 걸려 중심을 잃었고 두 팔을 뻗은 채로 세게 넘어졌다. 바지 무릎이 찢어져 있었다.

"아아." 그녀가 발목을 잡고 앞뒤로 몸을 흔들면서 괴로워했다.

"이런." 그녀의 뒤쪽으로 가서 허리를 잡고 일으켜 세웠다. "집에 가서 얼음찜질을 해야겠어."

"괜찮아요." 그녀는 자신을 일으켜 세우려는 나에게서 빠져나가려고 발버둥 쳤다.

"한나."

그녀는 내 손을 때리면서 애원했다. "날 안고 가지 말아요, 윌. 팔이 부러질 거예요."

나는 웃음을 터뜨렸다. "그럴 일은 없을걸. 넌 무겁지도 않고 겨우 세 블록 거리잖아."

그녀는 포기하고 내 목에 팔을 감았다.

"어쩌다 넘어진 거야?"

조용하던 한나는 내가 고개를 숙여 쳐다보자 웃음을 터뜨렸다. "당신이 셔츠를 벗었잖아요."

무슨 말인지 이해되지 않았다. "속에 하나 더 입었잖아, 바보."

"아뇨, 문신 얘기예요." 그녀는 어깨를 으쓱했다. "그동안 계속 날씨가 추워서 잘 못 봤는데 토요일에는 많이 봤잖아요. 그래서… 아까 문신을 보니까….”

“넘어졌다고?” 나도 모르게 웃음을 터뜨렸다.

한나가 씩씩거리며 속삭였다. “그래요. 조용히 해요.”

“들고 가는 동안 실컷 보면 되겠네. 걸어가는 동안 내 귓불을 깨물어도 되고.” 나는 웃으며 속삭였다. “네가 깨무는 게 좋거든.”

그녀는 웃었지만 이번에는 오래가지 않았다. 그녀를 다시 쳐다보는 순간 방금 내가 한 말 때문에 우리 사이에 무거운 긴장감이 들어앉았음을 깨달았다. 조용한 인도를 따라 그녀의 아파트로 한 걸음 한 걸음 옮길 때마다 긴장감은 점점 커졌다. 서로 아무 말도 하지 않았지만 침대에서 좋았던 일을 아무렇지 않게 언급한 데다 우리가 지금 향하는 곳은 토요일에 밤새 섹스를 했던 그녀의 아파트다.

뭐라고 말해야 할지 생각을 쥐어짜내보았지만 떠오르는 말이라고는 우리 둘 사이 아니면 그녀, 아니면 엉망진창이 된 내 머릿속에 관한 것들뿐이었다. 엘리베이터에 도착해 그녀를 내려놓고 버튼을 눌렀다. 한나를 부축하고는 띵 소리와 함께 도착한 엘리베이터에 탔다.

23층을 누르자마자 엘리베이터가 살짝 흔들렸고 한나는 지난번 우리가 엘리베이터에 탔을 때와 똑같이 구석에 섰다.

“괜찮아?” 내가 조용한 목소리로 물었다.

그녀는 고개를 끄덕였다. 이틀 전 그녀가 바로 이곳에서 했던 말들이 바닥에서부터 연기처럼 피어올라 퍼지는 듯했다.

‘내 위로 올라와서 절정에 이를 때까지 해줘요.’

"발목 움직일 수 있겠어?" 그녀에게 한 걸음 다가가 키스하고 싶은 생각에 가슴이 팽팽하게 조여와 다급하게 물었다.

그녀는 나에게 시선을 고정한 채로 다시 고개를 끄덕였다. "쓰라리기는 하지만 괜찮을 것 같아요."

"그래도 얼음찜질은 해야 해."

"네."

엘리베이터가 삐걱 소리를 냈다. 엘리베이터 천장에 있는 뭔가가 쿵 하는 소리와 함께 제자리를 찾아갔다.

'소파에서 내 가슴에 사정해줘요.'

나는 입술을 적시며 그녀의 입으로 시선이 향하도록 내버려두었고 그녀와 키스하던 느낌을 떠올렸다. 그녀가 했던 말들이 마치 소리가 들리는 것처럼 머릿속에서 크게 울려 퍼졌다. '내 몸 구석구석 전부 다 해줘요. 내가 깨물 때 좋아하는 당신이 좋아요.'

그녀는 자신이 했던 말을 기억하는지 의아해하며 좀 더 다가갔다. '당신하고 섹스 하면서 당신이 하라는 대로 다 할 거예요. 나뿐만 아니라 당신도 좋아하니까.' 만약 기억한다면 나도 정말이지 너무 좋았다는 걸 내 눈빛에서 읽을 수 있었는지, 지금 당장 그녀의 발아래에 무릎이라도 꿇고 싶은 심정임을 아는지도 궁금했다.

엘리베이터가 멈추자 그녀는 다리를 절며 혼자 걸어가겠다고 고집했고 나도 이에 수긍했다. 둘 사이의 점점 커지는 긴장감을 해소할 필요가 있었다. 그녀의 집 안으로 들어가 냉동실에서 코튼 볼을 꺼내 그녀를 욕실로 데려갔다. 변기에 앉혀놓고 백틴 같은 소독약을 찾아보았지만 과산화수소밖에 없었다.

바지가 찢어진 부분은 한쪽뿐이었지만 다른 쪽도 많이 헤져서 양쪽 무릎이 꽤 심하게 까졌음을 짐작할 수 있었다. 그녀의 바지를 걷어 올렸다. 제모 한 다리털이 약간 자라 있어서 그녀가 내 손을 치우려고 했지만 무시했다.

"당신이 오늘 내 다리를 만질지 몰랐단 말이에요." 그녀가 살짝 웃으며 말했다.

"됐어."

젖은 코튼 볼로 상처를 가볍게 눌렀다. 다행히 상처는 심하지 않았다. 피는 났지만 꿰매거나 할 필요 없이 며칠이면 나을 상처였다.

그녀가 아래를 내려다보면서 한쪽 다리를 쭉 뻗었고 나는 다른 쪽을 소독했다. "무릎으로 걸어 다닌 것 같아요. 엉망이네."

코튼 볼을 두어 개 집어 과산화수소를 묻혀 상처를 누르면서 웃지 않으려고 했지만 실패했다.

그녀는 내 얼굴을 가까이 들여다보더니 말했다. "까진 무릎을 보고 웃다니 변태 같아요."

"내가 왜 웃는지 알다니 그게 더 변태 같아."

"내 무릎이 까진 게 좋아요?" 그녀의 미소가 점점 환해졌다.

"미안해." 완전히 건성으로 대답했다. "정말 좋아."

그녀의 얼굴에서 미소가 서서히 사라지고 손가락으로 내 턱을 어루

만지다 턱에 있는 작은 흉터를 보고 말했다. "어쩌다 생긴 거예요?"

"대학 때. 여자가 입으로 해주다가 흥분하는 바람에 내 거기를 물었어. 난 침대 헤드보드에 얼굴을 부딪쳤지."

경악스러운 표정과 함께 그녀의 눈이 커졌다. 오럴 섹스에 대한 최악의 악몽을 들은 듯했다. "정말이에요?"

더 이상 꾸며댈 수 없어서 웃음을 터뜨렸다. "아니. 고등학교 때 라크로스 스틱에 맞아서 생긴 거야."

그녀는 전혀 흥미롭지 않은 듯이 눈을 감았지만 웃음을 참는 게 보였다. 마침내 그녀가 나를 내려다보았다. "윌?"

"음?" 마지막 코튼 볼을 내려놓고 과산화수소 뚜껑을 닫은 후 상처에 대고 바람을 살살 불었다. 깨끗하게 씻고 보니 밴드를 붙일 필요도 없어 보였다.

"오래전부터 알던 사이라 신중하고 싶다고 했잖아요. 너무 가벼운 태도를 보여서 미안해요."

나는 무심코 그녀의 종아리를 쓰다듬으며 미소를 지었다. 너무도 친숙한 느낌이었다.

그녀는 아랫입술을 적시고는 속삭였다. "토요일 일에 대해 계속 생각했어요."

밖에서는 자동차 경적 소리가 들렸다. 차들이 101번가를 쌩쌩 달리고 사람들이 서둘러 출근할 시간이었다. 하지만 한나의 아파트에는 완전한 침묵이 내려앉았다. 우리는 서로를 가만히 바라보았다. 그녀의 눈이 커지더니 불안이 서렸다. 내 답변이 늦어질수록 그녀가 점점 더 당혹스러워한다는 사실을 알 수 있었다.

하지만 머릿속이 혼란스러워 좀처럼 말이 나오지 않았다. 겨우 이렇게 말했다. "나도야."

"그렇게 좋을 수 있는 줄, 몰랐어요."

그녀가 내 말을 믿지 않으면 어쩌나 걱정스러워 머뭇거리다 답했다. "나도야."

그녀가 한 손을 옆으로 내리고 잠시 머뭇거리다 내 머리카락으로 손을 뻗었다. 잠깐 쓰다듬다가 몸을 앞으로 기울여 입술을 가져왔다.

신음이 새어 나왔다. 심장이 마구 뛰고 온몸이 뜨거워지고 아랫도리가 커졌다. 온몸이 팽팽하고 딱딱하게 경직된 듯했다.

"괜찮아요?" 그녀가 얼굴을 떼고 불안한 눈빛으로 물었다.

그녀를 원하는 마음이 너무도 강렬해 부드럽게 대답할 수 없을까 봐 걱정스러웠다. "당연히 괜찮지. 널 다시는 가지지 못할까 봐 걱정했어."

그녀는 흔들리는 다리로 일어나 셔츠를 벗었다. 그녀의 피부는 옅은 땀으로 반짝였고 머리는 헝클어졌다. 그녀와 한 몸이 되어 몇 시간이고 그녀를 느끼고 싶은 생각밖에 없었다.

"출근 늦겠어요." 그녀가 스포츠 브라를 벗으며 속삭였다.

"너도."

"상관없어요."

그녀는 어깨와 엉덩이를 흔들면서 바지를 벗었다. 엉덩이가 살짝 흔들리도록 몸을 돌리고는 침실을 향해 깨금발로 한 차례 내딛었다.

나는 걸어가면서 셔츠와 바지를 차례로 벗었다. 내가 가는 길마다 옷이 널브러졌다. 한나는 이불을 덮지 않고 침대에 누워 있었다.

"응급처치가 더 필요해?" 그녀 위로 올라가며 미소를 지으며 물은 후 그녀의 배꼽부터 가슴까지 키스했다. "다른 데는 안 아파?"

"한군데 아파요." 그녀가 숨을 내쉬며 말했다.

나는 물어볼 필요도 없이 콘돔이 있는 탁자로 손을 뻗었다. 말없이 포장을 뜯어 그녀에게 건넸다. 그녀는 기대감에 들떠 이미 손을 내밀고 있었다.

"아, 전희가 필요하지." 나는 그녀의 목으로 입을 가져가면서 말했다. 그녀는 내 성기에 콘돔을 끼우기 시작했다.

"머릿속에선 일요일 아침부터 계속 전희가 이어졌는걸요." 그녀가 속삭였다. "준비 운동은 필요 없어요."

그녀의 말이 맞았다. 그녀는 내 남성을 자신의 질 입구에 맞추고 내 엉덩이를 잡고 한 번의 느린 움직임으로 깊숙이 끌어당겼다. 그녀는 이미 젖었고 내 엉덩이를 빠르게 끌어당겨 나를 빠르고 세게 움직이게 만들었다.

"이렇게 적극적으로 나올 때가 좋아." 그녀의 살에 대고 속삭였다. "너하고는 해도 해도 부족해. 이렇게 살이 맞닿고 내 아래에 누운 널 보는 게 좋아."

"월…." 그녀는 내 쪽으로 몸을 밀면서 양손을 어깨로 가져갔다.

바스락거리는 이불 소리와 하나 된 우리의 몸이 왔다 갔다 하면서 내는 매끄러운 마찰음밖에 아무 소리도 들리지 않았다. 나머지 세상은 전부 음소거 처리가 된 듯했다.

그녀 역시 조용했다. 황홀한 얼굴로 내 물건이 자신의 질 입구에서 왔다 갔다 하는 모습을 쳐다보고 있었다.

한 손을 그녀의 그곳으로 가져가 애무하기 시작했다. 그녀는 몸을 살짝 들면서 두 손을 받칠 곳을 찾아 침대 헤드보드를 더듬거렸다.

아.

나머지 손으로 그녀의 양쪽 손목을 움켜잡은 채 다른 생각 없이 그녀 안으로 녹아들었다. 따뜻했다. 우리의 몸은 땀으로 흠뻑 젖은 채 리듬을 타며 함께 움직였다. 그녀의 가슴을 빨고 깨물면서 그녀의 손목을 밀치듯 눌렀다. 엉덩이 사이와 허리 아래쪽에서 절정이 쌓여가는 친숙한 느낌이 몰려왔다. 내 엉덩이가 그녀의 허벅지를 찰싹 때리는 소리를 즐기면서 더 빠르고 세게 움직였다.

"아. 한나."

쾌락에 젖어든 내 모습을 보는 그녀의 눈동자는 다 안다는 듯하면서도 거센 흥분감으로 불타올랐다.

"거의. 난 거의 왔어요." 그녀가 속삭였다.

손가락 세 개로 더 빠르게 동그라미를 그리면서 그녀의 클리토리스를 애무했다. 작지만 거친 그녀의 비명 소리가 점점 커지며 팽팽해졌고 목에는 붉은 반점이 퍼져 나갔다. 그녀는 나에게 잡힌 손목을 빼내려고 아무렇게나 애쓰더니 날카로운 외마디 비명을 질렀고 엉덩이를 거칠게 흔들고 몸을 휘감으면서 입으로 나의 온몸을 애무했다.

나는 바로 눈앞에 온 절정의 순간을 억누르면서 계속 빠르고 세게 움직였고 마침내 그녀는 축 처지듯 나를 놓으면서 쉰 목소리로 말했다. "이제 해요…."

얼른 그녀에게서 내 남성을 꺼내 콘돔을 빼버리고 손으로 움켜잡은 채 위아래로 움직였다.

한나의 눈이 기대감으로 빛났다. 팔꿈치로 몸을 받친 그녀는 남성을 잡고 흔드는 내 손을 유심히 바라보았다. 그녀가 너무도 즐거워하며 나를 바라보고 있어서… 미칠 것만 같았다.

뜨거운 열기가 다리를 타고 올라오고 등줄기에서 내려와 허리가 홱 움직였다. 믿을 수 없을 정도로 강렬한 흥분감이 온몸으로 퍼져나가 커다란 신음 소리와 함께 사정했다. 머릿속에는 내 밑에서 다리를 벌리고 온몸이 땀으로 번들거리고 눈을 뜬 채로 말이 아니라 몸으로 좋다고 말하는 한나의 모습이 그려져 있었다. 내가 자신을 얼마나 기분 좋게 해주고 있는지 그녀는 몸으로 말하고 있었다.

뜨거운 열기가 계속 요동쳤고… 드디어 내 몸은 굴복했다.

손의 움직임이 느려지고 눈을 떴다. 현기증이 나고 숨이 가빴다.

그녀는 이글이글 타오르는 잿빛 눈동자로 황홀해하면서 배로 손을 가져가 그곳에 뿌려진 내 정액을 쳐다보았다.

“윌.” 그녀가 기분 좋은 듯 내 이름을 불렀다. 당연히 이대로 끝은 아니었다. 한 손을 베개에 받히고 그녀를 빤히 내려다보았다. “방금 마음에 들었어?”

그녀는 고개를 끄덕였고 사악한 표정과 함께 아랫입술을 깨물었다.

“보여줘. 네가 자위하는 걸 보여줘.”

그녀는 자신 없어 하는 듯하다 이내 단호하게 행동하기 시작했다. 한 손으로 자신의 배를 타고 내려가 아직 단단한 내 남성을 살짝 만졌다. 그녀의 손가락은 나에게 먼저 닿은 후 그녀에게로 갔다. 그녀는 두 손가락으로 클리토리스를 애무하며 몸을 활처럼 휘었다.

소리 없이 그녀의 옆구리로 손을 가져간 후 가슴 위로 올라갔고 단단하게 선 젖꼭지를 빨면서 그녀에게 말했다. “절정에 이르러봐.”

“도와줘요.” 그녀의 깊은 눈동자가 말했다.

“자위할 때는 내가 없잖아. 어떻게 하는지 보여줘. 나도 보는 게 좋거든.”

“도와주면서 봐요.”

그녀의 그곳은 방금 전 섹스 할 때의 마찰로 아직 따뜻했다. 부드럽고 흠뻑 젖었다. 내 손이 그곳으로 들어가자 그녀는 손을 뗐다. 우리는 리듬을 찾았다. 그녀는 내가 손가락을 집어넣을 수 있도록 몸을 위로 올려주었다. 무엇에도 얽매이지 않고 강렬한 쾌락에 취한 그녀를 보는 것은 환상적이었다. 그녀는 내가 사정한 곳과 또다시 커지기 시작하는 내 물건 사이를 번갈아 가며 보았다.

머지않아 그녀는 내 쪽으로 몸을 밀었고 두 다리를 바짝 끌어 올렸다. 긴장이 고조되면서 입술이 벌어지고 비명 소리와 함께 폭발했다.

그녀는 절정에 이를 때 무척 아름답다. 피부는 붉게 상기되고 유두는 단단해진다. 그녀의 피부를 맛보지 않을 수가 없다. 가슴 아랫부분을 깨물고 그녀가 절정에 이른 순간 손의 움직임을 늦추었다.

그녀는 땀에 젖고 배에는 내 정액이 뿌려진 채로 우리 둘의 모습을 찬찬히 살폈다.

"우리 샤워하는 게 좋겠어요."

나도 웃었다. "그런 것 같군."

* * *

하지만 우리는 그러지 않았다. 자리에서 일어나려다가도 내가 그녀의 어깨를 깨물거나 그녀가 내 어깨를 깨물었다. 그러면 곧바로 다시 침대로 털썩 쓰러지기 일쑤였고 결국 오전 11시가 되었다. 회사나 연구실에 나가는 것은 진즉에 포기했다.

침대 가장자리에 앉은 그녀와 키스하면서 점점 뜨거워져 또다시 그녀를 덮쳤다. 섹스가 끝난 후 등을 대고 누운 그녀는 빤히 나를 쳐다보고 내 젖은 머리카락을 만지작거리며 물었다. "배고파요?"

"조금."

그녀가 일어나려고 했지만 내가 또 밀쳐서 쓰러뜨리고 배에 키스했다. "아직 일어날 만큼 배고프지는 않아." 침대 옆 탁자에 놓인 펜을 보고 나도 모르게 "가만히 있어"라고 말한 후 펜을 집었다. 입으로 뚜껑을 열고 펜을 그녀의 몸에 가져갔다.

살짝 열려 있는 침대 옆 창문 틈으로 바깥의 소음이 들려왔다. 나는 그녀의 엉덩이 바로 옆의 부드러운 살에 글자를 썼다. 그녀는 내가 뭘 쓰는지 묻지 않았고 사실 신경도 쓰지 않는 듯했다. 두 손으로 내 머리를 만지다 어깨로 내려와 턱선을 따라 움직였다. 조심스럽게 내 입술과 눈썹을 따라 움직이고 콧대를 따라 내려왔다. 마치 내 몸이 어떻게 생겼는지 익혀두려는 듯했는데, 만약 그녀가 앞이 보이지 않는다면 나를 그렇게 만질 터였다.

펜으로 다 쓰고 나서 만족스럽게 감상했다. 내가 가장 좋아하는 인용구를 그녀의 골반뼈에서 치골 바로 위까지 자그만 글씨로 썼다.

'특별한 사람과는 모든 일이 특별하다.'

그녀의 피부에 새겨진 까만 잉크가 보기 좋았다. 내가 직접 쓴 글씨라 더욱 마음에 들었다. "이 문구를 네 몸에 문신으로 새기고 싶어."

"니체군요. 좋은 말이에요." 그녀가 속삭였다.

"그렇게 생각해?" 나는 글귀 아래의 맨살을 엄지로 만지작거리면서 거기에는 뭘 새길 수 있을까 고민했다.

"니체는 약간 여성혐오증이 있기는 했지만 바로 그런 데서 멋진 경구가 탄생했죠."

맙소사. 이 여자는 지성까지 갖췄어.

"이를테면?" 글씨가 잘 마르라고 후 불면서 물었다.

"육욕은 사랑을 성급히 키우는 경향이 있다. 이런 사랑은 뿌리가 약해 쉽게 뽑히고 만다."

글쎄. 내가 그녀를 바라본 순간 그녀는 입술을 깨물었고 눈빛은 놀라움으로 빛났다. 흥미로웠다. "또?"

그녀는 손가락 끝으로 내 턱의 상처를 쓰다듬으며 얼굴을 꼼꼼하게 관찰했다. "반짝인다고 해서 다 금은 아니다. 은은한 빛이야말로 가장 값진 보석의 특징이다."

내 미소가 약간 흔들리는 걸 느꼈다.

"결국 인간은 갈망하는 대상이 아닌 자신의 갈망을 사랑하는 것이다." 그녀가 고개를 기울이며 내 머리를 쓸어 넘겼다. "방금 이 말이 맞다고 생각해요?"

나는 난감함에 마른 침을 꿀꺽 삼켰다. 머릿속이 워낙 복잡해서 그녀가 내 과거와 연관이 있는 인용문을 일부러 골라낸 건지, 아니면 우연히 그렇게 된 건지 알 수 없었다. "사실일 때도 있다고 생각해."

"특별한 사람과는 모든 일이 특별하다…." 그녀가 엉덩이 쪽을 보면서 읊조렸다. "마음에 들어요."

"잘됐군." 나는 콧노래를 부르면서 글자 하나를 다듬고 또 다른 하나를 더 진하게 썼다.

"내 몸에 글자를 쓰면서 계속 똑같은 노래를 중얼거렸어요." 그녀가 말했다.

"내가 그랬나?" 나는 소리를 냈다는 사실조차 의식하지 못하고 있었다. 내가 무슨 노래를 불렀는지 궁금해 몇 소절을 더 흥얼거려보았다. 〈그녀는 천사에게 이야기하네 She Talks to Angels〉라는 노래였다.

"흠. 오래된 노래긴 하지만 명곡이지." 잉크를 말리려고 그녀의 배꼽에 입김을 불어넣었다.

"오빠네 밴드가 그 노래를 연주했던 게 기억나요."

나는 무슨 뜻인가 싶어 그녀를 쳐다보았다. "녹음했다는 말이야? 그 노래가 담긴 음반은 없는데."

"아뇨." 그녀가 속삭였다. "라이브 공연에서요. 그때 볼티모어로 젠슨 오빠를 만나러 갔었거든요. 오빠가 그랬어요. 자기네 밴드는 공연 때마다 중복되는 곡 없이 항상 새로운 곡을 부른다고. 그 노래를 부른 공연에 나도 갔었죠." 이 말을 하는 그녀의 눈빛은 어딘가 절제되어 있었다.

"네가 온지도 몰랐는데."

"공연이 시작되기 전에 인사까지 나눴는걸요. 오빠는 무대에서 앰프를 조절하고 있었죠." 그녀는 웃으며 입술을 핥았다. "난 그때 열일곱 살이었어요. 오빠는 가을 방학을 맞아 우리 아버지 일을 도와주러 온 직후였죠."

"아." 열일곱 살의 한나가 그 공연을 보고 무슨 생각을 했을지 궁금했다. 7년이 지났지만 아직도 내 기억에 남아 있는 공연이다. 그날 공연은 열정적이었고 관객들의 반응도 엄청 났다. 밴드 역사상 최고의 공연이라고 해도 손색이 없는 날이었다.

"오빠는 베이스 기타를 연주했어요." 그녀는 내 어깨에 작은 동그라미를 그렸다. "하지만 그 노래는 오빠가 불렀어요. 젠슨 오빠 말고는 오빠가 노래하는 경우는 흔하지 않았는데."

"맞아." 나는 노래를 잘하는 편은 아니지만 그 노래만큼은 상관없었다. 어쨌든 노래 실력보다는 감정이 더 중요하니까.

"당신은 앞줄에 있던 고스 스타일의 여자와 추파를 주고받았죠. 우습게도 그때 난 엄청난 질투를 느꼈어요. 당신이 한때 우리 집에 살았기 때문에 내 소유라고 생각했던 것 같아요." 그녀가 나를 보며 웃었다. "아, 그날 난 간절히 그 여자가 되고 싶었어요."

나는 그날 밤이 그녀에게 또 나에게 어떻게 마무리되었는지 기억을 더듬으며 그녀의 얼굴을 바라보았다. 볼티모어에 살 때 한나를 만난 기억이 나지 않았다. 하지만 그날 같은 날은 예전에 무척이나 흔했다. 밴드 멤버들과 바에서 공연을 하고 맨 앞줄에 있는 고스 또는 프레피 또는 히피 스타일의 여자가 공연 후 내 위 또는 아래에 올라가 있는 일 말이다.

한나는 입술을 핥았다. "젠슨 오빠한테 공연이 끝나고 오빠가 우리와 합류하는지 물었어요. 젠슨 오빠는 웃기만 했죠."

나는 여전히 콧노래를 흥얼거리면서 고개를 흔들고는 그녀의 허벅지를 쓰다듬었다. "그날 공연 이후가 전혀 기억나지 않아." 얼마나 끔찍한 말인지 금방 깨달았지만 늦었다. 하지만 내가 한나와 함께한다면 그녀도 결국 예전에 내가 얼마나 막 나갔는지 알게 될 것이다.

"그때 그런 스타일의 여자를 좋아했어요? 그 여자는 눈에 짙은 스모키 화장을 했었거든요."

좀 더 위로 올라가 그녀와 얼굴을 마주 보도록 누웠다. "난 여자라면 전부 다 좋아했었지. 이미 알고 있을 텐데."

난 과거라는 사실을 강조하려고 했지만 실패했음을 깨달았다. 그녀가 이렇게 말한 것이다. "오빠는 엄청나게 바람둥이예요."

웃으면서 한 말이지만 싫었다. 그렇게 말하는 그녀의 목소리에 약간 날이 서 있는 것도, 그녀가 '나를 자신을 포함해 여자라면 가리지 않고 자는 그런 남자로 보는 것'도 싫었다.

'결국 인간은 갈망하는 대상이 아닌 자신의 갈망을 사랑하는 것이다.'

변명의 여지가 없었다. 난 오랫동안 그렇게 살았으니까.

그녀는 몸을 구부려 살짝 발기된 내 물건을 꽉 잡고 위아래로 움직이기 시작했다. "지금은 어떤 스타일의 여자가 좋아요?"

그녀가 나에게 빠져나갈 구실을 제공해주었다. 그녀 역시 내가 더 이상 그런 남자가 아니기를 바라는 거다. 고개를 숙여 그녀의 턱에 키스했다. "내 스타일은 스칸디나비안계 섹시걸 플럼이라는 여자야."

"내가 바람둥이라고 했을 때 왜 거슬려했어요?"

그녀의 손길에 신음하며 몸을 숙였다.

"진지하게 묻는 거예요."

팔을 들어 눈을 가리고 생각을 쥐어짜려고 애쓰다 마침내 입을 열었다. "내가 더 이상 그런 남자가 아니라면? 그런 남자가 아닌 지 12년이나 지났다면? 연인들에게 내가 원하는 걸 솔직하게 말하기는 해. 하지만 여자를 가지고 노는 바람둥이는 아니야."

그녀는 살짝 몸을 떼고 나를 쳐다보았다. 재미있다는 듯한 미소를 짓고 있었다. "그렇다고 이해심 많고 섬세하다는 뜻은 아니에요, 윌. 바람둥이라고 해서 꼭 인간 말종이라는 뜻은 아니죠."

나는 얼굴을 문질렀다. "'바람둥이'라는 말의 어감이 나하고 어울리지 않는다고 생각해. 난 만나는 여자들에게 잘해주려고 노력하고 섹스에 대해서도 솔직하게 이야기하거든."

"나한테는 말하지 않았잖아요. 당신이 뭘 원하는지."

심장이 터질 듯이 마구 뛰어서 아무 말도 할 수 없었다. 그녀의 말은 사실이었다. 하지만 그녀가 지금까지 만난 그 어떤 여자와도 다르게 느껴진 탓이었다. 그녀와 함께 있으면 강렬한 육체적 쾌락만 느껴지는 게 아니었다. 차분해지고 황홀하며 그녀가 나를 안다는 느낌 또한 들었다. 그런데 우리 관계에 대해 자세한 대화를 나눈다면 그녀나 나나 선을 긋게 될까 봐 두려웠다.

나는 심호흡을 하고 나직하게 말했다. "그건, 내가 너한테 원하는 게 섹스인지 확신이 서지 않아서야."

그녀는 몸을 빼더니 천천히 일어나 앉았다. 시트가 그녀의 몸에서 흘러내렸고 그녀는 침대 끄트머리에 있는 셔츠를 집으려고 했다.

"그래요. 좀… 어색하네요."

아, 젠장. 말이 헛나왔다. "아니, 아니." 나도 일어나 그녀의 뒤에 앉아 어깨에 키스했다. 그녀의 손에서 셔츠를 빼앗아 바닥에 떨어뜨렸다. 그녀의 등줄기를 타고 내려가 키스하면서 한 손으로 허리를 감싸고 가슴에 손을 갖다 댔다.

"섹스 이상의 관계가 되고 싶다는 말을 표현할 방법을 찾고 있어. 너에 대한 내 감정은 섹스 이상이야."

그녀는 완전히 얼어버린 채 미동도 하지 않았다. "그렇지 않아요."

"그렇지 않다고?" 나는 그녀의 뻣뻣하게 굳은 등을 쳐다보았다. 불안이 아니라 분노로 맥박이 고동치기 시작했다. "그렇지 않다니 무슨 뜻이지?"

그녀는 시트로 몸을 가리고 일어섰다. 온몸이 싸해지는 느낌이 었다. 침대에 앉아 그녀를 보았다. "왜… 왜 그러는 거야?"

"미안해요. 나… 할 일이 있어요." 그녀는 옷장으로 다가가 서랍에서 옷을 끄집어냈다. "연구실에 가봐야 해요."

"지금?"

"네."

"너한테 마음이 있다고 고백하니까 날 밀어내는 건가?"

그녀는 홱 뒤돌아보았다. "지금 나가야 한다고요, 알겠어요?"

"그건 알겠어." 그녀는 다리를 절뚝거리면서 욕실로 향했다.

창피하면서도 분노도 치밀었다. 그리고 우리의 관계가 이대로 끝일까 봐 두려웠다. 내가 상대방을 진심으로 좋아하게 되었다는 이유로 그녀와의 관계가 망가질지 누가 상상이나 했을까? 당장 침대에서 기어나가 그녀를 다시 끌고 오고 싶었다. 아니면 우리 둘 다 생각해봐야 할 게 있는지도 모른다.

13

문을 닫고 서서 몇 차례 심호흡을 했다. 혼자 있을 시간이 필요했다. 도대체 무슨 일이 벌어지고 있는지 생각할 시간이 필요했다. 오늘 아침까지만 해도 윌이 정복한 수많은 여자들 중 하나처럼 폐기된 줄 알았는데 이제 와서 그 이상을 원한다니?

도대체 뭐야?

왜 그는 상황을 복잡하게 만드는 거지? 나는 윌이 상대방에게 자신의 입장을 분명하게 밝힌다는 점이 마음에 들었었다. 좋든 싫든 있는 그대로 확실하게 알 수 있으니까. 그는 복잡할 것이 하나도 없는 남자였다. 그에게는 섹스 또한 복잡할 게 없었다. 애초에 고려할 옵션 자체가 없는 상황이 나에게도 훨씬 간편하고 쉬웠다.

그는 나쁜 남자였다. 우리 언니와 뒷마당 창고에서 불장난을 한 매력적인 남자였다. 또 그는 내 청소년기 섹스 판타지의 주인공이었다. 그렇다고 10대 시절을 그에게 푹 빠져서 보낸 건 아니었다. 오히려 그 반대였다. 실제로 가질 수는 없지만 그를 갈망할 수는 있었기에 오히려 간단했다.

그런데 지금은… 내가 그를 만지고 그가 나를 만질 수 있고 그가 좀 더 깊은 관계를 원한다고 말하지만 진심일 리가 없기에… 일이 복잡해졌다.

윌 섬너는 깊은 관계가 뭔지 모른다. 한 사람만을 바라보며 관계를 오래 지속한 경험이 한 번도 없다고 스스로 인정하지 않았던가? 그렇게 오랫동안 흥미가 계속된 상대가 없었다고? 그와 첫 섹스를 하고 난 다음 날 아침에 섹스 파트너 중 한 명에게 문자도 왔잖아? 깊은 관계는 내가 사절한다.

그와 함께하는 시간이 좋고 그에게 정말로 뭔가를 배우는 척하는 것도 즐겁지만 나는 안다. 나는 절대로 바람둥이가 될 수 없는 여자란 걸. 몸뿐만 아니라 마음까지 허락하는 한 그에게선 절대 헤어나지 못할 정도로 빠지고 말 것이다.

이제는 연구실에 나가봐야 한다는 생각에 샤워기를 틀었다. 수증기가 욕실 안에 퍼져 나갔다. 물을 맞으면서 고개를 축 늘어뜨렸다. 물소리에 혼란스러운 생각을 떠내려 보냈다. 눈을 뜨고 내 몸에 적힌 얼룩진 펜글씨를 내려다보았다.

'특별한 사람과는 모든 일이 특별하다.'

그가 공들여 엉덩이에 써준 글씨가 물에 번져나갔다. 잉크가 그의 손에 스쳐 번진 자국도 보였다. 멍들 정도로 거셌다가 깃털처럼 가벼워지는 애무 사이를 왔다 갔다 한 그의 손길은 내 가슴과 배 그리고 더 아랫부분에도 얼룩진 지문을 남겼다.

나는 잠시 부드러운 곡선으로 된 그의 손 글씨에 감탄했고 그걸 쓸 때의 단호한 표정이 떠올랐다. 눈썹 사이가 좁혀지고 앞머리가 내려와 한쪽 눈을 가렸다. 그가 머리카락을 쓸어 올리지 않는다는 게 놀라웠다. 대단히 사랑스러운 버릇이었다. 그는 흘러내린 머리카락에도 아랑곳하지 않고 열중하면서 내 몸에 꼼꼼하게 글자를 새겼다. 그러다 그가 이상한 말을 해서 망쳐놓았다. 나는 너무 당황했다.

목욕 스펀지에 바디워시를 지나치게 많이 짰다. 스펀지로 글씨를 문지르기 시작했다. 샤워기의 압력과 열로 이미 절반은 지워진 상태였고 나머지는 거품 속으로 녹아들어 내 몸에서 지워진 채 하수구로 들어갔다.

윌이 쓴 글씨가 내 몸에서 완전히 씻겼을 때 물이 차가워졌고 샤워기를 끄고 찬 공기에 떨면서 곧바로 옷을 입었다.

문을 열어보니 그는 옷을 전부 입고 비니까지 쓰고 방 안을 왔다 갔다 하고 있었다. 자리를 뜨려고 곰곰이 생각하던 중 같았다.

그는 비니를 홱 벗어버리고 내 쪽을 돌아보았다. "젠장. 드디어

나왔군."

"뭐라고요?" 또다시 화가 치솟는 걸 느꼈다.

"여기서 화낼 사람은 네가 아니야."

어이가 없어서 입이 턱 벌어졌다. "내가… 뭐라고요?"

"네가 가버렸잖아." 그가 불쑥 내뱉었다.

"네. 바로 옆으로 갔죠." 내가 정정했다.

"아직 문제가 그대로 남아 있어, 한나."

"월, 난 잠깐 시간이 필요했어요." 나는 내 의도를 확실히 전달하기 위해 침실에서 복도로 나갔다. 그가 따라왔다.

"넌 또 법칙을 깨고 있어. '자기 집에서 당황해 상대방을 두고 다른 곳으로 가지 마라.' 그게 나한테 얼마나 힘든 일인지 알아?"

나는 주방에 멈추어 섰다. "당신이 힘들다고요? 당신이 어떤 폭탄을 떨어뜨렸는지 알기나 해요? 난 생각할 시간이 필요했다고요!"

"여기서는 생각을 못하나?"

"당신이 알몸이었잖아요."

그가 고개를 흔들었다. "뭐라고?"

"난 당신이 옷을 다 벗고 있으면 생각을 할 수가 없다고요! 정말 감당하기 힘들었어요." 나는 몸짓으로 그의 몸을 가리켰지만 이내 잘못된 일임을 깨달았다. "아니, 난 그냥… 당황한 것뿐이에요. 알겠어요?"

"그럼 내 기분은 어땠을 거라고 생각해?" 그가 턱 근육을 씰룩거리며 노려보았다. 내가 대답하지 않자 그는 고개를 젓고 아래를 보더니 주머니에 손을 집어넣었다. 도움이 되지 않는 행동이었다. 그의 트레이닝 바지 허리춤이 약간 내려가고 셔츠 아랫단은 올라갔다. 오. 살짝 드러난 탄탄한 아랫배와 치골은 지금 이 상황에 아무런 도움도 되지 않는다.

애써 다시 대화에 집중했다. "방금 당신은 자기가 뭘 원하는지 모른다고 했잖아요. 그런 다음 나에게 성적인 거 이상의 감정이 있다고 했고요. 솔직히 당신은 지금 상황을 제대로 이해하지 못하는 것 같아요. 첫 관계 이후엔 날 밀어내더니 이제 와서 그 이상을 원한다고요?"

"이봐!" 그가 소리쳤다. "난 널 밀어낸 적 없어. 네 가벼운 태도가 거슬린 것…."

"윌." 내 목소리는 단호했다. "난 12년 동안 젠슨 오빠와 당신을 봐왔어요. 리브 언니가 당신에게 빠진 결과가 어땠는지도 직접 봤고요. 언니는 몇 달씩이나 오빠한테서 헤어나지 못했어요. 당신은 전혀 모르겠죠. 난 오빠가 결혼식에서 신부 들러리들하고 가족 모임에서 몰래 빠져나가는 걸 봤어요. 변한 건 하나도 없어요. 성인이 된 후 오랫동안 열아홉 살짜리처럼 행동해놓고 이제 와서 진지한 관계를 원한다고요? 진지한 관계가 뭔지도 모르면서!"

"그럼 넌 안다 이건가? 갑자기 연애 박사가 되셨어? 무슨 근거로 나와 리브와의 일이 엄청난 사건이었다고 생각하지? 사람들은 자기감정이나 성에 대해 너처럼 대놓고 드러내지도 않고 생각나는 대로 다 내뱉지도 않아. 난 너 같은 여자는 처음 봤다고."

"통계적으로 보자면 그 말은 의미가 있군요."

도대체 어디에서 나오는 말인지도 모른 채 내뱉었다. 입 밖으로 나갔을 때는 이미 늦었다.

그와 동시에 그는 싸울 의지를 잃은 듯 어깨가 축 처졌다. 그는 꽤 오랫동안 나를 바라보았는데 이글거리던 눈동자가 열기를 잃고 마침내 담담해졌다.

그리고 그는 문을 열고 나가버렸다.

* * *

다이닝룸에 깔린 오래된 러그 위를 수없이 왔다 갔다 했다. 러그 위에 내 발걸음을 따라 길이라도 나지 않을까 싶었다. 머릿속이 복잡하고 심장은 자꾸 쿵쾅거렸다. 방금 무슨 일이 일어난 건지 멍했다. 하지만 온몸의 근육이 팽팽하게 긴장되면서 내가 방금 가장 친한 친구이자 내 인생 최고의 섹스 파트너를 쫓아냈다는 사실을 깨달았다.

뭔가 익숙한 게 필요했다. 그래, 가족, 가족한테 연락을 해봐야겠어.

신호가 네 번 가고 리브 언니가 전화를 받았다.

"지기! 실험실 쥐는 잘 있지?"

다이닝룸과 부엌 사이의 문가에 기대고 눈을 감았다. "그럼, 잘 있지. 아기 만드신 분은 잘 있고?" 곧바로 덧붙였다. "아, 언니의 질을 말하는 건 아니야."

전화기 너머로 요란한 웃음이 터졌다. "필터 없이 말하는 건 여전하구나. 넌 언젠가 남자 여럿 놀라게 만들 거야. 알아?"

이미 그런 사람이 있다는 걸 언니는 모르겠지. "몸은 좀 어때?" 얼른 안전한 방향으로 화제를 바꿨다. 언니는 결혼해서 첫 아이를 임신 중이다. 기대를 한 몸에 받고 있는 벅스트롬 집안의 첫 번째 손주다. 나는 엄마가 언니를 10분 이상 혼자 있게 한다는 사실이 놀라울 정도였다.

전화기 너머로 한숨 소리가 들려왔다. 언니가 노란색 위주로 꾸민 주방의 식탁에 앉아 있고 발아래에는 덩치 큰 래브라도가 움직이는 모습이 상상되었다. "피곤하긴 하지만 괜찮아."

"아기도 괜찮고?"

"물론이지. 완벽한 아기가 태어날 거야. 기대해." 언니의 목소리에서 미소가 묻어났다.

"당연하지. 이모를 보라구."

언니가 웃었다. "나도 그렇게 생각해."

"이름은 결정했어?" 언니는 태어나기 전까지는 절대로 아기 성별을 알려고 하지 않겠다는 뜻을 고수했다. 아직 조카의 성별을 모르니 선물도 살 수가 없었다.

"몇 가지로 좁혀놨지."

"뭔데?" 무척 궁금했다. 언니와 형부가 지어놓은 중성적인 이름 목록은 배꼽 빠지게 웃겼다.

"안 알려줄 거야."

"뭐야, 왜?" 내가 징징거렸다.

"넌 항상 지적을 하잖아."

"무슨 소리야?" 내가 놀라며 응수했다. 그런데… 언니 말이 맞았다. 언니가 지금까지 지어놓은 이름들은 끔찍했다. 언니와 형부가 생각한 중성적인 이름 중에는 나무 이름이나 새 이름도 있었다.

"넌 어떻게 지내?" 언니가 물었다. "지난달에 잔소리쟁이랑 만난 후로 생활이 좀 나아졌니?"

그 잔소리쟁이가 누굴 말하는지 알기에 웃음이 나왔다. 아버지도, 리매키 교수도 아닌 젠슨 오빠를 말하는 거였다.

"달리기도 하고 외출도 좀 하고 있어. 음… 타협을 했다고 할까?"

언니는 뭔가 이상한 낌새를 놓치지 않았다. "타협을 했다고, 젠슨 오빠랑?"

지난 몇 주 동안 언니와 몇 번 통화를 했지만 윌과의 점점 커지는 우정, 관계, 아니 대체 뭐라고 해야 할지 모르겠지만 하여간 그에 관한 이야기는 하지 않았다. 이유야 당연했다. 하지만 난 언니의 조언이 꼭 필요했고 한편으로는 언니가 어떤 반응을 보일까 두려웠다.

"언니도 알겠지만 젠슨 오빠가 사람들하고 좀 어울리라고 했어." 나는 앤틱 장식장에 새겨진 물결무늬를 만지작거리며 말했다. "그러면서 윌한테 연락해보라고 했어."

"윌?" 잠시 침묵이 이어졌다. 순간 언니도 나처럼 그를 키 크고 잘생긴 대학생으로 기억할지 궁금했다. "잠깐. 혹시 윌 섬너 말이니?"

"맞아." 그의 이름을 듣는 것만으로 마음이 아려왔다.

"와. 전혀 예상 못했어."

"나도." 내가 중얼거렸다.

"그래서 했어?"

"뭘 해?" 곧바로 민감한 반응을 보인 것 같아 후회스러웠다.

"전화 했냐고." 언니가 웃었다.

"응. 지금 전화한 이유가 그거야."

"뭔가 굉장히 불길하면서도 기대가 되는걸."

어디부터 시작해야 할지 몰라서 가장 단순하고 해롭지 않은 부분부터 꺼냈다. "윌도 뉴욕에 살아."

"그래. 뉴욕 산다고 했던 것 같아. 또? 정말 못 본지 오래 됐네.

어떻게 지내는지 엄청 궁금하다. 어떻게 생겼어?"

"뭐, 잘 생겼어. 가끔 만나고 있어." 최대한 아무렇지 않은 듯 말하려고 애썼다.

잠시 침묵이 이어졌다. 미간을 좁히고 눈을 가늘게 뜨면서 내 말에 숨겨진 의미를 찾으려고 하는 언니의 얼굴이 상상되었다.

"가끔 만난다고?" 언니가 내 말을 그대로 따라했다.

괴로워하면서 얼굴을 문질렀다.

"맙소사, 지기! 너 윌하고 섹스 하는 사이야?"

나는 괴로워했고 전화기 너머로는 웃음이 터졌다. 귀에서 전화기를 잠깐 떼고 말했다. "하나도 안 웃겨, 언니."

언니는 숨까지 헉헉거렸다. "아니, 웃겨."

"윌은 언니… 남자 친구였잖아."

"남자 친구 아니었어. 전혀 아니야. 10분 동안인가 스킨십 한 것뿐이야."

"사귀니까 그런 거 아니야?

"아니. 스킨십에도 제한 시간이랄까, 기준선이 있잖아. 윌하고 나는 1루도 못 갔어. 솔직히 난 3루 지나서 홈까지 허락하려고 마음의 준비까지 했는데 말이야. 무슨 뜻인지 알지?"

"크리스마스 이후로 언니가 꽤 상심했잖아."

언니는 깔깔대며 웃기 시작했다. "오버하지 마. 우린 사귀지도 않았어. 성에 막 눈 떴을 때라서 엄마가 정원일 할 때 쓰는 도구들

뒤에서 서로 몸을 더듬은 것뿐이야. 아, 기억도 잘 안 나."

"하지만 윌이 아버지 밑에서 일했던 여름에 집에 오지도 않았잖아."

"남자들 만나서 노느라고 성적이 엉망이라 계절 학기를 들어야 했거든. 너한테 말 안 한 이유는 엄마랑 아빠가 알면 가만있지 않으실까 봐 그런 거야."

손바닥으로 얼굴을 감쌌다. "갑자기 혼란스러워."

"그럴 필요 없어." 어느덧 언니의 목소리는 나를 염려하는 듯한 어조로 바뀌었다. "말해봐, 둘이 어떤 사인데?"

"그동안 자주 만났어. 언니, 난 윌이 정말 좋아. 여기 뉴욕에서 가장 친한 친구라고 할 수 있을 거야. 그러다 섹스를 하게 됐는데 다음 날 이상하게 구는 거야. 그러더니 갑자기 감정이 생겼다나 뭐라나. 무슨 이상한 감정 표현 실험에 날 테스트하는 것 같았다니까. 가뜩이나 우리 집안 여자하고 전적도 별로 안 좋잖아."

"그러니까 넌 열두 살 때 기억만 가지고 윌이 네 언니의 이상형이었고 언니를 가슴 아프게 한 장본인이라고 생각했구나."

내가 한숨을 쉬었다. "그건 일부분에 불과해."

"그럼 나머지는 뭔데?"

"윌이 헤프다는 거지. 만났던 여자들에 대해 조금도 기억하지 못하면서 나랑 섹스 하고 24시간도 안 되어 떨쳐내려고 하더니 이젠 섹스 이상을 원한다지 뭐야?"

"그래." 언니는 생각에 잠긴 말투였다. "윌이 그걸 원해? 너도 원하고?"

"모르겠어, 언니. 나나 그가 원한다고 해도 그를 어떻게 믿어?"

"네가 바보 멍청이가 되는 건 싫으니까 엄청난 비밀을 알려줄게. 준비 됐어?"

"하나도 안 됐어."

언니는 어쨌거나 계속했다. "너희 형부도 날 만나기 전까지는 완전 헤펐어. 이 여자 저 여자 다 자고 다녔지. 하지만 지금은 완전 딴사람이야. 날 완전 여왕 모시듯 한다니까."

"그래도 형부는 결혼을 원했잖아. 육체적인 관계만 원한 게 아니라."

"처음엔 섹스뿐인 관계로 시작했어. 지기, 남자는 19세부터 31세 사이에 많이 변해. 완전 딴 사람이 될 수도 있어."

"그 말 믿을게." 나는 윌의 깊은 목소리와 환상적으로 움직이는 손가락, 넓고 탄탄한 가슴을 떠올렸다.

"생각 자체가 변할 수 있다는 말이야. 아, 서른한 살이 된 윌 섬너의 사진 좀 보내줘."

"언니!"

"농담이야!" 언니는 전화기에 대고 웃으며 소리치더니 말을 이었다. "아니, 진담이야. 사진 꼭 보내줘. 그가 평생 열아홉 살 남창처럼 굴 거라고 생각해서 함께할 기회를 놓친다면 후회할지도 몰

라. 생각해봐. 넌 열아홉 이후로 하나도 안 변했어?"

난 아무 대꾸도 하지 못한 채 입술을 잘근 깨물며 엄마의 앤틱 장식장만 만지작거렸다.

"너한테는 겨우 5년 전이잖아. 서른하나인 윌은 얼마나 더 많이 변했겠니. 12년 사이에 훨씬 지혜로운 사람이 될 수 있는 거야."

"휴. 언니가 옳은 소리할 때마다 미워."

언니는 웃음을 터뜨렸다. "그러니까 넌 윌 섬너의 매력을 논리를 이용해서 거부하려는 거구나?"

"별로 효과가 없어." 나는 벽에 기대어 눈을 감았다.

"와, 정말 재미있는 일이지 뭐야. 오늘 전화해줘서 고마워. 난 지금 배불뚝이라 재미있는 일이 하나도 없거든. 정말 잘됐다."

"전혀 이상하다고 생각하지 않는 거야?"

언니는 잠시 생각에 잠겼다. "이상할 수도 있었겠지. 솔직히 윌은… 내가 태어나 처음으로 성적 욕구를 느낀 상대였어. 그게 다야. 하지만 브랜든 헨리가 혀에 피어싱을 하자마자 윌 따위는 잊어버렸는걸."

손으로 눈가를 눌렀다. "으, 징그러."

"너한테 말하지 않은 이유는 환상을 깨뜨리고 싶지 않아서야. 그리고 네가 피어싱이 근육의 신축성에 끼치는 영향 따위를 연구해서 내 경험을 망칠까 봐 걱정도 됐고."

"그 얘기는 좀 가슴 아픈걸. 전화 끊는다?"

"장난하지 마."

"나 정말 큰 실수를 했어." 나는 괴로워하면서 얼굴을 문질렀다. "언니, 그에게 완전 재수 없게 굴었어."

"그럼 엉덩이에 뽀뽀해주면 되겠네. 윌 요즘 그런 거 좋아하니?"

"맙소사. 끊는다!"

"농담이야, 지기. 열두 살짜리의 눈으로 세상을 보지 마. 그의 이야기를 들어줘. 윌은 엄연한 남자고 지금 바보가 된 상황이야. 뭐 사랑스러운 바보지만. 너도 부인할 순 없을걸."

"옳은 말 좀 그만해."

"그건 불가능해. 빨리 가서 문제를 해결해."

* * *

윌의 아파트까지 걸어가는 내내 그해 크리스마스에 대한 내 기억과 언니가 해준 말을 일치시켜 보려고 노력했다.

나는 열두 살이었고 윌의 존재는 나를 매료시켰다. 그가 우리 언니와 사귄다는 사실 또한 매혹적이었다. 하지만 언니에게 전후 사정을 듣고 나니 과연 어디까지가 사실이고 또 어디까지가 극성맞은 내 두뇌가 만들어낸 건지 알 수 없었다. 언니 말이 맞았다. 내 기억이 윌을 바람둥이로 치부해버리고 다른 가능성은 전혀 생각하지도 않게 만들었다. 그가 섹스 이상의 관계를 원한다고? 과연 그는 감당할 수 있을까? 나는 어떨까?

괴로웠다. 사과할 일이 너무 많았다.

그의 집에 도착해 문을 두드렸지만 답이 없었다. 오면서 보낸 문자메시지에도 답장이 없었다.

떠오르는 방법은 딱 하나뿐이었다. 바로 썰렁한 성적 농담을 보내는 것.

'페니스와 월급의 차이가 뭘까요?' 답이 없었다. 월급은 여자가 언제든지 날려버린다(blow, 날려버린다는 뜻 외에 '오럴 섹스 해주다'는 뜻도 있다-역주)는 것.

역시 답이 없었다.

'가슴 한쪽이 다른 쪽한테 뭐라고 말했게요?' 잠잠했다. '넌 나의 브레스트(breast, 가슴) 프렌드야.' 맙소사, 방금 건 내가 봐도 정말 썰렁했어.

한 번만 더 시도해보기로 했다. '69(섹스 포지션) 다음은?'

그가 좋아하는 숫자였으므로 이번에는 반응이 꼭 있기를 바랐다.

갑자기 화면에 글자가 뜨는 바람에 깜짝 놀라 스마트폰을 떨어뜨릴 뻔했다.

'입을 헹궈야지.'

'젠장. 한나, 우리 둘 다 민망해지기 전에 얼른 들어와.'

* * *

엘리베이터까지 전력 질주했다.

현관문이 열려 있어 안으로 들어가 보니 윌은 저녁 식사를 준비하는 중이었다. 가스레인지 위에서 냄비가 끓고 조리대에는 알록달록한 채소가 가득했다. 오래 된 프리머스 티셔츠에 빛바래고 찢어진 청바지를 입은 그를 보니 입맛이 다셔졌다. 그는 내가 들어간 기척을 내도 모르는 척 칼질만 했다.

나는 조심스럽게 한 걸음 한 걸음 걸어 그의 등 뒤로 바싹 다가가서 턱을 어깨에 대고 눌렀다. "당신이 왜 날 참아주는지 모르겠어요."

그의 향기를 기억하고 싶어서 숨을 깊이 들이마셨다. 내가 망쳐 놓은 덕분에 정말로 그와 끝인지도 모르니까. 멍청한 질문을 퍼붓고 섹스에도 어설픈 데다 멋대로 단정 지어버리는 바보 같은 나. 진즉에 거절당해도 싸다.

하지만 놀랍게도 그가 칼을 내려놓고 뒤돌아섰다. 불행해 보이는 얼굴에 가슴이 아려왔다.

"리브와의 일에 대해서는 네가 잘못 안 걸 수도 있어. 하지만 그렇다고 다른 여자들의 존재까지 사라지는 건 아니지. 정말이지 기억조차 나지 않는 여자들이 많으니까." 진정성 있고 미안하기까지 한 듯한 목소리였다. "분명 난 과거에 자랑스럽지 못한 일들을 했어. 그게 다 지금 되돌아오고 있는 거지."

"오빠가 깊은 관계를 원한다고 했을 때 내가 두려웠던 이유가 그거였어요." 내가 말을 시작했다. "오빠는 과거에 너무 많은 여자들을 만났어요. 그런데 자기가 얼마나 많은 여자들의 마음을 아프게 했는지조차 모르는 게 분명했죠. 여자한테 상처주지 않는 방법을 아예 모르는 것 같았어요. 난 그 여자들보다 똑똑하니까 같은 길로 뛰어들고 싶지 않은 거예요."

"알아. 그게 네 매력이기도 하지. 넌 날 바꾸려고 하지도 않고 그냥 함께 시간을 보낼 뿐이지. 그래서 너랑 있으면 내가 과거에 했던 일들에 대해 생각하게 돼. 그건 좋은 거야." 그는 잠시 망설였다. "첫 섹스 후에 내가 좀 이상하게 굴었던 건 인정해… 생각이 많았어."

"괜찮아요." 그의 턱에 키스하려고 다가갔다.

"그냥 친구 사이도 괜찮아. 섹스 하는 친구 사이면 더 좋지만." 그는 나를 당겨 눈을 마주쳤다. "어쨌든 지금 당장은 친구 사이가 좋겠지. 그렇지?"

그의 표정을 읽으려고 애썼다. 한마디 한마디 조심스럽게 말하는 이유가 뭔지 궁금했다.

"일전에 한 말 미안해요. 너무 당황스러워서 상처 주는 말을 했어요. 바보같이."

그는 내 벨트 고리에 손가락을 집어넣더니 나를 자기 쪽으로 홱 당겼다. 나는 기꺼이 끌려갔고 그의 가슴과 내 가슴이 맞닿았다.

"우리 둘 다 바보야." 그는 이렇게 말하며 내 입술로 시선을 향했다. "모를까 봐 말해두는데 나 지금 너한테 키스할 거야."

고개를 끄덕이면서 까치발을 하고 입술을 그에게 가져갔다. 사실 키스는 아니었는데 뭐라고 해야 할지 모르겠다. 그는 자신의 입술을 내 입술에 가볍게 대고 살짝 누르기를 여러 번 반복했다. 뒤로 갈수록 누르는 강도가 조금씩 세졌다. 혀로 닿을 듯 말 듯하게 핥고는 더 가까이, 깊이 당겼다. 손은 내 티셔츠 안에 넣고 허리를 잡았다.

우리가 지나치게 가까이 있다는 사실이 의식되면서 그를 원한다는 사실을 깨닫자 갑자기 머리가 핑 돌았다. 그의 모든 것을 맛보고 싶었다. 그의 몸 선과 근육을 하나도 빠짐없이 기억하고 싶다.

"입으로 해주고 싶어요." 내 말에 그가 내 표정을 살필 수 있을 정도로만 몸을 살짝 뒤로 뺐다. "이번에는 제대로요. 당신을 기분 좋게 해주고 싶어요."

"그래?"

고개를 끄덕이고 손끝으로 그의 턱선을 훑었다. "어떻게 하면 잘할 수 있는지 알려줄래요?"

그가 웃음을 터뜨렸다. "맙소사. 한나." 그는 곧바로 키스를 계속했다.

내 엉덩이에 닿은 그의 아랫도리는 이미 단단해져 있었고 손을 아래로 내려 그의 물건을 만졌다. "괜찮아요?"

그의 커진 두 눈은 나를 믿는다는 듯했고 내 손을 잡고 소파로 이끌었다. 잠시 머뭇거리더니 소파에 앉았다. "계속 그렇게 쳐다보면 정신을 잃을지도 몰라."

"곧 정신을 잃게 만들 건데요?" 그가 권할 때까지 기다리지 않고 스스로 그의 다리 사이에 무릎을 꿇고 앉았다. "내가 어떻게 했으면 좋겠는지 말해줘요."

짙어진 눈동자가 나를 내려다보았다. 그와 함께 벨트를 풀고 바지를 내리고는 고개를 숙여 그의 남성 끝부분에 입맞춤을 했다.

그는 잠시 멈칫하더니 내가 고개를 들자 표정을 살폈다. 그러더니 스스로 남성의 아랫부분을 잡았다. "아래부터 위로 핥아. 시작은 천천히. 애타게 해봐."

그의 남성 아래쪽에 혀를 댄 후 굵은 힘줄을 타고 천천히 귀두까지 올라갔다. 끝부분에서 약간의 액체가 나왔는데 놀랍게도 달콤한 맛이었다. 그곳에 키스를 하면서 빨았다.

그가 신음 소리를 냈다. "다시. 아래부터 위로 핥고 윗부분을 빨아줘."

나는 웃으며 "굉장히 구체적인걸요"라고 말하고 그의 남성에 키스했다.

하지만 그는 웃어주지 않았다. 그의 푸른 눈은 강렬하게 이글거렸다. "물어봤잖아." 그가 이를 악물고 말했다. "그동안 수없이 상상한 걸 하나씩 차근차근 알려줄 거야."

다시 시작했다. 그런 그의 모습을 보는 게 좋았다. 그는 약간 위험해 보였고 한 손은 주먹을 쥐고 있었다. 나는 그가 참지 않았으면 하고 바랐다. 참지 말고 손으로 내 머리카락을 움켜쥐고 내 입 안으로 그의 남성을 밀어 넣었으면 했다.

"이제 빨아."

그의 남성을 입 안에 넣고 혀를 이용해서 살짝 두드렸다.

"좀 더 빨아줘. 더 세게."

그의 말대로 했다. 눈을 감고서 입에 들어와 있는 그의 남성 때문에 질식하거나 통제력을 잃을까 봐 당황하지 않도록 애썼다. 다행히 내가 잘하고 있는 모양이었다.

"아, 그래, 그거야." 그의 남성을 입 안 가득 넣자 그가 신음 소리를 냈다. "좀 거칠어도 좋아. 치아를 좀 써봐." 확인의 표시로 그를 쳐다본 후 치아로 살짝 깨물었다. 그가 흥분하여 엉덩이를 갑자기 홱 움직이는 바람에 그의 남성이 내 목구멍까지 깊숙하게 들어왔다. "그거야. 젠장. 네가 하는 건 다 미치게 좋아."

칭찬에 힘입어 더욱 세게 빨았다. 더 이상 주저하지 않고 빠져들었다.

"아, 그거야." 그의 엉덩이가 더욱 거칠고 세게 움직였다. 내가 원한대로 그는 내 얼굴에 시선을 고정하고 머리카락을 파고들었다. "얼마나 좋은지 보여줘."

눈을 감고 신음 소리를 내면서 그의 남성을 빨았다. 목구멍에서 작은 소리가 올라왔고 머릿속으로는 '그래, 좀 더, 끝까지'라는 생각밖에 들지 않았다.

그의 거친 숨은 나에게 마약과도 같았다. 그의 쾌락이 쌓여갈수록 내 그곳에서도 욱신거리는 통증이 느껴졌다. 우리는 어느새 리듬을 타고 움직였다. 내 입과 손이 그의 엉덩이와 나란히 보조를 맞추었다. 그가 조금이라도 더 느끼려고 꾹 참고 있는 게 보였다.

"깨물어줘." 그는 숨찬 듯 이 말을 내뱉었고 내가 그 말대로 하자 안도하며 신음했다.

그는 한 손은 내 입을 쓰다듬었고 다른 손으로는 여전히 내 머리를 쥐고는 움직임을 이끌었는데 결국은 나를 가만히 있게 하고는 조심스럽게 피스톤 운동을 했다. 내 혀에 닿은 그의 남성이 더욱 부풀었고 머리카락을 움켜쥔 손은 주먹을 쥐었다.

"할 것 같아, 한나. 할 거야." 그의 아랫배가 움찔 하더니 팽팽해지고 허벅지도 뻣뻣해지는 게 느껴졌다. 나는 마지막으로 그의 남성을 길게 빨고 나서 입을 떼고 양손으로 잡고는 거칠고 빠르게 위아래로 움직였다. 그가 좋아하는 대로 힘껏 잡았다.

"아. 젠장." 그는 거친 숨소리와 함께 사정했다. 손에 따뜻한 게 만져졌다. 나는 그가 사정한 직후에도 천천히 위아래로 움직였다. 지나치게 민감해져서 견딜 수 없게 되자 그가 내 손을 밀어내고는 나를 자신에게로 잡아당겼다.

"아, 정말 빨리 배우는군." 그는 내 이마와 뺨, 입가에 키스했다.

"최고의 스승님한테 배우니까요."

그는 얼굴을 맞대고 웃었다. "확실히 말하지만 경험으로 배운 건 아니랍니다." 그는 몸을 떼고는 내 얼굴을 자세히 뜯어보았다. "저녁 같이 먹어."

그의 옆에 바짝 기대어 몸을 웅크리고 고개를 끄덕였다. 내가 있고 싶은 곳은 거기 말고 없었다.

14

여자랑 소파에서 껴안고 뒹굴뒹굴한 게 얼마 만인지 모르겠다. 그게 얼마나 좋은 느낌인지 까맣게 잊고 있었다. 한나와 바로 그런 시간을 보냈다. 맥주를 마시며 농구 경기를 보면서 들어갈 데 들어가고 나올 데 나온 한나와 과학 이야기도 했다. 남은 맥주를 쭉 들이켜고 그녀를 보았다. 마치 낮잠에 빠져드려는 듯이 그녀의 눈동자는 게슴츠레했다.

그녀가 오늘 아침에 보인 반응을 보고 친구 사이로 지내자고 말을 바꾼 내가 실망스러웠다. 하지만 내가 그녀와 함께 있을 수 있다면 뭐든지 할 것임을 깨달았다. 그녀가 가벼운 관계를 원한다면 그냥 친구로 지낼 거다. 친구지만 가끔 섹스 하는 사이를 원한다면 그녀에게 친구 이상의 감정이 없는 척 연기할 거다. 인내심을 가지고 그녀에게 시간을 줄 거다. 난 그저 그녀와 함께 있고 싶을 뿐이니까. 내 자신이 상당히 안쓰럽기는 하지만 이렇게 해서라도 그녀와 함께할 생각이다.

어쨌든 지금은 내가 키티 같은 입장이라도 상관없다.

"괜찮아?" 그녀의 정수리에 키스하며 물었다. 그녀는 고개를 끄덕이고 "으응" 하면서 무릎에 놓인 맥주병을 꽉 잡았다. 그녀의 맥주는 거의 비워지지 않은 채였다. 지금쯤은 미지근해져버렸을 테지만 어쨌든 그녀가 맥주병을 하나 집어 들었다는 사실이 좋았다.

"맥주 별로 안 좋아하나?"

"이 맥주는 솔방울 맛이 나요."

나는 웃으면서 그녀의 목 뒤쪽으로 손을 뻗어 빈 맥주병을 내려놓았다. "솔방울이 아니라 홉이야."

"혹시 원단 만드는 재료 말인가요?"

좀 더 앞으로 몸을 기울이면서 크게 웃었다. "그건 헴프지. 한나, 넌 정말 굉장한 여자야."

그녀의 얼굴에 떠오른 미소를 보고 농담이라는 걸 알았다.

그녀는 다소 건방진 표정으로 내 머리를 쓰다듬었다. 나는 그녀의 손을 피하면서 말했다. "네가 지구상에 존재하는 식물의 이름을 죄다 알지도 모른다는 사실을 가끔 잊어버린다니까."

한나는 두 팔로 기지개를 켰고 즐거운 듯이 콧노래를 흥얼거렸다. 그 틈을 타서 자연스럽게 그녀의 가슴을 훔쳐볼 수 있었다. 미처 몰랐는데 그녀는 엄청 터프해 보이는 '닥터 후' 티셔츠를 입고 있었다.

“또 훔쳐보는 거예요?” 그녀가 한쪽 눈을 뜨고 째려보면서 천천히 팔을 내렸다.

고개를 저으면서 “맞아”라고 했다.

“원래 그렇게 여자 가슴을 좋아해요?”

나는 그 말에 담긴, 다른 여자들에 관해 묻는 함축적인 질문을 무시했다. 금기나 마찬가지인 그 대화는 하지 않는 게 좋다. 옆에서 미동없이 가만히 있는 그녀 역시 우리 사이에 자리 잡은 무언의 질문을 느끼고 있음을 알 수 있었다. ‘이렇게 대화가 끝난 건가?’

벨소리가 우리를 구해주었다. 좀 더 정확히 말하자면 커피 테이블에 놓인 내 스마트폰 진동이 울렸다. 맥스의 문자메시지였다.

‘매디스로 한잔하러 간다. 올래?’

한나에게 문자를 보여주었다. 토요일 밤이지만 여자한테 온 문자가 아님을 확인시켜주려는 뜻도 있고 그녀도 가겠다고 할지 알아보기 위해서였다. 나는 눈썹을 치켜뜨면서 말없이 그녀의 의중을 물었다.

“매디가 누구예요?”

“매디는 맥스의 친구야. 할렘에 있는 매디스라는 술집의 주인이기도 하지. 평소에도 손님이 거의 없는데 맥주 맛은 기가 막혀. 맥스는 끔찍한 영국 음식을 맛볼 수 있다고 좋아하지.”

“누구누구 가는데요?”

“글쎄. 세라도 올 수 있고.” 순간 뭔가 떠오르는 게 있었다. 오늘은 화요일이니까 내가 키티랑 같이 있는지 알아보려고 세라와 클로에가 꾸민 일일지도 모른다. 이렇게 자연스러운 상황을 내세워 알아보려는 계략이 분명했다. "베넷하고 클로에도 분명 올 거야."

한나는 머리를 갸우뚱하면서 나를 살폈다. "원래 평일에 술 마시러 자주 가요? 다들 내로라하는 비즈니스맨들인데 좀 이상한걸요."

자리에서 일어나며 그녀도 함께 일으켜 세웠다. "솔직히 말하면 친구들이 내 성생활을 염탐하려는 것 같군." 내가 토요일마다 크리스티와 밤을 보낸다는 사실을 안다면 화요일은 키티라는 사실을 한나도 알 터였다. 내 친구들이 얼마나 오지랖이 심한지 그녀에게 있는 그대로 알려줄 필요가 있었다.

그녀는 여전히 알 수 없는 표정을 지었다. 짜증인지 질투인지 초조함인지 알 수 없었다. 아무런 감정 없이 듣는 건지도 몰랐다. 그녀가 무슨 생각을 하는지 알고 싶은 마음이 강했지만 또 깊은 대화로 들어가 버리면 당황스러워 할까 봐 두려웠다. 난 남자다. 남자라는 족속은 상대 여자와 애매모호한 관계라도 섹스만 할 수 있다면 그만이다. 특히 그 여자가 한나라면 말이 없겠지.

나는 그녀의 맥주병을 집어 들었다.

"내가 가면 이상할까요? 다들 우리 사이에 대해 알아요?"

"다들 알아. 이상하지 않을 거야."

의심스러운 표정을 짓는 그녀의 어깨를 잡고 말했다. "새로운 법칙을 알려주지. 스스로 이상하다고 생각하지 않는 한 이상한 일이란 없다."

* * *

내가 사는 아파트에서 약 열다섯 블록 떨어진 매디스까지 우리는 걸어가기로 했다. 뉴욕의 3월 말은 잿빛이고 춥거나, 푸른빛이고 춥거나 둘 중 하나다. 다행히 요즘은 더 이상 눈이 내리지 않고 봄이 가까워지고 있었다.

한 블록을 걸었을 때 한나가 내 손을 잡았다.

나는 손에 깍지를 끼고 손바닥이 맞닿게 했다. 예전부터 막연히 사랑이란 정신적인 감정이라고 추측해왔다. 그래서 그녀에게 느껴지는 육체적인 욕구가 아직 익숙하지 않다. 그녀의 손길에 아랫배가 팽팽하게 긴장하고 내 몸은 그녀의 손길을 갈망하게 된다. 가슴이 경직되고 심장이 빠르게 뛰면서 피가 온몸으로 빠르게 퍼져나간다.

그녀는 손을 꽉 쥐면서 물었다. "정말 69 좋아해요?"

그녀를 보면서 웃음을 터뜨렸다. 젠장. 그녀에게 더욱 빠져든다. "응. 좋아해."

"지금 하려는 말이 마음에 들지 않겠지만…."

"내가 그걸 싫어하도록, 뭔가 깨는 말을 하려는 거지?"

그녀는 나를 올려다보느라고 인도의 갈라진 틈에 걸려 살짝 휘청거렸다. "그게 가능하기나 해요?"

잠시 생각해보았다. "아니겠지."

그녀는 뭔가 말하려다 말았다. 그러더니 홱 던지듯 내뱉었다. "엉덩이가 얼굴 위에 있는 거잖아요."

"아니. 상대방의 성기가 있는 거지."

그녀는 세차게 고개를 흔들었다. "아뇨. 내가 당신 위에 있다고 쳐봐요. 그건…."

"마음에 드는 가정인걸." 나는 그녀가 계속 대화를 주도해주기를 기다렸다. 상상만으로 하고 싶어 미칠 것 같았다. 청바지의 그 부분을 살짝 움직여야만 했다.

그녀는 무시하고 말을 이어갔다. "내가 당신 위에 있는 거잖아요. 당신 얼굴 위에서 다리를 벌리고. 그러니까 당신의 눈 위에 내 엉덩이가 있는 거죠."

"난 상관없는데."

"내 엉덩이가 당신 눈 위에 있다니까요."

잡은 손을 놓고 그녀의 옆머리를 귀 뒤로 넘겨주었다. "알다시피 난 엉덩이에 전혀 혐오감을 느끼지 않아. 우리 꼭 한번 해볼 필요가 있어."

"어색하지 않아요?"

걸음을 멈추고 그녀를 내 쪽으로 돌려세웠다. "지금까지 나랑 한 것 중에 어색하게 느껴진 게 있었나?"

그녀는 볼이 빨개지더니 시선을 아래로 향하고 중얼거렸다. "아뇨."

"내가 뭘 하든 널 기분 좋게 해줄 거라고 한 말 믿지?"

그녀는 믿음이 담긴 부드러운 눈빛으로 올려다보았다. "네."

다시 그녀의 손을 잡고 걷기 시작했다. "그럼 됐어. 넌 언젠가 69를 하게 될 거야."

우리는 아무런 말없이 몇 블록을 더 걸었다. 가로등 불빛과 함께 새소리와 바람 소리, 자동차 소리가 어우러졌다.

"내가 당신에게 뭔가를 가르쳐줄 날이 올까요?" 바에 도착하기 직전에 그녀가 물었다.

그녀를 향해 으르렁거리듯 답했다. "물론이지." 매디스의 문을 열고 그녀에게 먼저 들어가라고 손짓했다.

안으로 들어가자마자 아담한 댄스 플로어 바로 옆 테이블에 앉은 친구들이 우리를 보았다. 문 쪽을 향해 앉은 클로에가 가장 먼저 보았는데 놀란 듯이 입으로 작게 '오'라고 하고는 금방 거두었다. 베넷과 세라는 의자를 돌려 쳐다보고 교묘하게 반응을 감추었다. 그러나 망할 놈의 맥스는 먹잇감이 손아귀에 들어온 것처럼 좋아서 입이 귀에 걸렸다.

"이럴 수가, 이럴 수가." 맥스가 테이블을 돌아 나오면서 한나를 껴안으며 인사했다. "이게 누구신가."

한나는 미소와 함께 다들 돌아가면서 살짝 포옹하거나 손을 흔들며 인사했고 테이블 끝 쪽의 의자를 당겼다. 나는 맥스에게 옆으로 좀 비키라고 하고 그녀 옆에 앉았다. 재미있어 하는 녀석의 미소도 놓치지 않았다. 맥스는 큰 소리로 웃는 척하면서 나에게 슬쩍 말했다. "좋아 죽네."

매디가 직접 테이블로 와서 잔 받침을 놓아주며 뭘 마실지 물었다. 한나는 맥주를 골랐다. 별로 좋아하지 않을 것 같아 그녀 쪽으로 몸을 바짝 기울여 말해주었다. "칵테일이나 탄산 음료수도 있어."

"탄산 음료수는 금지예요." 맥스가 끼어들었다. "맥주 안 좋아하면 위스키도 있어요."

한나는 웃긴 표정을 지으며 나에게 물었다. "보드카에 세븐업 섞은 거 마실래요?" 이번에도 내가 그녀의 술을 대신 마시게 될 것 같으니 묻는 질문이었다.

나는 찡그리며 고개를 젓고 그녀에게 몸을 기울였다. 이마가 거의 닿을 뻔했다. "아니."

그녀는 잠시 생각에 잠겼다. "그럼 잭 앤 코크는요?"

"그건 괜찮아." 나는 매디를 보면서 말했다. "여자분은 잭 앤 코크, 나는 그린 플래시 주세요."

"그건 뭐예요?" 한나가 물었다.

"홉 맛이 강한 맥주야." 이렇게 말하며 그녀의 입가에 키스했다. "넌 싫어할 거야."

매디가 간 후 한나에게서 떨어져 테이블을 둘러보았더니 다들 흥미롭다는 표정으로 쳐다보고 있었다.

"둘이 굉장히 다정하네." 맥스가 말했다.

한나는 손을 살짝 흔들면서 설명했다. "우리 두 사람의 시스템이에요. 제가 몇 모금 마시고 윌이 다 마셔주거든요. 아직 전 윌한테 배우는 중이에요."

세라는 흥미진진하다는 듯이 작게 꺅 소리를 냈고 클로에는 귀여운 아기 나무늘보 두 마리를 보는 듯이 흐뭇한 미소를 지었다. 한나가 화장실이 어딘지 묻고 자리를 비우자 나는 친구들에게로 좀 더 가까이 몸을 기울여 한 명씩 차례로 쳐다보았다.

"너희들 지금 '한나와 윌' 드라마 보러온 거 아니다. 우린 지금 약간 이상한 사이란 말이야. 다들 자연스럽게 행동해."

"알았어." 세라는 눈을 가늘게 떴다. "하지만 두 사람 너무 잘 어울리는걸. 둘이 자는 사이가 됐다는 거 다 아는데 다들 모인 자리에 나오다니 한나는 정말 용감해."

"그래." 매디가 가져다준 맥주를 한 모금 마시면서 대답했다. 홉의 톡 쏘는 맛이 입 안으로 퍼지면서 끝 맛은 따뜻하고 달콤하게 변했다. 눈을 감고 조용히 감탄사를 내뱉었다. 다들 수다를 떨기 시작했다.

"윌?" 세라가 나한테만 들리는 작은 소리로 불렀다. 그녀는 잠깐 뒤돌아보더니 다시 나를 보았다. "네 마음이 확실하다면 제발 한나 한 사람만 만나줘."

"세라, 잔소리해줘서 고마운데, 잔소리 좀 그만해줘."

그녀의 정색하는 표정에 내 실수를 깨달았다. 세라는 지금의 한나보다 고작 몇 살 많았을 때 시카고에서 첫 애인을 사귀었는데 그 얼간이 같은 자식이 지금의 나와 똑같은 서른 하나였다. 세라는 자신이 오래전에 겪은 일을 다른 여자들이 겪지 않도록 해야 한다는 의무감을 느끼는 모양이다.

"세라. 그 잔소리의 의미를 알겠어. 있잖아… 이번은 달라. 무슨 말인지 알지?"

"상대가 누구든 처음엔 다르다고 느끼는 법이야. 처음엔 푹 빠져서 온갖 약속을 하게 된다고."

나도 여자한테 빠져본 적이 있다. 하지만 상대방에게 빠지더라도 언제나 내가 먼저였다. 육체적으로 최대한 즐기면서 감정적인 부분은 느긋하게 놔두거나 아예 옆으로 치워버렸다. 하지만 한나와 있으면 예전의 나를 버리고 마음 속 연약한 모습까지 솔직하게 드러내고 싶어졌다. 그녀의 어떤 면이 나를 그렇게 만드는 걸까?

화장실에서 돌아온 한나는 웃는 얼굴로 앉아 술을 한 모금 들이켰다. 하지만 곧바로 기침을 하고 나를 쳐다보았다. 휘둥그레진 그녀의 눈은 마치 입 안에서 불이라도 난 듯 눈물이 맺혀 있었다.

"아, 맞다." 나는 웃음을 터뜨렸다. "매기는 술을 강하게 만들거든. 깜빡했네."

"계속 마셔 봐요." 베넷이 조언했다. "입 안이 마비가 되면 좀 나아지니까."

"나한테도 저렇게 말했다니까." 클로에가 한마디 했다.

맥스가 큰 소리로 웃었다. 나는 눈동자를 굴리면서 한나가 저들의 농담을 알아듣지 못하기를 바랐다.

그녀는 한 모금 더 마셨고 이번에는 좀 더 정상적인 반응이었다.

"괜찮아요. 맙소사. 다들 술 처음 마시는 사람 구경하듯 하는데 이게 처음이 아니고 가끔 마셔요. 단지…."

"잘 못 마시는 것뿐이지." 내가 웃으며 그녀의 말을 마무리했다. 테이블 아래로 한나는 내 무릎에 손을 대고 허벅지까지 올리다 거기에 놓인 내 손을 감쌌다.

"처음 술 마셨을 때가 기억나." 세라가 말을 시작하면서 고개를 세차게 흔들었다. "열네 살 때 사촌의 결혼식 피로연이었어. 바에 가서 콜라를 주문했거든. 옆에 있던 여자는 콜라 섞은 술을 주문했지. 그런데 내가 실수로 그걸 받아서 내 자리로 간 거야. 바뀐 줄도 모르고 콜라 맛이 이상하다고만 생각했지. 그걸 마시고 브레이크 댄스를 평생 처음 춰봤다니까."

상냥하고 조용한 성격의 세라가 취해서 로봇처럼 회전하며 춤추는 모습을 떠올리며 우리는 일제히 웃음을 터뜨렸다. 웃음이 잦아들자 모두들 똑같은 주제로 마음이 향한 듯 일제히 클로에를 쳐다보았다.

"결혼 준비 잘 되어가?" 내가 물었다.

"있잖아, 윌." 클로에가 앙큼한 미소를 띠며 말했다. "네가 결혼식에 대해 물어본 건 처음인 것 같아."

"저 안쓰러운 녀석들하고 라스베이거스에서 나흘이나 있었어." 고갯짓으로 베넷과 맥스를 가리켰다. "둘의 결혼 소식은 나도 알고 있다고. 뭐 도와줄 거 없어? 꽃에 리본을 묶는다거나."

클로에가 웃음을 터뜨렸다. "결혼식 준비는… 잘되고 있어."

"대부분은 그렇지." 베넷이 중얼거렸다.

"그래, 대부분은." 클로에도 맞장구쳤다. 두 사람은 둘만이 아는 듯한 눈빛을 주고받았고 클로에는 베넷의 어깨에 기대 또 웃음을 터뜨렸다.

"뭐야? 또 케이터링 업체 때문이야?"

"아니." 베넷이 맥주를 한 모금 마시고 말을 이었다. "케이터링 업체는 정했어."

"천만다행이지 뭐야." 클로에가 한마디 했다.

베넷이 계속 설명했다. "당사자들이 아니라 양쪽 집안사람들이 더 난리라니까. 온갖 드라마를 찍고 있어. 네 번 정도 살인 사건이 일어나지 않고 결혼식이 무사히 끝난다면 우리 둘 다 표창장을 받아야 해."

나도 모르게 한나의 손을 꽉 쥐었다.

잠시 후 그녀도 손을 꽉 쥐면서 내 쪽을 쳐다보았다. 나와 눈을 맞추고는 살짝 웃었다.

나는 그녀와 나에 대해 생각하고 있었다. 지난 12년 동안 제2의 가족이나 다름없게 된 한나의 가족이 떠올랐고 내가 사랑에 빠지고 결혼 하고 가정을 꾸리는 미래가 상상되었다.

그녀의 손을 놓고 손바닥으로 내 허벅지를 문질렀는데 목 부분에서 맥박이 요동치는 듯했다. 젠장. 도대체 내 인생이 어떻게 된 거지? 불과 두어 달 만에 거의 모든 것이 바뀌었다.

물론 그대로인 것들도 있다. 친구들과의 우정은 여전하고 녀석들의 약혼녀들과도 여전히 잘 지낸다. 변함없이 달리기도 (거의) 매일 하고 시간 날 때마다 농구 경기도 시청한다. 하지만….

난 사랑에 빠졌다. 전혀 예상하지 못한 일이었다.

"괜찮아요?" 그녀가 물었다.

"응. 괜찮아." 그녀에게 속삭였다. "그냥…." 하지만 말을 이을 수 없었다. 우리는 친구 사이로 지내기로 합의했다. 나 역시 그걸 바란다고 말했다. "친구들이 결혼을 한다니 적응이 안 돼서 그래." 내가 베넷과 클로에를 가리키면서 덧붙였다. "전혀 공감 안 돼."

그 때 모두가 우리 쪽을 쳐다보았다. 나와 한나 사이에 오가는 시선이나 접촉을 눈에 불을 켜고 관찰하는 듯했다. 나는 곧바로 한 명씩 쏘아보고 자리에서 벌떡 일어났다. 시끄러운 의자 소리가 내 행동을 더욱 어색하게 만들었다. 친구들하고 있다 보면 내가 누군가를 놀린다거나 친구들이 나를 놀릴 때 모두의 시선이 나에게로 향할 때가 있지만 그런 것은 전혀 상관없었다. 하지만 지금은 느낌이 달랐다. 예전에는 내가 요일마다 정해놓고 섹스 파트너를 만난다거나 과거의 화려한 여성편력에 대해 친구들이 농담을 할 때마다 아무렇지 않게 웃어넘길 수 있었다. 하지만 이제는 한나가 개입되어 있기에 스스로 약해지는 기분이었고 다 알고 있다는 듯한 친구들의 표정을 견디기가 어려웠다.

땀나는 손바닥을 청바지에 문질러 닦았다. "저기… 모르겠다." 나는 속수무책으로 실내를 둘러볼 뿐이었다. 오지 말고 그냥 소파에 앉아 있을걸, 아니면 거실에서 또 섹스를 하거나. 한나와의 사이가 어느 정도 확실해지기 전까지는 움직이지 말았어야 했다.

한나가 재미있다는 듯한 표정으로 올려다보았다.

"저기 뭐요?"

"춤추자고."

그녀의 의자를 빼고 텅 빈 댄스 플로어로 이끌었다. 하지만 내가 도망치려던 상황보다 훨씬 더 끔찍한 상황으로 뛰어들고 말았다는 사실을 이내 깨달았다. 친구들의 시선을 피해 테이블을 떠나오기는 했는데 우리가 향한 곳은 말 그대로 '무대'였다. 한나는 가까이 다가와 내 팔을 자신의 허리에 둘렀고 두 손은 내 가슴에 올려놓았다.

"숨 좀 쉬어요, 윌."

눈을 감고 심호흡을 했다. 태어나 이렇게 어색한 순간은 처음이었다. 아니, 생각해보니 지금까지 살면서 어색함을 느껴본 일이 거의 없었던 듯하다.

"당신 지금 엉망진창이에요." 나는 그녀를 한껏 가까이 당겼고 그녀는 내 귀에 대고 웃으며 말했다. "이렇게 당황한 모습은 처음 봐요. 솔직히 좀 귀여워요."

"오늘은 정말 이상한 하루야."

매디가 인디 밴드의 음악을 틀었는데 보컬 없이 연주만 나오는 곡이었다. 달콤하면서도 약간 구슬픈 느낌이 있었다. 한나와 몸을 밀착한 채로 느리게 춤추고 싶었는데 딱 알맞은 빠르기의 곡이었다. 사실은 춤이라기보다 그녀를 안고 선 채로 테이블에서 몇 분 간 도망쳐 있는 셈이었다.

천천히 회전하면서 흘낏 보니 친구들은 더 이상 우리를 보고 있지 않았다. 그들은 각자의 대화로 돌아갔다. 클로에는 팔을 머리 위로 퍼덕거리면서 뭔가에 대해 열정적으로 말하고 있었다. 결혼 준비 과정에서 발생한 골칫거리에 대한 이야기가 분명했다. 나를 심문하는 듯한 눈초리에서 해방은 되었지만 갈등이 되었다. 무대에서 계속 한나와 있어야 할지, 테이블로 돌아가 베넷과 클로에의 난리법석 결혼 준비 이야기에 동참할지. 엄청난 이야기가 기다리고 있을 게 분명했다.

"당신하고 있는 게 좋아요." 한나의 말이 내 생각을 중단시켰다. 바의 불빛 때문인지, 한나의 기분 탓인지 그녀의 눈동자는 평소보다 푸른빛이 강했다. 뉴욕에 봄이 오고 있다는 생각을 하게 만들었다. 겨울이 빨리 지나갔으면 했다. 주변의 풍경이 빨리 바뀌어 나 혼자만 변화를 겪고 있는 게 아니라는 것을 느끼고 싶었다.

그녀는 잠시 머뭇거리면서 내 입술에 시선을 집중했다. "미안해요."

내가 웃으면서 속삭였다. "사과는 벌써 했잖아. 미안하다고 말로도 했고 내 물건에도 해줬고."

그녀는 내 목에 얼굴을 갖다 댔다. 우리 둘만 있는 내 아파트 거실이나 침실에서 춤추는 거라고 상상했다. 물론 정말 장소가 거기라면 춤만 추진 않겠지만. 그녀가 지금 내 몸에 밀착되어 있고 방금 전에 그녀가 입으로 해준 건 내 인생 최고의 경험이었으며 이따 집으로 같이 갈

수 있을지도 모른다는 일련의 생각이 미치자 아랫도리가 흥분하지 않도록 이를 악물어야만 했다. 그녀가 그냥 껴안기만 하고 자기 원한다면 그렇게 할 거다. 이런저런 일이 많았던 오늘 하루이기에 오늘 밤 그녀를 보내고 싶지 않았다.

"어떻게 해야 할지 잘 모르겠어요. 아까 이야기를 하긴 했지만 아직도 이상해요."

나는 한숨을 쉬었다. "뭐가 그리 복잡하지?" 댄스 플로어의 조명이 비친 그녀의 얼굴은 미치도록 아름다웠다. 이성을 잃을 것만 같았다. 방금 질문이 연기처럼 목에서부터 내 입 안을 가득 채웠다. "지금도 좋지 않아?" 나는 정말로 그렇게 생각한다는 것을 알리려고 미소 지었다. 어쩌면 그녀는 잠시라도 내 거짓말을 믿을지도 모른다.

"정말로 좋아요." 그녀가 속삭였다. "오빠를 잘 안다고 생각했는데 전혀 몰랐던 것 같아요. 오빠는 의미 있는 멋진 문신을 한 훌륭한 과학자예요. 철인 3종 경기에도 나가고 어머니, 누나들과도 사이가 좋아요." 그녀는 손톱으로 살짝 내 목을 긁었다. "또 당신은 내가 처음 봤던 열아홉 살 때나 지금이나 성적 매력이 넘쳐요. 그래서 당신과 함께 있는 시간이 좋아요. 당신은 내가 내 몸에 대해 몰랐던 것들을 알려줘요. 내가 뭘 좋아하는지. 지금 우리 사이는 완벽해요."

한 손을 그녀 허리에서부터 위로 올려 아랫배와 등을 느끼면서 키스하고 싶었다. 아니 당장 바닥에 눕혀 그녀를 느끼고 싶었다. 하지만 여기는 공공장소다. 윌, 이 멍청이 같은 자식. 무심코 그녀 뒤쪽으로 친구들이 앉은 테이블을 쳐다보았는데 네 명 모두 우리를 쳐다보고 있었다. 베넷과 세라는 아예 우리 쪽을 향해 의자를 돌려 앉았다. 그러나 그들은 나와 시선이 마주치는 순간 곧바로 딴청을 부렸다. 맥스는 바쪽을, 세라는 천장을, 베넷은 시계를 보았다. 오로지 클로에만이 얼굴에 흐뭇한 미소를 가득 담고 계속 쳐다보았다.

"여기 온 건 실수였어." 내가 말했다.

한나는 어깨를 으쓱했다. "난 그렇게 생각하지 않아요. 밖으로 나와서 대화도 할 수 있고 좋아요."

"지금 우리가 한 게 그건가?" 내가 웃으며 물었다. "더 이상 대화할 필요가 없다는 대화?"

그녀는 혀를 내밀어 입술을 적셨다. "물론이죠. 하지만 당신 집으로 다시 가서 대화도 하고 다른 것도 하고 싶어요."

* * *

주머니에서 열쇠를 꺼내 맞는 열쇠를 찾았다. "차 한잔하고 가려고 온 게 아닌 거 알지?"

그녀는 고개를 끄덕였다. "알아요. 하지만 내일 연구실에 가봐야 해요. 오늘처럼 연락도 없이 안 가는 일은 없을 거예요."

현관문을 열고 그녀를 먼저 안으로 들어가게 했다. 그녀는 곧장 주방으로 향했다.

"그쪽이 아니야."

"차 다 마시고도 집에 가지 않을게요." 그녀가 어깨 너머로 말했다. "정말 마시고 싶어서 그래요. 술 때문에 졸립단 말이에요."

"두 모금밖에 안 마셨잖아." 우리는 잭 앤 코크를 거의 그대로 두고 나와버렸다. 베넷을 비롯한 친구들은 마저 마시고 한 잔 더 하고 가라면서 우리를 붙잡았다.

"두 모금밖에 안 마셨는데 일곱 잔은 마신 것 같아요."

나는 가스레인지 앞에 서서 주전자에 물을 채웠다. "넌 재미없는 술친구라는 뜻이야. 내가 양주를 일곱 잔 마셨다면 테이블 위에 올라가서 스트립쇼를 출걸."

그녀는 웃음을 터뜨리며 냉장고를 열고 살펴보더니 당근을 꺼냈다. 조리대로 걸어가 풀쩍 걸터앉고 다리를 흔들거렸다. 마치 이 집에 수년 동안 들락거린 듯 자연스러운 행동이었다.

그녀의 묶은 머리는 목 뒤쪽으로 몇 가닥 흘러내려와 있었다. 바가 더워서인지, 두 모금 마신 술 때문인지 그녀의 뺨은 발그레했고 눈은 반짝거렸다. 그녀는 천천히 눈을 깜빡거리면서 나를 쳐다보았고 나는 미소 지었다.

"예뻐." 그녀 옆쪽으로 조리대에 몸을 기대면서 내가 말했다.

그녀는 당근을 한 입 깨물었다. "고마워요."

"몇 분 후에 정신 못 차리고 널 가질 거야."

그녀는 무심한 척하면서 중얼거렸다. "그래요."

그러더니 두 다리로 내 몸을 감싸고 허벅지 사이로 끌어당겼다. “내일 ‘일’하러 가야 한다고 말은 했지만 날 밤새 재우지 말아요. 당신이 정말로 원한다면.”

한 손을 올려 그녀의 셔츠 첫 단추를 풀었다. “오늘 밤 내가 어떻게 해주길 바라지?”

“아무거나요.”

한쪽 눈썹을 추켜세우며 물었다. “아무거나?”

그녀는 다시 생각에 잠기더니 답했다. “뭐든지 다요.”

“나도 그런 섹스가 좋아.” 그녀의 목에 코를 가져갔다. “네가 뭘 좋아하는지 알아가는 섹스 말이지. 네가 내는 소리를 들으면서 알 수 있거든.”

“모르겠어요….” 그녀는 내 머리 옆으로 당근을 빙빙 돌리며 말꼬리를 흐렸다. “가장 좋은 섹스는 오랫동안 함께한 사람과의 섹스 아니에요? 여자는 침대에 잠들어 있고 남자가 와서 옆에 누워요. 여자는 자연스럽게 남자를 안는 거예요. 남자의 따뜻한 목에 여자의 얼굴이 와 닿죠. 남자는 여자의 등을 쓰다듬다가 바지를 벗겨요 그리고 윗옷을 벗기기도 전에 그녀 안으로 들어가는 거죠. 얼마나 좋은지 아니까, 빨리 그녀 안으로 들어가고 싶어서 못 견디는 거예요. 꼭 차례대로 옷을 벗길 필요가 없는 거죠.”

나는 몸을 살짝 빼서 그녀를 쳐다보았고 그녀는 당근을 또 한 입 깨물었다. 그녀의 묘사는 꽤 생생했다.

솔직히 나는 익숙한 연인과의 섹스가 최고라는 생각을 해 본 적이 없다. 물론 좋기는 할 것이다. 하지만 그녀의 설명을 들어보니 최고로 좋은 섹스인 것 같았다. 그녀는 마치 꿈이라도 꾸는 것처럼 감을 듯 말 듯한 눈에 살짝 가라앉은 목소리로 말했다. 한나와 침대를 공유하고 경제적인 문제를 의논하고 싸우기도 하는 생활을 그려볼 수 있었다. 그녀가 나한테 화날 때도 있겠지. 그러면 나는 몰래 다가가 그동안 터득한 방법들을 이용해 그녀의 화를 풀어주려고 하겠지. 그녀는 내 여자고 생각이나 욕구를 있는 그대로 표현하는 여자니까.

젠장. 그녀의 섹시함은 평범한 게 아니다. 그녀가 섹시한 이유는 하나로 묶은 머리가 반쯤 헝클어져도 아랑곳하지 않고 내 앞에서 당근을 먹고 있기 때문이다. 집을 나서기 전부터 소파에 앉아 있느라 머리가 헝클어졌지만 그녀는 굳이 고치려고 하지 않았다. 그녀는 굳이 꾸미려고 하지 않고 자신의 모습을 있는 그대로 보여주고 남들의 시선 역시 편안하게 받아들인다. 이런 여자는 처음이다. 그녀는 내가 자신을 쳐다보면서 속으로 헐뜯고 있다는 생각을 절대로 하지 않을 것이다. 내가 자신을 말을 듣느라 쳐다본다고 생각할 거다. 사실이다. 나는 그녀가 친숙한 남녀의 섹스며 애널 섹스며 포르노 영화에 대해 쉬지 않고 떠들어대는 소리에 귀를 기울였다.

"내가 맛있는 음식이라도 되는 것처럼 쳐다보고 있네요." 그녀는 짓궂게 웃으면서 당근을 내밀었다. "먹을래요?"

고개를 저었다. "난 널 먹고 싶어."

그녀는 스스로 셔츠 단추를 풀어 어깨를 드러냈다.

"좋아하는 걸 말해봐." 가까이 다가가 그녀의 목 가운데에 키스했다.

"당신이 내 몸에 사정하는 게 좋아요."

그녀의 목에 키스하면서 웃음을 터뜨렸다. "그건 알지. 또?"

"당신이 내 안에 들어가 움직이면서 날 볼 때가 좋아요."

"내가 너한테 뭘 해줄 때가 좋은지 말해봐."

한나는 내 가슴 아래로 손을 내리더니 티셔츠 끝자락을 잡아 위로 벗겼다. "당신이 약간 거칠게 할 때가 좋아요. 마치 내 몸이 당신 거인 것처럼."

물이 끓으면서 휘슬 소리가 조용한 주방을 가득 메웠다. 옆으로 몸을 살짝만 움직여서 티백이 담긴 머그잔을 집어 뜨거운 물을 부었다. "내가 만질 때 네 몸은 내 거야." 주전자를 내려놓으면서 말했다. "내 마음대로 키스하고 갖고 맛볼 수 있어."

그녀는 눈썹을 추켜세우면서 나를 보고 웃었다. "내가 만질 때 당신 몸도 내 거예요."

그녀가 몸을 숙이고 손을 뻗어 허니 디퍼를 가져와 머그잔에 꿀을 떨어뜨렸다. 나는 더 이상 참을 수 없었다.

그녀에게서 허니 디퍼를 빼앗아 꿀을 한 번 더 뜬 다음 그녀의 가슴에 꿀을 떨어뜨렸다. 그녀는 차에 대해서는 완전히 잊어버린 채 내가 하는 걸 지켜보았다.

"주도권을 잡아봐." 그녀의 턱에 키스하면서 말했다. "어떻게 하라고 말해봐."

그녀는 잠시 망설였다. "빨아 먹어요."

나는 그녀의 명령에 따라 꿀을 핥아서 먹은 후 그녀의 살을 세게 빨았다. 어찌나 강렬했는지 그녀의 피부에 붉은 흔적이 남았다. "그리고?"

내가 혀로 핥는 동안 그녀는 손을 뒤로 해서 브래지어를 풀었다. 그녀의 젖꼭지로 옮겨가 입에 넣고 빨았다. 그녀는 숨을 헐떡거리며 "젖게 만들어요"라고 했다.

몸을 숙여 그녀의 가슴을 혀로 핥고 또 깊숙이 빨면서 반짝거리게 만들었다. "곧 여기다 할 거야."

"깨물어줘요." 그녀가 속삭였다.

나는 신음 소리와 함께 눈을 감은 후 그녀의 가슴을 조그만 동그라미 모양으로 물었고 아직 희미하게 남아 있는 꿀을 혀로 맛보았다. 아래로 손을 가져가 그녀의 청바지와 속옷을 엉덩이 아래로 내리자 그녀가 발로 차듯이 벗어버렸다.

그녀는 다리를 벌린 채로 내 어깨를 껴안았다.

"뭘?"

"음?" 양손으로 그녀의 가슴을 움켜잡고 위로 밀어올린 채 갈비뼈 부분을 간질였다. 목소리로 알 수 있었다. 그녀가 나에게 애원을 할 거라는 걸.

"제발."

"제발 뭐?" 조심스럽게 그녀의 젖꼭지를 치아로 물었다. "제발 차를 마시게 해달라고?"

"만져줘요."

"만지고 있잖아."

그녀는 약간 화난 듯 말했다. "다리 사이를 만져줘요."

손가락에 꿀을 찍어 그녀의 클리토리스에 대고 문지르면서 치아로는 연약한 가슴을 깨물었다. 그녀는 고개를 뒤로 젖힌 채 신음했고 다리를 좀 더 벌려서 양쪽 발을 조리대에 갖다 댔다.

몸을 굽혀 그녀의 그곳에 얼굴을 가져갔다. 살살 애태우면서 하기가 힘들었다. 그녀의 살에 묻은 꿀은 따뜻했고 환상적인 맛이 났다. "젠장." 그녀의 도톰한 그곳을 부드럽게 빨았다.

그녀는 한 손으로 내 머리를 잡고 끌어당겼다. 내 머리를 위쪽으로 당기더니 얼굴을 굽혀서 키스했다. 그녀의 혀에도 꿀이 묻어 있었다. 뜨겁게 요동치는 심장과 함께 지금 이 맛은 영원히 그녀와 함께 각인될 것 같았다.

입술과 혀가 엉키면서 키스하는 동안 그녀의 자그만 신음 소리가 새어 나왔다. 이미 축축하게 젖고 뜨거워진 그곳을 애무하자 그녀의 신음 소리는 더욱 커졌다. 조리대는 내 엉덩이보다 약간 높았지만 그녀가 원한다면 주방에서 그대로 할 수도 있었다.

"콘돔 가져올게."

"네." 그녀는 내 머리에서 손을 뗐다.

맨발로 복도를 지나면서 서둘러 청바지 버튼을 풀었다. 서랍에서 콘돔을 하나 꺼내 주방으로 가려는데 한나가 어느새 방으로 들어와 있었다.

완전히 벌거벗은 그녀는 아무 말 없이 침대로 올라가 가운데로 기어갔다. 무릎을 꿇은 채 한 손을 무릎에 올려놓고 나를 기다렸다.

"여기서 하고 싶어요."

"그래." 나는 청바지를 내려 엉덩이에 걸쳤다.

"당신 침대에서."

'당연하지'라고 생각했다. 지금 내 침대에서 섹스를 하는 건 당연하잖아. 둘 다 옷을 벗었고 내 손에는 콘돔이 쥐어져 있으니까. 그런데 지금 그녀가 뭔가를 물어보고 있는 것임을 깨달았다. 그녀는 내 침대가 출입 금지 구역인지, 아니면 내가 아무 여자나 침실까지 들이는 바람둥이인지 묻고 있는 거였다.

앞으로도 항상 이런 식일까? 그녀는 나에게 새롭고 특별한 사람인데 그녀는 언제까지나 그 사실을 믿지 못하고 계속 질문하게 될까? 주도권을 쥔 건 그녀 쪽이고 원하면 얼마든지 내 마음을 아프게 할 수 있는데 그것만으로는 부족한 걸까?

그녀가 있는 침대로 가서 입으로 콘돔 포장을 뜯기 시작하는데 그녀가 콘돔을 가져갔다.

"아." 그녀는 몸을 숙이고 내 남성의 끝부분을 혀로 핥았다. "아. 네

입이 너무 좋아.”

그녀는 내 남성의 끝부분에 키스하고 내 몸을 혀로 핥으면서 위로 올라왔다. 그리고 나를 자신의 입술 쪽으로 당겼다.

“널 보는 게 좋아.” 내 목소리는 이미 이성을 잃었다. 그녀의 이런 모습을 보는 것만으로도 흥분되어서… 과연 언제까지 참을 수 있을지 몰랐다. “벌써부터 할 것 같군.”

“만지지도 않았는걸요.” 그녀는 내심 자랑스러운 듯한 목소리였다.

“그래… 참기가 너무… 힘들어.”

그녀는 내 남성에 콘돔을 씌우고 침대에 누웠다. “준비 됐어요?”

그녀 위로 올라가 아래를 보면서 위치를 맞추고 그녀 안으로 미끄러지듯 들어갔다. 그녀의 그곳은 너무도 따뜻하고 미끄러웠다. 조금이라도 더 오래 이 순간을 느끼고 싶었다. 나는 엉덩이를 살짝 뒤로 빼고 내 남성으로 그녀의 클리토리스를 살짝 두드렸다.

“윌.” 그녀가 엉덩이를 들면서 우는 소리를 냈다.

“얼마나 젖었는지 알아?”

그녀는 떨리는 손을 아래로 내려 자신의 그곳을 만졌다. “맙소사.”

“나 때문에 그렇게 젖은 거야? 나도 이렇게 단단해진 적은 처음인 것 같군.” 내 남성에서 고통이 울려 퍼지는 게 느껴졌다.

그녀는 나를 꽉 잡고 거칠게 숨을 들이쉬며 속삭였다.

“제발.”

“제발 뭐?”

그녀가 눈을 뜨고 속삭였다. “제발… 넣어줘요.”

괴로워하는 그녀의 사랑스럽고도 다급한 모습이 좋았다. “여기가 욱신거릴 정도야?”

“웅.” 그녀는 무언가를 찾는 듯 두 손과 엉덩이를 간절히 움직였다. 그녀의 손가락을 입으로 가져와 하나씩 입에 넣으면서 달콤함을 맛보았다.

손가락 하나로 그녀의 질 입구에 동그라미를 그리며 애무했다. “물었잖아. 여기가 욱신거려?”

“네….” 그녀는 내 손가락이 질 안으로 들어가게 하려고 엉덩이를 들이밀었다. 내가 재빨리 그녀의 클리토리스를 미끄러지듯 애무하자 그녀의 신음 소리가 더욱 커졌다. 클리토리스에서 아래로 쭉 손가락을 내려 보니 믿을 수 없을 만큼 축축하게 젖어 있었다. “허벅지도 욱신거려? 여기 이 달콤한 꽃잎들도….” 고개를 숙여 그녀의 젖꼭지를 입에 넣고 혀로 간질였다. “여기도 팽팽하고 욱신거려?” 젠장. 그녀의 가슴은 너무도 부드럽고 따뜻했다. “아, 플럼.” 내 입에서 새어 나온 간절한 속삭임이었다. “오늘 밤 널 엄청 좋게 해줄 거야. 엄청 좋게 해줄 거야.”

그녀는 엉덩이를 활 모양으로 휘게 하고 내 머리에서 목, 등까지 손톱으로 긁으면서 내려갔다.

또다시 그녀의 그곳으로 얼굴을 가져갔고 그녀의 등이 침대에 맞닿도록 밀었다. “지금 넌 날 위해 뭐든 다 하겠지. 난 여기에 넣어줄 수 있으니까."

"다 할게요. 제발…."

"지금… 애원하는 건가?"

그녀는 다급하게 고개를 끄덕이더니 커진 두 눈으로 나를 쳐다보았다. 목에서 맥박이 뛰는 게 보였다.

"네가 그렇게 좋아하는 포르노에 나오는 여자들은…." 나는 엉덩이를 왔다 갔다 하면서 미소 지었다. 내 남성이 그녀의 도톰한 클리토리스 위를 스치듯 지날 때 그녀도 나도 신음을 내뱉었다. "넣어주지 않으면 안 된다면서 애원하지." 내가 고개를 옆으로 기울이면서 말했다. 지금 당장 그녀 안으로 들어가 마구 피스톤 운동을 하고 싶은 욕망을 억누르려고 이를 악물었다. "넣어주지 않으면 안 된다고 애원해보겠어?"

그녀는 손톱으로 내 쇄골 바로 아래를 파고들어 거칠게 아래로 내려갔고 흉골에서 배꼽 사이에 붉은 자국을 남겼다. "오늘 밤 당신이 시키는 대로 다 할게요. 어서 빨리 느끼게 해줘요."

더 이상 참을 수 없게 된 나는 거친 숨을 헐떡였다. "안에 넣어."

말이 떨어지자마자 그녀는 내 성기를 잡고 위아래로 움직인 후 자신의 안에 넣었다. 침대에서 엉덩이를 떼고 한껏 깊이 들어가게 했다. 나는 열기로 몸이 붉어졌고 으르렁거리는 소리를 내면서 그녀의 움직임에 맞추었다. 그녀의 다리를 붙잡고 양쪽으로 한껏 벌려서 더욱 깊이 들어갔고 피스톤 운동을 하면서 그녀의 클리토리스를 자극했다.

양손은 그녀의 어깨 옆에 놓고 이불을 움켜잡으면서 내 자신을 제어하려고 했다. 그녀의 그곳은 너무도 따뜻했다. 미치도록 따뜻했다. 눈을 질끈 감고 온몸의 피가 요동치는 것을 느끼면서 들어갔다 나왔다 했다. 세게, 깊이.

그녀의 신음 소리는 너무도 달콤해서 더욱 깊이 들어가 세게 누르고 몇 번이고 절정에 만들게 하고 싶었다. 그녀가 자기 안에 들어와 이런 기분을 느끼게 해줄 수 없는 남자는 나 말고 없다고 생각하도록. 그녀는 내가 밤새 쉬지 않을 것임을 알았다. 우리가 함께한 첫날 밤만 그런 게 아니라 내가 그녀하고 있으면 언제나 밤새 할 수 있다는 사실을. 한나와 할 때는 절대로 금방 끝내고 싶지가 않다.

그녀는 완벽했고 아름답고 또 거칠었다. 두 손으로 내 얼굴을 움켜쥐고 엄지를 내 입에 넣고는 애원하는 눈빛으로 작은 신음 소리를 내면서 애원했다.

하지만 그녀가 눈을 감자 나는 움직임을 멈추고 헐떡거리면서 말했다. "날 봐. 오늘은 살살 하지 않을 거야."

그녀는 내 남성이 아니라 내 얼굴을 보았다. 그래서 내가 느끼는 모든 감각을 하나도 빠짐없이 보여줄 수 있었다. 그녀 안에서 힘차게 움직이고 손으로는 굶주린 듯 그녀의 몸을 더듬고 있지만 그걸로도 충분하지 않다는 것, 그녀가 나에게 몸을 들이밀기 시작했다는 사실이 좋다는 것, 그리고 이 모든 것이 너무도 당연한 것처럼 느껴지기 시작했다는 것을. 그녀의 가슴에 붉은 기운이 퍼지면서 첫 번째 오르가슴이 다가오는 것을 보고 나는 웃음을 터뜨렸다. 그녀는 미친 듯 소리를 질러댔다. 속도를 늦추고 싶었다. 남성을 천천히 넣었다 빼면서 속도를 늦추고 그녀의 가슴골에 손가락을 넣어 땀을 만지면서 그녀가 또다시 애원하도록 만들었다.

그녀는 내 어깨를 당기면서 좀 더 빠르게 해달라고 애원했다.

"요구가 많은 여자군." 나는 성기를 빼고 그녀를 돌려 눕히고는 등을 핥고 엉덩이와 허벅지를 깨물었다. 그녀의 온몸에 붉은 자국을 남겼다.

그녀를 침대 가장자리로 끌어내렸다. 침대 끝을 붙잡고 몸을 숙인 그녀 뒤에서 삽입했다. 어찌나 깊이 들어갔던지 우리 둘 다 비명을 질렀다. 눈을 감고 그녀 안에 깊이 들어가 있는 느낌을 음미했다. 다른 여자들하고는 처음부터 끝까지 눈으로 보았다. 사정을 앞두고 꼭 시각적인 자극이 필요했다. 하지만 한나와 할 때는 눈으로 보기까지 하면 도저히 감당이 안 된다. 이렇게 뒤에서 바짝 밀착해 들어간 자세로는 다행히 볼 수가 없다. 그녀의 등이 활처럼 휘거나, 어깨 너머로 궁금함과 희망이 가득한 눈빛을 보내거나, 내 아랫배를 강렬하게 자극하는 사랑스러운 얼굴까지 본다면 난 절대로 참지 못할 거다.

그녀의 몸이 팽팽하게 긴장하기 시작하는 걸 느꼈고 점점 더 촉촉하게 젖어들자 나는 이성을 잃었다. 그녀의 머리와 가슴을 거칠게 움켜쥐고 뒤에서 힘껏 피스톤 운동을 했다. 그녀의 엉덩이 사이로 내 남성이 빠르게 오가면서 날카로운 소리를 냈고 그녀의 신음 소리가 뒤따라 나왔다. 내가 어깨를 깨물면서 "어서 느껴봐"라고 말하자 그녀의 날카로운 비명 소리가 가냘픈 헐떡거림으로 변했다. 나는 참으려고, 지금 우리가 한 몸이 되어 있는 그림을 상상하지 않으려고 노력했다. 한 손으로 그녀의 엉덩이를, 또 다른 손으로는 어깨를 움켜쥐고서 내 쪽으로 힘껏 당기며 피스톤 운동을 계속했다. 절정의 느낌이 등줄기를 타고 내려오는 것을 느꼈다.

그녀는 내 이름을 부르면서 엉덩이를 내 쪽으로 세게 밀었고 나는 갑자기 빙글빙글 돌며 어둠 속으로 떨어지는 듯한 느낌을 받았다. 퍼뜩 눈을 뜨고 양손으로 그녀를 붙잡은 채로 신음 소리와 함께 사정했다. 그 후에도 그녀가 오르가슴을 느낄 때까지 움직임을 계속했다. 머리는 요동치고 다리에는 불이 붙은 듯했다. 마치 내 자신이 고무로 만들어진 것처럼 주체하기가 힘들었다.

나는 콘돔을 빼고 침대에 쓰러져 눕는 그녀를 쳐다보았다. 헝클어진 머리, 땀투성이가 된 온몸은 붉게 상기된 채 여기저기 깨문 자국이 나 있고 아직 꿀까지 묻은 채로 내 침대에 누워 있는 그녀는 완벽 그 자체였다. 나도 침대로 기어가 그녀의 등 뒤로 누워 허리를 감싸 안았다. 웬일인지 익숙했다. 그녀가 내 침대에 누운 것은 처음인데도 마치 항상 그 자리에 있었던 듯 전혀 낯설지가 않았다.

15

다음 날 익숙하지 않은 침대 시트와 아직도 내 몸에 남아 있는 그의 체취를 느끼며 잠에서 깼다. 침대는 엉망진창이었다. 매트리스에서 삐져나온 시트는 내 몸에 둘둘 말려 있고 베개는 바닥으로 내팽개쳐 있었다. 온몸에는 깨문 자국과 손톱으로 찔러 멍든 자국이 가득하고 내 옷은 대체 어디 있는지 보이지도 않았다. 시계를 보니 아직 새벽 5시였다. 몸을 돌려 누워서 헝클어진 머리를 넘기고 어슴푸레한 불빛 속에서 눈을 깜빡거렸다. 옆자리는 비어 있고 윌이 누워 있던 이불 자국만 남아 있었다. 발자국 소리가 들려 쳐다보니 상반신을 벗은 그가 웃으면서 양손에 김이 모락모락 나는 머그컵을 들고 서 있었다.

"안녕, 잠꾸러기." 그는 머그잔을 침대 옆 탁자에 올려놓았다.

그가 걸터앉자 매트리스가 살짝 내려갔다. "몸은 괜찮아? 아프진 않아?" 입가에 미소를 머금은 부드러운 목소리였다. 이렇게 가까이에서 나를 지그시 바라보는 그의 눈길에는 절대로 익숙해지지 않을 것 같다. "어젠 부드럽게 안 했잖아."

그가 온몸에 남긴 자국 말고도 복부는 윗몸 일으키기를 백번은 한 듯 당겼고 다리에는 힘이 하나도 안 들어가고 다리 사이로 그의 몸과 내 몸이 부딪히면서 나던 소리의 울림이 느껴지는 듯했다. "어젯밤에 쓴 곳들이 다 아파요."

그는 턱을 긁적이며 내 눈을 바라보더니 가슴으로 시선을 옮겼다. 놀라운 일도 아니었다. "지금까지 한 말 중에 가장 마음에 드는걸. 오늘 밤에 문자로 보내줘. 인심 쓰고 싶다면 가슴 사진도 찍어서 보내주면 더 좋고."

나는 웃음을 터뜨렸고 그가 머그잔을 들어 건넸다.

"어제 누군가 차를 깜빡했더군."

"흠. 어제 그 누군가가 딴 데 정신이 팔렸거든요." 나는 고개를 저으면서 머그잔을 그대로 두라고 고갯짓했다. 양손을 둘 다 자유롭게 쓰고 싶었다. 윌은 어느 때라도 포식 동물처럼 거칠고 유혹적이지만 특히 아침에는 치명적인 매력을 내뿜었다.

그는 알겠다는 듯이 웃고는 내 머리카락 끝부분을 만지작거리면서 등을 쓰다듬었다. 그의 눈동자를 바라보며 내 몸에 닿는 그의 손가락을 느끼는 것만으로도 다리 사이로 따뜻하고 묵직한 불꽃이 피어나 몸이 떨렸다. 내가 그에게 느끼는 감정이 뭔지 정확하게 알고 싶었다. 우정, 애정 아니면 그 이상의 감정일까? 목구멍에서 자꾸만 질문이 떠올랐지만 삼키려고 애썼다. 우리가 어제 나눈 대화는 그다지 명쾌하지 못했고 이 이후로 아직 솔직한 대화를 나눌 준비가 되지 않았다.

창문 사이로 슬쩍 엿보이는 하늘은 여전히 자줏빛이고 흐릿해 그의 몸에 그려진 모든 선이 더욱 선명하게 두드러졌다. 파랑새 문신은 거의 검정색으로 보였고 갈비뼈 부분을 둘러싼 문구는 섬세하게 한 글자 한 글자 새겨 넣은 듯했다. 그의 탄탄한 복근으로 엄지를 가져가 비스듬하게 푹 패인 치골을 따라 내려갔다. 사각팬티의 허리 부분 바로 아래까지 내려가자 그가 후 소리를 냈다.

"입으로 해주고 싶어요." 재빨리 그의 얼굴로 시선을 가져가 반응을 살폈다. 그는 놀란 것처럼 보였는데 그보다도 굶주려 보였다. 푸른 눈동자는 무겁고 그림자에 가려져 있었다.

그는 동의한 듯 침대 옆 작은 탁자에 기대고는 블랙 마커를 가져왔다. 누워 있는 나를 넘어가 침대 가운데에 등을 대고 누워서는 조각처럼 탄탄하고 긴 다리를 뻗었다.

내가 몸을 일으킨 순간 이불이 내려가 온몸에 차가운 공기가 닿았고 완전한 알몸이라는 사실을 깨달았다. 내가 뭘 하는지, 어떤 모습으로 보이는지 생각조차 하지 않고 그에게 기어간 다음 다리를 벌리고 올라앉았다. 그의 아랫도리 부근에 앉아 양쪽 허벅지를 그의 골반에 대고 받친 모양새였다.

방 안의 공기가 무겁게 가라앉은 듯했고 윌은 눈이 커진 채로 침을 꿀꺽 삼켰다. 그에게서 마커를 가져와 뚜껑을 열었다. 내 엉덩이에 닿은 그의 남성이 단단하게 발기하기 시작했다. 그가 내 살에 비비기 위해 허벅지에 힘을 주고 엉덩이를 위로 흔들자 내 입에서 신음이 새어 나왔다.

어디서부터 시작해야 할지 모르지만 그를 내려다보았다. "당신의 쇄골이 좋아요." 그의 목 아래로 움푹 패인 쇄골을 쓰다듬었다.

"쇄골?" 따뜻하면서 약간 거친 목소리였다. 손가락으로 그의 가슴을 훑으며 내려갔다. 그의 숨결이 흥분으로 더욱 거칠어지자 나는 입술을 깨물며 의기양양한 미소를 지었다.

"당신의 가슴이 좋아요."

그가 웃으면서 중얼거렸다. "나도 네 가슴이 좋아."

그의 넓은 가슴은 완벽했다. 근육질이지만 지나치게 우람하지는 않았다. 넓고 탄탄한 어깨부터 가슴까지 피부가 매끈했다. 나는 그의 가슴에 검지로 선을 따라 그렸다. 그는 잡지나 늦은 밤 TV 프로그램에 나오는 남자들처럼 가슴에 면도나 왁싱을 하지 않았다. 가슴에는 진한 털이 약간 있고 복부는 털 없이 매끈하다 배꼽부터 아랫도리까지는 부드러운 오솔길처럼 털이 나 있었다. 진정 남자다웠다.

나는 고개를 숙여 그의 배꼽 아래 부분의 털을 혀로 핥았다.

"좋은데." 그는 다급하게 자세를 바꾸었다. "아, 정말 좋아."

"여기도 좋아요." 나는 엉덩이 부분으로 입술을 옮겨갔다. 그의 사각팬티를 살짝 내려서 골반뼈 안쪽에 H라고 쓰고 그 아래에 B를 썼다. 그리고 똑바로 앉아서 환하게 웃으며 내가 쓴 글자를 살펴보았다. "마음에 들어요."

그는 고개를 들어 자신의 몸에 적힌 내 이니셜을 본 다음에 나를 쳐다보았다. "나도."

지난번에 몸에서 닦아낸 글자와 그림이 기억나 마커를 엄지손가락에 마구 휘갈겨 잉크를 듬뿍 묻혔다. 그리고 그의 튀어나온 골반뼈 바로 아래에 엄지를 대고 눌렀다. 내가 꽉 누르는 순간 그가 숨을 깊이 들이마셨다. 손을 떼자 그의 몸에 내 지문이 찍혔다.

그는 지문을 멀찍이 떨어져서 보고는 감탄했다.

"젠장." 그는 내 지문에서 시선을 떼지 못한 채 내뱉었다. "사람들이 나한테 한 행동 중에서 가장 섹시해, 한나."

그 말은 내 안의 원초적인 부분을 건드렸다. 그 말인즉슨 나 말고도 그에게 섹시한 행동을 해서 기분 좋게 만들어준 여자들이 있다는 뜻이었다.

나에게 꽂힌 그의 시선을 피했다. 그가 함께한 여자들에 대해 생각하고 있다는 걸 들키고 싶지 않았다. 윌은 그동안 나에게 정말 잘해주었다. 나는 섹시함을 느꼈고 즐거웠다. 누군가 나를 원한다고 느꼈다. 나는 그가 나를 만나기 전에 만났던 여자들이

나 앞으로 만날 여자들에게 집착하지 않을 거다. 그가 나와 만나지 않은 날에 다른 여자를 만났을지 모른다는 생각도 하지 않을 거다. 그는 다른 여자들하고 끝냈다는 말을 하지 않았다. 일주일에 거의 매일 나와 만나지만, 매일은 아니다. 내가 이 남자에 대해 확실히 아는 게 있다면 다양함을 좋아하며 언제나 대안을 준비해놓을 만큼 실용주의자라는 사실이다.

'비밀 요원 한나, 거리를 유지해. 임무만 완수하고 무사히 탈출하는 거야.'

윌이 상체를 일으켜 내 목을 빨다가 귀로 옮겨가 속삭였다. "널 가져야겠어."

저절로 고개가 뒤로 젖혀졌다. "어젯밤에 했잖아요?"

"그건 어젯밤 얘기지."

온몸에 전율이 일었다. 그렇게 머그컵에 담긴 차는 차갑게 식어갔다.

* * *

바깥 공기는 아직 차가웠지만 봄기운이 느껴지기 시작했다. 나뭇잎과 꽃, 나뭇가지에 앉아 지저귀는 새들, 앞으로 더 날씨가 좋아질 것임을 말해주는 듯한 파란 하늘이 보였다. 봄의 센트럴파크는 언제나 내 마음을 설레게 했다. 이렇게 거대한 산업 도시의 한

가운데에 보석 같은 자연이 살아 있고, 야생동물이 숨겨져 있다는 사실이 놀라울 뿐이었다.

온몸이 뻐근하고 기진맥진한 채로 오늘 할 일과 다가오는 부활절 주말에 대해 생각해봐야 하는 데도 옆에서 달리는 윌의 모습에 정신을 차릴 수 없었다.

경쾌한 박자에 맞춰 땅에 닿는 발소리와 숨소리…. 전부가 섹스를 연상시켰다. 내 손에 닿았던 단단한 근육의 느낌이 되살아났다. 그는 마치 나를 기분 좋게 해주기 위해서인 듯 말했지만 사실은 내 스스로도 몰랐던 욕망을 깨닫고 이에 굴복하기를 원했던 것이다. 지난밤 그가 내 귀에 숨을 불어 넣으면서 영원과도 같은 시간을 견디며 나를 몇 번이고 절정에 이르게 해주었던 것도.

달리면서 셔츠를 들어 이마를 닦는 그를 보자 예전 파티에서 내 배에 그의 땀이 떨어지고 엉덩이에 그의 정액이 묻었던 장면이 떠올라 속이 뜨거워졌다.

그가 곧 셔츠를 내렸지만 나는 방금 전에 드러난 그의 아랫배에서 시선을 거두지 못했다. "한나."

"흠?" 마침내 눈앞에 펼쳐진 길로 시선을 돌리면서 내가 답했다.

"왜 그래? 약간 멍해 보이는데."

숨을 크게 한 번 들이켜고는 잠깐 동안 눈을 꽉 감았다 떴다. "아무것도 아니에요."

그가 조깅을 멈추었다. 그가 피스톤 운동을 하면서 내는 소리도 함께 멈추었다. 그가 고개를 숙여 나와 눈을 맞출 때까지도 다리 사이의 찌릿한 느낌이 사라지지 않았다. "거짓말하지 마."

나는 숨을 들이마셨다 내쉬면서 말했다. "알았어요. 당신을 생각하고 있었어요."

푸른 눈동자가 내 얼굴부터 아래까지 훑었다. 그의 옷을 빌려 입어 루즈한 티셔츠 위로 젖꼭지가 자리한 부근, 떨리는 배, 쓰러지기 일보 직전의 다리와 지나치게 긴장한 다리 사이까지. 나는 다리 사이의 아픔이 가시게 하려고 힘을 꽉 주고 있었다.

그의 얼굴에 희미한 미소가 떠올랐다. "나 뭐?"

이번에는 눈을 감고 계속 그대로 있었다. 그는 내 장점이 솔직함이라고 하지만 그가 보여주는 반응 덕분에 더욱 솔직해질 수 있었다. "누군가로 인해 이렇게 정신 집중이 안 되는 건 처음이에요." 그동안 앞만 보고 저돌적으로 달려왔는데 지금 난 욕망덩어리 대학원생일 뿐이었다.

그는 한동안 조용했다. 내가 올려다보니 생각에 잠긴 눈으로 나를 보고 있었다. 그가 평소처럼 약 올리듯 농담을 던져서 경계선이 확실했던 전과 같은 사이로 돌아가기를 바랐다. "더 말해봐." 마침내 그가 나직하게 말했다.

눈을 뜨고 다시 그를 쳐다보았다. "이렇게 집중이 안 됐던 적이 없어요. 항상 당신을… 그리고 당신과의 섹스를 생각해요."

그때만큼 심장이 쥐어짜듯 무겁게 뛰었던 적은 없었다. 그는 심장이 근육으로 되었음을 알게 해준 남자다. 내 몸이 원초적이고 동물적인 성교를 위해 만들어졌다는 사실을. 하지만 윌이 나에게 느끼게 하는 감정만큼은 전혀 반갑지 않았다.

"그리고?" 그가 압박하듯 물었다.

좋아, 다 털어놓자.

"그래서 무서워요."

그는 입술을 떨면서 억지로 미소를 지었다. "왜지?"

"당신은 내 친구니까요…. 당신은 내 가장 친한 친구가 됐으니까요."

그의 표정이 누그러졌다. "그게 나쁜 건가?"

"난 친구가 많지 않아서 당신과의 우정을 망치고 싶지 않아요. 나에겐 무척 중요하다고요."

그는 내 뺨에 땀으로 들러붙은 머리카락을 뒤로 넘겨주었다. "중요하지."

"맥스의 표현대로 섹스 하는 친구 사이가 완전히 '좆 될까 봐' 두렵다고요."

그는 웃음을 터뜨렸지만 대답은 하지 않았다.

"당신은 안 그래요?" 그와 눈을 마주치려고 하면서 물었다.

"두렵긴 하지만 너랑 똑같은 이유는 아닐 거야."

무슨 뜻일까? 평소 평정을 잃지 않는 그의 성격이 좋았지만 지금은 목을 조르고 싶은 심정이었다.

"당신은 내 친구인데 당신의 알몸이 계속 떠오른다는 건 이상하지 않아요? 우리가 알몸으로 함께 있는 모습이 자꾸 떠올라요. 우리가 알몸일 때 당신이 나한테 해주는 것과 내가 당신에게 해주는 싶은 게 자꾸 생각난단 말이에요."

그는 한 걸음 다가와 한 손을 내 엉덩이에, 다른 손을 내 턱에 올려놓았다. "이상하지 않아. 한나, 있잖아?"

그가 엄지를 내 목으로 스치듯 내리며 내 마음을 이해할 수 있다고 말하려는 듯했다. 나는 침을 꿀꺽 삼키면서 속삭였다. "네?"

"알겠지만 난 매사에 확실한 게 좋아."

나는 고개를 끄덕였다.

"하지만… 지금 꼭 이 이야기를 하고 싶어? 하고 싶다면 상관없지만…." 그가 확인의 의미로 내 엉덩이를 꽉 쥐었다. "꼭 그럴 필요는 없어."

그 순간 엄청난 두려움에 몰려왔다. 전에도 이런 대화를 나눈 적이 있지만 결과가 좋지 않았다. 내가 엄청 당황하는 바람에 그도 물러났었다. 이번에는 다를까? 만약 그가 나를 원하기는 하지만 나만 원하는 건 아니라고 하면 어쩌지? 그럴 경우 뭐라고 할지 잘 알고 있다. 그런 관계는 나와 맞지 않는다고 할 것이다. 그리고 결국 난… 그를 떠나겠지.

웃으면서 고개를 저었다. "아직은 안 할래요."

그가 고개를 기울이고 내 귀로 입술을 가져갔다. "좋아. 그래도 말해둘게. 나한테 이런 감정을 느끼게 하는 건 너-뿐-이-야." 그는 확인이라도 해주듯이 한 글자 한 글자 또박또박 말했다. "나도 너와의 섹스에 대해 생각해. 자주."

그가 나와의 섹스에 대해 생각한다는 것은 놀라운 일은 아니었다. 그의 평소 행동으로 미루어 확실해 보였으니까. 다만 나 역시 서로의 동의 하에 맺어지는 계약 관계 상대처럼 대하는 것으로 생각하고 있었다. 나에 대한 감정이 특별하다고 해도 어쨌든 다른 감정을 느끼게 해주는 여자들도 있다는 뜻일 것이다. 윌이 그런 여자와 더 헌신적인 섹스를 하는지 아니면 반대인지는 알 수 없었지만.

"이번 주말에… 선약이 있을지도 모르겠네요." 내 말에 그가 미간을 찌푸렸다. 답답함인지 혼란스러움인지 알 수 없었지만 계속 말을 이었다. "오빠가 선약은 있는데 지키기 싫다거나 약속은 없는데 생겼으면 좋겠다면 부활절에 나랑 같이 우리 본가에 가자고요."

그가 내 얼굴을 자세히 들여다보았다. "뭐라고?"

"같이 우리 본가에 가자고요. 우리 엄마가 해주시는 부활절 점심은 정말 근사하거든요. 토요일에 갔다가 일요일 오후에 돌아오면 돼요. 선약 있어요?"

"아… 아니." 그가 고개를 저었다. "약속은 없는데… 진심이야?"

"좀 어색할까요?" 내가 물었다.

"어색할 건 없지. 젠슨이랑 너희 가족, 오랜만에 보면 반가울 거야." 그의 눈동자에 짓궂은 미소가 떠올랐다. "물론 너희 가족에게 우리가 자는 사이란 걸 밝힐 일은 없겠지만 그래도 거기 있는 동안 네 가슴은 볼 수 있는 거지?"

"둘만 있을 때요? 어쩌면."

그는 턱을 톡톡 두드리면서 생각에 잠긴 척했다. "흠… 좀 이상하긴 하지만…. 네 방에서 어때?"

"내가 어릴 때 썼던 방이요? 변태 같아." 나는 못 말린다는 듯 고개를 저었지만 한마디 덧붙였다. "그럴 수도 있고요."

"그럼 가도록 하지."

"가슴 보여준다니까 간다는 거예요? 그렇게 쉬운 남자예요?"

그가 다가와 입술에 키스했다. "꼭 그걸 물어봐야 한다면 넌 아직 나를 잘 모르는 거야."

* * *

윌은 토요일 아침에 내가 사는 아파트로 왔다. 엄청나게 오래 몬 것 같은 초록색 스바루 아웃백 자동차를 소화전 근처에 주차해 놓았다. 나는 휘둥그레진 눈으로 차와 그를 번갈아 보았는데 그는 자랑스러운 표정으로 손가락에 낀 열쇠를 빙빙 돌렸다.

"아주 멋져요." 내가 가방을 잡을 정도로만 문 뒤쪽으로 물러서며 말했다.

그가 가방을 받고 내 뺨에 키스하고는 함박웃음을 지었다. "그렇지? 보관 창고에 맡겨두고 있어. 이 차가 그립네."

"이 차 마지막으로 운전해본 게 언제예요?"

"좀 됐지."

지금 우리가 어디로 가는 건지 생각하지 않으려고 애쓰며 그와 함께 계단을 내려갔다. 윌을 본가에 초대한 건 좋은 생각 같았지만 일주일도 지나지 않아 가족들의 반응이 걱정되었다. 물론 내가 그를 보면서 바보처럼 헤벌쭉하거나 그의 바지에 손을 집어넣거나 하지 않는 정상적인 상황에서의 이야기다. 그의 엉덩이로 향하는 시선을 간신히 거두고 있는 나를 보자니 그러지 않을 확률이 적다.

내가 가장 좋아하는 청바지와 빈티지한 스타워즈 티셔츠, 초록색 스니커즈를 신은 그는 완벽 그 자체였다. 초조한 나와 달리 그는 느긋해 보였다.

우리는 본가에 도착해서 어떻게 할지는 아직 이야기해보지 않았다. 물론 나에게 윌을 만나보라고 제안한 건 가족이지만 우리 사이가 이렇게 될 줄은 아무도 예상하지 못했을 거다. 리브 언니가 비밀을 지켜줄 거라고 믿지만 만에 하나 젠슨 오빠가 윌이 사랑하는 여동생의 몸에 무슨 짓을 했는지 알게 된다면 최악의 경우 주먹다짐이 오갈 수도 있고 최소한 끔찍할 정도로 어색한 대화를 나눠야만 할 거다. 뉴욕에서는 윌이 우리 오빠가 절친한 사이라는 사실을 전혀 의식할 필요가 없었다. 하지만 본가에서는 그럴 수가 없다. 평소와 마찬가지로 그가 내 남자인 것처럼… 행동한다면 큰 일이다.

윌은 내 가방을 트렁크에 집어넣고 조수석 문을 열어주러 갔다. 물론 그 전에 나를 자동차 옆쪽에 기대 세우고는 오랫동안 느리게 키스하는 걸 잊지 않았다. "준비 됐어?"

"네." 짧은 환희에서 깨어나 정신을 차렸다. 나는 윌이 내 거인 듯한 느낌이 좋았다. 그가 나를 보며 미소를 지었다. 이제 적어도 몇 시간 동안은 사람들의 시선은 신경 쓰지 않고 마음껏 애정 표현을 할 수 있다.

그는 한 번 더 키스했다. 혀로 내 혀를 부드럽게 스치고는 내가 차에 탈 수 있도록 뒤로 물러났다. 반대편으로 돌아간 그는 운전석에 앉자마자 말했다. "출발 전에 뒷좌석에서 한 번 할까? 너 편하게 좌석을 좀 내리면 돼. 넌 다리 벌리는 걸 좋아하니까."

나는 웃으면서 눈을 흘겼다. 윌은 어깨를 으쓱하더니 열쇠를 꽂았다. 요란한 소리와 함께 시동이 걸렸고 윌은 기어를 넣으면서 윙크를 하고는 차를 출발시켰다. 하지만 몇 미터도 못 가 급정거를 했다.

그는 얼굴을 찡그리고 다시 시동을 걸었고 다시 출발했을 때는 매끄럽게 도로로 진입했다. 컵홀더에서 그의 스마트폰을 가져와 음악 리스트를 살펴보았다. 그는 탐탁지 않은 눈길을 보냈지만 뭐라고 하지는 않고 운전에 집중했다.

"브리트니 스피어스?" 나는 웃음을 터뜨렸다. 그는 계속 앞으로 시선을 향한 채로 스마트폰을 빼앗으려고 한 손을 마구 휘저었다.

"내 동생이야."

"그러시겠죠."

브로드웨이의 한 가로등 앞에서 또 차가 멈추었다. 윌은 헛기침을 하고 다시 출발했지만 몇 분 후에 또 멈추자 욕설을 내뱉었다.

"이 차 제대로 다룰 수 있는 거 맞아요?" 내가 얄밉게 웃으면서 놀렸다. "뉴요커가 된 지 하도 오래라 운전하는 법을 잊어버린 건 아니고요?"

그가 나를 째려보았다. "뒷자리에서 섹스 먼저 하고 출발했으면 아무 문제없었을 거야. 집중이 잘 됐을 거라고."

나는 웃으면서 자동차 앞 유리에서 그에게로 시선을 옮겼다. 그의 팔 아래로 상체를 숙이고 그의 청바지 지퍼를 내렸다. "굳이 뒷자리로 갈 필요 있어요?"

16

자동차 시동을 끄자 침묵 속에서 틱틱 거리는 엔진 소리가 들렸다. 한나는 옆에서 잠들어 있었다. 그녀의 얼굴은 조수석 창문 쪽을 향했다. 보스턴 외곽에 위치한 한나의 본가 앞쪽에 차를 세웠다. 앞쪽에 널찍한 하얀색 현관이 자리한 말끔한 벽돌집이었다. 앞쪽 창문에는 감청색 블라인드가 내려져 있고 크림색 커튼이 엿보였다. 크고 아름다운 이 집은 나에게도 추억이 가득한 곳이다. 한나가 본가에 돌아온 기분이 어떨지 상상이 되지 않았다.

이곳에 마지막으로 온 건 몇 년 전이다. 두 해 전 여름 주말을 맞아 젠슨과 함께 이곳에 방문했었다. 그때 젠슨의 남매들은 아무도 없어서 집은 매우 조용하고 여유로웠다. 주말 내내 뒤쪽 베란다에서 진토닉을 마시고 책도 읽으며 보냈다. 그런데 오늘은 이 집 앞까지 차를 몰고 왔고 옆자리에는 친구의 여동생이 앉아 있다. 게다가 그녀는 여기까지 오는 동안 입으로 두 번이나 해주었다. 끝내줬다. 그녀가 두 번째로 해준 건 한 시간도 안 되었는데, 두 손으로 미친 듯이 운전대를 꽉 붙잡아야만 했다. 내 남성이 그녀의 입 안에 깊숙이 들어가서 사정하는 순간 그녀가 정액을 삼키는 게 느껴질 정도였다. 그녀 자신은 오럴 섹스에 대해 알아야 할 게 남았다고 생각하지만 그녀가 입으로 해주는 기술은 타고났다. 그녀에게는 앞으로 배울 게 더 있는 척하면서 계속 연습을 시킬 생각이다.

뉴욕에서는 매일 바쁘게 살다 보니 젠슨이나 그 가족과의 관계를 의식하지 않고 지냈다. 한나와 내 사이가 밝혀진다면 젠슨이 날 죽이려 들 거라는 것도. 한나가 갑자기 리브 이야기를 꺼냈을 때는 너무도 까마득한 일이라 기습을 당하기라도 한 듯한 기분이었는데 이번 주말에는 모든 일에 정면으로 맞서야만 한다. 내가 리브와 짧은 불장난을 저지른 장본인이자 젠슨의 절친한 친구이고 젠슨 아버지의 인턴이었다는 사실도 잊으면 안 된다. 게다가 한나에게 푹 빠진 사실을 숨기면서 앞으로 펼쳐질 모든 일을 마주해야만 한다.

어깨를 가볍게 흔들어 그녀를 깨웠다. “한나.”

그녀는 깜짝 놀랐지만 눈을 뜨자마자 가장 먼저 나를 보았다. 아직 비몽사몽이었지만 그녀는 나를 보자마자 세상에서 가장 아끼는 사람을 본 것처럼 미소 지으면서 중얼거렸다. “아, 당신이군요. 안녕.”

그녀의 그런 모습에 심장이 터질 것만 같았다. “안녕, 플럼.”

그녀는 수줍게 웃으면서 창밖을 보고 기지개를 켰다. 주차한 장소가 어딘지 깨닫고는 허리를 똑바로 펴고 주변을 둘러보았다.

"벌써 도착했네요!"

"그래, 도착했어."

나를 돌아보는 그녀의 눈빛에 두려움이 살짝 서려 있었다. "정말 이상할 거예요. 그렇죠? 난 오빠의 아랫도리에서 눈을 떼지 못할 거고 젠슨 오빠가 눈치챌 거예요. 오빠도 내 가슴을 뚫어져라 쳐다보다가 누군가에게 들킬 거예요! 아, 내가 오빠를 불쑥 만지기라도 하면 어떡하죠? 아니면…." 그녀의 눈이 커졌다. "키스라도 하면?"

금방이라도 흥분해서 날뛸 것 같은 그녀의 모습을 보니 오히려 차분해졌다. 한 사람이라도 정신을 차리고 있어야 한다는 생각이 들었기 때문이다.

나는 고개를 저으며 그녀를 타일렀다. "괜찮을 거야. 우린 친구 사이로 온 거야. 난 친구로서 너희 가족을 만나러 온 거야. 네가 내 아랫도리를 쳐다보는 일도, 내가 네 가슴을 보고 침 흘리는 일도 없을 거야. 난 여벌 청바지를 챙겨오지도 않았어. 알았지?"

"알았어요." 그녀가 무표정한 얼굴로 답했다. "우린 그냥 친구 사이로 온 거예요."

"왜냐하면 우린 정말로 친구니까." 이 말을 하면서 속이 뒤집히는 것 같았지만 무시하고 그녀에게 상기시켰다.

그녀는 몸을 똑바로 펴고 고개를 끄덕이더니 문손잡이를 잡고 명랑하게 외쳤다. “친구! 부활절을 맞아 집에 같이 온 친구! 내 친구 윌, 당신의 오랜 친구인 젠슨 오빠를 곧 만날 거예요! 뉴욕에서 여기까지 태워줘서 고마워요! 내 친구 윌!”

그녀는 웃음을 터뜨리며 차에서 내려 트렁크로 가방을 가지러 갔다.

“한나, 진정해.” 그녀의 등 아래쪽을 격려하듯 문질러 주었다. 하지만 내 시선은 그녀의 목과 가슴에 가서 박혔다. “정신 차려.”

“윌리엄, 시선은 위에 두도록 해요. 지금부터 연습하라고요.”

내가 웃으면서 말했다. “노력하지.”

“나도 노력할게요.” 그녀는 살짝 윙크하면서 덧붙였다. “참, 날 지기라고 부르는 거 잊지 말아요.”

* * *

한나의 어머니, 헬레나 벅스트롬은 나를 아주 자연스럽게 포옹했다. 미국 북서부 출신이라고 해도 믿을 정도였다. 부드럽고 경쾌한 억양과 매우 유럽적인 외모가 그녀가 노르웨이 출신임을 짐작하게 해줄 뿐이었다. 그녀는 현관문에서부터 나를 끌어당겨 익숙한 포옹을 해주면서 반갑게 맞이했다. 한나와 마찬가지로 키가 큰 편인 그녀는 나이를 먹었음에도 여전히 아름다웠다. 나는 그녀의 뺨에 키스하고 오는 도중 구입한 꽃을 건넸다.

"윌은 항상 배려심이 깊다니까." 그녀는 꽃을 받아들고 들어오라고 손짓했다. "조한은 아직 일하는 중이고 에릭은 못 왔어. 리브하고 롭은 벌써 도착했고. 젠슨하고 닐스는 오는 중이란다." 그녀는 미간을 좁히면서 바깥쪽을 쳐다보았다. "비가 오려는 모양인데 다들 저녁 식사 전에 도착했으면 좋겠네."

그녀는 아이들의 이름을 술술 불렀다. 적지 않은 아이들을 키운 그녀의 삶이 어땠을까 문득 궁금해졌다. 그 아이들이 한 명씩 결혼을 하고 자식을 낳으면 이 집은 더욱 시끌벅적해질 것이다.

나도 거기에 끼고 싶은 낯선 갈망이 샘솟아 눈을 깜빡거리면서 먼 곳으로 시선을 향했다. 안 그래도 복잡한 심정인데 새로운 감정까지 더해지다니 이번 주말은 이상하게 흘러갈 가능성이 농후했다.

인테리어가 바뀌기는 했지만 집 안은 예전 그대로였다. 아늑한 느낌은 여전했지만 파란색과 회색 위주로 장식되어 있던 내부가 짙은 갈색과 붉은 색 계통의 고급 가구로 바뀌었고 벽은 밝은 크림색이었다. 현관 입구에서 집 안으로 이어지는 복도를 따라가 보니 인테리어를 새로 하긴 했어도 헬레나가 벽에 장식해둔 긍정적인 인용문들은 그대로였다. 나는 집 안으로 들어가면서 어디에 어떤 인용문이 걸려있는지 정확히 기억할 수 있었다.

살고 웃고 사랑하라!(복도)

균형 잡힌 식단이란 양손에 쿠키를 하나씩 잡는 것!(주방)

자식들아, 우리는 너희에게 뿌리를 주었으니 날개는 알아서 달려무

나!(패밀리 룸)

현관 가장 가까이 걸린 '모든 길은 집으로 통한다'라는 문구를 읽고 있는데 한나가 은밀한 미소와 함께 윙크를 던졌다.

현관 바로 옆에 놓인 나무 의자를 지날 때 고개를 들다가 리브와 마주쳤다. 가슴이 약간 철렁했다.

리브에게 어색하게 굴 필요는 전혀 없었다. 스킨십 사건 이후로도 리브를 여러 번 만났다. 가장 최근에 본 건 몇 년 전 젠슨의 결혼식장이었는데, 그곳에서 그녀가 핸오버에 있는 작은 광고 회사를 다닌다는 등 짧은 대화를 나누었다. 지금은 남편이 된 그때 본 그녀의 약혼자는 괜찮은 사람 같았다. 결혼식이 끝난 후로 그녀에 대해 다시 떠올리지도 않았었다.

나는 우리의 짧은 불장난이 그녀에게 의미 있는 기억으로 남을 거라고 생각하지 못했다. 문제의 크리스마스가 끝나고 학교로 돌아간 그녀가 가슴앓이를 했다는 사실은 나중에야 알았다. 벅스트롬 가족과 함께한 추억의 한 장을 새롭게 쓰는 느낌이었다. 내가 그 집 사람들에게 무심한 바람둥이로 전락했으니 말이다. 어쨌든 그 일을 알고 나서 처음 이곳을 방문한 건데 마음의 준비는 전혀 되지 않았다.

리브는 동상처럼 뻣뻣하게 서 있는 나에게 다가와 포옹했다. "안녕, 윌." 그녀는 배가 제법 불러 있었고 빵빵한 배가 내 배에 닿자 웃음을 터뜨렸다. "포옹해, 바보야."

나는 긴장을 풀고 그녀의 등 뒤로 팔을 둘렀다. "안녕. 축하한다고 말해도 되겠지?"

그녀는 뒤로 물러나 웃으면서 자신의 배를 어루만졌다. "고마워." 리브의 눈이 재미있다는 듯이 빛났다. 나와 싸운 후 한나가 그녀에게 전화를 걸었다는 얘기가 떠올랐다. 아마도 리브는 나와 한나 사이를 다 알고 있을 것이다.

배가 꼬이는 것 같았지만 이겨내려고 애썼다. 이번 주말은 어느 모로 보나 자연스럽게 행동해야 한다.

"딸이야, 아들이야?"

"서프라이즈가 될 거야. 롭은 알고 싶어 하지만 난 아니야. 당연히 내 말이 우선이지." 그녀는 남편이 나와 악수할 수 있도록 웃으면서 옆으로 비켜섰다.

현관에서 몇 마디를 더 주고받았다. 한나는 엄마와 리브에게 대학원 관련 새로운 소식을 전했고 롭과 나는 한가롭게 닉스에 관한 이야기를 나누었다. 그 때 헬레나가 주방을 향해 손짓했다. "난 주방에 가봐야겠다. 다들 좀 쉬다가 칵테일 마시러 와."

나는 가방을 들고 한나를 따라 이층으로 올라갔다.

"윌은 옐로우 룸을 쓰라고 하렴." 헬레나가 소리쳤다.

"예전에 썼던 그 방이야?" 내가 한나의 완벽한 엉덩이를 쓱 훔쳐보면서 물었다. 한나는 항상 날씬했지만 열심히 달리는 덕분에 곡선이 더욱 살아났다.

"아뇨. 그땐 화이트 룸이었어요." 헬레나가 어깨 너머로 미소를 보내면서 덧붙였다. "그해 여름에 있었던 일들이 전부 다 기억나는 건 아니지만요."

나는 웃으면서 내가 묵게 될 방으로 들어갔다. "네 방은 어디지?" 혹시 이층까지 따라온 사람이 아무도 없는지 확인한 후에 물었다.

한나는 어깨 너머로 뒤돌아 확인하고는 방 안으로 들어가서 문을 닫았다. "두 방 건너예요."

우리는 사이를 좁히며 서로를 쳐다보았다.

"윌." 그녀가 속삭였다.

순간 처음으로 여기 온 게 크나큰 실수라는 생각이 들었다. 나는 한나와 사랑에 빠졌는데 어떻게 그녀를 볼 때마다 사랑을 숨길 수가 있단 말인가?

"한나."

그녀는 고개를 기울이며 물었다. "괜찮아요?"

"응." 나는 목을 긁적거렸다. "단지… 너한테 키스하고 싶을 뿐이야."

그녀는 몇 걸음 다가와 내 셔츠 안에 손을 집어넣어 가슴으로 가져갔다. 나는 고개를 숙여 그녀의 입에 쪽 하고 짧게 입을 맞췄다.

"하지만 하면 안 되지." 그녀의 입술에 입술을 댄 채로 이렇게 말하는데 그녀가 키스하려고 몸을 돌렸다.

"아닐지도 몰라요." 그녀의 입술이 내 입술을 핥고 깨물면서 내 턱으로 내려왔다. 셔츠 안에 손을 둔 채 손톱으로 가슴을 할퀴며 유두를 살짝 스쳤다. 내 몸은 순식간에 경직되고 속에서 뜨거운 열기가 확 올라왔다.

“키스에서 끝내고 싶지 않아.” 절반은 그만하라는 경고였고 또 절반은 계속 해달라는 애원이었다.

“남은 가족들이 도착하기 전까지 시간이 있어요.” 그녀는 살짝 뒤로 물러나서 내 청바지의 버튼을 벗기려고 했다. “그 사이에….”

그녀의 두 손을 저지했다. 경계심이 욕구를 눌렀다.

“한나, 말도 안 되는 소리야.”

“소리 안 낼게요.”

“조용히 한다고 다 되는 게 아냐. 너희 부모님 집에서, 그것도 한낮에 이러는 건 말도 안 돼. 밖에서 충분히 이야기했잖아?”

“알아요. 하지만 주말 동안 우리가 함께할 수 있는 시간이 지금밖에 없을지도 모르잖아요?” 그녀는 미소 지으며 물었다. “지금 여기서 나랑 하고 싶지 않아요?”

그녀는 이미 이성을 잃었다. “한나.” 나는 눈을 감으며 신음 소리를 억눌렀다. 그녀는 이미 청바지와 사각팬티를 내리고 따뜻한 손으로 내 남성을 꽉 쥐었다. “우린 이러면 안 돼.” 그녀는 잠시 멈칫한 후 내 남성을 부드럽게 쥐고 말했다. “빨리 끝내면 돼요. 이번만.”

눈을 뜨고 그녀를 보았다. 나도 빨리 끝내기는 싫다. 특히 한나와는 느긋하게 오랫동안 즐기는 게 좋다. 하지만 그녀가 이렇게 적극적으로 나온다면 5분 안으로 만족스럽게 끝낼 수 있을 것 같다. 그래. 나머지 가족들이 도착하기 전이니까 괜찮을지 모른다. 그러다 뭔가가 기억났다. “젠장. 콘돔이 없어. 당연히 안 챙겼지.”

그녀도 얼굴을 찌푸리면서 욕설을 내뱉었다. “나도 안 챙겼는데.”

그녀는 애원하는 듯한 커다란 눈망울로 바라보았다.

“안 돼.” 내가 조금의 망설임도 없이 단호하게 말했다.

“난 몇 년이나 피임약을 먹고 있단 말이에요.”

눈을 감고 이를 앙다물었다. 젠장. 지금까지 여자와 자는 문제에 있어 내 유일한 걱정거리는 임신이었다. 가장 막 나갈 때조차도 콘돔 없이는 절대로 섹스를 하지 않았다. 그래도 지난 몇 년 동안 몇 달에 한 번씩 온갖 검사를 받아왔다. “한나.”

“당신 말이 맞아요.” 그녀는 내 귀두에 찔끔 나온 액체를 엄지로 문질러 퍼지게 했다. “임신도 그렇고 안전이 중요하니까요….”

“난 콘돔 없이 섹스를 해본 적이 없어.” 나도 모르게 내뱉었다. 필사적으로 피해온 일을 이렇게 간절히 바라게 될 줄 누가 알았을까?

그녀가 움직임을 멈추고 물었다. “한 번도 없어요?”

“단 한 번도. 바깥쪽만 비벼댄 적도 없어. 강박증이 있거든.”

그녀의 눈이 휘둥그레졌다. “끝부분만 살짝 넣으면 어때요? 난 모든 남자가 콘돔 끼기 전에 끝부분만 살짝 넣어보는 게 당연한 줄 알았는데.”

“난 강박증 때문에 안 돼. 한방에 잘못될 수 있다는 사실을 잘 아니까.” 나는 그녀를 보고 웃었다. 한방에 잘못된다는 게 방심하는 순간에 임신이 된다는 뜻이란 걸 그녀도 알 테니까.

그녀의 눈동자가 짙어지더니 내 입술로 향했다. "뭘? 그럼 이런 적 처음이에요?"

젠장. 그녀가 저런 눈빛으로 바라보면서 허스키하고 조용한 목소리로 말할 때면 난 이성을 잃어버린다. 우리 사이에는 육체적 끌림만 있는 게 아니다. 물론 여자한테 끌린 적은 예전에도 있었다. 하지만 한나와는 그 이상의 무언가가 있다. 그 어떤 화학작용이 일어나 우리 안의 무언가가 툭 하고 끊어졌고 치직 타올라 그녀를 더 원하게 만들었다. 그녀가 우정을 주었을 때 난 그녀의 몸을 원했고 그녀가 몸을 주었을 때는 그녀의 머릿속을 장악하고 싶었다. 그녀가 생각을 드러냈을 때는 그녀의 마음을 가지고 싶었다.

그런 그녀가 지금 나더러 자기 안으로 들어와달라고 하는데 거절하기란 거의 불가능했다. 어쨌든 노력은 했다.

"아무리 봐도 좋은 생각이 아닌 것 같군. 정말로 신중하게 결정해야 하는 일이야."

'특히 너의 연애 프로젝트에 앞으로 다른 남자들도 가담할 거라면 말이지.' 물론 입 밖으로 내뱉지는 않았다.

"난 그냥 느껴보고 싶어요. 나도 콘돔 없이 섹스해본 적이 없어요." 그녀가 키스를 했다. "그냥 살짝 넣어줘요. 아주 잠깐 동안만."

내가 웃으며 속삭였다. "끝부분만?"

그녀는 뒤로 물러서서 침대 가장자리에 앉아 스커트를 들추고 팬티를 발목까지 내렸다. 그런 다음 나를 보며 다리를 활짝 벌리고 팔꿈치를 바닥에 받친 채 뒤로 몸을 기울여서 엉덩이가 침대 가장자리에 살짝 뜨게 했다. 그냥 다가가서 안에 넣으면 되었다. 콘돔 없이.

"정신 나간 바보 같은 짓인 거 알아요. 아아, 하지만 당신이 날 이렇게 만들었어요." 그녀는 혀를 내밀어 아랫입술에 대고 눌렀다. "소리 내지 않을게요."

나는 눈을 감았다. 그녀의 그 말을 들은 순간 결정을 내렸다. 더 중요한 문제는 과연 내가 조용할 수 있느냐였다. 바지를 더 아래로 내리고 그녀의 다리 사이로 다가가 내 남성을 쥐고 그녀 쪽으로 상체를 기울였다. "젠장. 우리 대체 뭘 하는 거지?"

"그냥 느껴요."

미친 듯이 쿵쾅거리는 심장 소리가 목과 가슴, 온몸에서 퍼져 나오는 듯했다. 지금 이 섹스야말로 내 인생의 마지막 개척 영역이 될 것 같았다. 이런 섹스는 두 번 다시 할 수 없을 것만 같았다. 순수하게까지 느껴지는 굉장히 단순한 행위였다. 콘돔을 끼지 않고 그녀를 느껴보고 싶은 욕망이 너무도 간절했다. 그 욕망은 마치 열병처럼 내 뇌와 이성을 지배했고 아주 잠깐 동안이라도 그녀 안으로 들어가면 얼마나 좋을지 느껴보는 것만으로 충분하다고 말했다. 잠깐의 환희가 끝나고 그녀가 방으로 돌아가고 나면 나는 그 어느 때보다 강렬한 자위를 할 것 같다.

결정했다.

"들어와요." 그녀가 얼굴을 내 쪽으로 가까이 가져오면서 속삭였다.

상체를 낮추고 입을 벌려 그녀의 입술을 맛보고 혀를 빨고 그녀의 신음 소리를 삼켰다. 내 남성의 끝부분에서 흠뻑 젖어 미끄러운 그녀의 그곳이 느껴졌다. 온몸으로 그녀를 느끼고 싶었다.

"괜찮아?" 내 남성으로 그녀의 클리토리스를 문질렀다.

"너 먼저 느끼게 해줄까? 그냥 이렇게 끝나면 안 될 것 같아."

"그냥 뺄 수 있겠어요?"

"한나." 그녀의 턱에 키스하면서 속삭였다. "그냥 끝부분만 대기로 했잖아?"

"어떤 느낌인지 궁금하지 않아요?" 그녀가 양손으로 내 엉덩이를 잡고 자신의 엉덩이를 흔들었다. "날 느끼고 싶지 않아요?"

그녀의 목을 깨물면서 으르렁거렸다. "앙큼한 여우 같으니."

그녀는 자신의 클리토리스에서 내 손을 치우고 내 남성을 잡고 흠뻑 젖은 그곳에 대고 문질렀다. 나는 그녀의 목에 파묻혀 신음했다.

그녀는 잠시 움직임을 멈추고 내가 엉덩이를 움직일 때까지 기다렸다. 나는 몸을 앞으로 움직였다가 뒤로 움직였다. 내 남성의 끝부분이 살짝 미끄러져 들어가자 그녀의 질이 약간 수축했다. 조심스럽게 아주 살짝 더 넣었는데 그녀의 질이 수축하는 게 느껴져서 신음 소리와 함께 멈추었다.

"빨리. 조용히."

"알았어요." 그녀가 속삭였다.

따뜻할 거라고는 상상했었지만 그렇게 따뜻하고 부드럽고 흠뻑 젖어 있을 줄은 몰랐다. 그녀를 느끼는 것만으로 머리가 어질어질해졌다. 그녀의 심장 박동과 살의 떨림이 온몸으로 전해지면서 그녀가 내는 욕망으로 달아오른 소리를 듣고 있노라니 나는 그녀와의 경험이 다른 여자와 얼마나 다른지를 여실히 깨달았다.

"아." 그녀 안으로 좀 더 깊이 들어가는 걸 멈추지 못하면서 내가 으르렁거렸다. "이건… 이건 감당이 안 돼. 너무 좋아. 빨리 사정할 거야."

그녀는 숨을 참고서 내 팔을 아플 정도로 꽉 쥐었다. "괜찮아요." 그녀는 간신히 말하고 거세게 숨을 내쉬었다. "당신은 항상 오래 참잖아요. 난 당신이 도저히 참을 수 없을 정도로 좋았으면 좋겠어요."

"넌 정말 사악해." 그녀는 웃음을 터뜨리고 입술을 가져왔다.

우리는 침대에 걸터앉은 채였고 나는 상의를 입은 채 청바지가 발목으로 내려가고 그녀는 치마가 엉덩이로 말려 올라갔다. 이층으로 온 건 짐을 갖다놓고 한숨 돌리려는 이유에서였다. 그런데 이런 짓을 하고 있다니 미친 것 같았지만 어쨌든 우리는 간신히 소리를 참으며 하고 있었다. 침대가 삐걱거리지 않도록 천천히 움직이기만 한다면 그녀와 섹스를 할 수 있을지도 모른다. 하지만 콘돔을 끼지 않고, 그것도 그녀의 부모님 집에 있다는 상황이 날 더 흥분시켜 곧바로 사정할 것 같았다.

나도 모르게 거의 끝까지 성기를 밀어 넣었다. 그녀가 나로 인해 얼마나 촉촉하게 젖었는지를 느끼면서. 살짝 뺐다가 또 넣었다. 그리고 또 넣었다. 아, 젠장. 난 망했다. 더 이상 다른 여자와 섹스를 못할 것 같고 이 여자와 다시는 콘돔을 끼고 못할 것 같다.

"중대 결정이에요." 그녀가 거칠어진 목소리로 헐떡이며 속삭였다. "우리 달리기는 집어치워요. 하루 다섯 번씩 이걸 해요." 그녀의 목소리는 너무 작아서 무슨 말인지 입술에 귀를 바짝 대고 있어야 했다. 하지만 정신이 점차 안개처럼 흐릿해지는 바람에 전부 알아듣기가 어려웠고 '더 세게', '맨살', '사정한 후에도 계속' 같은 말만 띄엄띄엄 들릴 뿐이었다.

사정한 후에도 계속이란 말을 듣고 난 후 그녀 안에 사정하고 싶다는 생각이 들었다. 그녀가 열에 들뜨고 다시 간절해져서 그곳이 팽팽하게 조여올 때까지 키스하고 싶었다. 이대로 여기서 그녀를 갖고 또 갖고 그녀 안에 머문 채로 잠들고 싶다.

그녀의 엉덩이를 움켜잡고 좀 더 세게 움직이면서 침대가 삐걱거리지 않고 알루미늄 헤드보드가 벽에 튕기지 않도록 완벽한 리듬을 찾아냈다. 그녀가 계속 신음 소리를 자제할 수 있고 또 그녀를 절정에 이르게 할 때까지 내가 참을 수 있는 느린 속도였지만… 결국 헛된 싸움이었다. 아직 몇 분밖에 되지 않았는데 도저히 참을 수가 없었다.

"아, 젠장, 플럼." 내가 신음했다. "미안. 미안해." 머리를 뒤로 젖히고 절정이 아래에서 등으로 올라오는 걸 느꼈다. 성기를 빼고 손으로 잡아 빠르게 위아래로 움직였다. 그녀는 자신의 클리토리스로 손을 가져가 애무했다.

바깥에서 발소리가 들렸고 그녀 역시 들었는지 홱 쳐다보았다. 누군가 방문을 노크하기 일보 직전이었다.

눈 앞이 흐려지면서 절정에 이르기 시작했다.

아, 젠장. 제에에에엔장.

밖에서 젠슨이 소리쳤다. “윌! 야, 나 왔어! 화장실에 있나?”

한나가 미안함이 담긴 휘둥그레진 눈으로 홱 몸을 일으켰다. 하지만 너무 늦었다. 나는 눈을 감고 그녀의 맨허벅지에 사정했다.

“잠깐만!” 아직 손에 잡힌 채로 고동치는 남성을 바라보며 쌕쌕거렸다. 침대로 몸을 숙여 한 손으로 매트리스를 붙잡았다. 한나를 쳐다보니 젠장, 그녀는 내 정액이 가득 뿌려진 치마에서 눈을 떼지 못하는 듯했다.

“옷 갈아입는 중이야. 금방 나갈게.” 아드레날린이 왈칵 흘러나와 온몸과 심장이 함께 요동쳤다.

“그래. 아래층에서 보자.” 발자국 소리가 멀어졌다.

“젠장. 네 치마가….” 뒤로 물러나서 재빨리 옷을 주워 입었지만 한나는 움직이지 않았다.

“윌.” 그녀가 속삭였다. 갈망으로 짙어진 익숙한 눈빛이 보였다.

“젠장.” 하마터면 들킬 뻔했다. 문은 잠겨 있지도 않은 상태였다. “이런….”

한나는 몸을 뒤로 기울이고 나를 잡아당겼다. 자신의 오빠가 방으로 들어와 우리를 볼 수도 있었다는 사실에도 전혀 개의치 않는 듯했다.

다행히 젠슨이 가버리기는 했지만.

이 여자는 정말 나를 미치게 만든다.

여전히 뛰는 심장을 안고 몸을 숙여 손가락 두 개를 그녀 안으로 집어넣고 혀로 함께 애무했다. 그녀의 눈이 감겼다. 그녀는 두 손으로 내 머리를 움켜잡고 내 혀의 움직임에 따라 엉덩이를 흔들었다. 단 몇 초 만에 절정에 이르기 시작하고 무언의 비명으로 입술이 벌어졌다. 엉덩이를 침대에서 들고 내 머리를 잡아당기면서 몸을 떨었다.

그녀의 오르가슴이 잦아들었지만 나는 계속 천천히 손가락을 그녀 안으로 넣으며 애무했고 클리토리스에서 허벅지 안쪽, 엉덩이까지 부드러운 살결을 따라 키스했다. 그리고 마침내 여전히 숨을 헐떡이는 그녀의 배꼽에 이마를 갖다 댔다.

"아아, 맙소사." 그녀는 내 머리를 쥔 손에 힘을 풀고 가슴으로 가져갔다. "미칠 것 같아요."

나는 그녀의 그곳에서 손가락을 빼고 그녀의 손등에 입술을 대고 체취를 들이마셨다. "알아."

한나는 잠깐 동안 침대에 가만히 있다가 눈을 뜨고는 그제야 정신이 든 듯이 나를 쳐다보았다. "와, 정말 들킬 뻔했어요."

내가 웃으면서 동의했다. "그래, 정말 아슬아슬했지. 옷 갈아입고 내려가 봐야겠어." 고갯짓으로 그녀의 치마를 가리켰다. "미안하게 됐어."

"닦으면 돼요."

"한나." 답답함에 나온 웃음소리가 퍼져나가지 않게 억눌렀다. "치마에 정액 자국을 묻히고 아래층으로 내려갈 순 없잖아."

그녀는 잠시 생각에 잠기더니 실없는 웃음을 지어보였다. "맞아요. 하지만… 마음에 드는걸요."

"이런 발칙한 여자 같으니."

그녀는 똑바로 앉았고 나는 바지를 끌어 올렸다. 그녀는 셔츠 위로 내 배에 키스했다. 나는 그녀의 어깨를 감싸 안고 나에게로 바짝 밀착시켜 가만히 그녀를 느꼈다.

나는 이 여자에 대한 사랑으로 정신이 나갔다.

몇 초 후 바깥은 태양이 구름 뒤로 숨어 약간 어두우면서도 운치 있는 풍경으로 바뀌었다. 갑자기 그녀의 목소리가 튀어나왔다. "사랑에 빠져본 적 있어요?"

내가 방금 속으로 한 생각을 소리 내어 말하기라도 한 건가 싶었다. 그녀는 호기심 가득하면서도 차분한 눈으로 올려다보았다. 만약 다른 여자가 짧은 섹스를 끝마친 후 똑같은 질문을 했다면 기겁해서는 한시라도 빨리 자리를 피하고 싶었으리라.

하지만 한나의 질문은 특히나 이렇게 무모한 짓을 벌이고 난 이후와 잘 어울리는 듯했다. 나는 지난 몇 년 동안 성장했고 젠슨의 결혼식을 제외하고는 섹스의 때와 장소에 대해 지나칠 정도로 경계심이 생겨서 신속히 자리를 피해야 하거나 설명이 필요한 상황을 거의 만들지 않았다. 하지만 한나는 마치 내가 그녀를 느낄 수 있는 횟수가 제한되어 있기라도 한 것처럼 나를 공황 상태에 빠지게 만들었다. 그녀를 포기해야 한다는 생각만으로 속이 메스꺼워졌다.

이제껏 깊은 감정을 느껴본 여자는 딱 두 명이었다. 하지만 여자에게 사랑한다고 말해본 적은 한 번도 없다. 이상한 일이다. 물론 남자 나이 서른하나에 충분히 이상한 일이겠지만 지금 이 순간까지 크게 신경 쓰지는 않았다.

나는 맥스와 베넷이 사랑이나 책임감에 대해 말할 때 심드렁한 반응을 보이면서도 스스로 꽤 신경이 쓰였다. 친구들을 믿지 않아서가 아니라 다만 공감이 되지 않았다. 언젠지 정확히 알 수 없지만 나중에 모험을 끝내고 정착할 시기가 되면 사랑을 찾을 거라고만 생각했다. 사실 바람둥이 이미지가 굳어져도 상관없었다.

"없을 것 같아요." 그녀가 웃으며 말했다.

고개를 저었다. "여자한테 사랑한다고 말해본 적은 한 번도 없어. 질문이 그거라면 말이지."

한나는 내가 방금도 속으로 그녀를 사랑한다고 말했고 그녀를 만질 때마다 사랑을 느낀다는 사실을 알 리 없었다.

"사랑의 감정을 느낀 적은 있어요?"

미소 지으면서 물었다. "너는?"

그녀는 어깨를 으쓱하더니 에릭의 방과 연결된 욕실을 가리켰다. "난 가서 씻을게요."

그녀가 간 후에 눈을 감고 털썩 주저앉았다. 젠슨이 방에 들어오지 않도록 해준 행운의 여신에 감사했다. 들켰다면 한바탕 난리가 났겠지. 한나의 가족에게 우리 사이를 들키고 싶지 않으니까 앞으로 각별히 조심해야 한다. 게다가 한나는 여전히 몸을 섞는 '친구 사이'를 원하고 있으니.

* * *

회사 이메일을 확인하고 문자메시지를 몇 통 보낸 후, 샤워기 물을 맞으며 비누로 몸을 박박 문질러가면서 마음을 가다듬었다. 거실에서 마주쳤을 때 한나는 수줍은 미소를 보냈다.

"미안해요." 그녀가 작게 말했다. "왜 그랬는지 모르겠어요." 그녀는 내가 뻔한 농담을 던지기 전에 손으로 내 입을 막았다. "말하지 말아요."

나는 아무도 듣는 사람이 없다는 걸 확인하고는 부엌으로 들어가는 그녀 뒤에서 웃으며 말했다. "정말 끝내줬어. 하지만 큰일 날 뻔했다니까."

그녀는 당황한 표정이었고 나는 장난스러운 표정을 지으며 웃었다. 곁눈질로 흘깃 보니 작은 테이블에 도자기로 만든 작은 예수상이 놓여 있었다. 나는 그것을 집어 들어 한나의 가슴골에 갖다 댔다. "이것 봐! 난 네 가슴에서 예수님을 발견했어!"

그녀는 가슴골의 예수상을 내려다보면서 가슴에 좀 더 파묻히게 하려는 듯이 몸을 약간 흔들었다. "내 가슴에 예수님이 있어요! 내 가슴에 예수님이 있어!"

"안녕, 얘들아."

나는 오늘 두 번째로 듣는 젠슨의 목소리에 화들짝 놀라 손사래를 쳤다. 마치 유체이탈 상태로 슬로모션을 지켜보는 기분이었다. 공중으로 날아간 예수상이 마룻바닥에 떨어져 산산조각 나서야 퍼뜩 정신이 들었다.

"아, 이런!" 나는 참사 현장으로 달려가 무릎을 꿇고 큰 조각들을 골라내려고 했다. 쓸데없는 짓이었다. 아예 모래처럼 부서진 조각들이 대부분이었으니까.

한나는 고개를 숙이고 웃음을 터뜨렸다. "윌, 당신이 예수님을 망가뜨렸어요!"

"뭐하는 거야?" 젠슨이 도우려고 옆에 무릎을 꿇고 앉았다.

한나가 빗자루를 가지러 간 사이에 나는 20대 초반에 저지른 만행을 대부분 목격한 장본인과 단둘이 남겨졌다. "그냥 보고 있었어. 예수상 말이야. 어떻게 생겼는지. 당연히 예수상을 봤다는 뜻이야."

손으로 얼굴을 만져보니 땀까지 약간 났다. "어떻게 된 건지 나도 모르겠다, 젠슨. 너 때문에 깜짝 놀랐어."

"뭘 그렇게 화들짝 놀라?" 젠슨이 웃었다.

"운전하고 오느라 피곤해서 그런가? 운전대 잡은 지 오래 됐잖아." 여전히 젠슨을 오랫동안은 쳐다볼 수 없었다.

젠슨은 내 어깨를 두드리며 한마디 했다. "맥주가 필요하구나, 친구."

한나가 돌아와 쓰레받기에 유리 조각을 쓸어 담으려고 우리를 내쫓았다. 그 전에 그녀는 '세상에, 웬일이에요!' 하는 듯한 공범자의 은밀한 눈빛을 보내는 걸 잊지 않았다. "엄마한테 예수상을 깼다고 말했더니 어느 이모가 준 건지도 기억 안 나신대요. 걱정 말아요."

그녀를 따라 주방으로 가서 헬레나의 뺨에 키스하면서 사과했다. 그녀는 맥주를 건네주면서 긴장 풀고 편하게 있으라고 했다.

내가 이층에서 한나와 섹스 하고 있을 때 혹은 내 남성과 손가락, 얼굴에서 그녀의 체취를 미친 듯이 벅벅 씻어내고 있을 때쯤 한나의 아버지 조한이 집에 도착했다. 맙소사. 한나의 알몸이 있던 닫힌 방 안을 나와 맑은 정신이 되고 보니 우리가 얼마나 정신 나간 짓을 벌였는지 알 수 있었다. 우리 둘 다 도대체 무슨 생각이었지?

조한은 냉장고에서 맥주를 꺼내다 나를 보고는 특유의 어색하면서도 따뜻한 인사를 건넸다. 그는 상대방과 눈 맞추기는 잘했지만 대화 기술에는 영 서툴렀다. 결과적으로 상대방은 허둥지둥 할 말을 찾아 헤매고 그는 빤히 쳐다보는 모양새가 되곤 했다.

"안녕하셨어요." 손을 잡자 그가 포옹을 했다. "예수상은 죄송하게 됐습니다."

그가 포옹을 풀고 미소 지으며 말했다. "괜찮아." 조한은 잠깐 뭔가를 생각하더니 덧붙였다. "자네가 갑자기 독실한 신자라도 된 게 아니라면 말이지?"

“조한.” 헬레나의 목소리가 잠시 우리의 대화를 끊었다. “여보, 고기 좀 확인해줄래요? 콩 요리하고 빵은 다 됐어요.”

조한은 오븐으로 다가가 서랍에서 고기 온도계를 꺼냈다. 한나가 뒤에서 다가와 물 잔을 내 맥주병에 부딪쳤다.

“건배.” 그녀는 가벼운 미소로 물었다. “배고파요?”

“배고파 죽겠는걸.”

“온도계를 끝부분만 대면 안 돼요, 조한.” 헬레나가 소리쳤다. “끝까지 집어넣어요.”

나는 갑작스레 기침이 나와 코에서 맥주를 뿜을 뻔했다. 재빨리 한 손으로 입을 막고 맥주가 흘러나오지 않도록 삼켰다. 젠슨이 뒤에서 등을 두드려주면서 다 안다는 듯한 미소를 지었다. 이미 식탁에 앉은 리브와 롭은 소리 내지 않고 웃었다.

“맙소사. 엄청 긴 하루가 되겠어.” 한나가 중얼거렸다.

* * *

식탁에서의 대화는 두세 사람과 얘기를 나누다 다 같이 이야기를 나누는 분위기로 바뀌었다. 식사 도중에 닐스가 도착했다. 활달한 젠슨과는 오랜 절친이고 한나보다 두 살 많은 에릭은 이 집안에서 가장 시끄러운 성격의 소유자인데 비해 닐스는 조용한 편이라 사실 그리 친하지는 않았다. 스물여덟 살의 에릭은 유명 에너지 기업의 엔지니어로 눈 맞춤하는 습관과 미소를 빼고는 제 아버지와 판박이였다.

그런데 닐스는 깜짝 놀랄만한 행동을 했다. 오자마자 한나에게 키스하고 자리에 앉은 것이다. "예뻐졌네, 지그스."

"정말이야." 젠슨도 포크로 한나를 가리키며 거들었다. "뭐가 달라진 거지?"

식탁 건너편에 앉은 나는 그들이 뭣 때문에 저렇게 행동하는지 파악하려고 하면서도 한편으로는 짜증이 몰려왔다. 내가 보기에 한나는 그대로였다. 늘 그렇듯 꾸밈없이 편안한 모습이었다. 옷이나 헤어스타일, 화장으로 요란하게 꾸미지 않았다. 그녀는 그럴 필요가 없었다. 아침에 잠에서 깼을 때도 아름답고 조깅을 한 후에도 빛이 났다. 섹스가 끝난 후 내 아래에서 땀에 젖어 있는 그녀는 더할 나위 없이 완벽했다.

"음." 한나는 어깨를 으쓱하며 포크로 그린빈을 찔렀다. "모르겠어."

"살이 좀 빠져서 그런 것 같아." 리브가 고개를 갸웃하며 말했다.

헬레나도 입 안에 든 음식을 다 씹고 한마디 했다. "아냐. 헤어스타일 때문인 것 같은데?"

"한나는 행복해서 그런 것 같은데요." 내가 접시에 놓인 로스트비프를 한 조각 자르면서 말했다. 고개를 들었을 때 다들 조용해져 있었다. 커진 눈들이 나를 빤히 쳐다보고 있자 불안해졌다. "왜요?"

그제야 나는 내가 그녀를 지기가 아닌 한나로 불렀음을 깨달았다.

한나가 자연스럽게 끼어들었다. "매일 조깅을 하니까 살이 좀 빠졌을 거예요. 머리도 잘랐고. 하지만 그게 전부가 아니야. 일도 즐거워. 친구들도 있고. 윌의 말이 맞아요. 난 행복해요." 그녀는 젠슨을 보면서 까부는 듯한 미소를 지었다. "오빠 말이 맞았다니까. 이제 다들 날 좀 그만 쳐다볼래?"

젠슨은 한나에게 활짝 웃어보였다. 다들 잘됐다는 의도로 한마디씩 하고 음식을 먹기 시작했고 식탁은 다시 조용해졌다. 리브의 미소가 나를 향해 있는 걸 느꼈다. 고개를 들자 리브가 한쪽 눈을 찡긋했다.

젠장.

"음식이 맛있네요." 내가 헬레나에게 말했다.

"고맙구나, 윌."

다시 침묵이 찾아왔고 조용히 감시당하는 느낌이 들었다. 딱 걸려버린 것이다. 산산조각 나버린 예수의 얼굴이 장식장에 올려진 채로 나를 바라보고 있다는 사실은 아무런 도움도 되지 않았다. 이 집안에서 그녀가 지기라는 이름으로 불리는 건 너무도 당연시되는 일이었다. 그들의 아버지가 하루 종일 일에 매달린다거나 젠슨이 여동생을 과잉보호하는 성향이 있다거나 하는 것처럼 말이다. 나 역시 두 달 전에 지기와 조깅을 시작하기 전까지는 그녀의 본명이 한나라는 사실을 알지 못했다. 젠장. 상황이 이렇게 된 이상 그대로 밀고 나가는 수밖에 없다. 다시 한 번 그녀를 한나라고 불러야 한다.

"「셀(Cell)」지에 한나의 논문이 실리는 거 알고들 계세요?" 탁자를 둘러보며 한나라는 이름을 유난히 크게 말하면서 물었다. 썩 자연스럽지는 않았다.

조한이 커진 눈으로 얼굴을 들더니 한나를 쳐다보면서 물었다. "정말이냐, 우리 공주님?"

한나가 고개를 끄덕였다. "일전에 말씀드렸던 '항원 결정 부위 매핑 프로젝트'에 관한 논문이에요. 임의적으로 시작한 건데 결과가 잘 나왔어요."

대화가 덜 어색한 방향으로 흘러간 듯해서 참았던 한숨을 내쉬었다. 그녀의 부모님을 만나는 것보다 가족에게 뭔가를 숨기는 데서 오는 스트레스가 더 컸다. 젠슨이 살짝 미소 띤 얼굴로 나를 보고 있기에 나도 웃어주고는 음식에 집중했다.

'접시 그만 보고 계속 자연스럽게 행동하자.'

그런데 대화가 잠시 끊겼을 때 한나의 눈이 나에게 고정되어 있는 걸 발견했다. 조금 놀란 듯한 생각에 잠긴 눈이었다.

'오빠.' 그녀는 소리 내지 않고 입 모양으로만 말했다.

'뭐?' 나 역시 입 모양으로 답했다.

그녀는 천천히 고개를 흔들더니 나에게서 시선을 거두고 접시로 가져갔다. 탁자 아래로 다리를 뻗어 그녀의 발을 두드려서 나를 쳐다보게 만들고 싶었다. 하지만 탁자 아래로 워낙 다리가 많아서 어느 것이 한나의 다리인지 알 수 없는 데다 이미 대화가 다른 방향으로 흘러가 버리고 말았다.

* * *

저녁 식사 후 한나와 나는 설거지를 자청했고 가족들은 패밀리 룸으로 칵테일을 마시러 갔다. 한나가 행주로 나를 쳤고 나는 그녀에게 비누 거품을 날렸다. 내가 그녀에게 바짝 몸을 기울여 목을 핥으려는 순간, 닐스가 맥주를 가지러 왔다가 마치 우리가 옷이라도 바꿔 입은 것처럼 번갈아 쳐다보았다.

"둘이 뭐해?" 의심이 잔뜩 깔린 목소리였다.

"아무것도 안 해." 한나와 내가 동시에 대답했고 설상가상으로 한나가 한마디 덧붙였다. "아무것도 안 해. 그냥 설거지해."

닐스는 잠깐 머뭇거리다가 맥주병 뚜껑을 쓰레기통에 던지고는 패밀리 룸으로 돌아갔다.

"들킬 뻔한 거 오늘 두 번째예요." 그녀가 속삭였다.

"세 번째지." 내가 정정했다.

"쫌생이." 그녀는 재미있다는 듯이 눈을 빛내면서 나를 향해 고개를 흔들었다. "이따 밤에 오빠 방에 가려고 했는데 안 되겠어요."

뭐라고 반박하려다가 그녀의 짓궂게 올라간 입꼬리를 보고는 관두었다.

"넌 정말 사악한 여자야. 그거 알아?" 엄지를 뻗어 그녀의 유두를 만지려고 했다. "예수님이 저 가슴골에 있기 싫어한 것도 당연해."

그녀는 숨이 넘어갈 듯 헐떡거리더니 내 손을 치우고는 보는 사람이 없는지 뒤돌아 확인했다.

주방에는 우리 둘뿐이고 패밀리 룸에서 사람들의 목소리가 들렸다. 그녀를 끌어당겨 키스하고 싶은 마음뿐이었다.

"하지 마요." 그녀는 눈빛이 심각해지더니 숨이 막히는 듯 몸을 떨었다. "멈출 수 없을 것 같단 말이에요."

* * *

밤늦게까지 몇 시간 동안 젠슨과 밀린 이야기를 하다 방으로 돌아갔다. 한나는 한 시간 넘게 살금살금 복도를 걸어와 방문을 열고 들어오려고 시도하다가 실패했다.

그러다 나는 꾸벅꾸벅 졸기 시작했다. 그녀가 몰래 방으로 들어와서 옷을 다 벗고 옆에 이불을 덮고 누웠을 때도 알지 못했다. 나를 꼭 껴안은 부드러운 맨살의 감촉에 정신이 들었다.

그녀는 내 가슴을 쓰다듬고 목과 턱, 아랫입술에 키스했다. 나는 완전히 깨기도 전부터 단단하게 발기되어 있었다. 내가 신음 소리를 내자 한나가 입술을 손가락으로 누르며 "쉿" 했다.

"몇 시지?" 그녀의 머리에서 나는 달콤한 향기를 들이마시며 중얼거리듯 물었다.

"두시 조금 넘었어요."

"아무도 못 본 거 확실해?"

"복도에서 내가 움직이는 소리를 들을 수 있는 건 젠슨 오빠랑 리브 언니뿐이에요. 젠슨 오빠 방에는 선풍기가 켜져 있으니까 잠든 게 확실해요. 깨어 있을 때 선풍기가 켜져 있으면 십 초도 못 견디거든요."

맞는 말이었기에 웃었다. 젠슨과는 몇 년 동안 룸메이트였으니까. 그 빌어먹을 선풍기는 나도 싫었다.

"형부는 코 골면서 자요." 그녀가 내 턱에 키스했다. "리브 언니는 형부보다 먼저 잠들었을 거예요. 안 그러면 코 고는 소리에 깨니까."

나는 그녀의 완벽한 잠행에 만족하면서 우리가 사랑을 나누는 동안 문 열 사람이 없다고 안심한 뒤 몸을 돌려 그녀를 가까이 당겼다.

그녀는 섹스를 하러 숨어든 게 분명했지만 꼭 서둘러 섹스를 하려는 목적은 아닌 듯했다. 우리 사이에는 수면으로 확실하게 드러나지 않은 뭔가가 있었다. 그녀가 어둠 속에서 눈을 뜨고 정성을 다해 키스하고 마치 질문을 하듯 조심스럽게 나를 만지고 내 손을 자신의 목과 가슴, 심장에 갖다 대는 걸 보고 알 수 있었다. 그녀의 심장은 빠르게 뛰고 있었다. 그녀의 침실은 그리 멀지 않으니 여기까지 오느라 숨이 찰 리도 없었다. 다른 뭔가가 그녀의 심장을 요동치게 하는 것이다. 그녀는 하고 싶은 말이 있는 듯 몇 번이나 입을 열었다가 닫았다.

"왜 그래?" 그녀의 귀에 키스하면서 물었다.

"아직도 다른 사람들이 있나요?" 그녀가 물었다.

나는 혼란스러워서 입을 떼고 그녀를 쳐다보았다. 다른 여자들 말인가? 몇 백 번이고 다시 나누고 싶은 대화였지만 그녀가 미묘하게 회피

하는 바람에 나 역시 우리 사이를 분명히 하고 싶은 욕구가 수그러들었다. 그녀는 여러 남자들을 만나보고 싶어 하고 나를 믿지도 못하고 있고 우리가 서로에게만 충실해야 한다고 생각하지도 않았다. 아니면 내가 잘못 안 걸까? 적어도 나에게 다른 사람은 없다.

"네가 원한 거 아니었나?"

그녀가 다가와 키스했다. 그녀의 입술은 이미 너무도 익숙했다. 우리의 입술은 자연스레 하나 되어 부드러운 키스가 간결한 리듬을 타고 진한 키스로 변했다. 그녀와 뜨거운 키스를 나누며 그녀가 나 말고 다른 남자와 잘 생각을 한다는 게 상상조차 되지 않았다.

그녀는 나를 당겨 자신의 위로 올라오게 했다. "하루에 콘돔 없이 섹스를 두 번 하는 데 법칙이 있나요?"

그녀의 귀 아래에 키스하면서 속삭였다. "다른 사람은 없을 것. 이게 법칙이어야 할 것 같군."

"그럼 우리는 법칙을 어기는 건가요?" 그녀가 엉덩이를 들면서 물었다.

그런 소리는 집어치워.

나는 결론 없는 이런 대화는 그만하자고 단호하게 말하려고 했지만 그 때 그녀가 낮게 굶주린 듯한 소리를 내면서 활모양으로 엉덩이를 들었다. 나는 그녀 안으로 들어갔고 터져 나오는 신음 소리를 낮추려 입술을 깨물었다. 도저히 믿어지지 않는 느낌이었다. 지금까지 섹스를 수천 번이나 해봤지만 이런 느낌은 한 번도 느껴보지 못했다.

그녀가 나를 만질 때마다 깨문 입술에서 피 맛이 났고 온몸이 불타오르는 듯 뜨거워졌다. 그녀가 쾌락을 위해 엉덩이를 돌리기 시작하자 머릿속에 떠올랐던 말들이 전부 녹아버렸다.

'나는 인간이지 신이 아니야. 지금은 한나와 자고 우리 둘의 문제는 나중에 생각하면 되는 거야.'

뭔가 속임수를 쓰는 기분이었다. 그녀는 나에게 마음은 주지 않지만 몸은 준다. 그녀와 함께하는 쾌락의 시간이 앞으로 계속 쌓여 나간다면, 친구 사이로도 만족하는 척 자신을 속일 수 있을지 모른다.

나중에 후회할지도 모른다는 생각 따위는 지금 당장은 중요하지 않다.

17

이런 섹스는 처음이다. 과연 둘 중 하나라도 절정에 이를 수 있을지 의심될 정도로 느린 속도였지만 상관없었다. 우리는 입술을 가까이 둔 채로 호흡과 신음 소리, "느껴져? 느껴져요?" 같은 간절한 속삭임을 나누었다.

물론 느껴졌다. 손바닥에 닿은 그의 심장 소리, 내 위에서 흔들리는 그의 어깨 전부 다 느꼈다. 그의 입가에서 맴돌기만 하는 알아들을 수 없는 말들…. 그는 뭔가를 말하려고 했다. 어쩌면 우리가 어두컴컴한 방으로 숨어든 이후로 줄곧 같은 말을 하려는 것이었는지 모른다.

그는 내 질문이 무엇인지도 이해하지 못하는 듯했다.

내 마음을 솔직하게 이야기하기가 이렇게 어려운 줄 몰랐다. 우린 사랑을 나누었다. 그의 맨살과 나의 맨살이 닿았다. 그는 저녁 식사 때 나를 한나라고 불렀다. 이집에서 누군가 그 이름을 부른 건 처음인 듯하다. 윌은 친한 친구인 오빠를 놔두고 나와 설거지를 했다. 내가 방으로 가기 전에 은밀한 눈빛을 보냈고 잘 자라는 문자와 함께 이런 메시지도 보냈다. '혹시 모를까 봐 알려주는데 내 방문은 잠그지 않을 거야.'

사람들로 가득한 곳에서도 그가 내 남자처럼 느껴졌다. 하지만 닫힌 방에서 단 둘이 있으니 갑자기 불확실해졌다.

아직도 오빠 주변에는 다른 사람들이 있나요?

네가 원한 거 아니었나?

다른 연인이 없을 것. 그게 법칙이어야 할 것 같군.

그럼 우리 그 규칙을 어기는 건가요?

…

난 뭘 기대한 걸까? 눈을 감고 그를 꽉 껴안았다. 그가 남성을 거의 뺐다가 다시 천천히 넣으면서 내 귀에 대고 조용하게 신음했다.

"너무 좋아, 플럼." 그는 내 위에서 엉덩이를 돌리면서 한 손으로는 내 갈비뼈를 훑고 올라가 가슴을 움켜잡고는 엄지로 팽팽해진 젖꼭지를 문질렀다.

그가 쾌락에 겨워서 내는 녹아내리는 듯한 깊은 소리가 좋았다. 그에게 듣고 싶은 말이 있었지만 그 생각을 떨쳐버리는 데도 도움이 됐다. 난 그에게서 이런 말을 듣고 싶었다. '이제 나한테 다른 여자들은 없어.' '우리 앞으로 계속 콘돔 안 끼고 할 거야.'

우리 사이에 관한 대화를 예전에 그가 먼저 꺼냈지만 내가 피해 버렸다. 그는 정말로 몸 섞는 친구 이상의 관계에 관심이 없는 걸까? 아니면 단지 먼저 이야기 꺼내는 게 내키지 않는 걸까? 그나 저나 난 왜 이렇게 소극적인 거지? 그와의 관계가 완전히 망가질까 봐 아무 말도 못하고 있는 듯하다.

그는 고개를 뒤로 젖히고 내 안에서 천천히 왔다 갔다 움직였다. 나는 눈을 꼭 감고 그의 목 부분을 살짝 깨물면서 그에게 최고의 쾌락을 주려고 노력했다. 내가 경험이 부족하더라도 그런 건 문제가 되지 않을 만큼 그가 나를 간절히 원하게 되기를 바랐다. 나보다 먼저 그에게 왔던 여자들의 기억을 그에게서 전부 다 지워 버리고 싶다. 그가 내 것임을 느끼고 싶고 또 확인하고 싶다.

과연 이런 생각을 한 여자가 몇 명이나 될까 하는 생각이 들면서 찌르는 듯한 통증이 느껴졌다.

'당신이 내 거라고 느끼고 싶어.' 그의 가슴을 밀어 그의 위로 올라탔다. 내가 위에서 한 적은 한 번도 없었다. 그의 손을 내 엉덩이에 갖다 대고는 그를 쳐다보았다. "나 이 자세는 처음이에요."

그는 한 손으로 남성의 아랫부분을 쥐고는 내가 넣을 수 있도록 도와주었다. 내 안에 그가 들어가는 순간 신음 소리를 내뱉었다. "좋을 대로 해봐. 네가 주도하는 자세니까." 그가 나를 보면서 나직하게 말했다.

나는 눈을 감고 미숙한 나의 행동이 바보 같다는 생각을 떨쳐버리려고 애썼다. 그를 향한 간절함에 아랫배가 빳빳해진 탓에 혹시 내 움직임이 이상하거나 어설프거나 성의 없거나 섹시하지 않게 느껴지면 어쩌나 의식이 되었다.

"알려줘요. 나 틀리게 하고 있는 것 같아요."

"완벽하게 잘하고 있어." 그가 내 목에 대고 중얼거렸어. "밤새도록 하고 싶어."

땀이 나기 시작했다. 움직임 때문이 아니라 생각에 정신이 팔려서 머리가 터질 것만 같았다. 오래된 침대가 끼익 거려서 평소 그와 하듯 침대 전체와 프레임, 베게까지 써가며 몇 시간이고 할 수가 없었다. 나도 모르는 사이에 윌이 나를 들어 바닥으로 내려갔다. 나는 바닥에 앉은 그의 위에 걸터앉아 내 안에 그의 남성을 집어넣었다. 이 자세로는 그의 남성이 깊숙하게 들어가서 그동안 알지 못한 은밀한 곳까지 그를 느낄 수 있었다. 그는 고개를 숙여 내 젖꼭지를 빨았다.

"얼른 해줘. 바닥이니까 소리날까 봐 걱정하지 않아도 돼." 그가 다급하게 으르렁거렸다.

그는 내가 삐걱거리는 침대 소리를 걱정하는 줄 안 거다. 나는 눈을 감고 마음 가는대로 움직였다. 이 자세는 아닌 것 같다고 말하려는 순간 그가 내 턱과 뺨, 입술에 키스하면서 속삭였다. "지금 마음이 어디로 가 있는 거야? 돌아와."

그의 어깨에 이마를 묻었다. "생각을 너무 많이 하고 있어요."

"무슨 생각?"

"갑자기 불안해졌어요. 당신이 내 거라는 생각이 잘 안 들어요. 그게 거슬려요."

그가 손가락을 내 턱 아래로 가져가 기울어진 얼굴을 똑바로 세워 그를 바라보게 했다. 입술을 한 번 꾹 갖다 대고 키스를 했다. "네가 원한다면 난 일분일초 항상 네 거야. 말만 하면 돼."

"날 망가뜨리지 말아요, 알았죠?"

어둠 속에서도 그의 눈썹이 좁혀지는 게 보였다. "그 말 전에도 한 적 있지. 왜 내가 널 망가뜨릴 거라고 생각하지? 내가 그럴 수나 있다고 생각해?" 아픔이 묻어 있는 그 목소리는 내 안의 원초적이고 팽팽한 감정을 건드렸다.

"당신이라면 그럴 수 있다고 생각해요. 당신이 원하지 않아도 말이에요. 지금도 그럴 수 있어요."

그는 내 목에 얼굴을 묻고 한숨을 내쉬었다. "왜 내가 원하는 걸 주지 않는 거지?"

"당신이 원하는 게 뭐죠?" 무릎을 좀 더 편한 자세로 바꾸었는데 그 과정에서 그의 남성이 다시 내 안으로 들어갔다. 그가 내 엉덩이를 힘주어 잡고 고정시켰다.

"네가 이러면 생각을 할 수가 없잖아." 그가 몇 번 심호흡을 하더니 속삭였다. "난 그저 널 원할 뿐이야."

"그럼…." 내가 그의 목덜미 쪽 머리카락에 손가락을 넣어 쓰다듬었다. "다른 여자들을 만날 건가요?"

"그건 네가 나한테 말해줘야 해, 한나."

나는 눈을 감고 이런 대화가 소용이 있을까 생각했다. 내가 그에게 다른 남자들과 데이트하지 않을 거라고 말하고 그도 그러겠다고 동의할 수도 있다. 하지만 그걸 내 쪽에서 정하고 싶지는 않았다. 윌이 앞으로 다른 여자들을 만나지 않겠다고 말하는 이유는 절대로 타협 불가능하고 그 스스로가 원해서 결정한 일 때문이기를 바랐다. 바로 나에 대한 감정 때문이기를. 이러거나 저러거나 상관없고 그냥 내가 하자고 해서 따르는 느슨한 결정은 싫었다.

그는 내 입술로 다가와 키스했다. 지금까지 그가 해준 가장 달콤하고 부드러운 키스였다. "진지한 관계, 난 한번 노력해보고 싶다고 했잖아." 그가 중얼거렸다. "안 될 것 같다고 한 건 너야. 넌 내가 어떤 사람인지 알아. 너와의 관계는 다르길 원한다는 걸 알잖아."

"나도 원해요."

"좋아, 그럼." 그가 키스를 했고 우리는 다시 리듬을 타면서 움직였다. 아래에서는 그가 살짝 돌진해왔고 위에서는 내가 자그만 동그라미를 그리면서 허리를 돌렸다. 그가 숨을 내쉬면 나는 들이마셨다. 그가 달콤하게 내 입술을 깨물었다.

지금까지 누군가와 이렇게 친밀한 느낌이 든 적은 처음이다. 그의 손이 나의 온몸을 더듬었다. 가슴, 얼굴, 허벅지, 엉덩이, 다리 사이. 그는 낮은 목소리로 내 귓가에 속삭였다. 내 몸의 느낌이 얼마나 좋은지부터 자신이 절정에 가까워졌고 매일 열심히 일하고 나에게 돌아와 매일 했으면 좋겠다고까지 말했다. 나와 함께 있으면 집에 온 것처럼 편안하다고 했다.

절정에 이르러 온몸이 허물어졌을 때 더 이상 내가 어색하거나 미숙하거나 순진해보일지에 대해서는 신경 쓰지 않고 있었다. 그가 입술로 내 목을 꾹 누르고 내가 그와 더 밀착한 채 움직일 수 있도록 두 팔로 나를 꼭 감싸고 있다는 사실만 중요했다.

* * *

"준비됐어?" 윌이 일요일 오후에 몰래 내 방으로 들어와 뺨에 재빨리 키스하면서 물었다. 오전 동안 대부분 이런 식이었다. 아무도 없는 복도에서 몰래 키스하거나 주방에서 다급하게 서로를 더듬거나.

"거의 다 됐어요. 엄마가 말한 몇 가지만 더 챙기면 돼요." 뒤에서 그가 허리를 안았고 나는 뒤로 몸을 기울이면서 그에게 녹아들었다. 본가에 와서 서로 자유롭게 만지지 못하게 되어서야 윌이 나를 얼마나 자주 만지는지 깨달았다. 그는 항상 스킨십을 시도

했다. 손가락으로 살짝 쓰다듬거나 한 손을 내 엉덩이에 올리거나 어깨를 스치거나. 하지만 그가 하는 신체 접촉은 자연스럽고 편하기까지 해서 의식이 되지 않을 정도였다. 이번 주에는 그런 일상적인 손길이 빠진 듯해 애간장이 탔다. 벌써부터 집에 가는 차 안에서 몇 킬로미터쯤 달린 후에 그가 뒷좌석에서 하자고 제안할지에 대해서 생각하고 있었다.

그는 하나로 묶은 내 머리를 옆으로 치우면서 목을 따라 키스했고 귀 바로 아래에서 멈추었다. 그의 손에 걸린 열쇠가 짤랑거리며 셔츠가 살짝 말려 올라가 드러난 내 배에 닿자 차가운 감촉이 느껴졌다.

"이러면 안 되는데. 젠슨이 브런치 이후로 계속 날 궁지에 몰아넣으려고 벼르는데 난 죽고 싶지 않거든."

그의 말에 정신이 퍼뜩 들어서 침대 반대편에 놓인 셔츠를 가지러 갔다. "젠슨 오빠답네요." 내가 어깨를 으쓱하면서 중얼거렸다. 만약 우리 사이가 알려진다면 젠슨 오빠는 물론이고 나와 윌에게도 정말 어색한 일일 것이다. 하지만 나는 오전 내내 지난밤 손님방에서 있었던 일을 곱씹었다. 날이 밝으면 그에게 묻고 싶은 게 있었다. "나 한 사람만 원한다"는 말이 진짜인지. 난 드디어 마음의 준비가 되었다.

짐 가방의 지퍼를 잠그고 침대로 끌어 올리려고 했다.

그가 손을 뻗어 가방 손잡이를 잡았다.

"내가 들고 가도 될까?"

그의 체온과 샴푸 냄새가 느껴졌다. 그는 숙인 상체를 일으키고도 나에게서 떨어지지 않고 그대로 있었다. 어지러워서 눈을 감았다. 그가 가까이 있으면 방 안의 공기가 전부 빨려 들어가는 것만 같다. 그는 내 턱을 기울이고 입술을 갖다 댔다. 느리고 여운이 긴 키스였기에 그에게로 얼굴을 숙여 키스를 따라갔다.

그가 미소 지었다. "가방, 차에 실을게. 그리고 우린 출발하는 거야. 알았지?"

"네."

그가 엄지로 내 아랫입술을 쓸었다. "금방 집에 갈 거야. 참고로 난 내 집으로 안 갈 거야." 그가 속삭였다.

"네." 다리가 후들거려 서 있기도 힘들 정도였다.

그는 활짝 웃고는 가방을 들고 나갔다.

아래층으로 내려가 보니 언니가 주방에 있었다. "가는 거야?" 언니는 조리대를 돌아와서 나를 껴안았다. 언니를 안으면서 고개를 끄덕였다. "윌은 벌써 밖으로 나간 거야?" 주방 창문으로 내다보았지만 그가 보이지 않았다. 가는 동안 차 안에서 그와 이야기를 나눌 텐데 한낮에 솔직한 이야기를 나눌 거라는 생각에 갑자기 초조해졌다.

"젠슨 오빠한테 인사하러 갔나봐." 언니는 싱크대로 돌아가 씻던 과일을 마저 세척했다. "두 사람 잘 어울려."

“뭐? 아냐.” 좀 전에 구워 놓은 쿠키가 식어 보여 한 움큼 집어다 갈색 종이봉지에 담았다. “말했잖아. 그런 거 아니야, 언니.”

“네가 뭘 원하는지 말해, 한나. 윌은 너한테 푹 빠져 있어. 솔직히 눈치 챈 사람이 나 하나뿐이라는 게 놀라울 정도라고.”

얼굴이 붉어지는 걸 느끼면서 고개를 저었다. 찬장에서 종이컵 두 개를 꺼내 커다란 스테인리스 보온병에서 커피를 따랐다. 내 커피에는 설탕과 크림을 넣고 윌의 커피에는 크림만 넣었다. “임신하고 나니 촉이 무뎌졌나봐. 언니, 그런 거 아니야.” 하지만 언니는 바보가 아니다. 무덤덤하게 말했지만 거짓말이라는 걸 언니도 눈치 챘으리라.

“윌은 그럴지도 몰라.” 언니가 회의적인 표정으로 고개를 저었다. “믿기지 않지만 말이야.”

나는 멍하니 뒤쪽 창문을 쳐다보았다. 윌과 내가 어떤 사이인지 안다고 생각했다. 하지만 지난 며칠 동안 변화가 있었고 난 우리 사이를 확실히 하고 싶어 안달이 났다. 그에게 마음을 주고 싶지 않았던 이유는 내 스스로 여유가 필요하다고 생각해서였다. 다른 여자들에게 그러듯 그가 편의상 짜놓은 스케줄 속에 나를 끼워 넣는다면 속상할 것 같았다. 최근에는 그의 자유로운 연애 방식이 아닌, 자꾸만 그에게로 향하는 내 마음 때문에 그와의 대화를 피하고 싶었다. 하지만 그래봤자 아무런 소용이 없다. 우리는 우리 사이에 관한 대화를 확실하게 해둬야 한다. 예전에 그가 먼저 시작했고 어젯밤에 서로 간단하게 언급만 했던 그 주제에 대해.

어쩌면 위험을 무릅쓰는 것일지도 모른다. 하지만 더 이상 피할 수만은 없다.

어딘가에서 갑자기 문이 쾅 하고 닫히는 소리가 나서 깜짝 놀랐다. 젓고 있던 커피가 쏟아진 건 아니지 컵을 내려다보았다. 리브 언니가 내 어깨에 손을 올려놓았다. "딱 일 분만 언니로서 잔소리할게. 조심해, 알았지? 상대는 그 유명한 윌 섬너라고."

바로 그 이유 때문에 내가 실수하는 게 아닐까 하는 두려움이 몰려왔다.

* * *

차 안에서 먹을 간식과 커피를 챙기고 가족들에게 일일이 돌아가며 작별 인사를 했다. 가족들은 집 안 전체에 뿔뿔이 흩어져 있었다. 그런데 마지막 두 명을 찾을 수가 없었는데 바로 젠슨 오빠와 나의 운전기사였다.

집 앞에 깔린 자갈길을 걸어가 차를 확인해보았다. 신선한 아침 공기를 마시며 차고로 가다가 새들의 지저귐과 사각거리는 나뭇가지 소리 사이로 말소리가 들려와 걸음을 멈추었다.

"난 그냥 너희 둘 사이가 어떻게 되고 있는지 궁금한 거야." 젠슨 오빠의 목소리였다.

"아무 일도 없어. 그냥 가끔 만나서 어울리는 거지. 참고로 네 부탁이었잖아." 윌이 말했다.

남의 말을 엿듣다가 기분이 상하는 이야기가 나올 수도 있다는 생각에 얼굴이 찌푸려졌다.

"여기서 '어울린다'는 건 무슨 뜻이지?" 젠슨 오빠가 물었다. "너 마치 지기를 엄청 잘 아는 것처럼 행동하던데."

윌은 뭔가를 말하려다 말았다. 차고에 있는 두 사람에게 내 그림자가 들키지 않도록 살짝 뒤로 물러섰다.

"만나는 여자가 몇 명 있어." 윌이 말문을 열었다. 턱을 긁적이는 모습이 상상되었다. "하지만 지기는 그중 한 명이 아니야. 좋은 친구 사이지."

나는 얼음물에 빠진 것처럼 온몸에 소름이 돋았다. 미리 입을 맞춘 대로 말한 것뿐인 데도 가슴이 철렁했다.

윌은 계속 말했다. "사실… 그중 한 명하고 좀 더 깊은 사이로 발전할까 고민 중이야." 심장이 쿵쾅거렸다. 윌의 말을 더 듣기가 힘들었다. 지금 당장 저 둘 사이에 끼어들까도 싶었다. 그 사이 윌의 말이 이어졌다. "다른 여자들하고는 끝내려고. 누군가와 깊은 관계로 발전하고 싶은 마음이 든 건 처음이거든. 하지만 그녀가 아무런 낌새가 없어서 섣불리 말 꺼내기가 어려워. 어떤 상황인지 알겠지?"

다리에 힘이 빠져서 문에 기대섰다. 오빠가 뭐라고 말하는 게 들렸지만 더 이상 귀에 들어오지 않았다.

* * *

차 안의 분위기는 긴장감이 맴돌았다는 말만으로 표현이 되지 않는다. 출발한 지 한 시간이 지나도록 나는 단답형 대답밖에 하지 않았다.

"배고파?"

아뇨.

"온도 괜찮아? 너무 더운가? 추워?"

괜찮아요.

"GPS에 주소 좀 눌러줄래?"

네.

"잠깐 화장실 들러도 될까?"

네.

스스로도 그가 느끼기엔 영문 모를 반항이라는 걸 알기에 더욱 끔찍한 기분이었다. 윌은 누구도 아닌 내가 정한 법칙에 따라 젠슨 오빠에게 그런 말을 한 것뿐이었다. 어젯밤이 되기 전까지만 해도 나는 그가 나만 바라봤으면 좋겠다는 생각도 하지 않았었다.

'입을 열어, 한나. 네가 뭘 원하는지 말해.'

"괜찮은 거야?" 그가 살짝 몸을 숙여 눈을 마주쳤다. "아까부터 계속 단답형으로만 말하는데."

운전하는 그의 옆모습을 쳐다보았다. 수염이 살짝 자란 턱과 내가 쳐다보는 걸 안다는 듯이 미소로 살짝 올라간 입술. 그는 몇 번인가 내 쪽을 쳐다보며 내 손을 꽉 쥐었다. 그는 나에게 섹스보다 훨씬 큰 의미가 있는 사람이었다. 그는 나의 베스트 프렌드였다. 진정으로 '남자 친구'라고 부르고 싶은 사람이었다.

그가 지금까지 다른 여자들을 만났다는 생각만 해도 속이 약간 메스꺼워졌다. 이번 주말 이후로 그가 다른 여자들을 만나지 않을 거라는 확신은 들었다. 우린 콘돔을 끼지 않고 했으니까. 그것만으로 우리 사이에 대해 진지한 대화를 나눠볼 이유가 충분했다.

그가 정말로 가까운 사람처럼 느껴졌다. 정말로 우리가 친구 이상의 존재가 된 것 같았다.

양손으로 눈 부위를 꽉 눌렀다. 질투 나고 불안하고… 조바심이 들어서 지금 당장 얘기를 해치우고 싶었다. 윌에게는 어떤 말이든 다 할 수 있다고 생각했는데 우리 사이를 분명히 해야 할 문제에 대해서만은 왜 이렇게 어려운 걸까?

기름을 넣으려고 주유소에 멈추었다. 그의 스마트폰에서 음악을 뒤적거리는 척하며 머릿속으로 할 말을 생각했다. 그의 취향이 아닐만한 곡이 눈에 띄었다. 펌프를 들고 주유구로 다가가는 그를 쳐다보면서 미소 지었다.

그가 다시 차에 타고 시동을 걸었다. "가스 브룩스?"

"좋아하지도 않는데 왜 폰에 넣어둔 거죠?" 내가 놀리듯 말했다. 꽤 괜찮은 시작이라고 속으로 생각했다. 올바른 방향으로 나아가기 위한 첫걸음이었다. 자연스럽게 대화를 이끌어가다가 부드럽게 착지하고 점프하면 된다.

그는 역겨운 음식을 먹기라도 한 것처럼 유쾌하면서도 심술궂은 표정을 지으며 차를 출발시켰다. 준비해놓은 말들이 머릿속에서 빙빙 돌았다. '나 당신 것이 되고 싶어요. 당신이 내 것이면 좋겠어요. 우리 너무도 좋았던 지난 몇 주 동안 다른 여자를 만나지 않았다고 말해줘요. 나만 좋았던 게 아니라고 말해줘요.'

그의 스마트폰에서 아이튠즈를 열어 다시 리스트를 훑었다. 차 안의 분위기를 가볍게 해주고 자신감이 생기게 해줄만한 곡을 찾으려고 했다. 그 때 문자메시지가 도착했다.

'미안해, 어제 문자 못 봤어! 응! 화요일에 시간 돼. 빨리 보고 싶다. 내 집으로 올래? 쪽~'

키티였다.

족히 일 분 동안은 숨이 멎은 듯했다.

스마트폰 화면을 끄고 더 깊숙이 앉았다. 누군가 내 입 안으로 손을 집어넣어 위장을 끄집어낸 기분이었다. 온몸의 핏줄이 아드레날린과 당혹감, 분노로 뜨겁게 끓어올랐다. 윌은 우리 부모님의 집에서 나와 콘돔도 없이 섹스를 한 어제 오후부터 내 목에 키스를 한 오늘 오전 사이에 키티에게 화요일에 만나자는 메시지를 보낸 것이다.

나는 주유소를 출발해 도로로 진입하는 동안 창밖을 바라보았고 스마트폰을 그의 무릎에 살며시 올려놓았다.

잠시 후 그는 스마트폰을 들여다보더니 아무 말 없이 내려놓았다.

그는 키티의 메시지를 본 게 분명했지만 아무 말도 하지 않았다. 놀란 것처럼 보이지도 않았다.

쥐구멍에라도 들어가고 싶었다.

* * *

집에 도착했지만 그는 같이 올라가려고 하지 않는 것 같았다. 나는 문 앞에 가방을 가져다놓았고 우리 둘은 어색하게 서 있었다.

그가 내 뺨에 내려온 머리카락을 뒤로 넘겨주었지만 찡그리는 내 얼굴을 보고는 곧바로 손을 치웠다. "정말 괜찮은 거야?"

고개를 끄덕였다. "그냥 피곤해서요."

"그럼 내일 볼까? 마라톤 대회가 토요일이니까 주초에 평소보다 많이 달리고 쉬어야 할 거야."

"좋아요."

"그럼 내일 아침에 볼까?"

갑자기 절박한 심정이 되어 그에게 마지막으로 한 번 더 기회를 주고 싶었다. 솔직하게 털어놓을 기회, 아니면 오해를 풀 기회 말이다.

"네…. 혹시 화요일 저녁에 만날 수 있을까 싶은데." 그의 팔뚝에 손을 올렸다. "우리 얘기 좀 해야 하잖아요? 이번 주말에 있었던 일에 대해서 말이에요."

그는 내 손을 내려다보더니 자신의 손가락이 내 손가락과 엉키도록 움직였다. "지금 말하면 안 되고?" 그가 혼란스러운 듯이 눈썹을 찌푸렸다. 그도 그럴 것이 아직 일요일 저녁 7시밖에 안 된 시간이었다. "한나, 왜 그래? 내가 모르는 게 있는 것 같은데."

"차를 오래 탔더니 피곤해서 그래요. 내일은 저녁 늦게까지 연구실에 있어야 하지만 화요일은 시간이 되거든요. 화요일에 집으로 올 수 있어요?" 머릿속에 떠오른 목소리처럼 눈빛도 간절해 보이지 않기를 바라며 물었다. '제발 올 수 있다고 말해요, 제발.'

그는 입술을 적시면서 발아래를 보았다가 우리 둘의 잡은 손을 보았다. 시간이 일 초마다 흘러가는 게 느껴지고 주변의 공기가 무겁게 내려앉아 숨쉬기도 힘들었다.

"화요일은…." 그가 생각에 잠긴 듯 잠시 멈추었다. "늦게까지 일이… 있어. 회사일. 화요일에 회의가 있거든." 그가 횡설수설했다. 거짓말이었다. "화요일 낮에 시간을 내거나…."

"아니에요, 됐어요. 내일 아침에 봐요."

"괜찮겠어?"

마음이 꽁꽁 얼어버린 것 같았다. "네."

"그래. 그럼 난…." 그가 어깨 너머로 문을 가리켰다. "가볼게. 정말 괜찮은 거지?"

아무런 대답 없이 나는 그의 운동화만 쳐다보았다. 그는 내 뺨에 키스를 하고 떠났다. 문을 잠그고 곧바로 방으로 들어갔다. 아침까지 아무 생각도 하고 싶지 않았다.

***

죽은 듯이 자다가 5시 45분에 맞춰놓은 알람이 울려 깼다. 스누즈 버튼을 누른 후 어둠 속에서 파랗게 빛나는 버튼을 빤히 쳐다보면서 누워 있었다. 윌은 나에게 거짓말을 했다.

그의 거짓말을 합리화하려고, 상관없는 척해보려고도 했다. 아직 나와의 관계가 공식화된 것도 아니고 아직 정식으로 사귀는 게 아니니까…. 하지만 아무리 그래도 수긍이 되지 않았다. 나는 윌이 바람둥이이고 믿을 수 없는 남자라고 생각했었지만… 토요일 밤을 기점으로 모든 게 바뀌었다고 믿었던 것 같다. 그러지 않고서야 이런 기분이 들 리가 없었다. 그는 우리 둘의 관계를 확실하게 못 박기 전까지는 다른 여자들을 만나도 괜찮다고 생각하는 게 분명했다. 하지만 나는 절대로 섹스와 감정을 따로 떼어놓고 생각할 수 없었다. 윌과 함께하고 싶다는 생각만으로도 그만 바라볼 이유가 충분했다.

우리는 애초에 서로 다른 종이었다.

알람시계의 숫자가 흐릿해지더니 눈을 깜빡이는 동시에 눈물이 떨어졌고 다시 울린 알람 소리가 침묵을 깨뜨렸다. 이제 일어나 조깅을 하러 나가야 한다. 윌이 기다릴 것이다.

아니 상관없다.

상체를 살짝 일으켜 알림 시계의 플러그를 뽑아버리고 옆으로 돌아 누웠다. 다시 잘 생각이었다.

* * *

월요일은 스마트폰을 꺼놓은 채 대부분 연구실에서 시간을 보냈다. 해가 저문 지 한참 지나서야 집으로 향했다.

화요일에는 알람이 울리기 전에 일어나 근처 헬스장으로 가서 러닝머신에서 뛰었다. 윌하고 함께 공원에서 달리는 것과는 느낌이 달랐지만 상관없었다. 운동을 하니 그나마 숨을 쉴 수 있었다. 맑은 머리로 생각할 수 있어서 윌에 대한 생각이나 그가 오늘 밤 누구와 무엇을 할지에 대한 생각에서 잠시나마 벗어날 수 있었다. 그 어느 때보다 열심히 달렸다. 연구실에 가서 하루 종일 틀어박혀 있다가 다섯 시쯤 집으로 향했다. 하루 종일 요거트밖에 먹지 않아서 쓰러질 것만 같았다.

집에 도착해보니 윌이 문 앞에서 기다리고 있었다.

"안녕." 그를 향해 느리게 걸어가면서 말했다. 그는 고개를 휙 돌리더니 주머니에 양손을 찔러 넣고 한참 동안 나를 쳐다보았다.

"스마트폰이 고장이라도 난 거야, 한나?" 마침내 그의 입에서 나온 질문이었다.

순간 죄책감이 들었지만 허리를 꼿꼿하게 세우고 그의 눈을 똑바로 봤다. "아뇨."

그와 거리를 둔 채로 문을 열었다.

"도대체 무슨 일이야?" 그가 안으로 따라 들어왔다.

그래, 이제 드디어 이야기를 하는구나. 그의 옷차림을 보니 회사에서 곧바로 온 게 분명했다. 그럼 그녀를… 만나러 가기 전에 나한테 들른 건가. 마치 순회라도 하듯 이쪽 일 먼저 해결하고 저쪽으로 가는 건가. 다른 여자들이랑 자면서 어떻게 나한테 그렇게 뜨거울 수 있는지 이해가 되지 않았다.

"저녁에 회의가 있다고 했잖아요." 주방 조리대에 열쇠를 올려놓으면서 나직하게 말했다.

그는 머뭇거리면서 몇 번이나 눈을 깜빡이다 대답했다. "있어. 여섯 시야."

웃으면서 내가 중얼거렸다. "그렇겠죠."

"한나, 도대체 왜 그래? 내가 뭘 잘못한 거야?"

뒤돌아 그를 마주보았지만 나는 겁쟁이처럼 그의 시선을 피했다. 느슨하게 풀어진 넥타이와 스트라이프 와이셔츠를 쳐다보았다. "당신은 잘못한 거 없어요." 내가 스스로 내 가슴을 아프게 하면서 말했다. "내가 감정에 솔직했어야 했는데. 진실한 감정이… 아니라는 거예요."

그의 눈이 휘둥그레졌다. "뭐라고?"

"우리 본가에서의 일은 이상했어요. 거의 들킬 뻔했잖아요? 그런 스릴이 좋았던 것 같아요. 분위기에 취해 토요일 밤에 그런 대화를 나눴고요." 뒤돌아서서 테이블에 쌓인 우편물을 만지작거렸다. 가슴이 메말라 한 겹 한 겹 벗겨져 마침내 텅 빈 구멍만 남은 것 같았다. 억지 미소를 띠고 아무렇지 않다는 듯이 어깨를 으쓱했다. "윌, 난 아직 스물넷이잖아요. 그냥 즐기고 싶어요."

그는 내 말에 무거운 뭔가를 받기라도 한 듯이 살짝 휘청거렸다. "이해가 안 되는군."

"미안해요. 전화라도 했어야 했는데…." 귓가에 울려 퍼지는 잡음을 떨쳐내려고 고개를 흔들었다. 온몸이 뜨거워졌다. 마치 갈비뼈가 부러진 것처럼 가슴에서 심한 통증이 느껴졌다. "할 수 있을 줄 알았는데 못 하겠어요. 지난 주말에 확실히 알았어요. 미안해요."

그는 한 걸음 뒤로 물러서더니 마치 모르는 곳에서 방금 깨어난 사람처럼 주변을 두리번거렸다. "그렇군." 그를 쳐다보니 침을 삼키면서 한 손으로 머리카락을 넘기고 있었다. 그는 뭔가 기억난 듯이 고개를 들었다. "그럼 토요일 대회에 나가지 않는다는 뜻인가? 그동안 열심히 연습했는데…."

"나갈 거예요."

그는 고개를 한 번 끄덕이더니 뒤돌아 걸어갔고 내 시야에서 사라졌다. 어쩌면 영원히.

18

어머니의 집에 가려면 집 앞 차도로 회전하기 직전에 언덕이 나온다. 그 오르막길을 따라가면 앞이 보이지 않는 내리막 커브가 나오는데 거기에서는 무조건 경적을 울려야 한다는 걸 경험을 통해 알게 되었다. 하지만 그곳을 처음 지나는 운전자들은 회전하면서 진땀을 흘리게 된다.

어머니와 나는 그곳에 만곡형 거울을 세워놓자는 말을 하긴 했지만 실행으로 옮기지는 않았다. 어머니는 경적을 울리는 편이 더 좋다고 하셨다. 어머니는 자신만만하게도 굳이 앞을 보면서 아무것도 없는지 확인할 필요가 없다고 느끼는 순간을 좋아했다. 하지만 나는 내가 그런 느낌을 좋아하는지 싫어하는지 확신할 수 없었다. 앞에 아무것도 없기를 바라야만 하고 뭐가 튀어나올지 알 수 없다는 사실이 싫었지만 앞이 뻥 뚫린 상태로 내리막길을 달릴 때의 쾌감은 좋았다.

한나는 그런 기분이 들게 했다. 나에게 그녀는 앞이 보이지 않는 커브이자 미스터리한 언덕길이었다. 그녀의 무언가가 커브길 정반대편에서 갑자기 나타나 나와 충돌하리라는 사실은 알고 있었다. 하지만 그녀와 있으면서 그녀를 만지고 키스하고 처녀성과 사랑에 대한 그녀만의 정신 나간 이론을 듣고 있자면 차분함과 들뜸, 갈망이 뒤섞인 행복감이 느껴졌다. 그때만큼은 우리가 부딪칠까 봐 신경 쓰지 않아도 되었다.

오늘 저녁에 그녀가 나를 밀어냈지만 곧 해결될 사소한 문제일 뿐이라고, 그녀와의 관계가 시작도 하기 전에 끝난 게 아니라고 믿고 싶었다. 그녀가 아직 어려서인지도 모른다. 스물네 살 때의 나를 떠올려 보면 아직 철없던 바보였다. 대학원 연구실에 처박혀 힘들게 일하다가 매일 여자를 갈아치우면서 광란의 밤을 보냈다. 어쩌면 그녀와 나는 종 자체가 다른지도 모른다. 그녀는 자신이 어려서부터 지나치게 어른스러웠던 탓에 이제는 아이다워지는 법을 배워야 한다고 했는데 그 말이 맞다. 그녀는 대화를 거절하면서 퇴짜 놓는 경험을 난생 처음 해본 것이다.

그래, 잘한 거야. 플럼.

여덟 시쯤에 키티를 택시에 태워 보내고 사무실로 돌아갔다. 몇 시간 동안 이것저것 읽으면서 머리를 비우려는 심산이었다. 내 사무실로 가다가 맥스의 사무실을 지나쳤는데 아직 불이 켜져 있었다.

"이 시간까지 뭐해?" 내가 문가에 기대서서 물었다.

맥스는 두 손으로 얼굴을 괴고 사무실로 들어오는 나를 올려다보았다. "세라가 클로에를 만나러 갔거든. 그래서 좀 늦게까지 일할까 했지." 그는 입을 다물고 나를 유심히 살폈다. "너 몇 시간 전에 퇴근했잖아. 왜 다시 왔어? 오늘 화요일인데…."

우리는 한동안 서로를 응시했다. 우리 사이에는 무언의 질문이 걸려 있었다. 내가 화요일 밤을 키티와 보낸 지는 꽤 오래 되었다. 맥스는 자신이 무엇을 묻는지조차 몰랐을 거다.

"키티 만났어. 조금 전에. 아주 잠깐."

맥스가 짜증스러운 듯이 미간을 찌푸렸지만 내가 한 손을 들며 설명했다. "밖에서 잠깐 만나자고 한 거야."

"윌, 넌 정말 못 말리는…."

"끝내려고 만난 거야, 멍청아." 내가 답답하다는 듯이 사납게 말했다. "처음부터 가벼운 만남이었지만 그래도 끝은 확실하게 하고 싶었어. 어차피 안 만난 지 좀 됐는데도 월요일마다 연락이 왔거든. 키티가 나와 다시 만날 가능성이 있다고 생각하는 것조차 한나를 속이는 기분이었어."

그녀의 이름을 소리 내어 말하는 것만으로 아랫배가 꼬이는 기분이었다. 오늘 그녀와의 만남은 정말 엉망진창이었다. 그녀가 그렇게 멀게 느껴진 건 처음이었다. 이를 앙다물고 벽을 쳐다보았다.

그녀의 말은 거짓이었다. 하지만 이유를 알 수가 없었다.

맥스는 의자를 뒤로 밀면서 등을 기댔다. “그럼 여기서 뭐하는 거야? 한나는 어디 있어?”

말없이 눈만 깜빡거리다가 맥스를 쳐다보았다. 맥스는 피곤하고 놀란 기색이었다. 힘든 하루를 보낸 후에도 언제나 활기차던 평소와 달랐다.

“넌 왜 그래?” 대답 대신 맥스에게 질문을 했다. “큰 시련이라도 닥친 것 같다.”

마침내 맥스가 고개를 흔들면서 웃음을 터뜨렸다. “친구, 넌 무슨 일인지 상상도 못할걸. 베넷 불러서 한잔하러 가자.”

* * *

맥스와 내가 바에 도착한 지 얼마 되지 않아 베넷이 왔다. 뒤쪽으로는 다트판, 옆으로 고장 난 노래방 기기가 놓여 있는 테이블에 자리를 잡았다. 곧 짙은 색 슈트 차림의 베넷이 지친 표정으로 들어왔다. 과연 우리 셋이 오늘 밤 얼마나 버틸 수 있을지 의아했다.

“윌, 너 때문에 평일에 자주 마시게 되잖아.” 베넷이 자리에 앉으면서 말했다.

“그럼 음료수 주문해.”

베넷과 나는 맥스가 분명히 영국식 펍에서 다이어트 콜라를 주문하는 건 신성모독이라느니 뭐니 떠들어댈 거라는 생각으로 쳐다봤지만 맥스는 말 없이 메뉴를 보더니 항상 주문하는 걸로 주문했다. 기네스 500밀리리터 한 잔과 치즈버거, 감자튀김.

매디가 주문을 받아갔다. 화요일 밤인데 언제나처럼 바 안은 거의 비어 있었다. 어색한 침묵이 테이블을 에워싸는 듯했다. 오늘은 다들 장난기 어린 농담 따먹기를 하기에는 지친 기색이었다.

"그나저나 무슨 일이야?" 내가 맥스에게 물었다. 그는 진심 어린 미소를 보여주더니 고개를 흔들었다. "내가 두 잔 정도 마신 후에 물어봐라." 매디가 테이블에 술을 놓아주자 맥스가 윙크를 날렸다. "고마워요, 내 사랑."

"맥스가 오늘은 여자 문제로 집합하는 거라고 문자 보냈던데." 베넷이 맥주를 한 모금 들이켰다. "오늘은 윌의 어떤 여자에 대해 얘기하는 거지?"

"이젠 한 명뿐이야." 내가 중얼거렸다. "그런데 한나가 아까 끝내자고 했으니 엄밀하게 말하면 이제 한 명도 없지." 둘 다 걱정스러운 눈으로 나를 쳐다보았다. "한나가 나와의 관계를 원하지 않는다고 했어."

"젠장." 맥스가 양손으로 얼굴을 문지르며 중얼거렸다.

"문제는 완전 새빨간 거짓말이라는 거지."

"윌…." 베넷이 조심스럽게 말했다.

"됐어." 내가 손사래를 치며 베넷의 말을 막았다. 다시 생각해보니 안도감과 새로운 깨달음이 몰려왔다. 아까 그녀의 집을 찾아갔을 때 한나는 화가 나 있었고 아직도 그 이유는 짐작조차 되지 않았다. 하지만 지난 주말 깜깜한 방바닥에서 사랑을 나누었을 때의 느낌이 떠올랐다. 한나의 눈빛에는 나를 원하는 것을 넘어서 내가 필요하다는 갈망이 담겨 있었다.

"그녀도 나와 같은 마음인 건 확실해. 지난 주말에 우리 사이에 뭔가가 있었거든. 그녀와의 섹스는 항상 죽여줬지만 특히 그녀 부모님의 집에서 한 섹스는 정말 강렬했어."

베넷이 기침을 했다. "미안. 한나 부모님의 집에서 섹스를 했다고?"

베넷의 어투는 약간 모호했지만 어쨌거나 감탄스럽다는 뜻으로 받아들였다. "그녀도 마침내 우리 사이가 섹스와 우정 이상이라고 받아들이는 것 같았어." 나는 물을 한 모금 마셨다. "그런데 바로 다음 날 차가워진 거야. 우리 관계를 끝내려고 하고 있어."

베넷과 맥스는 한동안 생각에 잠겼고 말이 없었다. 베넷이 먼저 입을 열었다. "둘이 서로에게만 충실하자고 확실히 말한 적 있어? 내가 두 사람 사이를 확실히 몰라서 말이야. 넌 지금까지 수많은 여자를 울린 전적이 있잖아."

"난 그녀만 바라보고 싶다고 했지만 그냥 자유롭게 만나기로 했어. 그녀가 그걸 원했거든. 하지만 나한테 그녀는 유일한 존재야." 한 여자한테 푹 빠졌다고 놀림받을 게 뻔했지만 나는 신경 쓰지 않고 다 털어놓았다. 놀림을 받아도 쌌다. 재미있는 사실은 한 여자만 바라보는 게 좋다는 거였다. "너희들 말이 맞았어. 그녀는 재미있고 아름다워.

섹시하고 끝내주게 똑똑하지. 정말로 나의 유일한 사랑이야. 오늘 일은 그냥 거쳐야 할 시련이라고 생각하고 싶어. 안 그러면 뼈가 부러질 때까지 주먹으로 벽을 치고 싶으니까."

베넷이 웃음을 터뜨리면서 맥주잔을 들어 내 잔에 부딪혔다. "그녀가 돌아오기를 바라며."

맥스도 할 말은 없는 듯했지만 잔을 들었다. 그는 미안한 듯이 약간 얼굴을 찡그렸다. 몇 달 전에 나에게 사랑에 빠져서 괴로워하라고 말한 데 대한 죄책감이라도 느끼듯이 말이다.

이내 침묵과 어색한 분위기가 찾아왔다. 나는 현재의 상황에 휩쓸리지 않으려고 노력했다. 물론 한나를 되찾지 못할까 봐 걱정도 되었다. 파티가 있던 그날 그녀가 주인 모를 방에서 내 셔츠 안으로 손을 집어넣었을 때부터 나는 그녀가 아니면 살 수 없게 되었다.

아니, 그전부터였다. 처음 조깅을 하기 위해 만난 날, 그녀의 헝클어진 머리에 모자를 씌워줄 때부터 난 그녀에게 빠졌다.

그녀가 거짓말을 했고 나를 특별하게 생각하고 있다는 확신이 있는데도 의심이 스멀스멀 기어 나왔다. 왜 거짓말을 한 거지? 토요일 밤에 사랑을 나누고 다음 날 차에 타기 전까지 무슨 일이 있었던 걸까?

고통스러운 생각이 꼬리에 꼬리를 물고 계속 되다가 베넷의 말에 멈추었다. "서로 솔직한 심정을 털어놓는 분위기니까 나도 말하지. 결혼식 준비 때문에 클로에랑 나랑 둘 다 미칠 지경이야. 우리 친척들이 전부 샌디에이고로 결혼식을 보러올 예정이야. 어릴 때 마지막으로 보고 얼굴조차 가물가물한 먼 친척들까지 전부 다 온대. 클로에 쪽도 마찬가지고.”

“잘 됐네.” 내 말에 베넷의 얼굴이 굳은 걸 보고 한마디 덧붙였다. “다들 초대에 응해준다니 고마운 일 아닌가?”

“그렇겠지. 하지만 문제는 초대받지 않은 친척들이 많다는 거야. 클로에네 가족은 대부분 노스다코타에 있고 우리는 캐나다, 미시건, 일리노이에 퍼져 있거든. 그래서 다들 바닷가에서 휴가를 보낼 절호의 기회라고 생각하고 있지.” 베넷이 고개를 젓고 말을 이었다. “어젯밤에 클로에가 결혼식이고 뭐고 다 취소하고 둘이 몰래 하고 싶다는 거야. 그녀가 정말로 호텔에 전화해서 결혼식을 취소해버릴까 봐 겁나. 그럼 우리 둘 다 망하는 거라고.”

“설마, 그렇게는 안 할 거야. 그렇지?” 맥스는 조금씩 기운을 차리는 듯했다.

베넷은 양손으로 머리를 움켜쥐고 팔꿈치를 테이블에 받혔다. “솔직히 모르겠어. 상상 이상으로 일이 커진다. 나조차도 통제 불가능이라고 느낄 정도니까. 자기가 초대하고 싶은 사람들은 전부 불렀어. 성대한 공짜 파티인데 당연하겠지? 이젠 비용보다도 장소가 문제야. 또 우리가 원하는 대로 할 수 없을까 봐 걱정이야. 원래 150명 정도로 예상했던 하객이 300명으로 늘어났다니까.” 베넷은 한숨을 쉬었다. “단 하루 동안의 파티인데 말이야. 클로에는 이성을 잃지 않으려고 노력 중인데 많이 힘들 거야. 왜냐하면 내가….” 베넷은 웃음을 터뜨리면서 고개를 흔들더니 똑바로 앉아 우리를 쳐다보았다. "내가 신경 써야 할 부분은 지극히 일부분이기 때문이지. 내가 전부 다 컨트롤하지 않아도 되는 일은 처음이야. 난 색깔이며 맛이며 꽃 따위는 신경 안 써도 되거든. 내가 신경 쓰는 건 그다음 일이지. 피지에서 일주일 동안 그녀와 섹스할 수 있고 영원히 부부가 된다는 사실 말이야. 난 그 두 가지만 신경 쓰면 돼. 결혼식 따위는 그냥 취소해버리고 이번 주에 둘이 혼인신고하고 섹스나 할까 봐."

나는 결혼을 앞둔 예비부부가 으레 겪는 위기라고 말해주려다가 말았다. 사실은 나도 잘 모르는 일이기 때문이다. 신랑 들러리로 참석했던 젠슨의 결혼식에서도 신부 들러리 두 명과 코트룸으로 몰래 빠져나가 섹스할 생각뿐, 결혼식이 주는 감성적인 분위기에는 별 관심이 없었다.

그래서 그냥 입을 다물고 손바닥으로 입가를 문지르는데 스스로에 대한 혐오감이 느껴졌다. 젠장. 벌써부터 한나가 그립다. 사랑하는 여자와 안정적인 관계를 유지하고 있는 두 친구들과 있는 자리라서… 더욱 힘들었다. 내가 꼭 친구들의 전철을 밟아야 한다는 생각이 드는 건 아니다. 그저 친구들과 한잔하며 즐거운 시간을 보낸 후에 돌아갈 그녀가 있다는 편안함을 느끼고 싶었다. 그녀와 함께 있을 때의 편안함이 그리웠다. 내 말에 열심히 귀 기울이고 나와 있을 때면 뭐든지 생각나는 대로 말하는 그녀가 그리웠다. 나는 그녀가 다른 사람하고 있을 때는 그러지 않다는 사실을 알고 있었다. 나에게만큼은 자신의 모습을 있는 그대로 자연스럽게 내보이는 그녀가 좋았다. 열정적이면서 자신감 넘치고 호기심 많고 똑똑한 그녀. 문득 그녀 몸의 감촉과 그녀와 쾌락을 주고 받았던 시간도 그리웠다.

그녀와 한밤중에 침대에 누워 결혼식 준비의 어려움에 대해 푸념하고 싶다. 간절히 그러고 싶다.

"결혼식 취소하지 마." 마침내 내가 말했다. "난 이런 문제에 대해 잘 알지도 못하고 내 의견이 중요하지도 않겠지만 모든 커플이 결혼 준비를 하다보면 누구나 느끼는 감정일 거야."

"단 하루의 행사치고는 너무 손이 많이 간다 싶다." 베넷이 중얼거렸다. "그 뒤로 살아갈 날이 얼마나 긴데."

맥스는 웃으면서 맥주잔을 들어 올렸는데 잠시 생각에 잠기더니 다시 내려놓았다. 그러고는 낄낄대더니 점점 더 큰 소리로 웃기 시작했다. 베넷과 나는 맥스를 쳐다보았다.

"맥스, 방금 전까지만 해도 좀비 같더니 이젠 광대 같다. 다들 진지하게 속 이야기를 하고 있잖아. 난 한나 때문에 상심해 있고 베넷은 결혼 준비에 따르는 전형적인 문제로 골머리 썩고 있고. 이제 네가 말할 차례야."

맥스는 고개를 저으며 텅 빈 맥주잔을 쳐다보았다. "좋아." 그는 손짓으로 매디에게 기네스를 한 잔 더 부탁했다. "베넷, 넌 지금 이 자리에 내 친구로 있는 거야. 세라의 보스가 아니라. 알지?"

베넷은 미간을 찌푸리면서 고개를 끄덕였다. "물론이지."

맥스는 한쪽 어깨를 으쓱하더니 중얼거렸다. "이 형님이 아빠가 된다."

술을 마시는 내내 조용한 분위기였지만 지금의 침묵에 비하면 엄청나게 시끄러운 거였다. 베넷과 나는 순간 완전히 얼었다가 짧게 시선을 교환했다.

"맥스?" 베넷의 어조는 평소답지 않게 조심스러웠다. "세라… 임신했어?"

"그래." 맥스는 붉어진 얼굴로 눈을 동그랗게 떴다. "세라가 내 아이를 가졌어."

베넷은 계속 맥스를 응시했다. 맥스의 얼굴에 나타난 반응을 하나도 빠뜨리지 않고 살피는 듯했다.

"좋은 소식이네. 맞지? 좋은 소식 맞지?" 내가 조심스럽게 말했다.

맥스는 고개를 끄덕이면서 나를 보며 눈을 깜빡였다. "엄청나게 끝내주는 일이지. 근데 난… 솔직히 무섭다."

"얼마나 된 거야?" 베넷이 물었다.

"3개월 좀 넘었어." 베넷과 내가 놀라며 법석을 떨기 전에 맥스가 고개를 끄덕이면서 한 손을 들어 저지했다. "세라는 그동안 스트레스가 심했거든. 스트레스 때문인 줄로만 알다가…." 맥스는 고개를 젓고 말을 이었다. "주말에 임신 테스트기로 확인했고 정확히 얼마나 됐는지는 오늘 알았어. 오늘 회의 때문에 나갔다가… 같이 초음파 검사를 하러 갔거든." 그는 손바닥으로 눈을 눌렀다. "젠장. 아기라니. 난 세라가 임신한 사실도 오늘 알았는데 배 속에 들어 있는 아기까지 본 거야. 성별 예상이 가능한 주수라서. 의사 말로는 딸 같대. 정확히는 몇 달 후에 알 수 있겠지만, 그냥… 현실 같지가 않아."

"맥스, 너 지금 왜 우리랑 있는 거야?" 내가 웃으면서 물었다. "둘이 음료수라도 마시면서 아기 이름이라도 생각해봐야 하는 거 아냐?"

맥스가 미소를 지었다. "세라가 오늘은 나를 보기 싫은가봐. 내가 며칠 동안 짜증나게 굴었거든. 아파트 리모델링을 해야겠다느니 결혼은 언제 하자느니 그런 얘기만 했거든. 클로에랑 말하고 싶나봐. 어쨌든 내일 만나기로 했으니까." 맥스는 그 말을 할 때 눈썹을 찌푸렸다. "하지만 오늘은 이렇게 끝이야. 너무 피곤한 하루였어."

"걱정하는 건 아니지?" 베넷이 맥스를 살피면서 물었다. "정말 놀라운 소식이잖아. 너와 세라한테 아기가 생겼다니."

"아니. 다들 하는 걱정일 거야." 맥스는 한 손으로 입술을 훔치고 말했다. "내가 좋은 아빠가 될 수 있을까? 세라가 술을 좋아하는 건 아니지만, 혹시 지난 석 달 동안 우리가 아이한테 해로운 일을 하진 않았을까? 작고 연약한 세라가 감당할 수 있을까?"

나는 도저히 참을 수 없어서 자리에서 일어나 맥스를 의자에서 일으켜 안아주었다.

맥스는 세라가 옆에 있으면 정신도 제대로 못 차릴 만큼 그녀를 지독하게 사랑했다. 그런 모습을 놀리기는 했지만 사실은 굉장히 감탄스러운 일이었다. 꼭 맥스가 말하지 않아도 나는 알 수 있었다. 그가 이미 정착할 준비가 되었고 헌신적인 남편과 아빠가 될 준비가 되었다는 것을. "넌 잘 할 거야, 맥스. 정말 축하한다."

내가 물러서자 베넷도 일어나 맥스에게 악수를 청하면서 짧게 포옹했다.

맙소사.

얼마나 큰일인지 실감이 되자 의자에 털썩 주저앉았다. 이게 삶이다. 결혼을 하고 가정을 꾸리고 누군가를 위한 단 하나의 존재가 되는 것. 우리 셋에게도 그런 삶이 시작되려 하고 있다. 회사일이나 이따금씩 추구하는 재미 같은 건 중요하지 않다. 가장 친한 친구에게 아이가 생겼다는 얘기를 듣는 순간처럼 여러 중대한 사건들과 서로를 이어주는 유대감이 쌓여서 삶이 만들어진다.

스마트폰을 꺼내 한나에게 보낼 문자메시지를 입력했다.

'난 이제 너만 생각해.'

19

나는 어릴 때 명절이나 행사를 앞두고 며칠씩 잠을 자지 않는 습관이 있어서 가족들이 괴로워했었다. 지친 엄마는 매일 밤 나를 앉혀놓고 얼른 자라고 사정하곤 했다.

"우리 지기, 잠을 자면 크리스마스가 더 빨리 올 거야. 잘 때는 시간이 더 금방 가거든."

하지만 그 방법은 통하지 않았다. "잠이 안 와요. 머릿속에 생각이 너무 많아서 잠을 잘 수가 없어요."

눈을 말똥말똥하게 뜨고 초조하게 집 안을 왔다 갔다 하면서 생일이나 휴가일까지 날짜를 세곤 했다. 그런 버릇은 어른이 되어서도 여전했다.

토요일은 크리스마스도, 여름휴가 첫날도 아니었지만 일분일초를 세어가며 손꼽아 기다렸다. 좀 애처롭기도 하고 그렇게나 기대하고 있다는 사실이 스스로도 싫었다. 하지만 매일 밤 그와 우리 집 사이의 가로등 수를 세면서 윌을 볼 수 있는 날만을 기다렸다.

* * *

흔히들 이별하고 첫째 주가 가장 힘들다고 말한다. 그게 사실이었으면 좋겠다. 화요일 밤에 온 윌의 문자는 고문이나 다름없었기 때문이다. '난 이제 너만 생각해.'

혹시 실수로 나한테 잘못 보낸 게 아닐까? 화요일 밤에 혼자 있게 되었거나 다른 여자랑 같이 있으면서도 내 생각을 한다는 걸까? 그 문자에 화를 낼 수도 없었다. 처음에는 그가 키티하고 있으면서 나에게 문자를 보낸 게 분명하다는 생각에 화가 났지만 곧바로 수그러들었다. 나도 딜런과 데이트하면서 그에게 문자를 보냈으니까.

무엇보다 힘든 건 이 문제를 털어놓을 사람이 없다는 사실이었다. 물론 있기는 했지만 난 오직 윌을 원할 뿐이었다.

해가 뉘엿뉘엿 저물어가는 금요일 저녁에 몇 블록을 걸어 클로에와 세라를 만나러 갔다.

한 주 내내 씩씩한 척했지만 마음은 그렇지 않았다. 불행한 마음이 얼굴로 나타나는 것 같았다. 거울 속의 나는 피곤하고 슬퍼

보였다. 내 심정과 정확히 일치했다. 윌이 너무 보고 싶어서 마지막으로 본 이후로 숨을 쉴 때마다 그를 떠올렸다.

배스텁 진은 첼시에 있는 아담한 술집이다. 가게 정면은 특별할 게 없고 간판에는 '스톤 스트리트 커피'라는 글씨가 새겨져 있다. 사람들이 줄을 서 있지 않는 낮이나 그곳이 술집인지 모르는 사람이라면 그냥 지나치기 쉬웠다. 하지만 아는 사람이라면 붉은 전구 하나가 밝혀진 그곳을 쉽게 찾을 수 있다. 문을 열고 들어가면 흐릿한 조명과 쉬지 않고 흘러나오는 재즈 선율, 중앙에 놓인 커다란 구리 욕조까지 한눈에 들어와 마치 금주법 시행 이전 시대로 온 것 같은 느낌이다.

바 쪽에 앉은 클로에와 세라가 보였다. 이미 앞에는 술잔이 놓여 있고 짙은 갈색 머리의 매력적인 남자가 함께 있었다.

"안녕." 내가 옆자리에 앉으면서 말했다. "늦어서 미안해요."

세 사람은 동시에 나를 돌아보며 위아래를 훑었고 일행 남자가 말했다. "자기야, 널 이런 꼴로 만든 남자가 누군지 말만 해."

나는 혼란스러워서 눈을 깜빡였다. "아… 안녕하세요. 전 한나라고 하는데요?"

"그냥 무시해." 클로에가 메뉴판을 내 쪽으로 밀어주었다. "우리한테도 그러거든. 술 먼저 주문해. 얼굴을 보니까 넌 좀 마셔야겠다."

수수께끼의 남자는 클로에의 말에 기분 나쁜 표정을 지었고 내가 메뉴판을 훑어보는 동안 세 사람은 옥신각신 다투었다. 수많은 칵테일과 와인 중에서 지금 내 기분에 가장 어울릴 것 같은 걸로 골랐다.

"토마호크 주세요." 바텐더에게 말하는 동안 곁눈질로 보니 세라와 클로에가 서로 놀란 듯한 표정을 주고받았다.

"그래, 그렇단 말이지." 클로에는 한 잔 더 달라는 손짓을 하고는 내 손을 잡고 모두를 테이블 자리로 이끌었다.

밤새 칵테일을 마시고 모든 걸 잊고 싶었다. 하지만 숙취가 있는 채로는 내일 조깅을 할 수 없다.

"참, 한나." 클로에가 호기심 가득한 눈으로 나를 쳐다보는 남자를 가리켰다. "이쪽은 세라의 어시스턴트 조지 머서야. 조지, 곧 취해서 테이블에 얼굴을 처박을지도 모르는 이 사랑스러운 아가씨는 한나 벅스트롬이야."

"이런, 햇병아리네." 조지가 고갯짓으로 클로에를 가리키며 덧붙였다. "어쩌다 저런 늙은 술고래랑 어울리는 거야? 이런 햇병아리들이 물들지 않으려면 클로에는 등에 경고 딱지를 붙이고 다녀야 한다니까."

"조지, 하이힐로 엉덩이 맞고 싶어?" 클로에가 물었다.

조지는 눈도 끔뻑하지 않았다. "정말 해줄 거야?"

"변태." 클로에가 질색했다.

조지가 웃으면서 느릿느릿 말했다. "거짓말쟁이."

세라는 손으로 얼굴을 괴고 몸을 앞으로 기울였다. "저 두 사람 무시해. 꼭 베넷하고 클로에를 보는 것 같다니까. 물론 조지는 연애 상대로 클로에와 베넷 중에 베넷을 선택하겠지만."

"아, 그렇군요." 웨이트리스가 테이블에 술잔을 올려놓았다. 살짝 망설이면서 빨대를 입으로 가져갔다. "으악." 입 안에서 불이 나는 것 같아 기침을 해댔다.

세라가 지켜보는 가운데 물 한 잔을 쭉 들이켰다. "뭐가 어떻게 되가는 거야?" 그녀가 물었다.

"이 칵테일은 너무 매워요."

"그걸 물은 게 아니잖아." 클로에가 퉁명스럽게 한마디 했다.

술잔을 내려다보면서 칵테일 위로 둥둥 떠 있는 파프리카 조각에 주의를 집중했다. "최근에 윌하고 연락했어요?"

세라와 클로에는 고개를 저었고 조지는 기운차게 되물었다. "윌 섬너 말이야? 너 섬너하고 자는 사이야? 세상에, 맙소사." 조지는 손짓으로 웨이트리스를 불렀다. "우리 술이 더 필요해요, 예쁜 언니. 한 병 통째로 갖다 줘요."

"월요일 이후로 연락 안 해봤어." 세라가 말했다.

"난 화요일 오후." 클로에는 자신의 가슴을 가리켰다. "하지만 윌이 정신없는 일주일을 보낸 건 알지."

"맞아. 부활절 주말에 너희 집에 같이 가지 않았어?" 세라가 물었다.

조지는 숨을 훅 들이마셨다. "옴마나."

이제 난 비련의 여자주인공이 되어야 했다. 스스로 인정하고 싶지도 않은데 술안주 삼아 이야기하기는 더더욱 싫었다. 지난 주말이 얼마나 완벽했는지 어떻게 설명할 수 있을까? 그가 한 말을 모두 믿었다고. 내가 그에게 빠졌… 나는 거기서 생각을 멈추었다. 머릿속이 콘크리트처럼 굳었다.

"한나?" 세라가 내 팔을 잡았다.

"내가 바보 같아요."

"한나." 클로에의 눈에는 걱정만이 가득했다. "싫으면 말하지 않아도 돼."

"당연히 싫겠지." 조지가 끼어들었다. "하지만 자세한 이야기를 알아야 상대 남자도 똑같이 불행하게 만들어줄 거 아냐? 처음부터 악몽의 사건까지 차근차근 이야기하는 게 좋겠어. 우선 첫 질문, 듣기로는 그의 물건 사이즈가 장난이 아니라던데? 게다가 손은 완전 신의 손이라던데?" 조지가 가까이 다가와 속삭였다. "아, 수박 먹기 대회에서 일 등한 적도 있다며? 무슨 뜻인지 알지?"

"조지." 세라는 괴로워했고 클로에는 째려보았지만 나는 웃었다.

"무슨 말인지 모르겠어요." 내가 조지에게 속삭였다.

"유튜브에서 찾아봐. 보면 알아." 조지가 말했다.

"한나가 속상한 이유로 돌아가자고." 세라가 웃음기 있는 엄한 얼굴로 조지에게 시선을 고정했다.

"난…." 심호흡을 하면서 할 말을 찾으려고 했다. "혹시 키티에 대해 아는 거 있어요?"

"오." 클로에가 의자에 등을 기대며 세라를 쳐다보았다. "오."

나는 눈썹을 찌푸리면서 앞으로 몸을 숙였다. "무슨 뜻이에요?"

"여기서… 키티는… 그의…." 조지가 의미심장하게 한 손을 흔들면서 말꼬리를 흐렸다.

"맞아. 키티는 윌의 연인 중 한 명이야." 세라가 말했다.

"윌이 계속 그녀를 만났는지 혹시 알아요?"

클로에는 대답을 신중하게 생각하는 듯했다. "내가 알기론 정식으로 끝내진 않았어." 클로에는 살짝 얼굴을 찡그렸다. "하지만 한나, 그는 널 정말 좋아해. 누구라도…."

"그래도 아직 키티를 만나는 거잖아요." 내가 클로에의 말을 막았다.

클로에는 못 마땅하다는 듯이 한숨을 내쉬었다. "솔직히 난 몰라. 왜 끝내지 않느냐고 우리가 압박을 하긴 했어. 하지만… 난 윌이 그녀를 만나지 않는다고 말할 순 없어."

"세라?"

세라는 고개를 흔들면서 조용하게 말했다. "미안해, 한나. 사실 나도 몰라."

나는 심장의 일부만 부서지는 게 가능한지 궁금했다. 키티가 보낸 메시지를 읽었을 때 심장에 금이 가는 소리가 분명히 들렸다. 그리고 화요일에는 그의 거짓말로 일부분이 조각났다. 일주일 내내 멍들고 산산조각 나서 아직도 심장이 뛰고 있다는 게 믿어지지 않았다.

"윌이 우리 오빠한테 하는 말을 엿들었어요. 어떤 여자하고 진지한 관계가 되고 싶은데 다른 여자들하고 끝내기가 망설여진다고. 어쩌면 정식적으로 끝낸다는 걸 뜻한 것 같아요. 우리 둘 정말 잘되고 있었거든요. 그러다 그의 스마트폰을 만지작거리는데 키티한테 메시지가 왔어요. 윌이 화요일에 만나자는 문자를 보냈고 그에 대한 답장이 분명했죠."

"왜 윌한테 말하지 않았어?" 클로에가 물었다.

"그가 스스로 말해주길 바랐어요. 윌은 관계에서 솔직함과 대화를 중요시했으니까. 내가 화요일 저녁에 만나자고 하면 키티랑 만나기로 한 사실을 털어놓을 줄 알았어요."

"그래서 어떻게 됐어?" 세라가 물었다.

"일이 있다더군요. 화요일 저녁에 회의가 있다고."

"이런." 조지가 말했다.

"그래요. 그래서 곧바로 끝낸 거예요. 하지만 굉장히 나쁘게 끝낸 것 같아요. 뭐라고 말해야 할지 몰랐거든요. 날 아직 스물넷밖에 안 됐는데 부담스럽다고, 진지한 관계는 싫다고 했어요. 그와의 관계를 원하지 않는다고요."

"이런. 끝내고 싶으면 구덩이를 파서 폭탄을 떨어뜨려야 하는 거야." 조지가 조용하게 노래하듯 말했다.

나는 괴로운 듯 신음하면서 손바닥으로 눈을 가렸다.

"뭔가 이유가 있을 거야." 세라가 말했다. "윌은 여자랑 만나면서 회의 핑계를 댈 사람이 아니야. 있는 그대로 말하지. 한나, 난 윌이 거짓말하는 걸 한 번도 본 적이 없어. 맥스한테 그런 이야길 들어본 적도 없고. 윌이 널 좋아하는 건 분명해."

"이젠 상관없잖아요?" 술잔은 잊힌 지 오래였다. "윌은 회의가 있다고 거짓말을 했고 구속받기 싫다고 한 건 나였어요. 하지만 난 다른 사람을 만날 수도 있다는 앞으로의 가능성에서 자유로워지자는 뜻이었어요. 그런데 그는 벌써 다른 사람을 만나고 있던 거고요. 깊은 관계를 원한다고 한 건 자기면서."

"한나, 윌하고 이야기해봐. 내 말 들어. 그에게 설명할 기회를 줘." 클로에가 말했다.

"그가 뭘 설명하겠어요? 처음에 자유롭게 만나자고 한 건 나니까 당연히 다른 여자들을 계속 만났다고 할걸요? 그럼 어떡해요?"

클로에가 내 손을 잡고 힘을 꽉 주었다. "그럼 고개를 꼿꼿하게 들고 면전에 대고 말하는 거야. 꺼지라고."

* * *

창밖으로 어렴풋한 빛이 비추자마자 서둘러 옷을 갈아입고 초한 마음으로 대회 장소까지 열 블록을 걸어갔다. 장소는 센트럴파크이고 총 20킬로미터에 이르는 구불구불한 코스를 뛰는 거였다. 대회장 근처는 트럭과 천막이 들어서고 선수들과 구경꾼들의 편의를 위해서 통행이 금지되었다.

이제 정말로 현실을 마주해야 하는 순간이다. 곧 윌을 보게 될 거고 그와 이야기를 해볼지 아니면 그대로 놔둘지 결정해야만 한다. 어느 쪽이든 감당할 수 없을 것 같았다.

하늘이 막 환해지기 시작했고 아침 공기는 차가웠다. 하지만 지나치게 빠르게 뛰는 심장 때문에 온몸으로 피가 빠르게 퍼져 나가서 덥게 느껴졌다. 숨을 들이마셨다가 내쉬는 데 정신을 집중했다.

어디로 가야 하는지도 모르고 여기서 뭘 하고 있는 건가 싶기도 했지만 대회장은 제법 정리가 잘 되어 있었다. 표지판을 따라 접수처까지 도착했다.

"한나?"

고개를 들어보니 내 연습 파트너이자 전 연인이 접수 테이블에 서서 설명할 수 없는 표정으로 날 쳐다보고 있었다. 가까이 있는 것만으로 압도적일 정도로 멋져 보이는 건 과장된 기억 때문이기를 바랐다. 나를 보는 그를 보고 있자니 내가 갑자기 웃거나, 울거나 아니면 다가오는 그를 보고 도망치는 게 아닐까 걱정되었다.

"안녕." 마침내 그가 인사를 건넸다.

나도 모르게 한 손을 내밀었다. 악수를 청하다니, 그도 뭔가 싶었을 거다. 맙소사, 한나! 하지만 악수를 청하기로 이미 결정을 내렸다. 내 떨리는 손을 그가 내려다보았다.

"아… 이제 우린… 이런 사이인 건가…." 그가 중얼거리며 바지에 손을 닦고는 내 손을 잡았다. "그래. 안녕. 잘 지내?"

나는 침을 꿀꺽 삼키면서 최대한 빨리 손을 뺐다. "안녕. 잘 지내요."

우스꽝스러울 정도로 어설픈 모습이었다. 오직 그에게만 차근차근 상담해보고 싶어지는 상황이었다. 이별 이후 전 연인과 재회했을 때 악수를 청하는 게 잘못된 일인지, 아니면 이 경우에만 그런 건지. 그에게 하고 싶은 질문들이 잔뜩 떠올랐다.

나는 로봇처럼 몸을 숙이고 서명을 한 뒤 테이블 안쪽에 앉은 여성이 건네준 각종 안내 전단지를 받아들었다. 그녀가 뭐라고 설명을 해주었는데 거의 알아들을 수가 없었다. 마치 물속에 가라앉아 있는 기분이었다.

뒤돌아보니 윌은 여전히 초조하면서도 희망에 찬 표정을 하고 그대로 서 있었다. "도와줄 거 있어?"

고개를 저었다. "괜찮을 거예요." 거짓말이었다. 내가 뭘 하고 있는지도 모를 지경이었다.

"저쪽 천막으로 가면 돼." 평소와 다름없이 내 마음을 정확하게 읽은 윌이 한 손을 내 팔에 올리면서 말했다.

팔을 빼고 경직된 미소를 지었다. "알았어요. 고마워요, 윌."

침묵이 길게 늘어지는 가운데 갑자기 윌의 옆에서 어떤 여자가 입을 열었다. 거기 있는 줄도 몰랐다. "안녕." 눈만 깜빡거리는 나에게 그녀가 웃으며 손을 내밀었다. "정식으로 소개받은 적 없죠, 우리. 난 키티예요."

눈앞에 벌어진 사태를 간신히 파악한 나는 충격을 감출 수 조차 없었다. 입이 벌어지고 눈이 휘둥그레졌다. 어떻게 윌은 지금 이런 일이 괜찮다고 생각할 수 있는 거지? 키티를 봤다가 윌을 쳐다보니 그도 나만큼이나 옆에 있는 그녀를 보고 놀란 표정이었다. 키티가 다가오는 걸 보지 못한 걸까?

순간 윌의 얼굴에는 '불편함'이라는 글자가 크게 써져 있는 듯했다. "맙소사." 그는 잠깐 동안 우리 사이를 두리번거리더니 중얼거렸다. "아, 젠장. 음… 아, 키티, 이쪽은…." 나를 보는 그의 눈빛은 어느새 부드러워져 있었다. "이쪽은 나의 한나야."

나는 그를 보고 눈을 깜빡거렸다. 방금 뭐라고 한 거지?

"반가워요, 한나. 윌한테 얘기 다 들었어요."

이미 나는 두 사람의 말 따위는 안중에도 없고 방금 윌이 한 말만 머릿속에서 울려 퍼졌다. 이쪽은 나의 한나야. 나의 한나야….

윌이 불편한 나머지 말이 헛나온 게 분명하다. 나는 어깨 너머를 손짓으로 가리키며 말했다. "그만 가볼게요." 뒤돌아 휘청거리듯 여성 참가자들을 위한 천막으로 걸어갔다.

"한나!" 윌이 불렀지만 뒤돌아보지 않았다.

내 정보를 제출하고 번호표를 받아 빈 공간을 찾아 스트레칭을 하고 운동화 끈도 묶었다. 그 때 발자국 소리가 들렸고 눈앞에 어떤 광경이 펼쳐질지 두려운 마음으로 고개를 들었다. 내 앞에 서 있는 사람은 키티였다. 더 끔찍했다.

"윌은 정말 특별한 남자죠." 키티가 자신의 번호표를 가슴에 달면서 말했다.

아랫배에서 뜨거운 게 끓어오르는 걸 무시하고 시선을 내렸다. "네, 그렇죠."

그녀는 몇 미터 떨어진 벤치에 앉아 물병의 라벨을 벗기기 시작했다. "있잖아요, 이런 날이 오리라고는 생각도 못했어요." 키티는 고개를 흔들고 웃었다. "윌은 항상 나뿐만 아니라 어떤 여자와도 깊은 관계를 원하지 않는다고 핑계를 댔거든요. 그런데 지금 좀 보세요. 깊은 관계를 원한다면서 정말 나와의 관계를 끝냈잖아요. 상대가 내가 아닐 뿐이지."

상체를 들어 그녀의 눈을 쳐다보며 물었다. "윌이 당신하고 끝냈다고요?"

"그래요." 그녀는 잠시 말을 멈추었다 "정식으로 끝낸 건 이번 주지만 만나지 않은 건…." 그녀는 천막 위쪽을 쳐다보면서 잠시 생각에 잠겼다. "2월부터였나? 그때부터 계속 약속을 취소하더라고요."

뭐라고 해야 할지 몰랐다.

"이제야 이유를 알겠네요." 놀라서 아무 말도 하지 못하는 나를 보고 그녀는 미소를 짓더니 약간 몸을 숙이고 말했다. "당신을 사랑하게 돼서 그런 거였어. 당신이 정말 그가 생각하는 대로 어메이징한 여자라면 망치지 마요."

* * *

공원을 가로질러 참가자들이 모여 있는 곳으로 간 것도 기억이 나지 않는다. 머릿속이 멍하고 뒤죽박죽이었다.

2월부터라고?

그때는 우리가 막 조깅을 시작했을 때잖아….

… 윌하고 자기 시작한 건 3월부터고….

화요일 저녁에 그녀를 만난 건… 직접 만나서 끝내려고….

제대로 된 인간이자 남자라면 당연히 직접 만나서 끝내야 한다. 모든 사실을 깨닫게 된 나는 눈을 질끈 감았다. 내가 끝이라고 한 후에도 윌은 키티와의 관계를 정식으로 끝냈다.

"준비됐어?"

갑자기 내 옆에 서 있는 윌을 보고 깜짝 놀랐다. 그는 내 팔에 손을 올리고 망설이는 듯한 미소를 지었다.

"괜찮아?"

나는 도망칠만한 장소가 있는지 살펴보려고 두리번거렸다. 이렇게 가까이 와서 다시 친구인 것처럼 다정하게 신경 써주는 그를 보니 견딜 수가 없었다. 그에게 단단히 사과를 해야만 했고 왜 거짓말을 했는지 따지고도 싶었다. 어디서부터 시작해야 할지 몰랐다. 우리가 다시 예전으로 돌아갈 수 있다고 말해주는 신호가 있는지 찾으려고 그의 눈을 쳐다보았다. "그런 것 같아요."

"이봐." 그가 작게 발걸음을 옮기며 다가왔다.

"한나…."

"네?"

"잘… 할 수 있을 거야." 초조함으로 짙어진 눈동자로 나를 바라보는 그의 모습에 죄책감으로 가슴이 미어졌다. "우리 사이가 어색해진 건 알지만 다른 생각은 머릿속에서 지워버려. 대회에만 집중해. 그동안 열심히 연습했으니까 완주할 수 있을 거야."

나는 숨을 들이마셨다. 처음으로 그로 인한 불안감이 아니라 곧 있을 대회에 대한 긴장감이 엄습했다. 그는 내 어깨를 주무르면서 작게 물었다. "긴장돼?"

"조금요."

갑자기 훈련 코치로 돌변한 그의 모습에 왠지 모를 안도감이 몰려왔다. 나는 그 플라토닉한 익숙함을 덥석 잡고 의지했다.

"속도 조절하는 거 잊지 마. 처음부터 너무 빨리 달리지 말고. 후반부가 가장 힘드니까 완주할 수 있게 힘을 아껴. 알았지?"

고개를 끄덕였다.

"첫 도전이니까 완주가 목표라는 걸 명심해. 기록이 중요한 게 아니라."

혀로 입술을 적시면서 대답했다. "알았어요."

"16킬로미터는 전에도 뛰어봤으니까 20킬로미터도 할 수 있어. 내가 옆에 있을 거니까… 우리 같이 하는 거야."

놀라서 그를 쳐다보았다. "윌, 당신은 순위에 들 수 있잖아요. 당신한테 이건 아무것도 아니잖아요. 앞쪽으로 가서 달려요."

그는 고개를 저었다. "이 대회의 목표는 그게 아니야. 내 대회는 2주 후야. 이건 네 대회야. 말했잖아."

나는 다시 고개를 끄덕였다. 그에게서 시선을 뗄 수 없었다. 나에게 수없이 키스했고 나에게만 키스하기를 원했던 입술, 내가 말하거나 그를 만질 때마다 유심히 바라봐주던 눈, 그리고 지금 내 어깨를 꽉 잡고 있는 손. 내 몸 구석구석을 다 만졌던 손이다. 그는 키티에게 오직 나하고만 함께하고 싶다고 말했다. 이미 나에게도 한 말이었다. 내가 믿지 않았을 뿐이었다.

그는 정말로 더 이상 바람둥이가 아닌지도 모른다.

윌은 마지막으로 유심히 나를 바라보고는 어깨를 놓고 내 등에 손을 대고 출발선으로 이끌었다.

* * *

대회는 센트럴파크의 남서쪽 모퉁이에 있는 콜럼버스 서클 근처에서 시작되었다. 윌은 자신을 따라하라는 몸짓을 취했다. 그를 따라서 종아리 스트레칭, 허벅지 앞뒤 근육 스트레칭을 했다. 그는 내 자세를 확인하고는 말없이 고개를 끄덕였고 계속 격려의 눈길을 보냈다.

"조금만 더 참아. 계속 숨 쉬고." 그가 스트레칭 하는 내 앞을 서성이면서 말했다.

시작을 알리는 방송이 나오고 다들 준비 태세를 갖추었다. 총소리가 울려 퍼지자 놀란 새들이 나무에서 푸드득 날아올랐다. 그와 동시에 수백 명이 출발선에서 밀치고 나왔다.

이 대회는 콜럼버스 서클을 출발해 72번가를 에워싼 센트럴파크 바깥쪽을 따라 이어지다 출발 지점으로 되돌아오는 코스였다.

언제나 첫 1.5킬로미터 구간이 가장 힘들다. 온 세상이 흐릿해지면서 땅에 닿는 발자국 소리만 둔탁하게 들리고 귀가 멍해지는 듯했다. 우리는 거의 말을 하지 않았지만 뒤에서 따라오는 윌의 발자국 소리가 하나하나 다 들렸고 이따금씩 그의 팔이 내 팔을 스치는 걸 느꼈다.

"잘하고 있어." 5킬로미터 구간을 통과한 후 그가 말했다. 11킬로미터 지점에서는 이렇게 말했다. "이제 절반 지났어, 한나. 땅에서 발이 안 떨어지고 있잖아."

1.5킬로미터를 달리는 내내 한 걸음 한 걸음을 내딛을 때마다 너무도 힘들었다. 온몸이 뻐근하고 근육은 뻣뻣하다 나중에는 흐물거리고 결국은 불이 붙은 것 같더니 꽉 조여왔다. 심장이 미친 듯 요동쳤다. 걸음은 내딛을 때마다 점점 더 무거워졌고 폐는 제발 멈추라고 비명을 질러댔다.

하지만 머릿속만큼은 차분했다. 물속에서 여러 목소리가 섞여 어렴풋이 들리는 듯하더니 웅웅 소리로 변해 끊임없이 이어졌다. 하지만 분명한 목소리가 하나 있었다. "마지막 구간이야. 거의 다 왔어. 완주할 수 있어. 훌륭해, 플럼."

그가 나를 그렇게 부르는 걸 듣고 하마터면 넘어질 뻔했다. 부드럽고 간절한 목소리였지만 그를 바라보니 입을 굳게 다물고 앞만 응시하고 있었다. "미안해." 그가 거친 숨을 내뱉었다. "그렇게 부르면 안 되는데. 미안해." 그는 금세 후회하는 기색이었다.

고개를 흔들고 입술을 적시고 다시 앞을 보았다. 손을 내밀어 그를 만질 기운도 없었다. 그동안 학교에서 온갖 시험을 보고 연구실에서 밤샘 근무를 한 것보다 지금이 더 힘든 순간일지도 모르겠다. 과학은 언제나 쉬웠다. 열심히 공부하고 노력만 하면 되었다. 이렇게 당장이라도 잔디밭에 쓰러져 눕고 싶을 정도로 나 자신을 한계로 밀어붙인 적은 없었다. 윌을 공원에서 처음 만났던 한나라면 20킬로미터를 절대로 완주할 수 없으리라. 노력해보다가 지쳐서 포기했을 거다. 자신의 체력으로는 도저히 감당할 수 없다면서 연구실로 돌아가 책에 파묻히고 텅 빈 아파트로 돌아가 인스턴트 음식을 먹겠지.

하지만 지금의 한나는 그렇지 않다. 여기까지 오게 도와준 사람이 바로 윌이다.

"거의 왔어." 윌은 계속 나를 격려했다. "힘들겠지만 저길 봐…." 윌은 저 멀리 보이는 나무를 가리켰다. "거의 다 왔어."

얼굴에 붙은 머리를 흔들어 털어내고 숨을 들이마셨다 내쉬었다 하면서 계속 달렸다. 한편으로는 그가 계속 말을 해주기를 원했지만 또 한편으로는 제발 조용히 해주기를 바랐다. 한 걸음 내딛을 때마다 수천 볼트의 전류가 퍼져나가 온몸의 피가 땅 위로 쏟아지는 느낌이었다.

살면서 이렇게 지친 적은 처음이다. 이렇게 고통스러운 적도 없었다. 하지만 살아 있다는 사실이 이만큼 강렬하게 느껴진 적도 없었다. 다리에 불이 붙은 듯하고 갈수록 숨 쉬는 것조차 어려워지는데도 나중에 또 하고 싶다는 생각이 강하게 들었다. 실패할까 봐, 다칠까 봐 두렵지만 그 두려움조차 가치 있는 고통이었다. 나는 무언가를 원했고 기회를 잡았으며 두 다리로 점프해서 뛰어들었다.

그 생각과 동시에 윌의 손을 잡고 결승선을 통과했다.

20

한나는 결승선에서 옆으로 몇 미터 떨어진 곳에서 동그랗게 원을 그리며 걷더니 상체를 숙이고 양손으로 무릎을 감쌌다.

"맙소사." 그녀는 땅을 보면서 숨을 헐떡거렸다. "기분이 좋아요. 정말 굉장했어요."

우리는 자원봉사자들이 에너지 바와 함께 나눠준 게토레이를 벌컥벌컥 마셨다. 나는 그녀가 너무도 자랑스러운 마음에 나도 모르게 땀투성이에 숨을 헐떡거리는 채로 껴안고는 정수리에 키스했다.

"너야말로 굉장했어." 눈을 감고 그녀의 머리에 얼굴을 대고 눌렀다. "한나, 네가 정말 자랑스러워."

그녀는 잠시 얼어 있다가 양손을 내 옆구리에 대고 목에 얼굴을 묻었다. 그녀가 내 몸에 손을 얹고 숨을 들이마셨다 내쉴 때마다 몸의 떨림이 느껴졌다. 왜인지는 모르겠지만 마라톤 후 숨이 차서만은 아닌 듯했다.

"짐 가지러 가야겠어요."

나는 일주일 내내 믿음과 불신 사이를 오락가락했다. 마침내 내 눈앞에 온 그녀를 놓치고 싶지 않았다. 우리는 천막을 향해 걸어갔다. 대회가 센트럴파크를 한 바퀴 도는 코스로 치러진 탓에 결승점은 시작점과 얼마 떨어져 있지 않았다. 나는 그녀의 숨소리와 발소리에 귀 기울였다. 그녀는 지친 기색이 역력했다.

"세라 소식은 들었겠죠." 그녀가 자신의 번호표를 만지작거리다 핀을 뽑고 옷에서 번호표를 떼며 말했다.

"그래. 잘된 일이지." 내가 웃으며 답했다.

"어제 만났어요. 많이 기뻐하더라고요."

"난 화요일에 맥스를 만났어." 갑자기 초조함이 밀려와 침을 꿀꺽 삼켰다. 한나는 약간 휘청거렸다. "그날 밤에 셋이 모였거든. 맥스 녀석 예상대로 겁나하면서도 기뻐하고 있더군."

그녀는 웃음을 터뜨렸다. 진실하고 부드러운 그 미소가 너무나 그리웠다.

"끝나고 뭐할 거야?" 나는 그녀가 내 눈을 쳐다보도록 몸을 숙였다.

그녀와 눈이 마주친 순간, 지난 주말에 그녀의 눈빛에서 읽혔던, 내가 모르는 그 무언가가 다시 나타났다. 어두운 손님방에서 그녀가 내 위에서 움직이며 애원하듯 속삭이던 말이 되살아났다. '날 망가뜨리

지 말아요.'

그녀는 그 말을 두 번이나 했지만 정작 망가진 건 나였다.

그녀는 어깨를 으쓱하고는 빽빽하게 들어선 사람들 사이를 헤쳐 출발선에 마련된 천막으로 발을 옮겼다. 가슴이 철렁했다. 이렇게 그녀를 보내고 싶지 않았다.

"아마 집에 가서 샤워하고 점심 먹을 거예요." 그녀는 얼굴을 살짝 찡그렸다. "가는 길에 사 먹고 가거나요. 생각해보니 집에 먹을만한 게 없는 것 같아요."

"오래된 습관은 쉽게 고쳐지지 않는 법이지." 내가 건조하게 한마디 했다.

그녀는 죄책감이 느껴지는 듯이 얼굴을 찡그렸다. "일주일 내내 연구실에 파묻혀 있었거든요. 집중할 게… 필요해서요."

그 순간 나도 모르게 숨 가쁜 말이 튀어나왔다. "잠깐 같이 있고 싶은데. 집에 샌드위치하고 샐러드 재료가 있거든. 집에 같이 가거나…." 그녀가 걸음을 멈추고 나를 쳐다보는 바람에 말꼬리를 흐렸다. 처음에는 놀라는 것 같더니… 귀엽다는 듯한 표정으로 바뀌었다.

가슴이 조여오는 느낌이었다. 쓸데없는 희망이 피어오르지 않도록 억눌렀다. "왜?" 의도한 것과 달리 약간 짜증난 듯한 말투가 튀어나왔다. "왜 그렇게 보는 거지?"

그녀는 웃으면서 말했다. "당신처럼 냉장고를 꽉꽉 채워놓는 남자는 처음 봐요."

혼란스러워서 눈썹을 찌푸렸다. 그것 때문에 걸음을 멈추고 날 쳐다봤단 말이야? 나는 목 뒷부분을 잡으면서 중얼거렸다. “사 먹는 음식은 몸에 좋지 않으니까 장을 봐두는 것뿐이야.”

그녀가 가까이 다가왔다. 바람에 날린 그녀의 머리카락이 내 목에 닿을 정도로 가까워졌다. 그녀의 땀 냄새가 살짝 느껴졌다. 그녀를 땀에 젖게 하는 것은 얼마나 환상적이었던지. 그녀의 입술을 보는데 키스하고 싶어서 가슴이 욱신거렸다.

“난 당신이 멋있다고 생각해요, 윌.” 그녀는 나의 노골적인 시선이 부담스러운 듯 입술을 적셨다. “이글거리는 눈빛 그만 보내요. 오늘 내가 견딜 수 있는 데도 한계가 있어요.”

내가 무슨 뜻인지 이해하기도 전에 그녀는 돌아서서 여성 참가자용 천막으로 짐을 챙기러 갔다. 나는 멍한 상태로 반대편으로 가서 집 열쇠와 양말, 재킷에 쑤셔 넣은 안내지 등을 챙겼다. 그녀는 작은 더플백을 들고 나를 기다렸다.

“그럼….” 나는 거리를 유지하려 애썼다. “내 집에 들르는 건가?”

“샤워를 꼭 해야 하는데….” 그녀는 자신의 아파트로 가는 길을 쳐다보았다.

“샤워는 내 아파트에서 해도 되지….” 어디서 샤워를 하든 상관없었다. 어떻게든 그녀를 보내지 않을 생각이었다. 그녀가 정말 그리웠다. 밤마다 미칠 것 같았지만 이상하게도 아침에 더 힘들었다. 아침마다 조깅을 하면서 그녀가 숨을 헐떡거리면서 조잘대고 땅에 닿던 우리의 발걸음이 하나로 딱딱 맞춰지던 게 그리웠다.

"그럼 깨끗한 옷도 빌려줄래요?" 그녀가 짓궂은 미소를 지으며 물었다.

망설임 없이 당장 고개를 앞으로 끄덕였다. "그러지."

내 표정이 진지한 걸 보고 그녀의 얼굴에서 웃음기가 가셨다.

"잠깐 들러, 한나. 그냥 점심만 먹는 거야. 약속할게."

그녀는 이마에 손차양을 하고는 오랫동안 내 얼굴을 뜯어보았다. "확실해요?" .

대답 대신 고개를 앞으로 기울이고 뒤돌아 걷기 시작했다. 그녀가 뒤에서 따라왔다. 우연히 손가락이 스칠 때마다 당장 그녀의 손을 잡고 끌어당겨 나무로 밀어붙이고 싶었다.

대회를 무사히 끝낸 기쁨에 젖은 그녀는 잠시 평소의 명랑한 모습으로 돌아와 있었다. 하지만 내가 사는 아파트까지 열두 블록을 걸어가는 동안 다시 조용해졌다. 그녀를 위해 문을 열어준 후 안으로 들어가서 엘리베이터 버튼을 눌렀다. 서로 팔이 맞닿을 정도로 가까이 선 채로 엘리베이터를 기다렸다. 그녀는 침을 꿀꺽 삼킨 후 뭐라고 말하려다가 운동화와 손톱, 엘리베이터 문을 번갈아가면서 쳐다보기만 했다. 어디건 내 얼굴을 피해 시선을 두려는 듯했다.

집 안으로 들어가니 탁 트인 주방이 작아보였다. 응어리를 남긴 지난 화요일의 대화와 오늘 하지 못한 수많은 이야기, 그리고 우리 사이에 보이지 않는 불꽃까지 더해진 탓이었다. 냉장고에서 그녀가 가장 좋아하는 파워에이드를 꺼냈고 나는 물을 따랐다. 뒤돌아서서 음료수를 들고 마시는 그녀의 입술과 목을 쳐다보았다.

미치도록 아름다워. 하지만 소리 내어 말하지 않았다.

미치도록 사랑해. 역시 소리 내어 말하지 않았다.

음료수 병을 조리대에 내려놓은 그녀의 표정 역시 하지 않은 말들로 가득했다. 할 말이 있다는 건 알 수 있었지만 도대체 무슨 생각인지 짐작조차 되지 않았다.

침묵 속에서 물만 마시며 그녀를 샅샅이 뜯어보았다. 얼굴에서 턱으로, 아직도 땀으로 빛나는 목에서 속살을 상상하게 만드는 노출 심한 스포츠 브라까지. 내 시선을 의식한 듯 한나의 입꼬리가 올라갔다. 젠장. 그녀의 가슴을 노골적으로 쳐다보지 않으려고 애썼지만 이제는 예의 그 통증이 온몸으로 번져나갔다. 그녀의 가슴은 나를 행복하게 한다. 그녀의 가슴에 내 가슴을 파묻고 싶었다.

나는 눈을 비비면서 괴로운 듯 신음했다. 그녀를 집으로 데려온 건 실수였다. 아직 땀에 젖어 있는 그녀의 옷을 벗기고 내 위에 올라오게 하고 싶다.

내가 어깨 너머로 욕실을 가리키며 "먼저 샤워하겠어?"라고 묻자마자 한나는 고개를 갸우뚱하고 싱긋 웃으며 물었다. "지금 내 가슴 쳐다보는 거예요?"

너무도 편안하고 친밀하게 느껴지는 질문에 분노가 치솟았다. "한나, 그러지 마. 밀고 당기기 같은 건 하지 마. 일주일 전만 해도 꺼지라더니.” 생각과 달리 툭 튀어나온 화난 어조가 조용한 주방을 가득 메웠다.

그녀는 충격을 받은 것처럼 얼굴이 창백해졌다. “미안해요.”

“젠장.” 두 눈을 꽉 감았다. “미안하다고 하지도 말고….” 눈을 뜨고 그녀를 쳐다보았다. “날 가지고 놀지 마.”

“그렇지 않아요.” 다급한 그녀의 목소리는 가냘프면서도 거칠었다. “지난주에 연락 안 받아서 미안해요. 못 되게 군것도 미안해요. 난….”

조리대 앞에 놓인 스툴을 빼서 주저앉았다. 그녀와 감정싸움을 하고 나면 하프마라톤을 뛰고 났을 때보다 더 나를 기진맥진하게 했다. 그녀에 대한 내 사랑은 잴 수 있고 맥박이 치는, 살아 있는 것이라 나를 미치고 불안하고 굶주리게 만든다. 그녀가 스트레스받고 두려워하는 건 싫다. 나의 분노 때문에 그녀가 속상해하는 건 싫다. 나를 마음 아프게 할 힘이 있으면서도 정작 본인은 그걸 몰라서 조심하지 않는다는 사실이 더 싫었다. 서투르고 미숙한 그녀가 나를 좌지우지하는 셈이었다.

“당신이 그리웠어요.” 그녀가 말했다.

가슴이 단단하게 조여왔다. “나도 네가 그리웠어, 한나. 너는 상상도 못 할만큼. 하지만 화요일에 분명히 말했잖아. 깊은 관계를 원하지 않는다면 우린 다시 친구가 될 방법을 찾아야 해. 가슴을 쳐다보는 거냐고 묻는 건 우리가 친구로 돌아가는 데 아무런 도움도 되지 않아.”

“미안해요.” 그녀가 또 미안하다고 했다. “윌….” 그녀는 내 이름만 부르고 운동화를 쳐다보았다.

불과 일주일 전에 둘이 진정으로 하나 된 듯한 환상적인 섹스를 나누고서 바로 다음 날 갑자기 일이 틀어져버린 이유를 난 알아야만 했다.

"그날 밤… 아니, 너와 함께한 모든 밤이 강렬했지만…. 난 그날부로 우리 관계가 바뀐 줄 알았어. 그런데 다음 날 어떻게 된 거지? 돌아오는 차 안에서 네가 왜 그랬는지 난 이유조차 몰라."

그녀가 가까이 다가와 내 다리 사이에 섰다. 내가 그녀의 엉덩이를 끌어당길 수 있는 거리였지만 그러지 않았다. 그녀는 어색한 듯이 두 팔을 가만히 내려놓았다.

"그날 오빠가 젠슨 오빠한테 하는 말을 들었어요. 다른 여자들이 있는 건 알았지만 끝낸 줄 알았어요. 일부러 그런 이야기를 피했고 내가 당신에게 그런 요구를 할 권리도 없다는 것도 알았지만…. 그래도 당신이 끝낸 줄 알았어요."

"한나, 정식으로 끝낸 건 아니었어. 하지만 네가 그날 파티에서 날 데리고 나간 이후로 다른 여자와 한 번도 잔 적 없어. 젠장. 그전부터 그랬다고."

"내가 그걸 어떻게 알았겠어요?" 그녀는 고개를 떨어뜨렸다. "젠슨 오빠한테 한 말을 엿들은 건 그나마 괜찮았어요. 나중에 얘기해보면 되니까. 하지만 차 안에서 당신 스마트폰으로 음악을 고르다가 문자 메시지를 봤어요." 그녀가 좀 더 다가와 내 무릎에 허벅지를 댔다. "그 문자를 보는 순간…. 당신이 나와 콘돔을 끼지 않고 섹스를 하자마자 다른 여자와 자려는 것 같았어요. 키티는 여전히 당신과의 만남을 바라는 것 같았죠. 그래서….”

“한나, 그날 키티를 그런 목적으로 만난 게 아니야.” 내가 그녀의 말을 끊었다. 너무도 당황스러워서 온몸의 피가 빠르게 퍼져나가는 듯했다. “문자로 만나자고 한 건 사실이야. 말로 확실히 끝내야 할 것 같아서. 다른 이유 같은 건….”

“알아요.” 그녀가 조용히 내 말을 가로막았다. “아까 키티가 말해줬어요. 둘이 만난 지 오래 됐다고.”

무슨 말인지 이해되자 한숨이 나왔다. 키티가 한나에게 무슨 말을 했는지 궁금해졌다. 하지만 뭐라고 했든 상관없었다. 난 숨길 게 없으니까. 그래. 평소 솔직함을 중요시하는 사람이라면 한나에게 마음을 고백하기 전에 키티와 확실히 끝냈어야 한다. 하지만 키티에게도 한나에게도 단 한 번도 거짓말을 한 적 없다. 몇 달 전에 키티에게 깊은 관계를 원하지 않는다고 한 말은 거짓이 아니었다. 한 달 전에 한나에게 오직 너하고만 깊은 관계를 원한다고 했던 말도 거짓이 아니었다.

“난 네가 정한 법칙에 따른 것뿐이야. 넌 내가 진지한 관계를 감당할 수 없을 거라고 했고 그래서 더 이상 이야기를 꺼내지 않으려고 한 거야.”

“알아요. 나도 알아요.” 그녀가 재빨리 말했다.

하지만 그게 다였다. 그녀의 눈은 나를 보면서 뭐라고 말하기를 기다렸다. 내가 아직 하지 않은 말이 있단 말인가? 이미 나는 속마음을 여러 번이나 드러내지 않았나?

피곤한 듯 한숨을 내쉬며 일어났다. "먼저 샤워하겠어?" 우리 사이는 너무도 어색해져버렸다. 뼛속까지 얼어버릴 정도로 추운 겨울 날씨에 처음 만나 조깅을 하던 첫날도 이렇게 어색하지는 않았었다.

그녀는 나에게서 뒤로 물러섰다. "아뇨. 먼저 해요."

* * *

샤워기 물을 최대한 뜨겁게 틀었다. 하프마라톤 이후로 아직 몸이 쑤시지는 않았고 아마 앞으로도 별로 쑤시지 않겠지만, 한나와 사랑을 나누고 싶으면서도 목을 조르고 싶을 정도로 미워지는 데서 느끼는 스트레스 때문에 기진맥진했다. 뜨거운 물과 수증기를 쐬니 기분이 좋아졌다.

그녀는 우리 사이가 예전처럼 섹스 하는 친구 관계로 돌아가기를 원할 수도 있었다. 서로 기대하는 게 없는 편안한 사이. 그녀를 간절히 원하는 나로서는 그녀가 그러자고 하면 찬성할 게 분명하다. 그녀의 몸과 친구로서의 우정을 즐기면서도 그녀에 대한 마음이 더 깊어지지 않기를 바라야겠지.

하지만 내가 원하는 관계는 그런 게 아니었다. 이제 누구와도 그런 관계는 싫었고 한나는 더더욱 그랬다. 비누칠을 하고 눈을 감고 수증기를 쐬면서 땀과 함께 마라톤의 고단함을 씻어냈다. 엉망진창이 된 마음까지 씻어낼 수 있다면 얼마나 좋을까.

그 때 샤워 부스가 열리는 소리가 들리면서 찬 바람이 훅 끼쳤다. 순간 온몸으로 아드레날린이 퍼지고 심장이 요동치면서 머리가 아찔해졌다. 그녀를 마주하기가 두려워 한 손을 벽에 기대고 있었다. 순식간에 모든 의지가 허물어지는 걸 느꼈다. 참을 수 있는 힘은 거의 남아 있지 않았다. 그녀가 원하는 대로 뭐든지 다 하겠다는 마음뿐이었다.

그녀는 내 이름을 부르면서 샤워부스 문을 닫고 다가왔다. 등 뒤로 그녀의 맨가슴이 닿았다. 그녀의 피부는 차가웠다. 그녀는 손을 내 옆구리부터 배까지 어루만졌다.

"윌." 그녀가 다시 나를 부르며 손을 가슴으로 올렸다가 배로 내렸다. "날 봐요."

그녀의 양쪽 손목을 붙잡고 더 이상 아래로 내려가지 못하도록 했다. 그녀의 가벼운 손길만으로도 내 아랫도리가 얼마나 단단해졌는지 알리고 싶지 않았다. 나는 마치 엉성한 문으로 가둬놓은 경주마 같았다. 팔 근육이 단단해지면서 불룩해졌다. 그녀의 손목을 꽉 잡은 것은 나를 만지지 못하게 하려는 이유도 있었고 욕구를 참기 위해서이기도 했다.

그녀를 마주볼 수 있을 때까지, 당장 내 품으로 끌어당기지 않을 수 있게 될 때까지 벽에 이마를 대고 가만히 진정을 좀 했다.

"난 못할 것 같아." 내가 마침내 그녀의 얼굴을 내려다보면서 중얼거렸다.

그녀의 묶은 머리가 느슨해져서 뺨과 목, 어깨에 몇 가닥이 흘러내려와 있었다. 혼란스러워 하는 그녀의 표정을 보니 내 말뜻을 이해하지 못하는 듯했다. 하지만 곧이어 그녀는 무슨 말인지 이해한 듯했고 뺨이 확 달아오르더니 눈을 꽉 감았다. "미안…."

"그만해." 내가 그녀의 말을 끊었다. "예전처럼은 할 수 없다는 거야. 난 다른 놈이랑 널 나누기 싫어. 네가 앞으로 다른 남자를 만날 생각이라면 난 이러기 싫어."

한나가 눈을 떴다. 한결 부드러워진 눈빛에 호흡도 안정적이었다.

"경험을 쌓고 싶은 게 잘못은 아니야." 그녀의 손목을 쥔 내 주먹에 더욱 힘이 들어갔다. "하지만 너에 대한 감정이 깊어지는 걸 어쩔 수 없을 거야. 그냥 친구인 척하기도 싫고. 젠슨 앞에서도 그러긴 싫어. 널 너무 원하니까 결국 네가 하자는 대로 하겠지만 네가 섹스만 하는 관계를 원한다면 난 불행할 거야."

"당신은 나에게 섹스뿐인 관계가 아니었어요."

그녀의 손목을 놓고 무슨 말을 하려는 건지 얼굴을 살폈다.

"당신이 아까 날 '나의 한나'라고 불렀을 때…." 그녀는 잠시 멈추고 한 손을 내 가슴에 갖다 댔다. "사실이었으면 좋겠다고 생각했어요. 난 당신 소유가 되고 싶어요."

목이 탁 막혔다. 연약한 그녀의 목에서 맥박이 뛰는 것이 보였다.

"아니, 난 이미 당신 거예요." 그녀가 팔을 뻗어 내 아랫입술로 다가와 부드럽게 키스했다. 내 그녀의 한 손을 내 가슴으로 가져가 꽉 움켜쥐게 했다.

지금 내가 느끼는 두려움은 그동안 그녀가 나한테서 상처받을까 봐 느꼈던 두려움에 비하면 지극히 작은 걸까. 갑자기 그녀가 그동안 변덕스럽게 군 이유가 이해되었다. 사랑에 빠진다는 것은 정말로 두려운 감정이었다.

"제발." 그녀는 다시 키스하면서 나의 다른 한 손으로 자신을 감싸 안게 했다. "당신하고 같이 있고 싶어서 숨쉬기도 어려울 정도예요."

"한나." 나도 모르게 몸을 숙여 그녀의 입술과 목이 내게 잘 닿도록 했다. 한 손으로 그녀를 더듬으면서 엄지로 젖꼭지를 문질렀다.

"사랑해요." 그녀가 내 턱과 목에 키스하면서 속삭였다. 가슴이 쿵쾅거려 눈을 꽉 감았다.

사랑한다는 말을 듣는 순간 남은 의지마저 산산조각 났다. 입을 벌리자마자 그녀의 혀가 들어와 엉켰고 신음이 나왔다. 그녀는 내 어깨를 손톱으로 할퀴면서 신음했고 툭 튀어나온 내 남성이 자신의 아랫배에 닿도록 몸을 밀착시켰다.

내가 그녀의 몸을 홱 돌려 벽으로 밀어붙이자 그녀는 차가운 타일에 놀랐는지 순간 움찔했다. 손으로 가슴을 움켜쥐었다가 입으로 굶주린 듯이 빨아대자 그녀는 더욱 격렬히 신음했다. 두려움이 사라진 건 아니었다. 사랑한다는 그녀의 말은 나를 더욱 두렵게 했다. 그 말에는 희망이 담겨 있었기 때문이다. 나도, 그녀도 처음 맞이한 진지한 사랑을 잘 헤쳐 나갈 수 있으리라는 희망.

한껏 거칠어진 나는 그녀의 입술로 돌아갔다. 그녀의 뜨거운 키스와 그녀의 뺨을 타고 흐르는 샤워기의 물과 땀으로 나는 더욱 달아올랐다. 안도감을 느끼며 그녀 안으로 들어가 그녀를 느끼고 싶은 욕망으로 불타올랐다.

손을 더듬어 그녀의 허벅지 뒤쪽으로 가져가 다리를 들어올렸다. 그녀가 두 다리로 내 허리를 감싸 안도록 했다. 매끄럽고 따뜻한 그녀의 그곳이 느껴졌다. 그 상태로 그녀의 엉덩이를 밀었다 당겼다 하면서 흔들자 내가 그토록 듣고 싶었던 그녀의 다급하고 거친 숨소리가 흘러나왔다.

"이런 자세는 처음이야." 그녀의 목에 대고 속삭였다. "뭘 하는 건지 모르겠군."

그녀는 웃으면서 내 목을 깨물고 어깨를 꽉 잡았다. 나는 천천히 그녀 안으로 들어갔고 우리의 엉덩이가 만나자 잠시 그대로 있었다. 금방 끝나리라는 걸 알 수 있었다. 그녀의 머리가 살짝 소리를 내면서 타일에 닿았고 거친 숨소리와 함께 가슴이 위아래로 오르내렸다.

"아아, 윌…."

내가 남성을 빼면서 속삭였다. "느껴져?"

벽과 내 몸 사이에 낀 한나는 제발 움직여달라고 애원했고 스스로 엉덩이를 움직이면서 내 남성을 넣으려고 했다.

"우리 관계, 섹스만이 전부가 아니란 게 느껴져?" 내가 그녀의 쇄골을 따라 핥으면서 말했다. "이 느낌이 너무 좋아서 아플 정도야. 네 안에 들어갈 때마다 이랬어, 플럼. 미칠 정도로 푹 빠져 있는 사람하고 하는 섹스는 이런 느낌인 거야."

"사랑하는 사람 말인가요?" 그녀가 내 귀에 입술을 갖다 댔다.

"그래." 또다시 그녀 안으로 남성을 집어넣었다가 얼른 뺐다. 금방이라도 사정할 것 같아서 그녀를 침대로 데려가 그곳을 입으로 애무한 다음 우리 둘 다 쓰러져버릴 때까지 하고 싶었다. 너무나 강렬한 느낌이었다. 다시 움직이기 시작하자마자 든 생각은 아무런 장치 없이 그녀와 살을 맞대고 섹스 하는 느낌에는 절대로 익숙해질 리가 없다는 것이었다.

나는 그녀의 신음 소리를 들으며 힘차게 돌진했다. 그녀의 목에 대고 몇 번이나 미안하다고 했다. "너무 강렬해…." 내 품에 안긴 그녀의 피부 감촉, 그녀가 내는 달콤한 소리, 또 이제 정말로 그녀가 내 여자라는 생각까지 합쳐져 참을 수가 없었다. "못 참겠어, 플럼. 도저히…."

그녀는 고개를 저으며 내 어깨를 손톱으로 꾹 눌렀고 귀에 입을 대고 말했다. "당신이 못 참을 때가 좋아요. 당신하고 할 때마다 내가 그렇거든요."

나는 신음 소리와 함께 더 이상 참지 않고 그 소용돌이 속으로 빠져들었다. 더 깊이, 더 세게 피스톤 운동을 하면서 내 허벅지가 그녀의 허벅지에 찰싹찰싹 부딪히고 그녀의 등이 벽에 닿는 소리가 들렸고 내 몸에서 따뜻하고 축축한 게 나와 그녀에게로 들어갔다. 그녀 안에서 어찌나 거칠게 사정했던지 내 신음 소리가 샤워부스 안에서 메아리쳤다.

평생 이렇게 빨리 끝난 적은 처음이었는데 환희에 젖으면서도 약간 두려웠다.

한나는 내 머리카락을 잡아당기면서 자신의 그곳으로 입을 가져가 달라고 소리 없이 애원했다. 나는 그녀에게 살짝 키스한 다음 무릎을 꿇었다. 두 손으로 그녀의 다리를 벌리고 부드럽게 솟은 클리토리스에 입을 대고 빨기 시작했다. 눈을 감은 채로 그녀의 달콤한 신음 소리와 혀에 닿는 감촉을 즐겼다. 그녀의 다리가 후들거렸다. 마라톤으로 지쳤을 테고 방금 나와 벽에 몸을 기댄 채 거칠게 해서였을 거다. 두 팔로 그녀의 허벅지 사이를 벌리고 다리가 내 어깨에 걸치도록 그녀를 들어 올린 후 양손으로 어깨를 움켜잡았다.

그녀는 내 위에서 비명을 질렀다. 두 팔은 뭔가 붙잡을만한 것을 찾으려는 듯 마구 버둥거렸다. 마침내 허벅지 사이로 내 머리를 끼고 양손을 내 정수리에 대고는 풀린 듯한 동공으로 나를 바라보았다.

"거의 다 왔어요." 그녀의 목소리는 흔들렸고 내 머리를 잡은 손이 떨렸다.

나는 그녀의 그곳에 입을 댄 채로 미소 지었고 느리게 좌우로 머리를 움직이면서 애무했다. 이런 자세는 처음인데 누군가를 정말로 사랑해서 가능한 모든 방법을 동원해 사랑을 나누는 듯한 기분이었다.

그런 생각이 들자 가슴이 뜨거워졌다. 우리는 이제 시작하는 커플이다. 뿌연 수증기로 가려진 이곳에서 우리 관계가 확실해졌다.

그녀가 절정에 이르기 시작하는 순간을 볼 수 있었다. 그녀의 가슴이 붉어지면서 얼굴까지 상기되었고 신음 소리와 함께 입술이 벌어졌다.

그녀와의 섹스는 전혀 질리지가 않는다. 나는 그녀가 질리지 않는다. 오르가슴이 온몸으로 퍼져나가 입에서 비명이 터져 나오는 그녀를 보면서 난생 처음 강한 소유욕을 동반한 쾌락이 느껴졌다.

그녀의 다리에 힘이 풀리자 입을 거두었다. 조심스럽게 손을 떼고 떨리는 그녀의 다리를 살살 내렸다. 자리에서 일어나 잠시 그녀를 쳐다보았고 그녀는 내 목에 팔을 두르고 껴안았다.

뜨거운 물을 맞은 그녀는 부드럽고 따뜻했고 내 품에서 녹아내리는 듯했다.

정말 달랐다. 이런 느낌은 난생 처음이었다. '친구 사이'로 섹스를 할 때도 그녀가 무척 가깝게 느껴졌지만 지금은 완전히 하나가 된 기분이었다.

그녀가 정말로 내 거라고 느껴졌다.

"사랑해." 그녀의 머리에 대고 중얼거리고 옆에서 비누를 가져왔다. 그녀의 온몸과 머리, 다리 사이의 연약한 부분까지 정성껏 닦아주었다. 그녀의 몸에 묻은 정액을 씻겨주고 턱과 눈꺼풀, 입술에 키스했다.

샤워부스에서 나가 그녀를 먼저 수건으로 감싸주고 나도 허리에 수건을 둘렀다. 방으로 데려가 침대 끄트머리에 앉힌 후 물기를 씻어주고 침대에 좀 더 편안하게 있으라고 했다.

"먹을 걸 갖다 줄게."

"같이 가요." 그녀는 내 손을 붙잡으며 일어나려고 했다. 나는 고개를 숙여 그녀의 유두를 입 안 가득 넣었다. "그냥 편안하게 있어." 그녀의 살결에 대고 속삭였다. "널 밤새 침대에 둘 거야. 그러니까 먼저 뭘 좀 먹어야지."

젖은 머리에서 떨어진 물방울이 그녀의 눈꺼풀로 떨어졌고 부드러운 잿빛 눈동자가 살짝 짙어지면서 커졌다. 그녀는 양손으로 내 어깨를 잡고 끌어당기려고 했다. 아, 나는 곧바로 또 할 준비가 되었지만 둘 다 먼저 뭘 좀 먹어야 했다. 머리가 띵하다.

"금방 만들어올게."

* * *

우리는 알몸으로 침대에 앉아 샌드위치를 먹은 후 마라톤 대회와 그녀 본가에서 보낸 주말, 정말 둘 사이가 끝났다고 생각했을 때의 기분 등에 대해 몇 시간이고 이야기를 나누었다.

밖이 어둑해질 때까지 사랑을 나눈 후 잠들었다가 한밤중에 더 큰 욕구를 느끼면서 깨어났다. 우리의 사랑은 거칠고 시끄럽고 솔직했다. 솔직함이야말로 우리 둘에게 가장 잘 통하는 방법이었다.

일시적으로 쾌락이 충족되자 침대 옆 탁자에서 펜을 가져왔다. 그녀 옆에 웅크리고 누워서 엉덩이에 다시 문신을 해주었다. '특별한 사람과는 모든 일이 특별하다.' 내가 그녀에게 그런 특별한 존재가 되고 싶다. 바람둥이에서 새사람이 된, 오로지 한 여자만을 위한 남자가.

에필로그

승무원이 지나가면서 위쪽 짐칸을 딸깍 소리 나게 닫고는 고개를 숙여 물었다. "오렌지 주스 드릴까요, 커피 드릴까요?"

윌은 커피를 부탁했고 나는 웃으면서 괜찮다고 했다.

그는 내 무릎을 두드리더니 손을 내밀었다. "스마트폰 줘봐."

나는 투덜거리며 스마트폰을 건넸다. "와이파이가 왜 필요해요? 도착할 때까지 잘 건데." 다시는 뉴욕에서 아침 6시에 출발하는 서부행 비행기를 예약하지 못하게 할 테다.

윌은 내 말을 무시하고는 웹 브라우저의 작은 칸에 암호를 입력했다.

"확실히 말해두는데 난 졸려요. 누구 때문에 밤새 한숨도 못 잤거든요." 그에게 기대면서 중얼거렸다.

그는 하던 걸 멈추고 이글거리는 눈빛으로 쳐다보았다. "그게 그렇게 된 일이었나?"

가슴에서부터 아랫배, 다리 사이까지 전율이 퍼져나갔다. "네."

"연구실에서 돌아올 때부터 약간… 흥분한 상태 아니었던가?"

"아니에요." 거짓말이었다.

그는 입꼬리가 반쯤 올라간 채로 눈썹을 치켜들었다. "널 위해 준비하고 있던 로맨틱한 저녁 식사를 방해하지도 않았단 말이지?"

"내가요? 아뇨."

"날 소파로 이끌면서 입으로 해달라고 애원하지도 않았고?"

한 손을 가슴에 대고 선언했다. "절대로."

"그런 다음에 부엌에서 풍기는 맛있는 냄새를 무시하고 날 침실로 끌고 가서 엄청 야한 걸 해달라고 하지도 않았단 말이지?"

그가 다가와 내 턱을 깨물면서 속삭였고 난 눈을 감았다. "미치도록 사랑해, 엄청나게 밝히지만 사랑스러운 나의 플럼."

어젯밤 일을 생각하니 그곳이 뜨거운 갈망으로 더욱 욱신거렸다. 윌이 가까이 있을 때마다 항상 그렇다. 그의 거친 손길과 명령하는 듯한 목소리가 떠올랐다. 그의 손이 내 머리를 당기고 몇 시간이고 내 위에서 움직이던 그의 몸, 깨물어달라고, 손톱으로 할퀴어달라고 애원하던 나의 낮은 목소리. 땀범벅으로 내 위에 허물어져 내 몸을 누르던 그의 체중과 절정에 이르자마자 곧바로 잠들던 모습도 기억났다.

"내가 그랬을지도 모르죠. 연구실에서 마스크를 쓰고 하루 종일 일만 했단 말이에요. 당신의 섹시한 입술에 대해 생각할 시간이 많았다고요."

그는 내게 키스하고 다시 스마트폰을 만지작거리더니 웃으며 다시 건넸다. "다 됐어."

"그래도 난 잘 거예요."

"클로에가 연락할 때를 대비해 스마트폰이 작동은 해야지."

"클로에가 그새 연락할 일이 뭐가 있겠어요? 난 그냥 결혼식에 참석만 하면 되는데."

"클로에는 여장부라 언제 널 소집할지 몰라." 그는 목 뒤를 잡았다. 불편할 때 하는 행동이었다. "어쨌든. 그럼 자."

"이 여행은 뭔가 특별할 거 같아요." 내가 그의 어깨에 기대며 말했다. "예감 같은 거 말이에요."

"너가 그런 얘길 하다니 이상하게 느껴지는데."

"진짜예요. 정말 멋진 여행이 될 거예요. 뭔가 광란의 일주일을 향해 나아가는 거대한 강철 튜브에 탄 느낌도 들어요."

"비행기는 엄밀히 말하자면 알루미늄 합금인데." 윌은 내 코에 키스하고 속삭였다. "물론 알고 있겠지만."

"당신은 직감 같은 거 느낀 적 없어요?"

그가 또다시 키스했다. "한두 번."

나는 그를 빤히 쳐다보았다. 짙은 속눈썹과 깊고 푸른 눈동자, 거뭇거뭇하게 수염이 돋은 턱, 그리고 네 시간 전에 내가 그의 남성을 입 안에 넣으며 그를 (또!) 깨웠을 때의 얼빠진 미소.

"좀 센티멘털하신가요, 섬너 박사님?"

그는 어깨를 으쓱하더니 애정 넘치는 눈빛에서 진지하게 바꾸었다. "너와 같이 여행을 한다는 게 기대돼. 결혼식도 기대되고. 우리 친구들 사이에 첫 아이가 태어난다는 사실도."

"연애 법칙에 대해 궁금한 게 있어요."

그가 공모라도 하듯이 속삭였다. "난 이제 네 연애 코치가 아니거든. 이제 우리 둘 사이에 법칙은 없어. 다른 남자가 널 만지면 안 되는 것만 빼고."

"그래도 오빠가 잘 아는 분야잖아요."

그가 미소를 띠며 중얼거렸다. "좋아. 어디 말해봐."

"우리 사귄 지 두 달밖에 안 됐잖아요, 근데…."

"넉 달이야." 그가 정정했다. 그는 항상 처음 조깅을 한 날을 우리의 1일로 친다.

"그래요. 넉 달. 넉 달 사귄 사이에 영원한 사랑을 말하는 건 안 되나요?"

그가 미소를 거두고 애무하듯 내 얼굴을 훑었다. 한 번 키스하고 또다시 했다.

"대단히 바람직한 일이라고 해두지." 그는 나를 오랫동안 진지한 표정으로 바라보았다. "좀 자둬, 플럼."

* * *

무릎에 놓인 스마트폰이 진동하는 바람에 놀라서 깼다. 윌의 어깨에 기댔던 몸을 똑바로 하고 스마트폰을 보았더니 그가 보낸 문자였다. 옆에서 그가 웃고 있는 게 느껴졌다.

'지금 뭐 입고 있어?'

잠이 덜 깬 상태로 눈을 가늘게 뜨고 답장을 보냈다.

'치마에 노팬티예요. 침 흘리지 말아요. 어젯밤에 남자 친구랑 한 데가 아직 뻐근하거든요.'

그가 옆에서 쿡쿡 웃었다.

'그 남자 완전 짐승이네.'

'문자는 왜 보내요?'

그가 옆에서 고개를 젓더니 답답하다는 듯이 과장된 한숨을 내쉬었다. '문자해도 되니까 보냈지. 현대의 기술은 놀라우니까. 10미터 상공에서도 우주의 인공위성에서도 하늘을 나는 '강철 튜브'로 야한 질문을 보낼 수 있을 만큼 문명이 발달했으니까.'

나는 눈을 동그랗게 뜨고 그를 쳐다보았다. "뭐 입고 있는지 물어보려고 깨운 거예요?"

그는 고개를 젓고 계속 문자를 입력했다. 무릎에 놓인 스마트폰이 또 진동했다.

'사랑해.'

"나도 사랑해요. 바로 옆에 있잖아요, 바보. 답장 안 할 거예요."

그는 웃으면서 계속 문자를 보냈다. '너는 내 영원한 사랑이야.'

스마트폰에 뜬 메시지를 보는 순간 숨쉬기가 어려울 정도로 가슴이 탁 막혔다. 손을 올려 내 자리의 공기 흡입구를 조절했다.

'곧 너한테 프러포즈할 거야.'

스마트폰에 뜬 메시지를 보고 또 보았다.

"네."

'거절할 거라면 미리 경고해줘. 솔직히 조금 걱정되니까.'

내가 어깨에 기대자 그는 스마트폰을 내려놓고 떨리는 손으로 내 손을 감쌌다.

"걱정 말아요. 우린 잘할 수 있어요."

노는 남자

펴낸날 **초판 1쇄 2016년 9월 28일**

지은이 **크리스티나 로런**
옮긴이 **정지현**
펴낸이 **심만수**
펴낸곳 **(주)살림출판사**
출판등록 **1989년 11월 1일 제9-210호**

주소 **경기도 파주시 광인사길 30**
전화 **031-955-1350** 팩스 **031-624-1356**
홈페이지 **http://www.sallimbooks.com**
이메일 **book@sallimbooks.com**

ISBN 978-89-522-3416-2 03840
르누아르는 살림출판사의 로맨스 문학 브랜드입니다.

※ 값은 뒤표지에 있습니다.
※ 잘못 만들어진 책은 구입하신 서점에서 바꾸어 드립니다.

이 도서의 국립중앙도서관 출판시도서목록(CIP)은 서지정보유통지원시스템 홈페이지(http://seoji.nl.go.kr)와 국가자료공동목록시스템(http://www.nl.go.kr/kolisnet)에서 이용하실 수 있습니다.(CIP제어번호: CIP2016022172)

책임편집 · 교정교열 **배정아**